U0452249

泉州文庫

選堂題

（明）曾異撰 著

何立民 點校

紡授堂詩文集

泉州文庫整理出版委員會

商務印書館

前　言

　　泉州建制一千三百多年，爲中國歷史文化名城和古代海外交通的重要港口。"比屋弦誦，人文爲閩最"，素稱海濱鄒魯、文獻之邦。代有經邦緯國、出類拔萃之才，歐陽詹、曾公亮、蘇頌、蔡清、王慎中、俞大猷、李贄、鄭成功、李光地等一大批傑出人物留下了大量具有歷史、文學藝術、哲學、軍事、經濟價值的文化遺產。據不完全統計，見載於史籍的著作家有一千四百二十六人，著作多達三千七百三十九種，其中唐五代二十九人三十二種，宋代二百人三百九十一種，元代二十一人四十種，明代五百三十六人一千五百八十五種，清代六百四十人一千六百九十一種；收入《四庫全書》一百一十五家一百六十四種，《四庫全書存目叢書》五十六家七十四種，《續修四庫全書》十四家十七種。二〇〇八年國務院頒布第一批國家珍貴古籍名錄，屬泉人著述、出版者十三種。

　　遺憾的是，雖然泉州典籍贍富，每一時代都有一批重要著作相繼問世，但歷經歲月淘汰、劫難摧殘，加上庋藏環境不良，遺存至今十無二三，多成珍籍孤本。這些文化遺產，是歷史的見證，是泉州人民同時也是中華民族的寶貴文化財富，亟待搶救保護，古爲今用。

　　對泉州地方文獻的搜集與整理，最早有南宋嘉定年間的《清源文集》十卷，明萬曆二十五年《清源文獻》十八卷繼出，入清則有《清源文獻纂續合編》三十六卷問世。這些文獻彙編，或已佚失，或存本極少。二十世紀四十年代，泉州成立"晉江文獻整理委員會"，準備整理出版歷代泉人著作，因經費短缺未果。八十年代，地方文史界發起研究"泉州學"，再次計劃編輯地方文獻叢書，可惜後來也因爲各種條件的限制，其事遂寢。但是這兩次努力，爲地方文獻叢書的整理出版做了準備，留下了珍貴的文獻資料和書目彙編。

　　二〇〇五年三月，中共泉州市委、泉州市政府決定將地方文獻叢書出版工作列爲國民經濟和社會發展第十一個五年規劃的一項文化工程。翌年,正式成立"泉州地方典籍《泉州文庫》整理出版委員會",着手對分散庋藏於全國各大圖書館及民間的古籍進行調查搜集,整理出《泉州文庫備考書目》二百六十七家六百一十四種,以後又陸續檢索出遺漏書目近百家一百八十餘種。經過省內外專家學者多次論証,最後篩選出一百五十部二百五十餘種著作,組成一套有一定規模、自成體系、比較完整,可以概括泉人著作風貌、反映泉州千餘年文化發展脉絡的地方文獻叢書,取名《泉州文庫》,二〇一一年起陸續出版發行。

整理出版《泉州文庫》的宗旨是:遵循國家的文化方針政策,保護和利用珍貴文獻典籍,以期繼承發揚中華民族優秀文化傳統,增進民族團結,維護國家統一,提高民族自信心和凝聚力,加強社會主義核心價值體系建設,增強文化軟實力,爲泉州的物質文明和精神文明建設服務。

《泉州文庫》始唐迄清,原著點校,收錄標準着眼於學術性、科學性、文學性、地域性、原創性、權威性,具有全國重要影響和著名歷史人物的代表作優先。所錄著作涵蓋泉州各縣(市、區),包括金門縣及歷史上泉州府屬同安縣,曾在泉州任職、寄寓、活動過的非泉籍人氏的作品,則取其內容與泉州密切相關的專門著作。文庫採用繁體字橫排印刷,內容涉及政治、經濟、歷史、地理、哲學、宗教、軍事、語言文字、文化教育、文學藝術、科學技術等領域,其中不乏孤稀珍罕舊槧秘笈,堪稱溫陵文獻之幟志。

值此《泉州文庫》出版之際,謹向各支持單位、個人和參加點校的專家學者表示誠摯的感謝!由於涉及的學科和內容至爲廣泛,工作底本每有蛀蝕脫漏,加之書成衆手,雖經反復校勘,但限於水平,不足或錯誤之處還是難免,敬請讀者批評指教。

泉州地方典籍《泉州文庫》整理出版委員會
二〇一一年三月

整理凡例

一、《泉州文庫》（以下簡稱"文庫"）收録對象爲有關泉州的專門著作和泉州籍人士（包括長期寓居泉州的著名人物）著作，地域範圍爲泉州一府七縣，即晉江（包括現在的晉江市、石獅市、鯉城區、豐澤區、洛江區）、南安、惠安（包括泉港區）、同安（包括金門縣）、安溪、永春、德化。成書下限爲一九四九年九月以前（個別選題酌情下延）。選題内容以文學藝術、歷史、地理、哲學、政治、軍事、科技、語言教育等文化典籍爲主，以發掘珍本、孤本爲重點，有全國性影響、學術價值高、富有原創性著作優先，兼及零散資料匯總。

二、每種著作盡量收集不同版本進行比較，選擇其中年代較早、内容完整、校刻最精的版本爲工作底本，并與有關史籍、筆記、文集、叢書參校，文字擇善而從。

三、尊重原著，作者原有注釋與説明文字概予保留。後來增加者，則視其價值取捨。

四、凡底本訛誤衍漏，增字以[　]表示，正字以(　)表示，難辨或無法補正的缺脱文字以□表示，明顯錯字徑直改正，均不作校記。

五、凡底本與其他版本文字差異，各有所長，取捨兩難，或原文脱訛嚴重致點讀困難，或史實明顯錯誤者，正文仍從底本，而於篇末校勘記中説明。

六、凡人名、地名、官名脱誤者，均予改正，訛誤而又查不到出處之人名、地名、官名及少數民族部落名同異譯者，依原文不予改動。

七、少數民族名稱凡帶有侮辱性的字樣，除舊史中習見的泛稱以外，均加引號以示區別，并於校記中説明。

八、標點符號執行一九九六年實施的國家《標點符號用法》。文庫點校循新版二十四史及《清史稿》例，一般不使用破折號和省略號。

九、原文不分段者，按文意自然分段。

十、凡異體字、俗體字、通假字，如非人名、地名，改動又無關文旨者，一般改爲通用字；異體字已經約定俗成、容易辨認者不改。個別著作爲保持原本文字語言風貌，其通假字則不校改。

十一、避諱字、缺筆字盡量改正。早期因避諱所產生的詞彙成爲習慣者不改正。

十二、古籍行文中涉及國家、朝廷、皇帝、上司、宗族等所用抬頭格式均予取消。

十三、文庫一般一册收錄一種著作，篇幅小的著作由兩種或若干種組成一册，篇幅大的著作則分成兩册或若干册。

十四、文庫采用橫排、繁體字印刷出版。每册前置前言、凡例。每種著作仿《四庫全書》提要之例，由編者撰寫《校點後記》，簡略介紹作者生平、著作内容及評價、版本情況，説明其他需要説明的問題。

泉州地方典籍《泉州文庫》整理出版委員會辦公室

二○○七年二月五日

目　　録

紡授堂集 ……………………………………………………………… 1

紡授堂二集 …………………………………………………………… 135

紡授堂文集 …………………………………………………………… 265

跋 ……………………………………………………………………… 387

校點後記 ……………………………………………………………… 388

紡授堂集

目　　錄

紡授堂集序	李世熊	23
曾生詩序	潘曾鉉	25

紡授堂集卷之一 ……… 27
詩部四言樂府雜體 ……… 27
短歌 ……… 27
天啓丙寅酷暑中，靈巖之麓，有杖者行汲井上，擊竹而歌曰 ……… 27
古怨歌 ……… 27
天啓丙寅初秋，病客曾異撰同友人張達可、薛汝儀、施辰卿飲于靈巖，酒中倚最高之峰，招日而歌曰 ……… 28
讀曲歌 ……… 28

紡授堂集卷之二 ……… 29
詩部五言古 ……… 29
客中問梅 ……… 29
題龜湖寓齋門徑 ……… 29
感舊寄里中諸子 ……… 29
靈石山中齋，口占示諸衲子 ……… 29
寓齋僅有黃花一本，予甚愛護之，而采摘者多客子，殊不能禁，乃芟而貯之甕中，無使婢僕之手得而辱之，於是而歌以唁之焉 ……… 30
冬日山居 ……… 30
丁卯送友人燕游 ……… 30

3

訪莊聞修之夜,夢中得句,醒而足之。古云夢哭泣者旦而飲酒,苦樂
之相反如此,然則夢好友也者,其反之則旦而索居者宜也 ……… 30
送張達可歸楚 ……………………………………………… 31
清明,命童子采茶,李右宜澹生至山中製成之 ……………… 31
客石巢,觀諸衲功課 ……………………………………… 31
客石巢,八月十六日,鄒瑞麟自清溪相訪,同諸門士觀月分體,兼寄曾
玉立諸子 ………………………………………………… 31
送病有序 …………………………………………………… 32
和別山和尚見寄韵 ………………………………………… 32
和董叔會韵示別山 ………………………………………… 32
澗邊新柳 …………………………………………………… 33
啀殤詩爲門士丘小羽次君作也 …………………………… 33
崇禎庚午九月十九日,爲陳母八十佳辰,其長君子倉命某執筆而頌之
……………………………………………………………… 33
送蔡子威、董德受北上公車 ……………………………… 33
客石巢,丘環生納新姬,戲爲《花燭詩》,已逸其稿,李元仲口誦歸我
存之 ……………………………………………………… 34
癸酉春,送周子立北上,時予有南州之行 ………………… 34
劍浦驛題壁 ………………………………………………… 35
道過武夷山下,馬上自嘲,有武夷君在我鄰里,四十年來一面交之,
句未成詩,而復口占以解之焉 …………………………… 35
題畫者陳某卷有序 ………………………………………… 35
靈巖山居同薛汝儀移菊,冬深矣 ………………………… 36
至日梅有信 ………………………………………………… 37
梅下 ………………………………………………………… 37
客木侍居,將歸阻雨 ……………………………………… 37

立春後二日，董叔會、韓衡之、林守一小集紡授堂，同賦九佳韵 …… 38
　　病中柬崔際熙醫儒 …… 38
　　答贈錢塘錢殷求 …… 38
　　病中柬陳雪潭醫儒 …… 39
　　佛日步月，過法海寺觀焰口佛事，示雲柯禪者 …… 39
　　示義生行脚，兼訊舊游諸巖壑之六。予讀書山中，時義生十四五沙彌也 …… 40
　　菊月爲社中鄧戒從母壽 …… 40
　　柬沈英多齋 …… 40

紡授堂集卷之三 …… 42
　詩部七言古 …… 42
　　九日 …… 42
　　麥熟歌戲張二松 …… 42
　　東邊日出西邊雨 …… 42
　　高蘭引 …… 42
　　戲張二松 …… 43
　　送施辰卿游雁蕩 …… 43
　　放歌示薛汝儀 …… 43
　　吾客木侍居三年，去之而未有詩。主人薛汝儀氏以書來責予詩，遘走筆答之。山居舊名石可，予謂山中之石未有可者，題曰木侍，取古人閑居草木侍之語也 …… 43
　　問劍 …… 44
　　贈楚荆醫人張達可 …… 44
　　薛朝猷餉我梅醬，走筆答之 …… 44
　　題《清壑餌芝圖》，爲施逸仲君壽。逸仲爲吾友施辰卿忘年之交，

5

吾亦因辰卿而友逸仲也 ………………………………………………… 44
山齋有衰蘭數本，瘠悴糞壤間。余心欲護之，而不能爲力，是余之過
　　也。偶見膽瓶中插新蘭一箭，皆蓓蕾，未成花，余哀其莫爲愛護，
　　方其稚而傷焉，歌以閔之，亦以告乎士之強作花癖者，使知花事，
　　與刈麥殊科，無徒以銍刈，自附於《瓶史》也 ……………………… 45
題柯無瑕畫 ………………………………………………………………… 45
客中送春 …………………………………………………………………… 45
客石巢五日，吾笑昔之爲賦以弔三閭者，猶享海人以乾魚，而脯鹿以
　　餉山客也 …………………………………………………………… 46
今日喜作詩，偶於簏中得友人索書，董箋試筆書七字，其首信手足之，
　　喃喃然遂不覺滿紙，兼寄董子叔會、韓子晉之。憶數年前，亡友袁
　　亦人謂予：子文不如詩，詩不如字，然則無法者勝也，然乎 …… 46
雨 …………………………………………………………………………… 46
薛會母挽詩 ………………………………………………………………… 47
林履卿花燭詩 ……………………………………………………………… 47
王子催妝詩時予有石巢之行 ……………………………………………… 47
客以"日月兩輪天地眼"索對，阿昕以"風雨十條雷電鬚"應之，口號
　　自嘲，或謂我譽兒也 ……………………………………………… 48
武夷春旭圖歌爲建州吳兵使壽代 ………………………………………… 48
送潘昭度先生攉藩江右公湖州人，以河南學使觀察閩中 ……………… 48
讀兩生蕕有序 ……………………………………………………………… 49
客玉田，鄭體乾餉我其家季卿書、扇、支提茶、程君房墨、棋盒、梳合、
　　麂肩、肺肚八物，予受其墨、茗、扇、梳合，走筆答之 ……… 49
題《松石圖》爲張摯宇前輩壽 …………………………………………… 49
豫章署中送羅無美燕游，兼柬社中周子立 ……………………………… 50
題《松石圖》爲余玄同前輩壽 …………………………………………… 50

醉中放歌呈施辰卿,時有約同游福廬,作此詩。崇禎癸酉十月十三燈
　　下也 ……………………………………………………………………… 50
重游靈巖,走筆示得之和尚,時予病背未瘥也 ……………………………… 51
讀魏武詩 …………………………………………………………………… 51
九日,陳道掌、昌箕、李元仲,余賡之小集紡授堂,續《邛帖》之十七章
　　也有叙 ……………………………………………………………… 51
甲戌秋,林挺甫五十初度,效白記年,吾少挺甫六歲,誕之辰後十日也
　　 ………………………………………………………………………… 52
劉薦叔以《洞山九潭志》索題,歌以答之 ………………………………… 52
送右伯申青門師入賀,崇禎七年冬也 ……………………………………… 52
爲老功曹而能醫者壽 ……………………………………………………… 53
同趙十五、張行子諸君小集擘荔,即席口占,贈小鬟祥卿 ……………… 53
爲陳惟秦山人八十壽 ……………………………………………………… 54
余希之、賡之編選社旅誓記,賡之書來告成,答之 ……………………… 54
放歌爲林挺甫節母壽 ……………………………………………………… 54
送董叔會偕長公德受國博還朝時今上以流寇修省 ………………………… 55
吾友周亮如贖妓,嫁之魯子,感其事而歌曰 ……………………………… 55
《有鳥篇》爲門士陳子鴻謨之母壽也陳子有兄先逝 ……………………… 56

紡授堂集卷之四 …………………………………………………………… 57
詩部五言律 …………………………………………………………… 57
晚來 ……………………………………………………………………… 57
孤山塔觀海塔俯永寧衛,爲泉南關鎖 …………………………………… 57
鄒五催妝詩 ……………………………………………………………… 57
福廬石丈 ………………………………………………………………… 57
鳳巖 ……………………………………………………………………… 57

送楊吉騰北上公車	58
寄柯爾立兼訊林若梁師	58
送張一游武林	58
客樓問梅作一詩別之	58
客中同諸子坐月，旱久矣	58
久不見山公髯矣	58
浴佛日過法海寺	59
董子叔會以詩來，許我月夕過謂月樓，次韵遲之	59
客中初度日過即公	59
林裒石雙壽詩	59
方具蒙花燭詩	59
病客	59
山居病中	59
客木侍居梅詩八首	60
董叔會七夕初度，即席分韵，兼送王周父參軍之楚	61
山居贈定生和尚	61
山居遲林鼎父不至	61
戊辰元日	61
三月晦前，客中同陳聖謀、柯爾立，招李元仲游石巢，時有警報	61
是日阻雨不至	61
秋日樓居	62
芭蕉	62
清明日，李右宜澹生過山中製茶	62
舟行同陳聖謀却憶吾家竹樓	62
病客山居	62
孤鶴	62

山居不寐	63
贈慵生和尚	63
題《松石》畫	63
客石巢,柬孺生和尚	63
不眠感事	63
客石巢,得伍秉樞書和韵	64
客石巢,夜坐	64
施蒙冲先生挽詩	64
客石巢山寺,李左宜中秋載酒相過,即席分得"莊"字,時左宜有浙西之行	64
客石巢,遲李元仲限韵,時元仲游嶺南四首俱《邛帖》	65
吾遲元仲有限韵《邛帖詩》十一首。已元仲自潮陽歸,至汀水,而先以書來語其客况,索居之餘日,走韓昌黎故祠中,指目相語,湯湯大江在祠址下,因有《韓亭見懷》之作。元仲之客爲韓退之留也,元仲之歸爲曾子弗人歸也。曾子弗人之遲,遲於此,亦爲李子元仲而棲,棲不能去也。吾兩人之去留如此,則雖有大不意於世俗者,其亦可以已矣。於是和元仲韵復爲詩一章,以附于《邛帖》焉	65
九月晦夜	65
庚午元日阿攀,小女名	66
過薛老梅莊送李白生還綏安	66
哭監利丞廖元真先生	66
寒夜	66
林伯吹携素秋問梅,遲我不至,書懷	66
林伯吹報我梅信,猶未答之	66
壬申元日	67
水口舟行	67

春莫,同趙十五、張時乘小集張大受齋頭,試茶同賦 …………… 67
夏至聞新蟬 ……………………………………………………… 67
開正二日,林守一携書過斗中園次韵 …………………………… 68
驚蟄日,過守一斗園,仍次前韵 ………………………………… 68
徐橋次周中槐先生韵徐孺子嘗過此橋也,在進賢縣 …………… 68
循靈巖之左而下,及半有壑,或題曰澹如,酌而咏之 ………… 68
山居病中,方生宜聞携酒相過方小字款君 ……………………… 69
燈下山妻爲予捉虱,戲謂予咏之 ………………………………… 69
同張大全、施大昕讀書七松樓 …………………………………… 69
雨中施辰卿來同樓居 ……………………………………………… 69
秋深,陳洪仲、曾玉立、鄒瑞鱗、瑞足、陳石丈、張雲將、楊公穀同范佩
　　蘭携琴集紡授堂,兼以茗來試,次公穀韵 ………………… 69
咏海外紅鸚鵡之六 ………………………………………………… 70
至後過法海寺爾和禪房,同慵和尚次韵 ………………………… 70
因問恒如閉關信息,仍次前韵 …………………………………… 70
春日,重過爾和禪房,因觀種蘭。是日驟雨,仍次前韵 ……… 70
二月十五夜,過法海寺,同慵生、爾和坐月,仍次前韵 ……… 70
過芝山寺,訪空生、達權二公,仍次前韵達公善琴 …………… 70
妙香和尚投我新詩,仍次前韵報之 ……………………………… 71
病中無寐,聞法海寺晨鐘,仍次前韵 …………………………… 71
聞慵生、妙香、達權過守一晤庵,次守一韵,因東三公 ……… 71
丙子秋深,陳不盈、徐叔亨、李元仲小集紡授堂,分得五歌,續《邛帖》
　　之二十一章也 ………………………………………………… 72
送劉黄修北上,時徵兵入衛 ……………………………………… 72
乙亥元日未有詩,足桃符聯句補之 ……………………………… 72
虜警息,再次前韵,送劉黄修 …………………………………… 72

寄董叔會時叔會從長公國博還朝,其先人亦嘗官國子也 ………………… 72

多病 ……………………………………………………………………………… 72

至夜燈深,病吟指影,恍惚數千年作者森森立四壁間。不知吾友李
　世熊枯坐千里外溪上寒屋,今夕作何想也,續《邛帖》之二十五章
　…………………………………………………………………………………… 73

紡授堂集卷之五 …………………………………………………………………… 74

詩部七言律 ……………………………………………………………… 74

恭謁關祠 ……………………………………………………………… 74

題《平湖秋月》畫 …………………………………………………… 74

山雨 …………………………………………………………………… 74

澗邊新柳 ……………………………………………………………… 74

過裴恭靖祠 …………………………………………………………… 74

邛帖七言詩七首 ……………………………………………………… 75

遲元仲不至,留詩別之,仍次前韵 …………………………………… 75

別矣不果行,而元仲歸,仍次前韵志喜 ……………………………… 76

客石巢,秋中,鄒瑞麟自清溪相訪,同用"秋"字 …………………… 76

讀書 …………………………………………………………………… 76

送羅無美還豫章 ……………………………………………………… 76

不雨 …………………………………………………………………… 76

病中喜雨 ……………………………………………………………… 76

自南郭移居城西 ……………………………………………………… 77

五月閒居 ……………………………………………………………… 77

立秋雨 ………………………………………………………………… 77

周子立自都門寄書 …………………………………………………… 78

上董崇相先生時先生病足 …………………………………………… 78

為孫子長先生壽 …… 78
送陳道掌游吴越 …… 78
借居 …… 78
續《邛帖》，皆寒夜書懷，寄李子元仲之詩也 …… 78
同林伯吹夜話，有懷元仲，續《邛帖》之五章也 …… 79
歲晏閒居 …… 79
除日移居 …… 79
辛未元日 …… 80
開春，東林伯吹試筆，兼懷李元仲，續《邛帖》之十章也有叙 …… 80
雨中，同林伯吹晚望通津樓，樓爲閩王舊城。時火後方落於神，兼有海警，驚蟄前換甲日也 …… 80
得之和尚僧臘 …… 81
雨中同董叔兄泛海，登白雲山 …… 81
海上閒居 …… 81
苦熱 …… 81
白雲山觀日處 …… 81
海上送董德温小試建溪，兼柬德受，時德受爲建溪廣文二君社中董叔會之子 …… 81
清溪裴其爲客死三山，於其櫬之行也，詩以送之，嗚呼傷哉 …… 82
燈下讀林伯吹文，因憶李元仲，續《邛帖》之九章也 …… 82
歲晏閒居 …… 82
雨中書懷，寄竹嶼鄧戒從 …… 82
春莫，小集丘懋旦邸中夜話 …… 82
許岳甫，予同外祖兄也。没已六年，愴然念之 …… 82
聞李元仲移居，詩以寄之，續《邛帖》之十一二章也 …… 83
李元仲、丘懋旦小集紡授堂夜話，續《邛帖》之十三章也 …… 83

爲李元仲尊人恬庵翁五十壽,續《邛帖》之十四五章也 …… 83

吾交綏安陳不盈削諸生,間避仇亡命,詩以訊之 …… 84

客玉田,初秋,游極樂寺村落中,能有琴酒之僧,即事次壁間徐惟和
　　韵二首 …… 84

謁林劍溪先生祠有序 …… 84

客玉田,贈楊孚先令君。吾未嘗投詩於不相知之貴人,亦非欲與言
　　詩也,喜其不苛而貧耳 …… 85

三月三日,雨中宿大橫驛,次里中黃大司馬、葉文忠諸公韵十首 …… 85

宿車盤驛,次華文忠公韵各一首驛在分水關,江、閩之界 …… 87

詠豆腐有序 …… 87

南州署中三月晦日,次林守一韵却寄 …… 87

南州署中書懷,次徐巨源韵柬之 …… 87

潘昭度師招游南州,孫子長先生有詩送行,次韵答之 …… 88

南州署中,送淩初成游吾閩,兼柬孫子長先生。社中張道羽諸子,
　　亦次孫送行之二章韵也 …… 88

潘昭度師亦次韵送行,予又續之 …… 88

滕王閣別張異卿南歸 …… 88

挽丘侶雲翁 …… 88

重游靈巖 …… 88

癸酉初冬,爲得之和尚五十三僧臘。予適至山中,即事紀年,和尚
　　長於予周一辛也 …… 89

鄭志將有杖頭寄施有敦,訂予鳳巖觀海,病起戲柬 …… 89

至日,喜施造仲過木侍寓齋,兼呈主人薛汝儀 …… 89

贈施造仲游戎 …… 89

爲曹能始先生壽 …… 89

過袁亦人墓之二,兼憶亡友楊吉騰 …… 89

謁李忠定公墓有叙 ·· 90
臘殘，董叔會招同張鍾筠、林茂之、韓衡之、陳伯熙、林守一小集西
　　園山鏡堂，觀紅梅，遲宛霞麗人不至，分得十三覃 ·············· 90
癸酉除日 ·· 91
甲戌元日 ·· 91
人日，同董叔會集林守一晤庵觀迎春，仍次前韻 ····················· 91
送林澹若北上應甲戌武舉 ·· 91
送林弘景游金陵 ·· 92
宿芝山寺禪房 ·· 92
秋深送山木和尚還江山萬竹庵 ···································· 92
初冬，過林用始迂齋，次韻答之 ······································ 92
用始出亡友韓晉之手書詩卷讀之，因論晉之諸賦，去没時尚未卒哭
　　也。文章一事，吾欲與晉之言者無窮，今已矣夫。仍次前韻 ····· 93
喜慵生和尚至，七年之別，愴然感舊，和尚棄諸生時，余諸生之始
　　也，仍次前韵 ·· 93
李元仲選試見落歸，仍次前韻送行，續《邛帖》之十八章也 ······ 93
同慵生咏董叔會海外紅鸚鵡，仍次前韻 ······························ 93
再送李元仲，續《邛帖》之十九章也 ······························ 94
過徐羽鼎寓園譚雨，憶李元仲曾宿於此也，續《邛帖》之二十章也 ······ 94
徐羽鼎感時和韵，又次答之時今上以流寇避殿修省 ·············· 94
乙亥冬，送張雲將游金陵 ·· 95
丙子元日，予於是年四十有六矣 ······································ 95
丙子春，爲董崇相先生八十壽時今上避殿修省，公萬曆戊戌進士也 ····· 95
廬陵慵生、西湖妙香、白下達權同空生、爾和諸衲過紡授堂，再次林
　　守一韵戲呈 ·· 95
感事 ·· 95

送余賡之北上公車 …… 95
贈某艖使 …… 96
夏日,同林守一、李元仲、陳昌箕社集萬歲寺陳道掌寓園,分七虞韵 …… 96
鄰甓初香,吾友薛汝儀至,主方擊壺,客來,荷鍾問天,容吾一醉,撼地歌者二人,詩曰 …… 96
丙子秋,送朱馮仲北上 …… 96
丙子秋深,陳不盈、徐叔亨、李元仲小集紡授堂,次韵之二,續《邛帖》之二十二章也 …… 97
丙子秋,送李元仲省試見落,還汀水,續《邛帖》之二十三四章也 …… 97
丙子冬,送陳昌箕北上 …… 97
又次陳昌箕留別韵再送之 …… 97
又次其二韵 …… 97
過董叔理寓齋觀月 …… 98
感詩 …… 98
贈忘機道人蜀人,與予同庚 …… 98
病中夜坐 …… 98
病中次董叔理來韵,兼答其鳧子之餉 …… 98
病中得董叔會都門手書,謂間關江南北所見吏情民況,萬無可復著手,正如棲危苕之上,幸長風未起耳。士即能得志,亦何所爲感。念其言,仍次前韵。時丙子迫除也 …… 98
臘月二十四日,同陳伯期小集陳道掌草堂 …… 99
丙子除日 …… 99
其二次陳道掌韵 …… 99

15

紡授堂集卷之六

詩部五言排律 100

癸酉元日 100

宿薛老峰梅莊，有懷林伯吹和壁間韵 100

哀亡友李右宜兄之詩 100

乘月摘雨後桃花，同丘小魯、小羽和慵公 101

同施有敦、張時乘、施辰卿、何未信、張大從、施孟飆、鄭志將、施君虞、辰卿子大昕、方生宜閭游福廬，不至此山近十年，未省吾顏面若何，但林木蔚然，覺山容少於昔耳。癸酉十月望後 101

紡授堂集卷之七

詩部五言絶句 103

早發常思嶺 103

語石山房口占 103

躡雲徑 103

木侍居雜詩三十首 103

古意 106

贈曾得之善寫真 106

李澹生爲我製清明新茗次韵 106

石巢山中得伍秉樞書遲之 106

題《春草圖》 106

山居 106

曉行峽北 107

無患溪 107

戊辰、己巳之間，予讀書寧化之普光巖，近地有仙、佛二泉，有瑞華巖，有龍岳洞，皆予游適處也。崇禎丙子夏，義生禪者自瑞華至，

喜其來而爲詩六章貽之，兼志舊游焉 …………………………… 107

紡授堂集卷之八 …………………………………………… 108
詩部七言絶句 ……………………………………………… 108
　　落花 ………………………………………………………… 108
　　籃輿 ………………………………………………………… 108
　　九日 ………………………………………………………… 108
　　異香洞 ……………………………………………………… 108
　　過西園别裴鼎鄉 …………………………………………… 108
　　客中送春 …………………………………………………… 108
　　客中答友人 ………………………………………………… 108
　　客中病起口占示薛瑜卿 …………………………………… 109
　　靈石山中 …………………………………………………… 109
　　贈良融和尚 ………………………………………………… 109
　　贈寶燈和尚 ………………………………………………… 109
　　客中問梅 …………………………………………………… 109
　　梅閣有别 …………………………………………………… 109
　　重過梅閣訪吳東有 ………………………………………… 109
　　元夕曲 ……………………………………………………… 110
　　感懷 ………………………………………………………… 110
　　林聖木花燭詩 ……………………………………………… 110
　　題畫 ………………………………………………………… 110
　　丁卯送陳道掌游西湖 ……………………………………… 111
　　斗園問梅 …………………………………………………… 111
　　薛祇卿催妝詩 ……………………………………………… 111
　　冬日送黃子周游西湖 ……………………………………… 111

丁卯元日 …… 111
送薛瑜卿 …… 111
題畫 …… 111
遲林鼎甫 …… 112
讀史 …… 112
靈石山中走筆山寺，過客皆如僧律，同游薛汝儀逋村落中作畢，吏
　部謂我五十步相笑也 …… 113
觀劇有贈 …… 113
往翠華，雨中守風，示柯爾立、陳聖謀二子 …… 113
劍津 …… 113
同柯爾立、陳聖謀溪行。二月晦日，予舍舟而陸，夜宿白蓮道中書懷
　…… 113
溪行口號寄林守一 …… 113
題紅菊花 …… 114
三月晦日，予方作《送春詞》，丘小羽遺我水墨花一籃，予題之而索
　和於小羽氏焉 …… 114
中秋 …… 114
戲書友人扇面，所謂好人者非我也 …… 114
雨後看山 …… 114
題大士像，有小兒持空膽瓶侍立 …… 114
偶成 …… 114
題《獨鴨立秋風》畫 …… 114
過袁亦人口占 …… 115
花前睡 …… 115
張小天學詩戲柬 …… 115
八月十三，夜坐月遲，所思未有其人而遲之，此遲之無謂者也 …… 115

中秋	115
城角	116
西湖訪董叔會不遇	116
題畫	116
題《蕉石》畫	116
己巳元日	116
清明	117
題《美人圖》有序	117
無題	117
山雨	117
夜坐書懷柬林伯吹	118
無題	118
送興業令林鏡台先生重游蒼梧,即席分得"蕭"字	118
海上七夕,同諸門士限韵,昕兒九歲,命之磨墨,亦復自請試筆,故詩中及之	118
程永子渡江相訪,兼訂予游龍湫,爲詩二章送之	119
海上閑居	119
程永子過我即事口占曬書,山僮名	120
觀劇演《桃園記》	120
無題口占	120
追挽葉文忠先生有叙	120
與丘懋旦夜話,憶亡友楊吉騰	121
過亡友袁亦人墳	121
過試劍石	121
玉田山居	122
車盤驛次吾鄉許天素、鄭繼之先生韵	122

鉛山道中 …………………………………………………………… 122

靈巖山寺漫題 ………………………………………………………… 122

重游靈湫 ……………………………………………………………… 122

木侍居同主人薛汝儀賞菊口號 ……………………………………… 122

山居漫興 ……………………………………………………………… 122

將出福廬，與諸君別於三天門之上，口號而行。施辰卿笑謂予："子
　龕成，當從子乞一片薄屑，琢就三尺許白玉蒲團。"吾便買一侍兒
　携來山中，晨夕頂禮大士耳，并志之 ………………………………… 123

別靈巖 ………………………………………………………………… 123

讀施造仲詩口號 ……………………………………………………… 123

山居不寐，有懷吾友李元仲，續《邛帖》之十六章也 ……………… 123

山客將歸，施辰卿聞有梅信，以二詩送行，有"此際去留君細酌，恐
　勞遠夢到溪花"之句，送行亦留行也，次韵爲答。兼志別意，亦與
　梅花別耳。癸酉至後 ……………………………………………… 123

山客將歸阻雨 ………………………………………………………… 124

山中聽雨 ……………………………………………………………… 124

山中雨，無寐，憶十年前，有人寒話於此也 ………………………… 124

雨後出山 ……………………………………………………………… 124

磨石道中即事 ………………………………………………………… 124

峽江投宿 ……………………………………………………………… 124

曉渡峽江，烟深無所見，惟半江微聞梅氣，舟人以此尋岸耳 ……… 125

桐口道中 ……………………………………………………………… 125

紅梅 …………………………………………………………………… 125

新正雨中柬林守一 …………………………………………………… 125

林守一過我，因柬董叔會 …………………………………………… 125

登樣樓 ………………………………………………………………… 125

甲戌爲孫子長先生壽	125
七夕	126
七夕戲爲董叔會壽	126
立秋樓居,七月十三日也	126
觀劇有贈	126
秋興	126
讀香山集	127
施辰卿生孫,走筆戲之	127
邊詞有叙	127
七松樓中秋雨	132
哀亡徒林伯吹有叙	132
閩中秋月不甚好,林守一招我,不赴答之有序	132
甲戌秋,送林守一游清漳,時守一自吳門歸	133
秋日,黄可遠太史道過三山納姬,姬爲鄭解元之後,幾淪落。吾友文忠公孫葉君節收而嫁之,走筆爲花燭詩紀事	133

紡授堂集序

天下遂可移性易面乎？曰可。悲啼愉笑能自任乎？曰不能。此曷爲然也？

世所欽鬼神者，燭幽變、鑒奸欺而已。則諱慝深瑕，必鬼神焉悔禱之；嘉利慶宜，必鬼神焉陳乞之矣。君平、季主、輅、璞之流，談機祥，測善敗，射覆微中而已。則莫不握粟而卜，暴誠以祈，喜懼逡巡，昏然莫必，惟策之是。睨天下夢，夢固得理累而情羈也，故曰性可移。

若夫曾子弗人之詩若文也，則鑒燭□□神而中覆，不啻于策筮，自吾所見彼哉。夫已噤喉陷筆，昧昧不白，惟曾子白之。親知倖暱，忸怍不發，襲險鑰陰，惟曾子發之。長夜大昏，群瞽共門，惟曾子決之。飛走木石，累憶萬世，頑默不得訴，惟曾子訴之。于是山言水答天笑堁。噫！泥升雲墜，灰鋼鐵飛，枯骼起舞，化人把臂。蓬島列于户闥，王侯夷于僕隸。割溝焚棧之雄，埋輪離首之毅。鹿洞馬帳之儒，懷沙賦鵩之鬼。或咢或歌，或嘆或涕，騷騷屑屑，紜紜濟濟。歡者忘死，恨者腐齒，愁者墜天，慚者入地。吾乃披卷而入，窈目而視。忽而援枹束伍，從上至天，從下至地。忽而擁雪閉扉，山鳥絶飛，晨烟不泄。忽而載酒彈筝，押虱借箸，撼王撓霸，脱略衫履。忽而歸風送遠，哀蟬落葉，嗚嗚咽咽，謔浪兒女。忽而周游萬里，星河瞬夕，漭漭荒荒，凌風鼓翼，排天闔駼，帝馭俯瞰，滄田營營，細碎爲馬爲埃，爲蠅爲蟻。忽而灌圃鋤畦，辟纑服車，旭散鷄豚，簿疏鹽魚，瑣屑分明，纖微周致。忽而選神課鬼，左、馬無譁，班、范屏息，兒立操、丕，孫侍杜、李。忽而心踴眉飛，癢搔涎溢，如失拱璧。忽復得之，如離魂復合，如慈母遇亡子，如燕太子之死而更生之也。忽而心痛首疾，神傷貌瘠，如積冬不春，重陰無日，烏黑雪霏，虎眈狐揖。于是仲尼泫然，狐援當斯，郲模號市，賈生太息。當爾之時，吾仰天笑也已復泣，呼天泣也已復笑。笑泣相續，至再至四，吾其狂惑之疾歟？胡爲至斯極也。則哀樂不能自任也，故曰性可移，面可易。

曾子胡不遂易天下乎？胡不懸若詩若文，户稱之使瘖者以吟，呻者以息，墨者以玉，鼠者以礫，野梟幻鸞，飢狼變驥？胡不使舍田爲阱檻，金帛爲溷穢，優伶咋舌，醇醴化蘗？胡不使僵王腐卿，爲沴爲厲，國殤毅魄，擊胡殄黠？胡不使墜星復升，枯蘭見榮，隱鱗縱壑，伏蟄乘雲，朋友膠漆，天下和平？曾子能乎？不能也。曾子將不能是，不如窮鄉附草之神，一市下簾之筮，恐挾吉凶而更翻夫世人之趨避也。嗟乎！倒心失性，顛覆是非，施不如嫫謂天。蓋卑子雖搖岳而倒峽，奈何破笑而迴啼，故曰天下遂不可易移也。

　　　　　　崇禎壬午霜降之晨，寧化社弟李世熊元仲撰

曾生詩序

詩自《三百篇》至今，作者如林，物以多而不貴，溯其所始而尊古。潘子曰：古非其詞之謂也。古之人其於君親夫婦友生之間，近而不渫，疏而不狷。近而不渫，故天子燕饗，臣下歸美。兩君相見，使臣出疆，征夫遠戍，莫不有詩以相勸勉。疏而不狷，於是孤臣棄婦，羈人旅客，哀怨悽惻之詞出矣。天下有無情之人而能詩，無有哉！凡詩之纖艷不逞者，皆其情哀也。有禮義以閑其情，情不得騁，發而爲詩，益厚以惋。人人能知詩，天下無復事矣。請以時徵之。昔神宗久道化外，晚節務調物情而崇大體。臣下批鱗射隼之章，率不報，希偉嘗試殿爭，如聚訟，近之而渫者也。熹宗初，正人滿朝，犖牙其間，內外水火之形起。維時福唐、烏程當國，欲化同異，討求國故，修舉廢墜。一二亮節之士曰：不去內蠹，無以用人。遂急攻之，攻之而不效，縉紳犴狴，貂璫典兵，非今上神武掃除，不駸駸漢季乎哉！疏之而狷者也。具間憂時愛君、吊死唁生之言，可以觀詩，可以觀時。曾生一諸生，可犂然古今，興感於時。其詩幽咽不可多讀。今遇神聖之主，生方有盛名，而詩仍如是。或曰詩人多感慨騷屑，或曰生所與游必幽人畸士，所居山水必奇僻。本母至孝，壯年鰥偶，不□慕元紫芝之爲人，詩亦似之。潘子曰：否，否。生故泳情人云。

西吳友人潘曾竑書

紡授堂集卷之一

詩部四言樂府雜體

短　　歌

同床不必知心，共語不必知音。我誰與談，畫指語襟。

二　章

短短尺劍，撫之心長。與我追隨，不爲身防。

三　章

杯淺寸許，引人情深。我不能飲，酒光照心。

天啓丙寅酷暑中，靈巖之麓，有杖者行汲井上，擊竹而歌曰

竹寒而高，井寒而深。倚竹踞井，熱夫凉心。

二　章

竹之清上，貴可以杖。井之寒潔，貴可以汲。

古　　怨　　歌

儂愛蓮子，郎愛荔子。

二　章

郎愛荔子，甘口相嘗。儂愛蓮子，相心同房。

三　章

荔子甘兮，荔子丹兮。

四　章

蓮子生兮,房中蓮子,熟兮房空。

天啓丙寅初秋,病客曾異撰同友人張達可、薛汝儀、施辰卿飮于靈巖,酒中倚最高之峰,招日而歌曰

醉與客兮倚高峰,天倒翻兮酒杯中。杯蕩漾兮浪排空,白髮數寸兮支天風。年未莫兮衰成翁,日將西兮旦復東。西日下兮匆匆,與子期兮行從容,隨汝而東復成童。

讀　曲　歌

奈何許祈雨燒瘕猪,活活爲晴死。

其　二

昨日與歡約,許我不見來。雙足共隻履,只有一半鞋。

其　三

寄詩一百紙,一紙百行啼。竹馬生翅飛,翩翩但無蹄。

其　四

入門歡裁衣,手幼剪刀巧。伸手歡手上,倩歡修手爪。

其　五

歡意如燈花,引人不成卧。相對恨無油,明明心易過。

其　六

提壺擲歡面,壺破剩耳嘴。有口但無瓶,誤儂此邊耳。

其　七

夢歡來上床,面冷背儂卧。千手撥不轉,無心一扇磨。

其　八

冷我傷衣薄,箱笥恨無綿。無茵和衣卧,淚拭素衣前。

其　九

雙燭鐵作心,難燒霜夕永。一邊心難明,一邊心易冷。

紡授堂集卷之二

詩部五言古

客中問梅

城角數株梅,幽芳若處女。梅下一隻鶴,孤高而清舉。昔有孤山人,妻梅鶴爲子。怪我不思家,我已家於此。

題龜湖寓齋門徑

六七月之間,日日坐幽徑。亂草被石几,擁膝青没脛。柏小而陰繁,其下可吟咏。微風吹清陰,松花挂鬆鬆。蟬多不覺喧,聊以浣塵聽。開户見雙峰,一塔與之並。杳然送夕青,紫翠遠而近。矯首玉瀾生,輕舠載秋興。墻頭重棗榴,赭碧互壓映。秃橘與病梅,無花亦老勁。對此欲成詩,清吟不覺暝。

感舊寄里中諸子

醉中忘老態,少年氣莽莽。憶昔十三四,稚兒初出襁。讀史至荆卿,掩卷發深想。氣決不論年,結侶三與兩。耳熱呼市中,市兒從抵掌。人世不足俯,青天不足仰。握手歌熱心,憤氣激雲壤。三日不椎屠,鞘中雄劍癢。冉冉十年來,出門徒攘攘。新知日以新,故人日以往。相面不相心,安貴交游廣。知我者誰與,嘔肝寄吾黨。

靈石山中齋,口占示諸衲子

入山必題咏,斯亦近於俗。入寺强持齋,何異於酒肉。我非愛作詩,窅然中有觸。口與手從之,如山應以穀。我非喜素食,偶爾亦蔬粥。非有酒不醉,非有肉縮腹。偶無肉與酒,澹然亦已足。知此食萬錢,無以異辟穀。知此入城市,無異此中宿。佛子吾師乎,是予此言不。

寓齋僅有黄花一本,予甚愛護之,而采摘者多客子,殊不能禁,乃芟而貯之甕中,無使婢僕之手得而辱之,於是而歌以唁之焉

知已在草木,寓人共叢菊。晨夕相晤言,怡然寫幽獨。移文懲撐花,客子令不肅。繁英受剪拜,粗婢將惡僕。插帶醜女頭,脂膩不可沐。譬彼陶先生,叩門被嘑蹴。愛護既不能,芟鉏付一束。藏諸瓶瓷中,高株一時秃。無寐守瓶甕,高眠聊縮腹。擇於斯二者,寧使吾睡足。

冬日山居

山居不思家,家居山在念。去之秋涉冬,自然看一變。衰柳如燥髮,冬荷掀敗扇。霜橘冒娟篠,青隱朱顏倩。山菊當花時,欲開不肯先。遲遲殿霜英,寒籬意高狷。嚴氣汰豐條,勁風搜梅箭。心知花未開,繞樹日百遍。衆木次第疏,林外山漸見。散步草堂前,日日開生面。樵餘寒木喬,暮鳥認巢便。冬月勝秋月,習於山者辨。長病荒酒杯,畏寒遠筆硯。添爐襯松子,霜夕鬥茗戰。

丁卯送友人燕游

才子三十餘,落落困鄉舉。捨此而去之,挾策謁天子。都下集名雋,爲予先寄語。英雄安在哉,天下事如此。

訪莊聞修之夜,夢中得句,醒而足之。古云夢哭泣者旦而飲酒,苦樂之相反如此,然則夢好友也者,其反之則旦而索居者宜也

我訪莊聞修,片玉立其後。未問立者誰,知爲高子厚。悦君未敢言,翩然不可就。我居城西樓,相思憶西岫。夕爽遲我來,女墻漏高秀。雖未至山間,

山情已相授。乃知把臂深，不在相左右。譬彼無上飲，蕉葉不濡味。又如解讀書，非以親句讀。以此曰神交，尚多一邂逅。

送張達可歸楚

獨居鎖竹戶，衰綠閉秋圃。柳病懶媚月，蕉老欲驕雨。病耳無休閑，紙窗角風怒。此際有行人，瑟瑟江之滸。扶病一送之，滿目西風苦。居者猶不堪，客何以堪此。況子尚棲棲，未能即歸楚。長歌立江頭，子步何踽踽。我今爲君揖，子揖脊不僂。子今爲我笑，子笑齒不齲。嗟乎行路難，直帆曲風阻。五載客閩中，悦君僅可數。持此尚安之，今人不古處。楚客乎歸與，一笠楚江浦。而我之楚游，君作瀟湘主。

清明，命童子采茶，李右宜澹生至山中製成之

先春茶一筐，深春茗一車。蕣眼瘵清明，笋尾未見了。入手不受摘，幼舌雀閉牙。二客火釀之，潔竃古石遮。生火動草性，驚雷發龍蛇。熟火勾芒中，善風安春芽。沸雪醒其瞑，甌香一睇奢。少年勇茗戰，大敵百甌加。病飲戒在鬭，瓢閒亦蓄茶。壺中琴意似，肺子共陶家。

客石巢，觀諸衲功課

釋子課朝昏，斯禮定省類。既以志歸依，亦可省眠睡。乃至諸鬼祇，等受法食施。我聞大儒言，禮樂斯焉寄。首座衆所瞻，中乃住持位。悦意肆好音，肅心無怠器。亦有小沙彌，合十失行次。咒贊音未成，隨聲雜瞑寐。肅者齋慄心，玩亦等萊戲。佛性父母如，悦慰意無異。我家母倚廬，晨夕廢隨侍。親在而遠游，半爲口腹累。譬彼世俗僧，捧經走市肆。捨其大悲親，爲人作佛事。佛有繞足兒，游子以爲愧。

客石巢，八月十六日，鄒瑞麟自清溪相訪，同諸門士觀月分體，兼寄曾玉立諸子

海客千里來，于石焉處處。爾之父母邦，在我爲羇旅。百里相思車，入山

叩石户。無論邇與遥,先者爲地主。深桂結香光,山月白能語。恰好共中秋,望不在十五。客何以款客,門士斯焉取。山釀清不嚴,齋厨肅蔬脯。小户觸政恭,大敵酒力武。病客杯朾贏,壁上觀漢楚。餒則助謹呼,紊斯節旗鼓。浩浩落落然,從衆勇可賈。酒闌感慨生,中天月正午。慷慨十年前,舊游仔細譜。岳岳裴其爲,九年已塵土。曾陞老而迂,生今意近古。屈指新舊交,肝腸白可數。醉裏發醒言,病人作豪舞。杯酒倒白天,明月懷中吐。

送病有序

昔人以文送窮,肺子以詩送病,病不去,而肺子之窮未有已也。天啓丙寅秋日。

病人蠢如虱,稍能動與食。坐起項領曲,梳頭腰脊直。一茗三升汗,一飯十迴息。隱几坐猶疲,偃卧眠不得。有時試伸步,扶杖倚牀立。心養聊開卷,揭書指無力。撰著既不能,又好弄紙筆。心知荷扇香,嚏者見空碧。聞有客在門,倩人代款揖。見説月夕佳,紙窗穴一隙。漏月到牀頭,又畏風入室。病中思所嗜,客身誰知癖。主人雖細詢,告之不敢悉。問藥與勘方,明明知無益。聊復嘗試之,幾幸萬之一。病乎歸去來,汝於我爲客。主既不汝留,胡爲君我即。吾末如之何,移文勸他適。

和别山和尚見寄韵

活佛已死矣,死人常謂活。天外羽冥冥,鈍夫方省括。隼鷹弄疾眼,草間兔已脱。古之英雄人,自家有本末。空拳撓狠棒,冷哂付熱喝。佛説優唱等,斬斬不可奪。皇皇釋道儒,究竟沿門鉢。

和董叔會韵示别山

不喜聽甜舌,不能嘗苦膽。孫子撫魔民,嚌膚不覺憯。煌煌燒佛燈,俱是陷人坎。猛虎消一拳,從他鈴在頷。

澗邊新柳

水淺春半未，初鸜肄新羽。短柳風薄醉，鶯言定可數。一客澗之中，山空日停午。暖鶯莫過樹，選條蹴新縷。深春綠陰成，鶯酣濃樹嫵。柳意賤如娟，滑鸜成老姥。所以賞及今，閨人未學舞。

唁殤詩爲門士丘小羽次君作也

南風吹腐草，依人暫熠燿。囊之帷帳間，那能得常照。去歲見兒郎，霍霍鷔如鷯。亦知畏師嚴，捋我罷叫跳。伊昔馴懷中，今同野草燒。幼小省罪愆，非以閻羅召。喜不累修文，詩書未鑿竅。譬彼太倉米，後來得先糶。餌鯢鸞脫鈎，漁者號其釣。彼固悠然逝，失魚乃足吊。無乃巨人哭，而爲小鬼笑。

崇禎庚午九月十九日，爲陳母八十佳辰，其長君子倉命某執筆而頌之

崇禎三年秋，九日風色美。陳子呼我來，爛醉黃花裹。語我十日後，介眉酒方釃。吾母若母同，我觴子志喜。曾子聞斯言，感心懷有泚。小人有老母，萱廬借湫市。鰥子母下厨，小竈缺爨婢。幼女十三四，未能辨旨否。六十擬稱觴，母也徒勞祇。是以花甲周，今春廢斯禮。陳子與我同，稍能具滲灕。多我屋一椽，有婦堪酌醴。觴客老瓦盆，伏雌當執豕。松石圖一箋，爲壽言一紙。登堂稱觥者，二三窮知己。賤貧壽其親，聊復如是耳。富貴不可期，君有其具矣。豈有我輩人，長貧賤而已。我聞大春秋，八千一歲比。八十謂之耋，大年曰童子。無嗟爲壽遲，爲壽自今始。俟子九鼎養，記年方屈指。

送蔡子威、董德受北上公車

精粱得疾糶，巨魚得先釣。天子走伯樂，龍友視日躔。吾社精銳集，高秋鷔雙鷯。子威於我長，董生於我少。長者學既醇，少者手英妙。而我伯仲間，白鐵未出鞘。好奇乖正聲，墨守失高調。以此跋躠行，文章遠衆好。感子今疾

驅,乘勝揮大纛。桓桓天下英,崩角需發號。壇坫稂莠驕,英雄事洒掃。大宗
肅中原,一時裓奧竁。庶幾後來者,在茲跂前導。予也執筆從,踐子迹所蹈。
小鷽踵怒鵬,三年息亦到。

客石巢,丘環生納新姬,戲爲《花燭詩》, 已逸其稿,李元仲口誦歸我存之

四月晴陰半,霉罷朱明首。梅子縋深黃,滑鸝流暗柳。紅燭綠陰交,玉色
碧如藕。入室琴聲添,幼桐鳴花牖。三日慢下廚,子任非井臼。共此一牀書,
以君爲小友。君看玉笋尖,小大共一手。小者偏得閑,挈攜乃在拇。以此置新
姬,不宜事箕帚。長夏厭添香,茗爐文僕守。有時擎香甌,勸讀漱煩口。不識
有諸乎,我問君曰否。何以山中人,日來不見久。

癸酉春,送周子立北上,時予有南州之行

杏雨香春江,柳花上行李。立馬兩書生,感時涕江涘。握手話中原,茫茫
不可視。今上古武丁,鼎鐺缺雙耳。大川擢腐楫,勁弦控橈矢。翰林養相望,
棋枰酒杯底。何不習吏事,而但討文史。言官無大諫,徒取聖聰鄙。是以越職
言,或從小臣起。太學古成均,諸生與冑齒。今爲鬻爵肆,群蟻奔羊市。高皇
重積分,中興復古始。司成冢宰争,王言置若屣。周以選舉積分。嗟古舉賢良,選
擇勵廉恥。晁賈公孫文,猶云累科舉。胡乃名世才,時義斯焉取。孔孟雖皇
皇,亦當事訓詁。而况帖括中,安得伊與吕。安石亂天下,種毒今未已。記誦
欺主司,田宅遺孫子。大車誇閭巷,竿牘害鄉里。養士三百年,功效如是止。
齊寇比帝京,寒齒附唇比。困獸思決藩,恐其渡遼水。西賊秦抵燕,較齊稍緩
爾。亦畏北走胡,二寇互表裏。即我閩海中,大鯨相銜尾。百城一參戎,犄角
將何以。墨牧嚼人骨,大吏倒賢否。清惠被彈文,交章薦狼豕。犯怒長官邪,
乃云肅綱紀。雖不非大夫,亦當計桑梓。子昔感神京,帝棟礎則圮。萬虜城下
薄,無人應拊髀。天子自登陴,朋分撓國是。寄書太息言,天下事如此。以致

聖主疑，有臣不敢恃。大鎮工戶曹，中官坐協理。主既疑益深，臣乃化繞指。間有諤諤然，千人而一士。此行又三歲，抱膝熟摩揣。努力經世務，明明天子使。若乃逢年事，其道在故紙。黃口拾進賢，沾沾亦自喜。得之不必才，況子已才美。何事立春江，喃喃話知己。

劍浦驛題壁

天地哲匠祖，大冶精鐵聚。鍛者為矛鋋，方者為戚斧。短短一尺刀，屠市亦可鼓。乃至寸半錐，囊處不甘腐。而況水土精，與人共心腑。當其磨鍊時，意匠經營苦。豈欲使之閑，當與英雄處。我聞虎騰上，不用則如鼠。胡乃沉深淵，何異埋於土。神物知求雌，豈不能求主。或已化為人，桓桓輔聖武。東西南北間，斬鯨蕩胡虜。或為文士筆，劈荒劃今古。藏之名山中，猶勝淪江滸。不則躍于淵，上天作霖雨。龍精見文明，王者之黻黼。安有古英靈，寄託但一所。笑彼刻舟人，皇皇視南浦。

道過武夷山下，馬上自嘲，有武夷君在我鄉里，四十年來一面交之，句未成詩，而復口占以解之焉

頑山如鄙人，拄頰閣塵睡。籃輿一千里，到眼方有異。堂堂大王峰，直方起跂倚。正襟望必式，下車易以騎。稍近嚴氣加，攀躋夙念置。玉女峰遮半，莊莊意相侍。隱約似欲前，斂容却立避。以知山體正，自然遠嫵媚。乃至窈窕姿，亦能肅瞻視。我聞勝游具，高屐與詩思。名妓好友兼，登臨乃云備。而我未携一，徒以雙眼至。造次入其中，何異失交臂。譬獲古異書，讀者良不易。與其草草觀，寧可藏篋笥。況在鄉里中，一葦後可跂。是以重斯游，先之數言贅。

題畫者陳某卷有序

崇禎六年秋杪，病中過友人林參夫，因游印林寺。有客科頭瘠瘁然，神氣殆不猶人，詢之，知為陳君某，胸有丘壑，固可摸索而得也。某出行卷索

題，走筆成此詩。予嘗謂：左丘明、司馬遷、班固，此千古畫家神手，山水、人物、草木、鳥獸無不妙者。范曄多買胭脂，濃描靚抹，此宮廟畫人物手也。子書中，惟韓非子神于畫鬼，莊周如蒲永昇善畫水，兼能繪風。他如韓退之書《張中丞傳》，柳子《段大尉逸事》，亦英英寫生筆。子厚諸游記，絕妙山水，吾欲展而大之。陳壽《三國志》、歐陽公《五代史》，花卉、翎毛耳。《晉書》尚有一二筆，他史無足入譜者。因與某論畫附記于此。時同游者爲參夫，參夫之侄元躍、士楷，皆文士而不能畫者也。

能畫不讀書，圓形離其理。胸中少萬卷，筆下丘壑死。匠手無正性，擅長亦畫史。墨氣卑如娼，燕市倚趙女。亦有負潔癖，區區眼如黍。一丘自謂過，安知大山水。惜哉鬱輪袍，輞川亦蒙恥。畫師閻與吳，無文筆可鄙。雲林意清高，精微伯時李。墨筆如其人，小小泉石耳。我有幻妄想，欲起千載士。太白與仲連，興酣筆落紙。爲我圖五岳，滄溟沸十指。以此稱畫家，乃不名曰技。沾沾叱毫者，未足與語此。子瞻稍近之，能事竹石止。寥廓今古懷，把詩似陳子。

靈巖山居同薛汝儀移菊，冬深矣

秋菊有佳色，此句亦何好。萬耳食一言，作者應絕倒。南山一時興，寄于籬下草。遂令千載人，道諛不可了。譬彼懷奇情，偶然食羊棗。而我學其癖，祇爲狂士惱。孤山梅爲妻，亦自樂綦縞。何事問梅人，催妝頌窈窕。奇人萬里心，濯足千仞島。我乃承其流，挈瓢啜行潦。可知後世儒，胸中少懷抱。尋香逐臭同，踐迹邯鄲道。寒圃有深意，花開不肯蚤。冒雨鬧重陽，白衣徒擾擾。不但遠俗好，亦畏高士嬲。自媚悅山空，深籬來者少。兼之花事遲，避人一何巧。所以我與君，繞叢勤灑掃。選土移高株，把鋤及霜曉。更約法三章，花下禁醉飽。佞人莫題咏，摘拜慎手爪。相賞不爭時，傲然物之表。或謂我遲暮，賤少而好老。

至日梅有信

薄雪媚長至，山客何所思。搔首梅信未，是以行遲遲。高枝意蕩漾，自來硯水湄。嚴氣却賞譽，狎近非所宜。暗香疏影句，我亦能爲之。林逋老禿翁，安得強齊眉。孤山非吾偶，雙鶴非可兒。美子不肯嫁，佞媒勞言辭。長松掃天帚，寒竹曳霜枝。矜香欲割席，友安用三爲。以此每相訪，欲前還自疑。相思不敢言，躊躇未成詩。雪閣開南窗，遥望立多時。一罄和古歌，悦君君不知。

梅 下

正性樹妙香，草木之伯夷。清不可有二，高韵偶則卑。僕雪月侍婢，聊爲盥沐資。林暮自生光，大白揚潔姿。獨往從孤笻，猶恐清性緇。放杖倚林外，不將一物隨。詩思欲衝喉，稍躍旋遏之。屏息聽微氣，恐其涴肺脾。獨與香來往，瞑默斷思惟。受想深相入，莫遣山月窺。寒咮啄懸冰，鏗然落浣眉。

客木侍居，將歸阻雨

主人留客勤，更倩山作主。猶恐客不留，益以瀟瀟雨。客一而主三，寧復有去理。況我留更易，無援亦自止。此主兼此客，山中過歲矣。

其 二

失意過友生，籃輿餘百里。出門謂家人，十日之游耳。生平耐作客，濡滯無遠邇。即我與我期，自疑未必爾。往往訂曰歸，不信於妻子。果爾秋徂冬，牽挽方未已。固云我好游，一半爲地主。一半戀山中，一半滯病裏。一半待梅花，一半阻風雨。其始則乘興，興盡終復始。謂近不當游，游孰過於此。

立春後二日，董叔會、韓衡之、林守一小集紡授堂，同賦九佳韵

寒户借款客，新酥潤一街。將詩詡春甕，雪酎霜蔬偕。屢集何所有，濁醯浮槁鮭。貧庖肘易見，釋慚雜謔諧。謂客酒食困，寬以一日齋。掀簾請拜母，籃縷苦竹釵。孤也鮮兄弟，朋綵佽填階。帝命坊婺廬，湫牖萱房洼。客爲勒天語，方尺綠地牌時老母詔旌。深話當瓦爵，沉面見霜鬢。感懷今古中，何所置吾儕。把觴澆青天，灑酒濯臆霾。我謂姑聽之，無與衡升埋。堯舜周孔董，逢場亦類俳。但彼非偶人，借面抒所懷。實則蒼蒼者，未嘗有茹哇。造化既俳我，油然與之皆。日前凍風厲，今也穀風喈。強名曰冬春，亦人自推排。大塊一唉耳，安計稿與荄。人生菀枯遇，何以異此哉。司命即寸累，能無至丈差。茫茫謬誤海，焉能溯其涯。訟理與之競，章步跛鐵鞋。譬彼頡作書，一畫漸以加。岐一而爲二，架二而爲叉。乃至窮巧曆，棼如五組緺。若使一畫止，蝌蚪亦死蛙。錯漏盡補縫，煉氣無間媧。天地惡伯樂，故夷駘與騧。安事數米炊，銖兩稱楷佳。大業橫古今，貿以一角蝸。區區較遇合，失爽獲亦乖。杯燭深淺間，凍僕鼾荆柴。出戶簷留澀，泥巷榻醉鞵。

病中柬崔際熙醫儒

病身減著作，千載無我位。志士生死輕，惟此中所畏。淹儒驅草木，爲吾屏大祟。健而無述焉，是則我之愧。皇皇今古心，秉爲知己累。敢曰與斯文，後死逐前隊。或者一家言，他年用相慰。

答贈錢塘錢殷求

有客來杭州，瞪目視今古。上天下地間，山川佐揮塵。語我西湖上，白蘇作湖主。二公山水淫，登涉准歌舞。飛來朝雲腰，湖心樊素口。孤山老鰥夫，雪滿寐寒嶼。我爲湖作媒，將湖嫁林叟。高士梅好述，艷妻非吾偶。錢江吹大

聲,號天志覆楚。越厭響吳廊,破舌老臣苦。英憤不可吞,氣挾江山吐。千年西子湖,乃傍錢江渚。西湖四時笑,浙江千載怒。激折寫魄毅,濃淡鬥眉嫵。志士擇於斯,二者知去取。胡乃無冬夏,六橋續簫鼓。錢塘濤蹴天,秋涉停江滸。褰裳避大川,厲揭狎兒女。交友與論文,由來盡如此。語我者誰與,錢江有錢子。我無以題之,錢子錢江似。

病中柬陳雪潭醫儒

鮎鯽服鶺鴒,網罟匪所畏。凡物怖其天,如疢取以味。草性於人身,無形氣相對。至人大創加,窮追剔腸肺。負固堅失險,駁矣弗遑喙。子謂我懸師,罙入黠戎避。客主攻守兼,并力攻則倍。砭飲自攝半,聽醫受學類。寇盜遏食色,譏偵悊眠睡。武怒內樹敵,伏戎起逐隊。酬接多一言,竇蟻金湯潰。牛背授五千,玄玄亦為累。中散論養生,鏗聃失淵邃。胡乃刑東市,吟詩訟近愧。譬彼虎食外,而我養其內。以知尊生者,能言非所貴。感此汗通身,永矢德言佩。

佛日步月,過法海寺觀焰口佛事,示雲柯禪者

四月浴佛夕,澄月皭如晝。病步訪鄰緇,瞑衲定哦咒。云有饑鬼呻,煽喉焰燒咮。大士現肉身,危壇直北首。手目兩化千,森然坐營救。彈指香燈果,撮空幻塗糗。不但燕餤骼,果然飽登豆。亦召仙祇神,普以佛法授。侍坐者凳四,護壇諷左右。壇左曰雲柯,舌本藕花幼。上座趺止觀,伣穆語無漏。左右宣揚之,猛獅繞壇吼。譬彼大師嚴,道尊冥唱訓。侍者即導師,苦口申句讀。我息諸見聞,屏氣立其後。肅肅器鉢間,如有物可觀。瑣細餘子魂,但能歆勸侑。亦有毅魄嗔,雖鎧蹴天驟。拔山蓋世雄,投戈懺爭鬥。韓彭何英英,迅盧齾罷狩。辟穀負前知,救頭胷臨柩。乃至才鬼流,亦悔章句陋。沉冤屈吟騷,介雉翀竽雛。腐史酒肉簿,鼠肝大刀鏤。李杜俯三唐,開荒趙鏄耨。太白趙女舞,甫也瞽曠奏。莊周稍通達,堯舜遭厲詬。道家之儀秦,五十步亦走。丈夫

秉精靈,三立哄小就。偕彼五月螽,動股争氣候。譬則萬石弩,乃爲小鷃鷇。大千厝火寐,高懸净瓶雷。我亦七年病,方將畜艾灸。

示羲生行脚,兼訊舊游諸巖壑之六。
予讀書山中,時羲生十四五沙彌也

今日老行脚,昔日小沙彌。因知古山川,亦有孺幼時。大瀆濕所化,喬岳地胎之。其餘阜出土,茁如卵字鯏。天地四生等,如鹿魯爲麛。以此知河山,始生若嬰兒。有生必有長,誰者胚乳兹。而後漸壯强,雄秀蒼鬚眉。我摩崑崙頂,生髮尚有遺。撫之或未燥,今爲壯髮垂。寄言丘與壑,勿矜古老姿。我嘗見其孩,茁地裏初離。云我生也後,何以先彼衰。

菊月爲社中鄧戒從母壽

蛤之腑娠珠,璞之裏離玉。或剖而出之,甲坏璞斯辱。石既委泥中,介亦剸其肉。譬則寶沽諸,誰復顧敝匵。惟彼寧馨生,人日嫗詒穀。如果樹所胚,實乃華其木。如海胞大川,永永母巨瀆。如瓚酌黄流,飲醇頌旨麯。鄧生天下士,美子媚母腹。荻堂畫父書,致身何不速。志士惡佞售,高媛耻庸福。所以澹稱鵴,養志惟啜菽。開榮會有時,秋室傑霜菊。君子壽其親,清河勤伐輻。喃喃九如篇,無乃近巫祝。

柬沈英多齋

好友五年别,爾進我日退。衣冠債未了,既受菩薩戒。澹茹除葷血,其道曰兼愛。在君爲小法,已能使我愧。爲子泚通身,感心問至再。天地産禽魚,乃爲衆生餌。譬則施狂藥,飲人嗔其醉。夫子省釣弋,酒脯乃不廢。軻也遠庖厨,亦云畜豚彘。儒者讀其書,文彼殺業熾。不欲勿加人,孔曰近取譬。一無罪勿殺,孟氏言之亟。胡乃肉食者,民視等菅芥。或者殺心頑,於人以物例。是以大悲心,惡死例一切。我今達所忍,横倒生無異。謂彼草與木,亦應胞與視。欣欣各向榮,有性必自遂。藻荇濕所生,菰化壞木耳。瓜菓花孕育,胎生樹焉寄。蔬穀子入土,如卵伏而字。夭喬四生同,夭折匪其意。豈不畏鎌鉤,蚩蚩弗能避。至人觀我生,森然萬物備。蠕動吾分身,植亦爪髮類。何以一體間,彼此觀則二。若云彼無聲,可以加斬刈。未聞勩能言,而以瘖者代。若謂物有情,刀俎省冤懟。則是殺無知,有所畏而貸。矧彼動與植,輪迴有時至。腐草螢前身,現在須插翅。憫念見未來,愁然慎踐剚。豈特于方長,勿剪與勿敗。以此廣齋心,葷肉食俱礙。不但罷生殺,亦且屛蔬食。霜晨汲寒井,一瓢待相對。

紡授堂集卷之三

詩部七言古

九　日

我有好詩一萬首,携向人家欲換酒。言辭未拙拙叩門,行行無之虛重九。掀書三徑不須開,一卷陶詩素心友。陶潛籬下采黃花,我不愛花愛五柳。黃花寂静老籬邊,楊柳風前大放顛。

麥熟歌戲張二松

誰家兒矜,狂痴,朝也書,暮也詩,貯粟瓶,蛛交絲。鼠子移家住甕底,婦呼何怒兒苦饑。孔孟饑凍之嚆矢,開箱索卷欲焚之。婦無悲,兒無啼,阿翁釋卷學灌畦,南山綠浪麥離離。老雉穀穀呼晨炊,三月正當麥熟時。小麥滿筐,大麥滿箕,小麥釀酒大麥糜。麥槁燃薪麥實米,蒸黍燥脾烹伏鷄。全身浩蕩没酒池,婦歌烏烏兒跳嬉。婦媚其士兒呼爹,老農之樂今乃知。嗚呼噫嘻,老農之樂今乃知。早不負耜事鎡基,諄諄然孔氏之《學而》。

東邊日出西邊雨

東邊日出西邊雨,東邊花好西邊苦。西邊涉蟻啼東邊,乾鸝笑也莫笑也。莫啼東邊日過西,乾蟻升封挪濕鸝。

高　蘭引

清齋高蘭高入雲,蘭旗揚揚招雲君。雲君出雲踏龍來,紫莖縛篲掃塵埃。

掃却俗紅千萬品，編蘭爲席蕙爲枕。深蘭光露流滿觴，留君蘭間十日飲。

戲 張 二 松

弗人詩，二松酒，不甚高趣則有飲，不論雅俗吟不問。好醜那管醉，無醒無心垂不朽。劉伶未忘骸，李杜亦敝屣。弗人净，二松丑。騷壇麯社吾戲場，隨意登場齊拍手。

送施辰卿游雁蕩

閩人言山尊武夷，君昔游蜀登蛾眉。試訪雁蕩浙江西，三山較之孰更奇。爲予仔細一評之，無爲成説定高低。由來山水待相知，康樂風流繼者誰。康樂遺踪世共追，自携雙眼欲何爲。名山定論待新詩，知君不爲名所欺。

放歌示薛汝儀

爲人不能使人愛，爲文不能使人取。知我猶有薛汝儀，時時勸我無復爾。我非有意愛人憎，强勉逢世顔有泚。我今且學之，願面買歡喜。我今學爲應世之文章，濃脂厚肉多且旨。我今換却骷髏之頭顱，步步折腰笑齲齒。汝儀乎，汝儀乎，女應不願我如此。不願我如此，安得世之人盡如吾與子。

吾客木侍居三年，去之而未有詩。主人薛汝儀氏以書來責予詩，遄走筆答之。山居舊名石可，予謂山中之石未有可者，題曰木侍，取古人閑居草木侍之語也

福廬之山皖而佞，靈巖稍清卑而隘。二山偶爲世稱賞，粗沙凡石也堪拜。登臨貶我佞時名，山水之間亦世態。我來游山異所聞，山下一園差可愛。一園萬木娟如眉，稍爲山間開聾瞶。園中又有佳主人，晨夕能與我相對。天下名園不可得，半在主人半在客。主人善醉客善狂，慢罵顧山奴俗塹。與君簡較衆木中，花有典刑樹有格。手種蓮花百尺高，栽松未老亦典則。千樹夭桃佞倖花，

半供使令半删斥。衰蘭瘠瘁礧石間，有時作詩慰落魄。麗園宜春我愛冬，卧雪梅坪坐竹柏。深春花暖磬聲香，亦賞其韵非以色。三年草木侍吾居，一房當柳臨清渠。對此如何不作詩，別來衆木應相思。

問　　劍

匣中尺劍夜夜吼，不報恩仇不屠狗。劍氣昏昏似病人，欲没不没數星斗。我欲開鞘再重磨，其奈無人可贈何。

贈楚荆醫人張達可

荆州自古英雄地，楚有儒者荆門至。盡讀人間未見書，軒轅素問資游戲。我非杜老年未衰，長年高枕亦病肺。當其氣激火炎時，有似三分互鼎沸。盤胸扼吭據孫吴，心腑之間角操備。火攻水戰策紛然，諸葛周郎竟誰是。楚人談笑立奇功，一劑排之水火濟。伐病居然當大敵，擲却方書出奇計。驅使草木如驅人，參苓俱帶英雄氣。

薛朝猷餉我梅醬，走筆答之

寒歲灞橋出高手，欲折梅花春釀酒。熟梅作醬意近之，門士餉予當紅友。食梅猶似記花時，樓西小窗雪浣眉。梅花難寄醖梅子，遠莫致之共所思。

題《清壑餌芝圖》，爲施逸仲君壽。
逸仲爲吾友施辰卿忘年之交，吾亦因辰卿而友逸仲也

人生不得行其志，雖生百年猶爲夭。吾嘗以此論高壽，期頤者多壽者少。於我逸仲乃得之，年未及衰稱逸老。少年名士老未售，向人不肯説懷抱。由來才子失路悲，盛壯雄豪衰潦倒。逸仲意中何曠然，少則春華晚秋潦。老當益壯窮益堅，躞蹀是翁亦喪寶。詩書肯作逢年具，不待至今飛鳴早。我寧願爲瘦地窮穀之寒柯，不願爲糞壤肥田之小草。一壑足宇芝足糧，文福數奇清福飽。世

人食芝如食肉,口齒高香心腑俗。至人食肉亦餌芝,肥粱剌齒等樂饑。世人潜壑即入市,凡心摧山作平地。至人廛市自幽壑,貧無所求老知足。門外有車,容之無屋。座上有客,享之無粟。我家有書十萬卷,父能教之子能讀。多富多壽多男子,與之不與隨造物。飯松衣薜巢神仙,我學退之自世間。以此爲壽觴四筵,坐客笑之君謂然。客中唯有施辰卿,舉一觴曰誠哉言。

山齋有衰蘭數本,瘠悴糞壤間。余心欲護之,而不能爲力,是余之過也。偶見膽瓶中插新蘭一箭,皆蓓蕾,未成花,余哀其莫爲愛護,方其稚而傷焉,歌以閔之,亦以告乎士之强作花癖者,使知花事,與刈麥殊科,無徒以銍刈,自附於《瓶史》也

風吹蘭芽芽初茁,一箭十花未開一。九畹嘯聚劫花賊,不問花時亂摘折。譬如草盜掠香閨,不待十六與十七。世間那有賊風騷,但有淫行非好色。又如水米聲未叟,盜甕村翁舖甕脚。如此安得稱酒人,不知其味徒舖啜。可知清事屬雅流,俗人學雅增醜拙。移文俗士莫愛花,名爲愛之實花厄。願言坐臥守花間,惡客防掠婢防竊。新蘭漸與秋風深,蘭旗插天高孑孑。

題柯無瑕畫

高溪懸山樹尾吼,割山負石老樹走。危峰牙牙山腹中,趨而避之立溪口。何人可以置此間,千仞岡頭一狂叟。我將呼曰柯無瑕,手中尚欠一杯酒。

客中送春

春風與我俱作客,携我舟行春水碧。二月三月共客中,四月同歸不可得。世間何事最愁人,草滿花闌客送客。

其二

春風故把濃花掃,留待新年正月好。何似休貪新歲新,省得今年一迴老。留春不住聊送之,遠送于野歸來遲。春風揖我謂我別,留將一片梨花屑。

客石巢五日,吾笑昔之爲賦以吊三閭者,猶享
　海人以乾魚,而脯鹿以餉山客也

　節物驚人客心覺,菖蒲上門黍生角。欲尋舊事招古魂,荒船龍卧鱗甲剥。山深水淺魂不來,把酒讀騷與勸酢。英雄節義無文章,垂世猶之虎豹鞹。龍逢比干傳者稀,麥感薇吁國風格。孤情獨醒以爲文,風雅頌詩等醉濁。千古風流第一人,騷賦門壇楚囚作。宋景述子賈馬孫,毅魂呼之衆曰諾。才子蓋代相豪誇,作者張羅繼者縛。孤高文人羞餔醨,應耻後來啜其粕。特舉一觴揖鬼雄,餘子護壇前且却。傷心不忍慟懷沙,把其文章以相樂。

今日喜作詩,偶於篋中得友人索書,董箋試筆書七字,其首信手足之,
　喃喃然遂不覺滿紙,兼寄董子叔會、韓子晉之。憶數年前,亡友袁
　亦人謂予:子文不如詩,詩不如字,然則無法者勝也,然乎

　松江董家雲母箋,十帙一束百文錢。猶勝案頭塗惡札,爛墨冗筆斜可憐。吾鄉草聖鄭善夫,外孫陳勳頗省焉。先後之間吳文華,述祖懷素兄張顛。邇來雄俠張閣老,鴻筆如帚欲掃天。敵以高閑深而秀,筆帶佛相曹學佺。抵掌賀監莊奇顯,細不能大亦鮮妍。吾見其進林中書,惜乎天不假以年。吾友韓錫善古文,石闕畫指竹書鉛。董子養河老禿翁,髮短手幼妙娟娟。二子謂我太無賴,胡不能正鋒用偏。我聞斯言謝不敏,蘭亭古迹翻未全。書皮扇面爛紙尾,意在取適非必傳。當其縱筆無所本,我自讀之難竟篇。學醫費人書費紙,安能如此拘拘然。唐碑晉帖鄉古獻,讓子與之相後先。

雨

　深春渴秧兒失乳,官督老巫代秧死。肉食祈天巫翔舞,薄言往愬逢彼怒。四之日雩訖三月,風雨或與人意遇。冠蓋紛然謁上帝,曰天雨粟縶我故。去年海上賊捉賊,臣曰我武飛露布謂鍾捉李。

薛會母挽詩

我聞昔人之言曰,君子曰終小人死。死則宜吊終宜賀,孺人女中之君子。孺人何以相其夫,老擲烏紗游鹿豕。孺人何以教子孫,曰士之子恒爲士。登母之堂繞素幃,林立孫曾餘百指。古來七十人生稀,母幾百歲少一紀。即使母自爲造物,所以自置寧過此。戶外吊客掩面啼,母應笑之何乃爾。前山深壑魂來遲,楚些俗聲夜洗耳。

林履卿花燭詩

吾門之中三林子,伯吹履卿與鼎甫。三子少年天下士,閣筆春山待辰女。伯吹佳期清明候,正月便思寒食雨。山居二月至十月,居內半續鴛鴦譜。鼎甫花燭十月初,七月八月學歌舞。十客扣門九不開,花窗折花調鸚鵡。熠熠文鸞呼竹間,拏雲高鳳不肯舉。履卿車牽後兩生,一日鬋發之初五。前此三十初一日,屈指佳辰近可數。山中相對閑閑然,柔情不肯上眉宇。丈夫不爲兒女歡,乃能不受兒女苦。盤盤羞作池中鴛,翔翔出戶龍與虎。高筆橫架五岳巔,安能屈曲效眉嫵。雙玉高花紅燭中,催妝之詩爲此語。座客曰惡是何言,誰首肯之吾與汝。

王子催妝詩 時予有石巢之行

渴蜂憶新蕊,未香魂繞蘽。有士三十餘,自稱曰梁鴻。促足示月老,乞我一牽紅。必得蓋代姿,才兼與我同。城市不可得,求之村落中。有女十七八,隱居郭之東。待年讀三易,不嫁占春風。王子晚得之,未娶先情痴。才子矜佳人,賣畫買新詩。佳期三月前,嗔我催妝遲。對客指書空,學畫八字眉。鴻筆寫細翠,老畏不相宜。正月換桃符,招婦貼門楣。正月花筆鮮,邀婿共臨池。正月漉春酒,雙面沉一卮。正月剪春燈,芙蓉燒並枝。王子乎催妝之詩題滿屋,雪老鶯初春睡足。我方別子出門去,春江明花照獨宿。

客以"日月兩輪天地眼"索對，阿昕以"風雨十條雷電鬚"應之，口號自嘲，或謂我譽兒也

我家阿昕年八歲，弄筆杜撰七字對。嗔我乞與墨紙澀，更惱先生梨栗貴。風雨鬖鬖雷電鬚，摸著雷公三尺喙。比我四十而無聞，如此後生亦可畏。

武夷春旭圖歌為建州吳兵使壽代

九曲深溪春雲裏，山腹玲瓏出山尾。正月漁郎吹洞簫，蕣眼未醒寐春水。中藏換骨古靈丘，仙人成館鶴成市。前有王子騫，後有白玉蟾。張子一呼仙二六，希夷破夢日三千。武夷山君幔亭主，春滿壺中集仙子。玄黿膾細，白鹿脯鮮。三姑拍手，玉女搊弦。袖中弄出赤彈丸，酒闌一擲飛上天。煌煌東方紅玉然，千尺龍燭爛華筵。晶晶日出春桃娟，灼灼華明上鬢邊。武夷主人笑語誼，云是秦時拋核聊記年，二千餘歲開未全。曼倩小兒偷不得，呂政劉徹空流涎。仙子催花動鼉鼓，三姑停歌玉女舞。須曳控鶴仙人至，口能出雲雨可致。群仙笑謂我有使君沛然能作霖，母爲作此逡巡雲。雨兒戲之小技無，恩乃公我且揚觶。葫蘆自倒春未深，三十六峰杯底翠。紅輪投轄駐山中，招日酣歌且停鑾。

送潘昭度先生擢藩江右公湖州人，以河南學使觀察閩中

半壁天下開兩目，彭蠡震澤君百穀。茫茫大江挾漢流，蜀頭吳尾荊楚腹。三江經紀吳東西，流漱越中舒百足。出納彭蠡具區中，巨口嗑之如細瀆。當以異人雙巨眼，二壑坳中瀉兩盞。經綸節義文章兼，於人未嘗許以膽。孤高少年立中朝，岳岳強項不可俯。帝曰中州天下樞，以公宣鐸作之師。炎海鯨吹海波搖，斷斷持斧來皋陶。大江以西控三楚，鎮以方岳帝咨汝。洪都藩鎮連武昌，滕王危閣騎鄱陽。明之彭蠡漢垓下，天鉞斷蛇真龍翔。後此鄱陽攬龍子，大儒按劍孼龍死。二百年來龍戰場，莽蒼窅游今子長。滿目近事千古意，吾代何可無史記。大川濡筆名山藏，彭蠡之中峙康郎。天目具區不肯許，曰公挺生我地

主。公謂名山且莫争,傳之其人曰曾生。小子何敢與于斯,入山且讀十年書。

讀兩生藝有序

崇禎六年冬,客游福廬。吾友施辰卿以其長君大昕文見示,方生宜闍亦因吾社施有敦以文來質。走筆書此。吾讀今人文章,每得一美子,未嘗不太息痛恨于王半山也。吾門有張子可標者,亦以此示之。

詞賦壯夫羞不爲,而況區區事訓詁。英雄氣短無奈何,一半從今半學古。史遷班固大文章,蹐足僂行循八服。安排蟲臂削鼠肝,焉用丈夫力如虎。三百年來王制嚴,糊目經生無所睹。青苗剜肉未糊心,不過當時小民苦。帖括對錮天下士,甚于坑焚王介甫。志士強顏負起衰,區區聊復齊變魯。我今屈曲鬢成絲,安置此身何處所。一時出處千古名,二者計之十去五。老牛跼踽觀快犢,兩生奇文燈下讀。大昕崎嶇縮鴻筆,士元百里抱案牘。方生手幼心清妙,慎勿過求彈古調。喑啞叱咤亦自喜,逢年則迂曰張子。

客玉田,鄭體乾餉我其家季卿書、扇、支提茶、程君房墨、棋盒、梳合、麂肩、肺肚八物,予受其墨、茗、扇、梳合,走筆答之

客悵煩雨朝未已,蒼頭叩門餉八篋。鄭子手啓書滿箋,持向床前睡驚起。生平不曉看圍棋,與我弈具非所宜。短髮雙梳缺數齒,裹以惡紙爛書皮。檀香合子斑竹筴,雖不相稱試櫝之。我聞季卿人慷爽,何以臨帖稍病肥。結客無家今已矣,把扇親如新相知。支提山茗程氏墨,鮮如雪白古漆黑。病肺老饕釀作賊,沸雪搜腸戰必克。洗硯試筆句未來,磨墨須之未可迫。生致麂足及肺腑,客處不設爨與釜。寄之庖人非敢辭,我欲大嚼自過汝。

題《松石圖》爲張擎宇前輩壽

髯樹耆根羞附土,負天高棟石斯礎。古鶯族居葺牖户,千人萬人避風雨。視蔭百草凍不腐,撑日扶月互隱處。怒龍撼空騎蹲虎,雲鬣霧毛相仰俯。箕踞

科頭無處所,羽客盤桓不敢撫。卓卓霜傑誰與伍,張子阿翁曰擎宇。

豫章署中送羅無美燕游,兼柬社中周子立

我來豫章如處女,窺樊野鶴梏足麂。滕王高閣彭蠡湖,愁坐相思去盈咫。衙齋揖客軒軒然,驚見故人羅無美。儒冠半舊青袍鮮,我笑謂君安有此。君云鬱鬱鄉里中,大翮安能逐鷚起。我今一上黄金臺,神龍出雲塈先徙。子虛詞賦帝京篇,當世大人雷轟耳。丈夫五十名未成,安用王侯空倒屣。富貴吾徒自有之,肯向交游乞牙齒。長安車載進賢冠,子但易之以糠粃。無美乎,無美乎。我不患君不青紫,我聞朝中有君而無臣。惜哉遇此中興年少聖天子,公孫曲學稱大儒。何如海上老牧豕,吾友周郎今賈生,爲言遲我歌燕市。

題《松石圖》爲余玄同前輩壽

長松吾欲與之語,古石吾欲與之處。當世所謂大人先,生者高風典刑未必爾。下有虎魄松光起,玉生其中石之子。天地日月煉其髓,千年萬年長如此。

醉中放歌呈施辰卿,時有約同游福廬,作此詩。崇禎癸酉十月十三燈下也

海天寒館風作威,指冠短髮不受吹。老生未肯自稱老,知我已非少年時。君少於予纔二歲,四十封拜亦既遲。況俱失路鄉里中,子猶豪健吾已衰。相視高歌莫懷古,丈夫不能與世違。喙長三尺何處開,蹙縮眼睚髧鬚眉。我學蠅聲控舌語,世人聽之曰太奇。我欲作賊,賊不可爲。我欲登仙,肉重難飛。我將爲今世之文士,今世之文,觀者舉肥,作者救饑,瑣尾而不可垂。茫茫千八百年間,龍門大筆繼者誰。英雄醃殺醋甕底,神龍失令醢雞欺。白登鐵城困龍隼,不藉巾幗難解圍。我今騎王半山之拄杖,借朱夫子之門槌。望門敲磚,拙言辭于嗟乎目,長的短矢往正移。乞巧柳子,送窮退之,送之不去乞不來。七尺一半土中埋,談深不覺歌自哀。尊中酒空涙滿杯,明朝觀海共登臺。百尺天門眼

好開,酒坐莫有少年客,白鬚老生狂不得。

重游靈巖,走筆示得之和尚,時予病背未瘥也

仙佛常住之師友,山川無壞之吾廬。松花不水旱之田,竹子不耕種之蔬。我雖別此將十年,丘壑于我未相疏。山僧應老而不老,我年未衰雪滿顱。長松喜我去復來,盤濤作聲相歡呼。禪和嗔我老頑皮,金刀爲我割霜鬚。我今長與仙佛居,拊我病背金臂舒,夜來作癢搔麻姑。

讀魏武詩

其人爲霸則有餘,其詩爲帝非不足。大風之歌秋風辭,視之魏武竹弟肉。數千年間魏有唐,杜甫曹操相低昂。白也慷慨孫郎比,東西争帝將雁行。虎踞龍盤天子氣,曹魏終有并吞勢。少陵野老目無之,大聲不肯引車避。

九日,陳道掌、昌箕,李元仲,余賡之小集紡授堂,續《邛帖》之十七章也有叙

甲戌九日,四子集紡授堂,時昌箕、賡之罷公車歸也,李子又買舟還汀水矣。蘇子瞻云:"人生惟寒食、重九不可虛擲,四時之變無如此者。"寒食之變,而勾芒也,大夏也,變而之昌明者也。重九變而寒江凍涸矣,黄落矣。今文章之變,得無類於是乎哉!夫已食芻豢者,難于食菽。今得氣之文非直菽也,殆强人以茹敗醬食糠覈矣。程明道曰:"新法之行,吾黨争之太過,亦當兩分其咎。"自厚而薄責,强忍而不争,是所望于今之善變者,吾黨則何以處此也。某并識。

杯無茱萸徑無菊,深巷無山舒遠矚。席門折簡遲友生,小摘霜芽飯脱粟。蕭條寒話過重陽,主人乃謂能免俗。四壁附耳聽小儒,大言振瓦破淑屋。文章力與天人争,在山爲岳水爲瀆。何似卑阜狪跛羊,獻澮利揭凫可浴。焦釜晨炊渴須泉,十尋綆探一尺縠。索綯甕嫗何皇皇,寒汲還將百尺續。秋士窮老未懲

心,燕客刖餘雙捫足。相看失職送將歸,游子還遲客去速。

甲戌秋,林挺甫五十初度,效白記年, 吾少挺甫六歲,誕之辰後十日也

陳亮五十始登第,落拓林生未得意。屈指君如陳亮時,老猶未遲後三歲。眼花秋室咿蠅聲,安排訓詁須小試。蒼頭折柬謂我曰,九月十三初度至。更謂爾生亦是月,似憶其期至耶未。因君問我方憮然,我生之辰不欲記。蒼茫忽覺十日間,老來迫人何處避。一時千古事如何,人生有幾四十四。雖云社齒以肩隨,拈鬚比君白數倍。

劉薦叔以《洞山九潭志》索題,歌以答之

未至其地咏其勝,譬則於人未同言。好以文字附山水,亦等餘子趨龍門。名山大川惡夫佞,知己必在神氣接。吐吞未許草草未識面,徒以酬應文章相攀援。曾生幾乎把臂失劉子,豈無一時千古事可論。山更水換天地死,古來我輩人長存。何必隨聲載筆於洞山,拔地之秀削,與夫九潭高水之潺湲。或云山水以人重,或云人與山水傳。我今逢君竪雙眼,大瀆一勺岳一卷,一丘一壑姑舍之未足展。踢翻鸚鵡之脚,搥碎黃鶴之拳。區區洞山志可焚,十千巨觥三寸燭。吾爲子歌壯游之新詩,爾爲我誦平生之奇文。

送右伯申青門師入賀,崇禎七年冬也

皇帝元旦開九閽,八年新政敷明堂。蹌蹌金烏來萬方,如日之升依明光。閩南牧伯方束裝,有士五載居門墻。送行感時涕淚滂,指冠壯髮不能長。欲行無車渡無梁,尺二頭巾裹深霜。于嗟乎,今世雖有孔丘之道,管仲之才,司馬子長之文章,不能安章排句事科場,出疆無贄徒皇皇。白身且慢言一匡,《史記》姑俟名山藏。我觀古來多事秋,俊傑車載而斗量。即我高皇起一旅,從龍如雲相翺翔。何乃今日聖人年少問未央,英英側席四目張,腹心手足視茫茫。吁噫

嘻，舉朝之莊莊，無一士之可王。天下之徜徜，無一生之能狂。生今不敢高論乎農黃，救時卑之言富強。帝京胡馬春放韁，自來自去何洋洋。輸邊千萬求倉箱，數入未聞驚大創。秦晉燕齊周楚鄉，行屍揭竿驅流亡。三吳人心如沸湯，誰益薪者勢漸猖。決川導火未可忘，滇蜀黔粵介蠻荒。有金如粟馬如羊，蟊賊剜肉憂成瘡。汀贛蜂結山作房，一窠飛螫四省忙。閩浙粵東毖海防，尺澤之鯢亦缺斨。帝剿不剿波屢揚，數撫誨盜胡可常。公今觀時中感愴，入對我后昌言揚。天子曰都留帝傍，元首明哉股肱良。天下加額須平康，閭人夢思親繡裳，同我婦子怙甘棠。

爲老功曹而能醫者壽

人生不爲宰相則爲名醫，宰相可以治天下，大醫起人之顛危。獨有寂寂老書生，糜棄歲月無所爲。著書白頭秋室中，草木之年記者誰。似君橘裏介眉客，傾杯倒甕填軒墀。上自大人先生者，乃至里巷諸旄倪。謂君有年彼有命，二者修短數相隨。各欲自與以鏗呻，願君亦與鏗呻齊。人之祝君以自爲，君則自祝爲世需。彼此懷中意相反，兩願並爲一期頤。蕭何造律能殺人，君文無害人舒眉。乃知烏喙猛毒藥，仁人用之如餌芝。如君斯不負齒髮，驅使草木天不違。我不乞君肘後書，我不借君竹杖騎。左手勸君酒，右手捋君鬢。但願君壽百千歲，舉夫百千歲之人而壽之。重曰橘中之千歲，翁兮爾尚憶天下事。曷出而爲蕭曹之事業，隨爾百里之寄一命之司。而沐浴千萬衆之呻湯吟火於浩蕩無際之上池。身不得爲漢丞相，惜乎爾生不遇時。

同趙十五、張行子諸君小集擘荔，即席口占，贈小鬟祥卿

十四歌兒聲小小，病眼看之不忍飽。譬如四月擘荔枝，幼色妙香未入口。破林小摘挂床頭，一顆綠玉涎數斗。樹頭已老人食新，紅塵熱趁一騎走。火山燒手腹果然，老饕者多知味少。

爲陳惟秦山人八十壽

吾於今世稱詩者，未嘗一言題贈之。我所著作逢彼怒，彼之所喜我不知。惟秦山人老詞客，把吾詩卷詫曰奇。笑謂今時之高士，俯僂貴游髠鬚眉。入門不迎出不送，俳諧焚掃侍琴棋。齒縫風吹入官府，巢由馬首跪致辭。大蟻升封小蟻聚，樹壘負固重插籬。高棟正聲陰韵府，塵垢囊中行相隨。側肩曳足入朱邸，熱鼂附釜舌舐脂。識字媒儈有鬢妓，伺候文酒兼談詩。李白猖狂杜失律，韓愈鬼魅元結痴。輕俗寒瘦姑舍是，彼哉中晚體格卑。吾徒正宗唐初盛，自以爲是居不疑。今之言詩者如此，所以老人意不喜。八十稱觴詩滿囊，曰壽我者惟魯子。我不頌君膝上之孫曾，我不頌君口中之兒齒。我不頌君黃花霜鬢能高歌，我不頌君毛書夜眼堪細視。喜君能與貴人游，不許貴人稱知己。喜君難老而能貧，手擲扶老走入市。儷叟苦吟孫讀書，小甑糙米城角寺。我聞人言，富貴乃吾所自有，吾所不知者壽爾，如君真可以長年。上床一褐，下床一屣。剔牙香殺青菜根，摩足未須赤脚婢。不仙不佛老布衣，兒視老彭弟李耳。

余希之、廣之編選社旅誓訖，廣之書來告成，答之

丈夫何事不可爲，而乃區區事訓詁。聚斂蟲臂編排之，爾之所樂我所苦。希之四十弟三十，頭雖未白唇已腐。胡爲乎浩蕩拍浮於章句之中，今不成今古非古。一代英雄化蟪蛞，摩詰雲林圬糞土。眼中天下事何如，八股功效乃如此。廣之手書謂我曰，伯氏筆耕仲書賈。季也不得已而掃掃然，癢硯代食濡渴釜。

放歌爲林挺甫節母壽

人可以不富貴，有親在而不可以不富貴。吾與挺甫堂上俱有辛苦艱難之節母，吾母若母俱老矣，而未有一命以相慰。吾母與若母則時進吾二人而言曰，兒不學以爲愧，遇與不遇時也兒奚懟。於是崇禎八年長至後之四日，林子

之母於斯辰也設帨,林子則跪酒上壽而不成醉。男兒五十未成名,母今七十有二,揩揩然而含檗哺糜,晝紡夕緯。林子之母則又進林子而言曰,兒胡皇皇,吾能須爾以期頤之歲,兒不見乎夏有蓮,秋有桂,桐竹不先時而實,橘柚不背霜而翠。林子於是再拜長跪,舉一觴曰,兒有母而不可以不富貴,兒有賢母而不可以不富貴,而可以無争遲早於旦晚之荣菀瘠瘁。今亦不遲矣,蓋秋以爲期,勿謂五十孤兒之報母也未。

送董叔會偕長公德受國博還朝時今上以流寇修省

正月柳眼醒尚眠,春水瀰瀰柳繫船。有士將爲萬里別,風吹髮短霜滿顛。問爾胡爲乎遠行,曰予送子官一氈。于嗟董子今祖生,吾與爾對床起舞十有五年。來胡爲遲遲,其着鞭中原,流血土未乾。南北之間孟附咽,聖人罪己方求賢。于嗟乎董生爾曷一痛哭,二流涕,六太息于少年天子之前。胡爲乎白頭落魄涖子于燕道,逢揶揄之鬼,大笑咥然。董生乎無歸,爾曷投筆焚硯,仗劍之邊。東劉女直,西縛于闐。單于繫頸,北闕頭懸。不則五岳名山從此逝,散髮于衡霍之巘,箕踞于恒岱之巔。嵩峰華頂,排闥上天,安能俟婚嫁之畢而後升仙。于嗟乎子皋比父,縫掖子乘,車父戴笠,快駒追風,老驢鳴櫪。黃金臺蕪三千年,老生過之背負笈。董生董生遲我來,無爲獨立臺下泣。

吾友周亮如贖妓,嫁之魯子,感其事而歌曰

天下男子之淪落而不得意者多矣,未有過而問之者。失路鄉里一筝鬟,周子邂逅雙淚灑。明珠十斛贖蛾眉,暫借鄰家金屋鎖。愛人以德禮明微,坐懷不亂曰未可。召妁選士須其人,美子剩衾且虛左。我觀古來烈士辱泥中,命彼後車載者寡。解衣推食間有之,踞厠洗足雜慢罵。潔女不坐柳下懷,小兒呼將寧胯下。無禮豈如縲絏中,收而賤之等拋捨。英雄或仁而下士,長纓汲心取爲我。千金不惜買同床,連城鈞淫猶注瓦。我重周郎一片心,賤殺江州淚司馬。于噫嚱市或估相,牛飯青車亦檻霸。囚衣赭願將周子,明明如月之肝腸。張爲

彌天萬目之，羅橫九野無使世。有落拓丈夫失意類巾幗，琵琶遮面鷗弦啞。

《有鳥篇》爲門士陳子鴻謨之母壽也陳子有兄先逝

　　有鳥有鳥生兩雄，大者將母翅繞叢，綢牖塗雨户墐風。小者矜毛養翮自東西，翔翔遠志隨所之。大者中道隕矰繳，小者朝亦哺母，暮亦哺母。嚥獵蟲臂，股棗苣秠。大鳥遺雛黃咮哆哆陳兄有遺孤痔，嗾養羞吐膴分瀡，抱母出穀餘翛尾時陳方移居。彼鳥彼鳥，爾非無八表之奇翼，可以橫縱十萬里。爾胡不負母上天，飯母瑤池核飲母。金莖水千年，萬年母無死。不則辭母且飛去，啄東海之鼇肝，銜北溟之鯤子。麒麟細膾白龍脯，母也嚌茶償以薺。區區漁佃於蜻蜓之六足四翼，詩粻於沼沚之蝦蟇蛙髀。弱肉小鮮，瑣甘細旨。凡鳥反哺，鶩鷃所恥。彼鳥望天刷，翎聽雲側耳。翩然試翩投予懷，曰待涼秋大風起。

紡授堂集卷之四

詩部五言律

晚來

徐徐步草堂，倚樹借微凉。留月遲燒燭，驅蚊早閉窗。鼠喧攻米甕，僮鼾鬥茶鐺。坐覺輕風扇，新蘭習習香。

孤山塔觀海 塔俯永寧衛，爲泉南關鎖

八月游氛淨，升高及此時。一山屏郡縣，兩岸極華夷。地盡單拳竪，天寬四角垂。孤城憑麓小，寸馬立旌旗。

鄒五催妝詩

妝成方十五，恰好婿齊肩。我錯新昏過，人非二八年。如鶯三月暮，纔抱一枝眠。安得比雙玉，高花紅燭邊。

其二

琴書今有助，文事入閨情。問字親夫子，閉門獲友生。夜闌時讀罷，茶熟與香清。燈下人如玉，遲君再一更。

福廬石丈

石以側而媚，亭亭立獨危。丈呼吾豈敢，我拜爾爲師。朝市知難住，林丘臥不宜。但存袍笏意，留作漢官儀。

鳳巖

佳鹿雖然少，空山一味清。寺何嫌小築，石亦喜無名。徒省供全約，游稀

累愈輕。試看金布處,盡日苦逢迎。

送楊吉騰北上公車

勁隼秋高出,翩然毛羽豐。劍光猶半匣,雲翼已開籠。逢世才應爾,達人致不同。看花須按轡,莫亂踏春風。

寄柯爾立兼訊林若梁師

每憶君前歲,題箋屢寄予。似迴無去札,近亦少來書。吾有師多病,山中問久疏。時時相見不,漸老態何如。

送張一游武林

丘壑盛名下,須經巨眼過。西湖聞好景,問爾果如何。若以常時尚,吾知賞者多。悠悠山水意,相視一長歌。

客樓問梅作一詩別之

客子去何忙,梅花漸漸香。小樓時獨對,幾樹正當床。行李明朝發,寒山驢背霜。又添一離緒,牽掛我愁腸。

客中同諸子坐月,旱久矣

憫旱客愁中,無田亦願豐。杞憂分藿肉,菜色混英雄。覡舞雩成戲,天呼聽愈聾。炎陽驕未足,夜月暈添紅。

久不見山公髯矣

漸老一相晤,此回有異否。居然僧髯髯,添得影颼颼。毛髮殊消長,機權見去留。到頭髡得盡,纔放此心休。

浴佛日過法海寺

深巷雨疏疏，讀書聞木魚。因知近寺梵，肯過靜人居。茶罷尋僧去，蘭新浴佛初。蒲團容定客，暫許習心除。

董子叔會以詩來，許我月夕過謂月樓，次韵遲之

所思十步近，病亦懶相求。約我先呼月，遲君共上樓。茶藏三伏水，蕉老一園秋。以此同予美，猶堪永夕留。

客中初度日過即公

出門無所適，于野忽逢君。衲引閑行客，鴻依失伴雲。伊蒲僧俗共，觴政酒茶分。不是緣初度，偶然一斷葷。

林衷石雙壽詩

凌霄豈無具，雙雙戢翼眠。斯人有隱德，其道可長年。明志稱觴澹，讀書食報廉。自然留與子，雲翼已翩翩。

方具蒙花燭詩

相識纔童子，今朝稱曰夫。似因予老大，不稱爾歡娛。古有閨中秀，居然女可儒。玉顏何待問，才得比君無。

病　客

客久不思去，病頑不畏頻。鼻觀香出入，神與茗清新。事佛親高士，翻書閱熟人。祇於妻子淡，嬴得自由身。

山居病中

隨意聽山鳥，譯之語語新。佛前稱揖客，花事富貧身。暫寄蒲團上，聊觀

得病因。却非無所見，亦畏繫閑人。

客木侍居梅詩八首

梅有信

繞樹探十日，寒林纔一花。細尋香處得，暗記某枝芽。梢長漸勝月，條空不碍霞。盡情看未忍，留興立昏鴉。

再訪

雖是花猶未，高枝已漸開。病人扶對雪，山意遠親梅。賞不宜多伴，看能日百迴。淡然無酒累，時共茗壺來。

十四夜坐梅

尚未至林下，高枝意已狂。竹間如可見，松裏亦分光。花重鴉聲白，月來人影香。坐闌深袖手，懶拂雨眉霜。

雨後

昨日寒兼雨，梅間少一行。今朝風未已，且及曉來晴。嚴飾矜新沐，高香樹聖清。出幽乾鵲喜，先我選枝鳴。

梅閣

山居樓百尺，可以臥梅林。光薄紙窗透，香濃清磬沉。一鴻醒雪客，千樹寐霜禽。但覺重重白，繞人寤語深。

梅坪

獨有梅枝信，時時問不忘。一從開至落，日在竹西庄。次第風霜月，商量韵色香。近來無事慣，幽賞却添忙。

梅花別

梅花底事者，臨發向人清。不忍折枝去，聊爲繞樹行。何能香且已，無撩別時情。從此幽尋夢，家園夜夜輕。

又

客以梅爲主，出門應別之。一筇孤影共，雙屐片鴉隨。猶喜及今去，何堪見落時。幽香遮馬首,似問再來期。

董叔會七夕初度,即席分韵,兼送王周父參軍之楚

四十子添七,吾生稍後之。撫杯看壯髮,君短我如絲。年閱頻來去,人應累合離。雙星歡恨並,故照手中卮。

山居贈定生和尚

佞佛性殊懶,長齋苦不能。病人一半死,獨客幾分僧。以此山中意,對君塵外朋。頭陀吾是否,搔首髮鬅鬙。

山居遲林鼎父不至

霜與月俱好,詩成人不來。星明深樹透,鐘破暝烟開。濁酒市非遠,山僮沽未迴。蕭蕭疏竹裏,獨坐獨徘徊。

戊辰元日

三十又添八,漸於強仕親。年開春正立,曆換帝方新。貧賤何時已,干戈滿海濱。詩書衰病裏,憂世亦憂身。

三月晦前,客中同陳聖謨、柯爾立,招李元仲游石巢,時有警報

烽火雖云急,山情不肯賒。以君貧少累,似我客無家。伴己三人共,遲於一水涯。明朝春又盡,試問石巢花。

是日阻雨不至

此際登臨少,偏予得伴齊。關心忙裏事,遲友竹橋西。未損雨中興,明朝屐又攜。新晴游更好,水滿寺前溪。

其　二

濕濕已林坰,山行去未停。沾花屐齒鈍,過竹雨毛青。杖倚詩方渴,泉添

水滿瓶。風聞從警急,聊作沸爐聽。

秋日樓居

百尺挂城頭,何人許上樓。到門山是客,當水閣如舟。柳短不勝月,蟬譁未分秋。索居寥落甚,猶得病相求。

芭蕉

芭蕉有何好,盡日雨聲留。對此無端綠,杳然方覺秋。琴停挂壁穩,老去逐情羞。安得人如月,徑來上客樓。

清明日,李右宜澹生過山中製茶

茗摘友生至,藍香竈恰紅。雲雷方甲折,草昧建茶功。飲必選人共,氣將名士同。相思君不見,只在一甌中。

舟行同陳聖謀却憶吾家竹樓

桃花倚店幽,未肯入溪流。一笠瞑牛背,雙篙騎水頭。人乘破浪興,鷗玩濟川舟。却憶城西竹,瀟瀟方滿樓。

病客山居

客裏又山中,無塵但有空。石爲常侍者,佛作主人翁。病省交游累,閑當藥物功。只餘雙鬢在,大半與僧同。

孤鶴

鶴峻不受黨,狷宿懶成巢。瞑與定僧兩,清嫌一影多。何爲行踽踽,自喜舞傞傞。擬以於陵子,辟纑不似他。

其二

鶴態何高簡,矜孤舞未降。意中群少可,吾與子爲雙。行好隨琴侶,讀宜共易窗。更憐一影白,月步立清江。

其　　三

一鶴鳴何意,却非失伴號。我將師狷立,松亦效孤高。選樹如觀主,無朋不損毛。鵝群嗔獨醒,君試共哺糟。

山居不寐

習静晝未覺,更深自不同。獨醒午夜後,一寺四山中。暗記某峰雨,細聽何樹風。愛他僧睡熟,聲殷小窗空。

贈慵生和尚

詩者禪之末,僧非以此高。雲心懶成綺,鶴意不矜毛。功滿有餘慧,情閑亦廣騷。吾師游戲耳,人乃共稱豪。

題《松石》畫

蕭蕭穆清容,疏疏筆墨中。意孤慵屈曲,石簡耻玲瓏。世必秦與漢,生惟岳與嵩。科頭箕踞者,未許狎高風。

客石巢,柬孺生和尚

秋山如隼衲,骨秀瞑枯禪。客以閑相得,居之病亦仙。此中寒穀口,桂後菊花先。那得無僧影,時過一水邊。

不眠感事

鱷吹海氣昏,高浪蹴軍門。白日千艘蔽,晨星五寨存。貪殿枰出兕,悥閉笠招豚。曷以旌降賞,材官仔細論。

其　　二

短劍夜挈摩,傷時枕上歌。兵強招是惠,戰敗撫名和。魴跋敝唇笱,鯨投強項戈。疆場臣事畢，其奈國威何。

其　　三

愛錢文士癖，邊裏有同心。大帥懸須價，渠魁撫責金。低棋争得食，借渡不憂沉。莫竊舟中潤，揚波海外深。

客石巢，得伍秉樞書和韵

數行來意外，秋士感何長。空穀桂成路，一龕佛對床。無端從衆老，漸悔學人狂。迴首十年別，山中半偈香。

客石巢，夜坐

紅燭鬖眉影，蒼然不忍看。夜蟲親客久，饑鼠話山寒。老至著書急，燈深認字難。如何三十九，今歲又將闌。

施蒙冲先生挽詩

吾友施辰卿尊人蒙冲先生，始爲醛大夫，有清政于蜀。林下垂二十年，近以新命出山，卒于韓藩之司理。某哭先生于堂而爲詩三章，以挽之焉。

海內方多故，林居自不安。人思公去蜀，帝命爾于韓。大國城宗子，王家肅理官。空遺袍笏在，留作典刑觀。

其　　二

登堂不忍問，一問一沾襟。旅櫬他鄉製，家僮異國音。旌銘帝子誄，棺蓋老臣心。欲覓魂歸處，前山洞壑深。

其　　三

林臥已多時，官閑隱亦宜。魂游韓土樂，人作異鄉悲。何不杖於國，留爲王者師。通家未見面，神想倍淒其。

客石巢山寺，李左宜中秋載酒相過，即席分得"莊"字，時左宜有浙西之行

山淺桂成莊，更深月也香。門槌觸政借，佛國酒徒狂。客子歸猶未，主人

去不妨。但存寒歲約,言別莫淒涼。

客石巢,遲李元仲限韵,時元仲游嶺南四首俱《邛帖》

不是羈棲久,他鄉亦可留。師生文父子,仙佛病交游。客思簾竿尾,人情酒甕頭。歲寒須我友,空穀共涼秋。

其　　二

嶺外韓碑在,文人載筆留。山中好伴去,獨客爲誰游。楓老醉如眼,霜深白上頭。那能看俗面,坐過一溪秋。

其　　三

空山萬木妝,寒穀一人留。未省客何持,或云我好游。潦乾溪縮腹,游倦筆禿頭。不敢嫌秋惡,嫌予錯過秋。

其　　四

知爾里中少,他鄉故久留。劍雄羞入室,物異喜單游。此歲不添閏,今冬已過頭。好來溪上別,山尚有餘秋。

吾遲元仲有限韵《邛帖詩》十一首。已元仲自潮陽歸,至汀水,而先以書來語其客況,索居之餘日,走韓昌黎故祠中,指目相語,湯湯大江在祠址下,因有《韓亭見懷》之作。元仲之客爲韓退之留也,元仲之歸爲曾子弗人歸也。曾子弗人之遲,遲於此,亦爲李子元仲而棲,棲不能去也。吾兩人之去留如此,則雖有大不意於世俗者,其亦可以已矣。

於是和元仲韵復爲詩一章,以附于《邛帖》焉

海天何蕩蕩,甕甕馬頭迴。韓子千年後,閩南一士來。荒祠勤尚友,古獻識今才。指目堪相語,路難且莫哀。

九　月　晦　夜

客枕欹無寐,風窗偏向松。憂眠寒捉虱,淺夢醒先鐘。秋去三更後,貧憎

一歲冬。愁心真似繭,緒滿又加封。

庚午元日 阿攀,小女名

侍母失中饋,阿攀學薦辛。年強身未仕,主聖國無人。有賊誰思難,何官不患貧。爲言當事者,可惜太平春。

過薛老梅莊送李白生還綏安

有興梅莊去,到門心事違。看花還未發,訪友又將歸。燭盡鷄聲渴,霜深鴻影微。明朝江上客,紅樹共帆飛。

其二

高士來千里,山中臥却宜。梅花留與我,霜夕坐同誰。木落去帆現,溪乾溯水遲。小橋寒望遠,扶病立多時。

哭監利丞廖元真先生

衰世無寒宦,君緣宦破家。人皆尤產盡,天似長官邪。卑以清爲累,仁胡壽不加。相償賢有後,廉吏尚嫌奢。

寒夜

欲覺懷人夢,寱言四壁聞。月窗寒犬醒,霜枕曉鷄勤。憂集心無地,緒分愁有群。那能管鬢鬢,任爾白紛紛。

林伯吹攜素秋問梅,遲我不至,書懷

翠袖梅間好,閑身病不宜。寒君此夜約,憶我少年時。月去霜無影,燈親花上眉。相思坐達旦,待爾寄南枝。

林伯吹報我梅信,猶未答之

爾問梅無信,一尊猶上臺。林鴉先客探,霜月後人來。莫作看花去,聊當

訪戴迴。寒枝慳有意,應待病身開。

壬申元日

日月棲棲裏,安居似陸行。舊家三宰相,流寓一書生。老覺春光賤,貧看年事輕。髭鬚從白盡,懶共歲華爭。

其　二

纔惜舊年臘,忙過半月春。席門深巷雨,少婦布裙辛。謂老未成老,言貧不似貧。女兒痴點半,衣屨共矜新。

其　三

明聖勤思治,焦勞已五年。萬方依帝武,多難問時賢。山海真安未,恩威孰後先。太平天子在,何以尚憂天。

水口舟行

曲曲換溪容,舟行雲鳥從。爭灘輕櫓勇,蹲石小漁恭。駛水兼山走,香風對峽衝。目前難應接,未暇數青峰。

春莫,同趙十五、張時乘小集張大受齋頭,試茶同賦

深巷似寒村,招尋喜出門。魚浮聽鳥弄,花動共琴言。茶品泉兄弟,笋香竹子孫。春光慳五日,忍放手中尊。

夏至聞新蟬

瘦島敲還澀,高山意始弦。新聞來舊友,朱夏至今年。蚓語小儒竅,鶯言老妓咽。清吟誰似爾,人耳便仙仙。

其　二

蟬聽雖幽事,群囂却譟人。乍聞松下弄,輕濯耳邊塵。名士談初試,高僧梵恰新。欲將桐引擬,清露正流晨。

開正二日，林守一携書過斗中園次韵

開正纔二日，選勝便移床。門閉四邊水，橋通一角香。寂寥兼雨靜，空曠稱詩狂。拍拍鷗群白，分來几席光。

其　　二

出郭新春雨，避人折腳床。苔紋親屐幼，梅片夾書香。天地還吾老，文章讓爾狂。好將千頃綠，妝作筆花光。

其　　三

携具尋幽去，無他書一床。柳嫌通體媚，花厭盡情香。斟酌鶯深淺，追隨蝶稚狂。南園春事未，正好記年光。

驚蟄日，過守一斗園，仍次前韵

掀書引話長，倚硯布糟床。雨浥鶯言冷，雷驚草甲香。屐遲隨竹遠，花靜厭人狂。莫捲疏簾起，從他漾水光。

其　　二

出城無健足，脫屐便登床。沾柳輕衣重，簪花白髮香。琴平詩險澀，弈定酒顛狂。明燭不須秉，清池夜有光。

徐橋次周中槐先生韵 徐孺子嘗過此橋也，在進賢縣

漢代相終始，徐橋共圯橋。千秋兩孺子，易地一高標。鳥盡仙能去，鳳衰隱莫招。至人無近事，顯晦總冥寥。

循靈巖之左而下，及半有壑，或題曰澹如，酌而咏之

潔丘屏濫壑，清出意硜硜。脈細泉調息，瓢廉汲定爭。山孤石眼白，月正水心平。試擲青蓮種，無根也自生。

其　　二

狷源不受汲，少許何嚴泠。定可跏趺對，流宜屏氣聽。鶴供濡潔味，蟬浴

雪輕翎。得此纔相稱，凡心慢挈瓶。

山居病中，方生宜闇攜酒相過方小字款君

空山來小友，載酒問先生。爲爾當杯起，攜予試杖行。病蘇人款款，菊澹我卿卿。再有林間興，何妨趁月明。

燈下山妻爲予捉虱，戲謂予咏之

忍癢此生慣，處禪心事違。夜寒捫又懶，人瘦虱偏肥。敗絮吾相得，病身爾共依。小奚搔背瞑，鼾影觸荆扉。

其二

但使減吾病，饗餐汝亦微。喜無當世務，容爾在禪肥。瑟瑟何生事，勞勞也救饑。却慚餘瘦骨，飼客比山薇。

同張大全、施大昕讀書七松樓

懷古攜雙友，觀書對七松。時文渴字女，乾硯輟耕農。柳引將來月，烟留欲斷鐘。自無田舍客，高臥笑元龍。

雨中施辰卿來同樓居

我被荔枝惱，憑欄不肯紅。漢唐千載上，風雨一樓中。山限天難大，雲忙眼易空。半窗今古意，坐臥待君同。

秋深，陳洪仲、曾玉立、鄒瑞鱗、瑞足、陳石丈、張雲將、楊公穀同范佩蘭攜琴集紡授堂，兼以茗來試，次公穀韵

細菊瘦寒屋，巷無秋可尋。到門人共茗，入座客兼琴。霜氣清詩户，風流暢塵林。却慚粗爐主，能得澹杯深。

詠海外紅鸚鵡之六

慧禽日國東,冶日豔衣同。共笑嗔花啞,擅妝妒鏡紅。華夷天地隔,聲教羽毛通。聖世來重譯,能言鳥在籠。

至後過法海寺爾和禪房,同慵和尚次韵

訪衲問梅信,閑心不記春。蕭然吾與汝,同是世間人。祇覺添些髮,便如多此身。欲將妻肉淡,特共佛爲鄰。

其 二

入寺冬新霽,寒輕似早春。百年天下事,此日佛前人。閑失忙中我,病分僧半身。不辭來往數,家只在西鄰。

因問恒如閉關信息,仍次前韵

未有梅消息,或云天已春。此中無腳線,欲問度針人。落木觀花事,生香見死身。四邊泥水障,誰是一僧鄰。

春日,重過爾和禪房,因觀種蘭。是日驟雨,仍次前韵

乍習山光靜,方知錯過春。欲尋前日事,已是隔年人。爐陷除香味,花分減色身。晦明從變幻,吾共一燈鄰。

二月十五夜,過法海寺,同慵生、爾和坐月,仍次前韵

春三病失半,並夜准三春。一客兩僧影,聞鐘倚樹人。茶香勻石氣,月魄在花身。靜對聲光滿,方知佛有鄰。

過芝山寺,訪空生、達權二公,仍次前韵 達公善琴

入塵頭易白,訪衲借青春。暫得觀真我,還如憶舊人。詩書慚佛面,天地

誤傭身。瞑坐聽琴罷，聲猶殷四鄰。

妙香和尚投我新詩，仍次前韵報之

奇情如笋蟄，慧茁籜驚春。盡指心言手，矜聲影和人。易三佛變相，詩四偈分身。莫以頭顱異，同堂謂隔鄰。

病中無寐，聞法海寺晨鐘，仍次前韵

世無病老死，譬則卉長春。地不長他樹，天惟閱舊人。祗應生便已，何處有吾身。念此省貪怖，晨鐘發比鄰。

其　二

鐘淡烟花氣，已深天地春。徑來近寺宅，先覺獨醒人。頑倚空爲舌，聲因聞有身。樹頭鸝又醒，一枕寂喧鄰。

其　三

只此消晨夕，敲殘歲歲春。迴頭前日事，洗耳五更人。來暫衰偷夢，眠清病剩身。一鐘孤遠甚，特共睡鄉鄰。

其　四

百草隕霜殺，因之歲復春。死薪生活燧，舊鬼長新人。鶩訕萬錢味，鶴矜半李身。清奢貪着等，臧讀穀嬉鄰。

其　五

正好憨憨寐，寒敲睡破春。漸生醒後事，忙盡夢迴人。瞑去觀無眼，聞來耳累身。似於孤枕畔，多此兩邊鄰。

其　六

老失晝之晨，驚如耗一春。聽餘三萬遍，淡過百年人。日月能盲眼，山河傳肉身。況於吾齒髮，禁得菀枯鄰。

聞慵生、妙香、達權過守一晤庵，次守一韵，因柬三公

居士園能好，春深衆木榮。開軒來静侣，觀物説無生。花殷琴言定，苔親

塵影横。莫嫌委巷俗,供佛有鶯聲。

丙子秋深,陳不盈、徐叔亨、李元仲小集紡授堂,分得五歌,續《邛帖》之二十一章也

劍老試重磨,朋來開鞘歌。大風吹耳熱,時事上眉多。日閣酥街雨,簷帷衣瓦蘿。滔滔詩興在,貧賤奈予何。

送劉黃修北上,時徵兵入衛

王事棘如此,送君游帝鄉。聊爲分一劍,不敢咏同裳。龍卧方辭塾,駒鳴恰履霜。道逢入援者,爲語莫翱翔。

乙亥元日未有詩,足桃符聯句補之

二毛畏我刪,霜滿不容頒。勳業桃符裏,乾坤里巷間。少開雙眼潔,難皺兩眉頑。何處安修尾,籠邊問白鷳。

虜警息,再次前韵,送劉黃修

此去烽烟静,帝鄉即故鄉。同文新釋褐,聖武已垂裳。蛤剖一胎月,鵰輕雨翻霜。寒江勤目送,北雁共飛翔。

寄董叔 會時叔會從長公國博還朝,其先人亦嘗官國子也

老友能知我,胡爲乎遠行。成均家作述,天下爾才名。蓬髮慚兒子,白頭憶弟兄。好歸春正及,江上耦而耕。

多病

多病成輕世,無徒省杜門。坐頑雌伏子,捫懶虱生孫。鞭恕倦蹄影,鞍欺敗肉臀。恩仇燈下淚,滅燭滴黄昏。

至夜燈深,病吟指影,恍惚數千年作者森森立四壁間。不知吾友李世熊枯坐千里外溪上寒屋,今夕作何想也,續《邛帖》之二十五章

名位文毛羽,翼之矗國門。草韉綠耳稿,敝櫝夜光昏。腐蠹鑽盲燧,騷宗禘雅孫。不知誰後死,能使古人存。

紡授堂集卷之五

詩部七言律

恭謁關祠

感懷聊謁昔賢祠，忠憤英英猶上眉。天地不能迴蜀漢，古今何意食華夷。千年入廟成三嘆，四拜於公得一師。青草夕陽碑欲斷，蒼茫讀罷立多時。

題《平湖秋月》畫

湖光和月濕嵯峨，湖面全開掃敗荷。只有漁舟閑遠嚼，痴子烹將熟後論。過去已歸諸茗釀，未來猶是石精魂。一泓自在觀無味，纔上壺瓢味便渾。

山　雨

草堂烟裏白重重，停午尋聲未見鐘。愛客不來來不好，拋書還看看還慵。雨無處宿惟歸寺，雲懶上天祇抱松。我亦閉門高枕卧，閑心偏耐滴淙淙。

澗邊新柳

淡烟輕碧恰勝鸝，春水山梁淺掛絲。瞑裏未醒微有眼，鏡中欲畫似無眉。自憐幽澗誰能媚，懶嫁東風不肯垂。待看月明泉上影，愛他濯濯少濃枝。

過裴恭靖祠

新朝主聖庸臣多，難起斯人奈國何。帝廟百年興禮樂，軍門一顧靜干戈。銓衡照屢無疲鏡，南北流分有定波。爲報權璫殘熱客，靖共祠下莫經過。

邛　　帖七言詩七首

己巳之春,吾游石巢,爲李子元仲來也。吾未至三日,而元仲有汀水之行。已元仲以書來,遂游嶺外,客子遲元仲不至。秋深矣,爲五七言詩各一首書懷,懷之不已,踵其韵而至於十首焉。題曰《邛帖》,取古人印須我友之意也。

其　　六

三徑秋深滿草萊,空山獨自笑顏開。文章得意輕身藥,書劍無聊醉後杯。何事木犀香不去,有心好月睡還來。蕭條竹榻微霜下,一夜相思庾嶺梅。

其　　七

足音空穀斷蒿萊,無信燈花爛漫開。歲晚殘書親短褐,客深醴酒厭長杯。山中千里寒誰待,嶺外一人佳未來。蘭秀菊香懷已負,遲君尚有石巢梅。

其　　八

詩思荒荒付草萊,待君仔細爲鋤開。客心說與青銅鏡,冷面熱將白酒杯。遲我秖爭三日去,經年但見一書來。篋中撿點燒燈讀,聊作相思望裏梅。

其　　九

何人把酒慰蒿萊,刺眼金錢且慢開。我有所思千里外,不知誰共菊花杯。病身扶到絕高處,海角看將一馬來。見說庾南寒最晚,歸與莫待嶺頭梅。

其　　十

交壇誰肯劈汙萊,門户驚人子獨開。相賞奇情如中酒,不須能飲也傾杯。躊躅秋老未成去,惆悵春先失蚤來。萬樹木犀香待爾,看花何必嶺南梅。

遲元仲不至,留詩別之,仍次前韵

霜溪棹渴閣深萊,淺挂風帆慢飽開。莫說連床談永夜,且須一見共離杯。遲君寒盡無端去,約我今年何故來。春水但期船蚤發,惱人休寄隴頭梅。

別矣不果行,而元仲歸,仍次前韵志喜

立雪門前十丈萊,閑將笑口向誰開。村醪暫買殘秋醉,醇甕還留最後杯。山水高寒兼我在,文章摩擦待君來。一年幽事今方始,未歇黃花又看梅。

客石巢,秋中,鄒瑞麟自清溪相訪,同用"秋"字

瑟瑟懷人搔白頭,美人空穀正相求。十年知己五迴見,百里名山數日留。多病強將扶好月,有君那忍負中秋。對床且慢言歸去,萬樹木犀香未休。

讀　書

薊門大鎮推重險,胡騎長留敢歷春。閉戶常將今擬古,讀書方嘆國無人。是非難信通言路,戰守頻聞換老臣。兵食由來天下足,虎符纔發又憂貧。

送羅無美還豫章

羅生別我執手勤,滕王閣迥明高雲。文巾龍虎惟陳亮,天下英雄有使君。落地弟兄原四海,大江左右欲三分。囂然建鼓無端甚,子試登壇一解紛。

不　雨

囂囂三月桔槔聲,月照乾農徹五更。當事持梁忘米價,豪家錮粟祝天晴。謾言餓眼看秋飽,且乞今春有地耕。我亦無田偏望歲,摩挲瓶甕繞床行。

其　二

打鼓驚雷聒地呼,老秧渴死枉書符。荒無奇策巫爲政,魃喜貪人農自雩。市肆不須禁酒肉,官家且可遠庖厨。鄰翁祝雨入城去,逢着豪胥索舊逋。

病中喜雨

好雨嫌遲尚未遲,插秧四月亦當時。病身水濟苗相似,患氣春濃暑不宜。

乞火乍澆枯茗盐，開樓頻看小荷池。明朝握粟無高價，粗糲加餐莫作糜。

其　二

閉閣猶懸殘雨脚，出材忽聽插秧歌。襧生槌渴新蛙鼓，西子心蘇病芰荷。此夜不停纔既足，明朝且止莫傷多。無眠較量陰晴事，其奈愁時易老何。

自南郭移居城西

八年數口學萍棲，米甕泉瓢負小奚。移得新居仍是借，携將老母已無妻。殷勤隨我入簾燕，辛苦銜來出郭泥。未省飄蓬能定否，圖書今日且城西。

五月閑居

五月蘭芽獨自紉，沸爐霉水共晴新。每因病劇常思過，偏爲交多却畏人。老大割鬚聊學少，文章強項未稱臣。揚雄奇字無端甚，惹得門前載酒頻。

其　二

閉戶公然節物更，矮簷照眼石榴明。救貧綺語三年艾，賣老文人五月鶯。故事無心嘗角黍，虛名膠齒似飴餳。出門擾擾誰知己，一任霉窗未肯晴。

其　三

鳩鵲分朋角雨晴，新蟬舊燕稱時鳴。鬚眉助我追前輩，勳業看人趁後生。索句欲來嚴茗苦，息交易謝夏裘輕。閉門貧病吾真老，又道強年老未成。

其　四

謾言妻死累身輕，四十鰥居事事並。未替葛衣需母績，無多角黍信兒爭。菖蒲上屋蜻蜓立，艾虎當門小犬驚。却憶去年逢此日，雄黃杯在異鄉傾。

立秋雨

中天高鶴戛澄空，未許庭堦吠小蟲。急雨不須催一葉，新凉正好沐雙桐。神龍潛蟄需秋水，鶖鷚看雲憶大風。雄劍欲隨金氣躍，燒燈勤撫七星銅。

周子立自都門寄書

愁時遠寄數行書，抱膝憂人正索居。萬騎薄城君自守，百年養士報何如。凡鱗樂處無波水，曲髮新加利齒梳。且道腹心誰視得，謾言主聖戒淵魚。

上董崇相先生_{時先生病足}

累朝養士報悠悠，海客何心尚狎鷗。雨弈互爭餘敗局，一壺自渡信虛舟。少年天子思耆老，許國元臣忍乞休。萬里長城坐鎮足，謾言逸步繫驊騮。

爲孫子長先生壽

多士登堂稱兕觥，新秋涼雨入尊清。一身進退關文運，四達門墻引後生。若肯出山還未老，翻然經世却須行。赤松黃綺他年事，虞室卿雲正待賡。

送陳道掌游吳越

河梁相視話深霜，立馬寒枝未有香。我亦無家君作客，誰憐故國等他鄉。文章罵坐人爭霸，傀儡張燈各哄場。排難魯連休佐鬥，登壇笑把一尊商。

借　　居

蕭然萍泊又過秋，慣是浮居不甚愁。朋友依依兼主客，身家草草等車舟。未成便去聊須住，莫說吾廬且當游。大笑出門何處往，蓬蒿我輩合淹留。

續《邛帖》，皆寒夜書懷，寄李子元仲之詩也

十月葭深霜近人，杳然懷望百憂親。獨醒一榻五更雨，半世無家有病身。老至著書傳未得，交多求友認難真。暗中搔首商知己，不覺雞聲動四鄰。

二　　章

病身無伴慰琴尊，夜半誰家舂杵繁。霜欲到床先上屋，月將排闥正開門。

此時我亦閑相憶,那得人來愁共言。倚杖寒堦還閉戶,紙窗風透一燈昏。

三　章小至夜

不耐幽憂更索居,勛名强仕問何如。偶然對鏡疑非我,强自親燈錯認書。愁閱曆頭從蠹損,畏看白髮倩人梳。可堪明日又長至,道是吾生四十餘。

四　章

寒燈吹暗炯雙眸,劍動身傍不肯留。欹枕悠悠家似店,依人泛泛陸如舟。意中有友相看老,夜半伊誰共說愁。起坐便思出門去,一窗霜氣到床頭。

同林伯吹夜話,有懷元仲,續《邛帖》之五章也

四十年來貧賤身,愁心霜夕二毛新。相思海内存三友,寒話燈前深兩人。千里雁鴻沉雨氣,一時龍虎寐風塵。慢言李杜詩名在,應世文章錯認真。

之　六　章

五更寒柝動愁城,書劍無聊老已成。迫歲鰥居兒女苦,四鄰婚嫁鼓吹明。感懷一飯心徒在,迴首多端事不平。欲話百憂人又遠,曉鐘鴻外兩三聲。

之　七　章二首,次林伯吹韻

欲斷憂來學坐禪,憂多仍似擁愁眠。一寒未許輕相惜,漸老真慚强放顛。浩蕩恩仇澆不盡,蒼茫鬚鬢白無邊。琴心半死相如病,那得閑情續古弦。

之　八　章

蒲團掛壁懶逃禪,隱几霜深人未眠。病到頑時不畏死,才當老後獨餘顛。感懷眼冷橫天下,經世心長看鬢邊。半夜開軒憶知己,新桐自譜自聽弦。

歲晏閑居

歲晏殘書讀也闌,蒼茫四望眼開難。千金欲報恩誰感,一刺空懷字已漫。酒盞有時上耳暖,儒冠漸老稱頭寬。臘深真懶出門去,道是病身苦畏寒。

除日移居

一年再徙卜居頻,陋巷蕭然亦四鄰。瓶甖不多携去易,圖書已舊載來新。

無家到處依朋友,有母何人代水薪。猶喜春風隨我至,明朝還肯慰閑身。

辛　未　元　日

但覺疏慵漸勝前,車迴長者卜居偏。壯心老至羞遮老,寒户年來不似年。棗栗女兒嫌買少,文章門士欲爭先。迴頭四十春如許,聊付深杯一醉眠。

開春,東林伯吹試筆,兼懷李元仲,續《邛帖》之十章也有叙

閉户著書,已是無能之老者;開春洗硯,敢迎可畏之後生。十日爲期,二人對壘,使君與操,我非天下英雄,門士勝予,且作燈前楚漢。李子元仲若在兹,則鼎足固可成三。吾有伯吹,其相須亦兩手不能去,一惠而好,我貢然來思。

鶯初柳淺弄新條,洗硯溪明花上橋。春水予懷目渺渺,交情舟子畏招招。文章奥窔人爭媚,壇坫吾徒位不祧。漸老據鞍心已懶,綸巾遲爾試輕軺。

雨中,同林伯吹晚望通津樓,樓爲閩王舊城。
時火後方落於神,兼有海警,驚蟄前換甲日也

舊日山河入望新,如霞丹閣落佳辰。千年今古横雙眼,百尺樓臺上兩人。雄霸已曾寬故壘,關梁尚欲俯全閩。危欄極北長安杳,倚遍憂時草莽臣。

其　　二

深巷蕭然高卧身,白頭望遠易傷神。英雄割據灰難死,土木風華國未貧。城市四圍原郭外,河梁十字古關津。無端欲下登樓雨,遮却凭欄携手人。

其　　三

搔首相看滿目春,登樓欲共更何人。屯開天造雷先動,地鼎風流甲亦新。草創千年思虎踞,民居十萬俯魚鱗。感時望眼觀清海,雨氣南來暗暮塵。

其　　四

墜履橋頭未老身,登臺春望共門人。兩山在郭眉當面,一水分廛齒附齗。

大鎮雨中猶晚市，太平城裏任通津。蒼茫說遍殘唐事，還憶無諸不帝秦。

得之和尚僧臘

欲進霞觴有道前，正如負石培山然。命門羞向神仙問，壽相看同坐卧緣。雙鬢喜君無白處，萬松對爾失青年。相期千歲巖中住，莫往人間慢上天。

其二

戒貪釋子道家廉，乞與長年也不嫌。火內還卅枯打坐，風前燒燭厚加簾。死生看到圓還碎，人鬼和成水裏鹽。海屋持籌賣菜事，如如無減又何添。

雨中同董叔兄泛海，登白雲山

萬里風吹衣上塵，輕舟高展信閑身。大言觀海喙三尺，狂雨登山我兩人。寺老門開從虎入，天荒壁破失龍馴。佛前拍板猶堪借，茗飲時兼酒數巡。

海上閑居

海角邇來一縶匏，山花溪鳥苦相嘲。文章路失思游俠，著作書多廣絕交。里社笑人矜黍肉，霸壇羞殺問包茅。風騷競長非吾事，寒瘦閑爭島與郊。

苦熱

北窗無夢上羲皇，但乞風吹到睡鄉。渴想峨眉千歲雪，病身鷄骨四圍湯。數莖短髮猶囊垢，滿面白鬚空帶霜。結夏偷閑閑未得，蒲葵不住扇匡床。

白雲山觀日處

城市籠人乍出樊，長風萬里應狂言。四圍天下海無角，半夜地中日有跟。細數島夷青點點，群來雲物白奔奔。等閑放眼觀魚鳥，尺翼纖鱗鵶與鯤。

海上送董德溫小試建溪，兼柬德受，時德受爲建溪廣文二君社中董叔會之子

霜容鴻影不曾分，帆飽長風驪唱勤。出海龍翔蛟更勇，在山虎蔚子皆文。

高灘躍去方爲劍,近岫群飛豈大雲。謾説橫戈羞小敵,旌旗已換岳家軍。

清溪裴其爲客死三山,於其櫬之行也,詩以送之,嗚呼傷哉

維舟暫當食場駒,楚些慢勞估客呼。南北東西無不可,妻兒朋友亦何殊。高灘倒載詩魂去,旅櫬孤行明月扶。猶有遺編兼子在,尚書劍履未荒蕪。

燈下讀林伯吹文,因憶李元仲,續《邛帖》之九章也

茫茫天下誰堪語,忽忽燈前何所思。獨有意中林與李,説來餘子信還疑。和棋未下先求穩,險着誰看不道痴。我服追亡識將眼,築壇人亦等呼兒。

歲晏閑居

迫年兒女短衣單,繞膝鰥居也自歡。詩酒未深娛病足,文章不驗救貧寬。交情過眼俳優面,舊事捫心劍戟瘢。殘歲欲除猶暫借,鬢邊且作四旬看。

雨中書懷,寄竹嶼鄧戒從

相思書卷讀還抛,求友情深更寡交。風雨人誰過小巷,清明花但好東郊。黃梅未分先鶯老,青草無聊趁馬跑。我亦洗泥閑點檢,舊梁莫有燕尋巢。

春莫,小集丘懋旦邸中夜話

書劍無聊共拂塵,客中倍覺往來親。久居異地誰知我,但説鄉音亦快人。俗面交多餘病骨,白頭搔罷兩貧身。一簾風雨深燒燭,尊酒榕城又送春。

許岳甫,予同外祖兄也。没已六年,愴然念之

蒼茫想像美鬚眉,骨肉文章事事悲。兩姓書殘外内祖,六年草宿子孫誰。生平愛我詩中句,何日題君墓上碑。逝者引人傷不盡,椒漿兼未哭亡姨。

其二 岳甫號佩雨

委佩塵埋韋與弦,《尚書》家學百餘年。才應逢世常居後,死人讓人卻占

先。僅有生妻存嫁女,稍留古屋食無田。門生未可忘通德,孰爲康成志八篇。

其　　三

莫説天親夭可憐,即云知己亦潸然。每同舅氏稱予好,常爲傍人笑爾顛,繼長弟單纔一子,哭兒母死又三年。哀歌恐惹高堂慟,出户吞聲細問天。

其　　四

渭陽伯氏夭無兒,仲氏飄零失所之。三舅僅存殊死别,十年一見恨生離。李家姨寡貧垂老,二子英多數又奇。骨肉筭來愁滚滚,憶君逝者倍淒其。

聞李元仲移居,詩以寄之,續《邛帖》之十一二章也

笑爾似吾生計拙,頻年徙宅未能休。寒門少下雜賓榻,平地高如百尺樓。不可有居無水意,稍移近市亦溪頭。相思室遠兼葭夢,祇在村中但溯游。

其　　二

古風借屋今誰繼,志士依人處不安。天下才名餘陋巷,世間田宅忌儒冠。但容妻子無妨窄,爲滿圖書却愛寬。知爾經營相稱少,囊中難剩一錢看。

李元仲、丘懋旦小集紡授堂夜話,續《邛帖》之十三章也

此夜新知兼舊游,相逢未暇説窮愁。天涯兄弟星難聚,地主茶蔬客易留。懷古幾人堪屈指,感時何事不搔頭。談諧更喜雜賓少,無復寒暄恩唱酬。

爲李元仲尊人恬庵翁五十壽,續《邛帖》之十四五章也

達者寧須介壽怀,詩書養志亦顔開。戴將烏帽從先進,揮盡黄金看後來。醉眼覷人田宅在,大言謂我子孫才。行年半百稱觴罷,爲問生平醒幾迴。

其　　二

杖頭入市日婆娑,開逕佳辰酒伴過。謂是老人年歲未,齒於後輩子孫多。文章驚世吾兒在,薪米愁予奈醉何。繞膝成群萊袖動,阿翁顧影亦傞傞。

吾交綏安陳不盈削諸生，間避仇亡命，詩以訊之

乾坤納納溷風塵，亡命羸將五岳身。天下豈無投宿處，秦庭誰救倚墻人。儒冠甑墮何曾顧，龍性謍繁不肯馴。知爾尚留雙眼在，詩裏四海未憂貧。

客玉田，初秋，游極樂寺村落中，能有琴酒之僧，即事次壁間徐惟和韵二首

秋爽山中麈話長，佛龕旁倚小匡床。興需松路一肩雨，桐引梅花十指霜。病客不辭茶事苦，老僧親汲酒泉香。醉鄉净土隨游戲，未省何如南面玉。

其 二

荷柄沿墹尺許長，也能分綠上胡床。百年棋酒無多日，四十鬚眉一半霜。醉眼不知佛國大，晤言時聽木犀香。清池顧影從吾老，未肯遮羞借釀王。

謁林劍溪先生祠有序

崇禎五年，夏秋之交，晉江曾異撰客游玉田，寓於西山之麓，旁舍危樓百尺，林劍溪先生英祠也。先生以明經爲御史。建文皇帝遜國，先生與宋夫人自經死。自先生死三百年，今當事者始以先生祀於鄉學。夫今日學宮之俎豆，幾於鮀不給祝，蓋已猥濫極矣。愚謂數仞宮墻，而使饕夫鄙子以情面牽臂而入之，則與屠市酒肆無異，此即鄉黨自好之士，尚以不入爲高。矧如先生，固所望望然去者，然而學宮一席地，在今人入之何易，而在先生又何難也。昔者革除之際，作人未幾，死事至數千人。日來權璫煽處，自倡言諸公慘死，朝士之稱頌功德者，不可勝數。不有天幸，則美新誦莽之事幾於再見。蓋國家養士已三百餘年矣，豈士氣如鋒，在昔日如新硎之刃，逮其豢養既深，遂鈍缺而不可用耶？抑挫於靖難而不復振？然人士沐浴膏澤，則何可爲是言也。異撰感於是，而爲詩三章，以告於先生之靈焉。

建文皇帝出都城，易主依然是我明。背闕舌甘輸十族，懸梁頭亦掛雙貞。

車書已拱今天下，魂魄猶非舊北平。遺恨幾時流得盡，劍溪石怒尚砰砰。

其二

毅魄雙懸日月明，龍淵霜氣滿天橫。雉經北闕今夫婦，馬首西山昔弟兄。人到百年誰後死，事無兩是愧先生。危樓南向忠魂在，三嘆時聞半夜聲。

其三

作人高廟未多齡，士氣新如劍始硎。絶脰斷無生御史，捫心肯負昔明經。革除忠憤星從月，翊戴功名草化螢。羞殺斗筲從祀者，與公共食薦芹馨。

客玉田，贈楊孚先令君。吾未嘗投詩於不相知之貴人，亦非欲與言詩也，喜其不苛而貧耳

二十年前識大名，風塵搔首宰山城。典將銀帶還薪米，惱殺烏紗疲送迎。書記但抄千古史，吏人閑聽一琴聲。秋溪抱郭澹新月，欲與先生說宦情。

其二

清風六月滿城吹，棠蔭親人拂面垂。薄示滿鞭猶泣罪，稍完花押便題詩。籌邊加賦今無術，益下蠲租責有司。盡說欲寬寬不得，縣稀逋稅却因慈。

其三

花滿日長鶴步移，訟庭翠篠坐聽鸝。文人薄宦多懷古，傲吏閑情亦感時。九鼎小鮮烹便熟，十年宰相效還遲。自然清政行如水，不爲家風畏四知。

其四 時有海警

聊爲百里解煩苛，經世心長奈世何。天子憂貧官盡富，民間加稅耗偏多。敗軍將告邊無備，受賞臣傳海不波。欲借清陰遮四國，南薰吹遍靜干戈。

三月三日，雨中宿大橫驛，次里中黃大司馬、葉文忠諸公韵十首

溪行雲走萬山低，迴首延津寶氣迷。隨馬鶯勤聊一宿，選巢鶴潔未成棲。書殘篋底兼沾雨，劍老腰間待拭泥。四十年來頭白盡，青袍綠樹共萋萋。

其二

山形隨水互高低，淺夢溪迴歸又迷。雨細清明連驛路，花深上巳暫羈棲。

酥蹄馬快三春草，霑足人遲數寸泥。燒竹試茶成薄醉，一甌綠意亦萋萋。

其　　三

寒食風烟籠樹低，一窗雲綠舊紗迷。奚奴雨宕縱橫卧，巢燕樑分上下棲。
竹裏整冠新折角，花邊試屐偶沾泥。詩成安得郵亭女，墨汁題兼翠袖萋。

其　　四

祗覺蒼茫四面低，青天捫着問偏迷。長行人但入雲去，暫語鳩知何樹棲。
鬥水新茶爭似弈，帶糟新酒濁於泥。停車不為尋芳信，青草無端滿驛萋。

其　　五

迎人驛樹故低低，挽我前途雨色迷。燃竈未能因客熱，停車暫當入林棲。
罷驢句澀鶯言雨，古壁書狂蚓印泥。為問輪蹄緣底事，一塵躧盡緣萋萋。

其　　六

漫天風色撲眉低，欲照塵容鏡也迷。倦馬歸郵拖水卧，孤舟避驛隔灘棲。
二分春去一分在，小半花開大半泥。莫怨芳菲前路損，登樓猶見草萋萋。

其　　七

溪橋拂面柳條低，未遠家園望已迷。氈笠雨深行似畫，笋輿山直坐如棲。
磨人鐵杵針垂穎，知我龍泉玉作泥。屈指秋新歸正好，竹花開滿實萋萋。

其　　八

隴頭三月熟梅低，折到驛間歸使迷。壁可留題兼有竹，游雖未倦亦堪棲。
梨花自發白成路，春色誰看賤似泥。却憶芊原江上別，一樽綠影漾萋萋。

其　　九

我友不來暮色低，招招舟子古津迷。大夫言志皆能賦，獨客憂時未穩棲。
鳳欲矜毛終礙網，龜貪曳尾也拖泥。行藏莫定知誰問，一上危亭滿目萋。

其　　十

觀弈誰人肯認低，纔拈棋子便痴迷。可憐四牡高軒去，未省哀鴻惡木棲。
天語頻聞寬物力，周咨何以汰沙泥。使星一照郵亭草，地骨枯時也不萋。

宿車盤驛，次華文忠公韵各一首 驛在分水關，江、閩之界

搔首中原去渺茫，青袍長劍望吾鄉。輪蹄無日停冠蓋，南北何人靖犬羊。過客莫須商出處，經生且慢說文章。前途可惜英雄路，擾擾徒爲田宅忙。

其 二

驛路春深漸破寒，眼中無物似閩山。鄉風全異歸郵傪，高水初分鬥石艱。車馬但欺未慣客，水霜難損已衰顏。此行不是棄繻去，纔到南州便入關。

咏 豆 腐 有序

道過鉛山，訪峰頂養庵和尚道場，讀家常語，有《咏豆腐》詩，走筆和之。予謂：此物有二種，人不知味，托鉢衲子不知味，咬菜根秀才不知味。所謂"不識廬山真面目，只緣身在此山中"，要知此味，除是將來煮魚煮肉，要魚肉是魚肉，豆腐是豆腐。又要魚肉渾是豆腐，豆腐渾是魚肉。此等滋味，恐大衆舌根嚼破，咀之不出。除非斷却舌頭，即老和尚在時，任他一副八十一歲，嘗盡鹹酸苦辣，牙齒總靠他不着也。和尚門下有博山雪關者，嘗至吾閩中，而余未之見，并以此示之。崇禎六年三月十日。

出世辰依佛子鉢，百年多伴腐儒簞。涴將葷血還清素，隨爾方圓却整齊。瑗液磨來石有髓，銀刀削下玉如泥。祇應煮雪除鹽豉，供奉孤山處士妻。

南州署中三月晦日，次林守一韵却寄

殘鶯三月弄他方，坐看花泥蹴燕忙。覓句送春兼寄友，索居無病亦支床。閣留帝子文人去，劍失豐城寶氣藏。一尺素書千里道，蕭條安得遠鴻將。

南州署中書懷，次徐巨源韵柬之

欲來彭蠡泛輕楂，滿載閑情數落霞。一閉衡齋成遠夢，但聞鶯語似吾家。病當客處誰堪此，愁到殘時未見花。却笑予懷非道阻，眼中何地不蒹葭。

潘昭度師招游南州，孫子長先生有詩送行，次韵答之

老生豈有字堪酬，鬱鬱聊因知己游。貧賤驅人背水陣，文章應世上灘舟。入宮氣短三千女，出匣刀卷十二牛。縱是大風能負我，鷽翎何以鶩高秋。

南州署中，送淩初成游吾閩，兼柬孫子長先生。社中張道羽諸子，亦次孫送行之二章韵也

輕舟處處泊江花，却寄閑愁載到家。文體盤旋籠內鳥，詩心清苦雨前茶。欲留鶯住勤澆竹，纔送君行又閉衙。爲爾懷人鄉思遠，微茫夢挂一帆斜。

潘昭度師亦次韵送行，予又續之

五月蘭深一路花，解鞍下馬便爲家。文人知己延津劍，廉吏交情惠水茶。江上作詩方送客，朝來傳語慢排衙。滕王高閣目千里，渺渺予懷日已斜。

滕王閣別張異卿南歸

未忍便行不可留，登樓淚落大江流。難將爾我三更話，共載湖山六月舟。求友意中成笑笑，定交名下總悠悠。杯深惜別兼懷古，似有伊人欲溯游。

挽丘侶雲翁

誰能百歲復成童，但與人間憶古風。枕上栩然生老死，禪中忙殺德言功。詩書無恙還諸子，仙佛隨緣付醉翁。爲語客來將絮酒，不須洒淚哭虛空。

重游靈巖

十年松路幾迴經，聞有木魚竹户扃。剛剩一頭從衆白，特留雙眼對山青。懸崖舌廣吞全寺，小堅心明定數星。自笑息機甘友石，老頑争得比巖靈。

其二

不覺風塵半世忙，暫來佛國放顛狂。百年怪爾僧能老，千尺嗔他松未長。

巖勢空虛山口腹,竹陰輕適石衣裳。閑房脱屐跏趺穩,敲盡齋鐘懶下床。

癸酉初冬,爲得之和尚五十三僧臘。
予適至山中,即事紀年,和尚長於予周一辛也

先辛僧臘後辛我,我少於君衰已先。若在世間過五十,便如大半失青年。老休功課六時懶,閑枕《楞嚴》一覺眠。清福飽堪分座客,滿瓢白水竹爐然。

鄭志將有杖頭寄施有敦,訂予鳳巖觀海,病起戲束

當杯不見一尊傾,却是從來酒債明。柿葉已黃梅信未,病身半健筍輿輕。居山眼熟還思海,兀坐心慵便憶行。爲問杖頭猶在否,莫教空負鄭先生。

至日,喜施造仲過木侍寓齋,兼呈主人薛汝儀

百里籃輿亦當游,閑身輕似信風舟。黃花未罷梅相接,山客忘歸主肯留。病起忽聞當至日,到來纔憶是殘秋。行吟正爾動鄉思,又得伊人共上樓。

贈施造仲游戎

身是書生曾拜將,家無擔石肯揮金。吟詩少遣髀消淚,縱酒難澆革裹心。玉麈尾停鼻火冷,唾壺口缺鬢霜深。牢騷醉尉誰知爾,一劍相逢説古今。

爲曹能始先生壽

北山之北南山南,六十著書卧小庵。却老身輕方御女,侍兒年少尚宜男。達人厭聽三華祝,拙宦從吾七不堪。爲壽客來商出處,江梅花發冷朝簪。

過袁亦人墓之二,兼憶亡友楊吉騰

尺許荒堆亦漸乎,蓬蒿容易瘞才名。英雄無可奈何死,貧賤有時不欲生。慢説百年吾未老,譬如遠道爾先行。九原草宿來楊子,好當他鄉兩弟兄。

謁李忠定公墓有叙

余嘗謂李忠定公綱，為有宋吾閩人物第一，諸道學先生次之。他如著述無聞，僅附晦翁門下，稍答問一二語，幸而廁大儒之列，此昔人所謂公等碌碌、因人成事者，在鄉里中，異撰亦無取焉。崇禎癸酉臘，余以送葬過桐口，始得與友人林異卿、趙十五謁忠定公墓。翁仲、石馬肅然，墳似塔形，石數尺籤之，題曰"後宋開國李丞相墓"，非大書深刻也，不稱當易。墓旁祠堂新毀，或曰風仆之，或曰人假手仆之。異卿憶舊游，失高宗手敕石刻，初疑毀于火，大颶撓棟，不宜失碑，蓋毀祠者盜碑人假手是也。先生邵武人，聞其子姓繁昌，然墓下猶名李府，似亦有子孫守冢也。嗟乎！微矣。或曰祠實仆于颶，其子孫負石刻藏之也。墓去郭近四十里，雖載在祀典，祠之存毀，當事者不必知，即知亦不問。然而鄉里士大夫，其田宅聲妓之流，固不足與語。此少通達，別異於錢虜者，稍分其佞佛圉緇之土木，為先生俎豆地，無論懷古深情，不能已已。而鄉有先正能存三百年幾墜之社稷，乃不保一畝之宮。甚而縉紳嫁惡于豪民，使夫銅臭朽嵴，侵陵古獻，亦有志之士所當痛心疾首，憤然負他日狐死之悲者也。夫今天下異南宋，主上神武異高宗。然而區區金人之遺種，跳梁于一方，而莫可誰何。今日所少者，獨李忠定其人耳。然當吾世而更有一忠定，則先生祠堂必不至坐視其榛莽。姑識之以俟其人，而天下事亦以祠之興廢卜之也。

渠厦將顛支獨木，倒瀾欲障號同舟。勳名差勝文丞相，魚水還思蜀武侯。南渡朝廷大勢去，中興社稷老臣留。不能天下取河北，往古來今貉一丘。

其　　二

祠堂碑失故基蕪，鄉里蕭條彼丈夫。墓石猶題開後宋，江山終恨倚東吳。當年女直今遼左，以我全明異一隅。何事胡兒南牧馬，未聞定策掃穿廬。

臘殘，董叔會招同張鍾筠、林茂之、韓衡之、陳伯熙、林守一
　　小集西園山鏡堂，觀紅梅，遲宛霞麗人不至，分得十三覃

歲晚城隅花事酣，閑身僻地稱幽探。高香寒挂紅冰動，冷艶全欺白髮簪。

玉雪襯霞如幷一，風烟和水却兼三。美人月暗來還未，搔首林間秉燭譚。

其　二

清池瘦樹紅相涵，背市幽尋此獨堪。竹裏香深通竹外，城西花遠過城南。胭脂還帶神仙氣，禪意時兼綺語參。燒燭已殘月又上，霜林莫有抱琴探。

癸酉除日

臘殘欲去尚徘徊，此歲那能守得迴。干謁救貧終失策，文章逢世又無才。病魔舍爾誰相狎，笑口娛親也強開。雙鬢不留容白處，莫須白盡黑重來。

甲戌元日

乍聞呼叟聽還嗔，呼到頑時漸即真。天子少年方換甲，老生無恙又逢春。茫茫四十更添四，草草人間未似人。霜鬢久拚慵看鏡，偶然看也一番新。

其　二

春風過我太無端，閉戶辭他好暫寬。有病可遮疏禮數，無交堪息罷追歡。且教稚子徐迎客，未許家人便薦盤。聞道入春還七日，開年聊作舊年看。

其三次董叔會韵

嘗盡椒盤未覺辛，殘書次第趁年新。雖餘白眼懶輕世，不信青春肯老人。暫借貧家三日醉，稍停囂市一街塵。却因禮俗閑來往，又絆雙柑斗酒身。

人日，同董叔會集林守一晤庵觀迎春，仍次前韵

祇合明朝纔薦辛，雖過七日歲方新。都無事可酬雙鬢，只有春來閱舊人。牛未出欄猶土塊，驥思歷險別風塵。七年爲政今天子，可惜蕭條滯此身。

送林澹若北上應甲戌武舉

感時孤憤起從戎，痛哭中原內外訌。長吏但驅民倡亂，書生能害將成功。干戈兩歲秦連楚，烽火三邊北迤東。天子聞鼙方用武，莫教虎韔閉彤弓。

其　二

吾耻爲儒爾挽亏，商量經世事無窮。書同輪扁讀方快，劍笑莊生説未雄。老我意中六太息，送君江上一衰翁。聖人愛少如相問，爲道憂時鬢易蓬。

送林弘景游金陵

隱几聽鴻氣泜寥，秋懷因別倍蕭條。感時開創思吾代，恨事風流誤六朝。二祖衣冠分去位，百年宮殿具官寮。灑將滿掬憂天淚，爲寄鍾山頂上澆。

宿芝山寺禪房

非山也似在山中，塵念無多却易空。暗認樹聲聽落子，欲聞霜氣辨來鐘。活煤爐暝誰知暖，定火香明不見紅。一榻獨醒還渴寐，紙窗又動落梅風。

秋深送山木和尚還江山萬竹庵

爾憶霜林笋漸肥，可堪秋士送將歸。一天雁白橫依錫，千里楓深倒上衣。平地豈能留鶴住，閑雲且慢背人飛。雪中擬躡江郎屐，萬竹寒山獨叩扉。

初冬，過林用始迂齋，次韵答之

相思不覺又霜初，離索三秋一病餘。青鬢共看白幾許，新詩却比舊何如。交情閱熟難開眼，時事傷多畏讀書。慢説似君迂絶少，更無迂癖過於余。

其　二

年來曾似定交初，狂態删多懶有餘。似謔也莊踦柳下，不文善病半相如。蒼蠅笑爾談經世，磨蝎憎人愛著書。見説一秋高卧慣，暫時開徑却因余。

其　三

桐竹凄然十月初，歌聲漸放引杯餘。刀逢快處鉛能割，鐘未鳴時瓦不如。天下蕭條千里目，懷中漫滅萬言書。感時搔首誰堪語，易老憂多爾共余。

用始出亡友韓晉之手書詩卷讀之,因論晉之諸賦,去没時尚未卒哭也。文章一事,吾欲與晉之言者無窮,今已矣夫。仍次前韵

爲人之卒鬼之初,生氣孤高想像餘。九辯騷醨優宋玉,千金賦賤儈相如。神龍魂魄飛成劍,老蠹行藏死在書。却恨平生言未盡,夜臺難起一聽余。

喜慵生和尚至,七年之别,愴然感舊,和尚棄諸生時,余諸生之始也,仍次前韵

人少合離猶啖蔗,雖甘偏覺味無餘。七年一瞬三生似,瘦士吟僧兩鶴如。老至莫看新齒髮,别深細閲舊圖書。柴門病後開時罕,獨有文殊許問余。

其　　二

爾出籠時我入初,迴頭一十七年餘。勳名指下秋枰響,身世篋中紈扇如。戀雨神龍猶蛤蚓,費炊塵飯是詩書。仙仙雲水真無礙,且問行藏孰置余。

李元仲選試見落歸,仍次前韵送行,續《邛帖》之十八章也

柳根水長趁潮初,深閣霜帆挂尺餘。握手歌還三唱未,當杯人宛一方如。市中蹄賤羞齊足,名下言尊慎著書。倚着離亭楓也老,那能此際不愁余。

同慵生詠董叔會海外紅鸚鵡,仍次前韵

折花調罷欲言初,霞袖橫披曳翠餘。紅線亂堆綉不得,胭脂多買盡難如。翻經全譯西來語,問字先傳董子書。忽憶緑窗教讀史,入秦自比古由余。

其二和林守一

憶伴深春病欲蘇,銀韝故落倩人扶。猩氆紫馬駄胡女,霞毳花壇梵道姑。燒燭海棠寒共睡,臨池朱鯉醉相呼。水精屏透玲瓏語,愁殺他鄉眎鷓鴣。

其　　三

大霞萬里曳天長,倒入滄溟蕩綺妝。舞袖翻紅寒殿暖,花窗送話出簾香。

龍泉劍閃殷人血,虎魄杯沉奪酒光。莫怨此鄉非故國,也强胡地嫁王嬙。

其　　四

南溟一羽渡危檣,盛餙來觀上國光。文物半分虞藻火,離明全學漢冠裳。身經赤縣日堪對,影靜紅波海不揚。乍倚鏡臺還懊惱,羞同兒女鬥宮妝。

其　　五

別島姝禽伴古仙,赤松樹底隱身眠。剩開白眼看凡鳥,懶曳紅綃話綺筵。惜影有時嫌燭焰,矜毛無意受人憐。飄然天半朱霞似,安得辭韝到日邊。

再送李元仲,續《邛帖》之十九章也

匣底雌雄相待飛,滴殘淚洗劍星微。長歌白石飯牛瘦,大業名山養蠹肥。觀世可能將眼冷,抱懷未忍信知希。河橋衰柳牽人慣,認得年年失意歸。

過徐羽鼎寓園譚雨,憶李元仲魯宿於此也,續《邛帖》之二十章

交游徐子半天下,落拓伊誰挂眼中。孤憤說難消涕淚,婦人醇酒晦英雄。名場意氣優塗面,帖括文章鳥在籠。客舍蕭蕭風雨滿,入林還憶李生同。

徐羽鼎感時和韵,又次答之時今上以流寇避殿修省

舟楫材虛涉遇風,賈生涕隕塵談中。冠裳墨盡誰知白,世界雌多却知雄。腐草化螢窺玉燭,言官養鳥話金籠。臥龍莫有塵埃裏,安得伊人事主同。

其　　二

罪己言兼痛士風,聖人旰食避宮中。邊才唇缺從寒齒,國是烏棼不辨雄。柱養蠹肥群撓棟,鸎歐鴻揚未歸籠。愴然相視憂天劇,薪膽誰能共主同。

其　　三

才名閑似耳邊風,蟻戰無端滿目中。蘭譜疏慵能害霸,文壇老大耻争雄。因人鴻但燃孤竈,坐我鵝堪共一籠。塊壘填胸磨耗盡,暫時感慨與君同。

乙亥冬，送張雲將游金陵

送行寒望立梅邊，愁鬢兼花白更先。晉代風流餘舊話，中原近事問時賢。長江天地南分塹，聖祖英靈比顧燕。君去都門休吊古，直須慟哭孝陵前。

丙子元日，予於是年四十有六矣

去年年至畏題詩，今歲聞鶯一補之。老向文壇諧笑罵，祇將優唱耗干支。憂天劇甚鐺無耳，在世間如面上眉。強仕已過衰尚未，白頭遇主正當時。

丙子春，爲董崇相先生八十壽 時今上避殿修省，公萬曆戊戌進士也

岳岳人間八十春，朋尊歲歲稱鶯新。此生富壽多男子，天下安危一大臣。聖主不須憂昃運，老身方許佾佳辰。迴頭釋褐年來事，爲國擔愁已四旬。

廬陵慵生、西湖妙香、白下達權同空生、爾和諸衲過紡授堂，再次林守一韵戲呈

十室才名二月鶯，分朋占樹也爭榮。眼中不敢無諸佛，天下誰能識老生。三錫卓來江左右，一桐揮罷塵縱橫。竹爐灰死山瓢挂，且聽寒壺沸後聲。

感　　事

釣亦多奇網豈疏，皇家麟鳳近何如。華陀不授剖胸術，烏喙雜投伏闕書。冀野有金償死馬，南陽無水應神魚。側肩忙殺日中市，又是徵君北上車。

其二仍次前韵

前席須殷遇却疏，低棋弈國一枰如。橫流天下賈生涕，爭食侏儒曼倩書。儉歲盡猫毆碩鼠，乾河養獺牧枯魚。蕭條攬轡埋輪者，莫有伊人上使車。

送余虞之北上公車

三百年來制盡更，聖人思治恨無成。建言敢說科名賤，當事徒令主上輕。

逢世未須慚學究，如君原不是經生。對床共起中宵舞，北望愁多又送行。

其　　二

矑盡雙眸抱一經，逢年蠹亦化爲螢。可憐弈手渾枰黑，但把賢書當史青。天下事如支老屋，中興才似發新硎。感時莫道艱危甚，好趁狂飆試勁翎。

贈某鹾使

西北軍輸但唱籌，司農仰屋至尊憂。民間物力炊無米，天下皮毛負反裘。獨使宮中諸膳減，何曾地上有錢流。割鷄游戲平鹾政，佐漢還須待鄭侯。

夏日，同林守一、李元仲、陳昌箕社集萬歲寺
陳道掌寓園，分七虞韵

半里籃輿病暫蘇，所思俟我古城隅。文壇渾一東西帝，佛國消除小大巫。風篠有心當户立，旱鳩無賴學人呼。時渴雨。醉吟選石留題去，山月隨筇影未孤。

鄰甕初香，吾友薛汝儀至，主方擊壺，客來，
荷鍾問天，容吾一醉，攄地歌者二人，詩曰

江楓倒壓鬢霜邊，借我衰容紅欲然。豹焉用文眠却霧，馬輕一顧老辭鞭。信陵失意寧求死，博浪成名易學仙。便死未甘仙未得，且傾醇酒醉君前。

丙子秋，送朱馮仲北上

送行望闕共愁時，伐病無方數易醫。齊傅楚咻君左右，秦肥越瘠國安危。蒼生自昔清談誤，天下從今馬上治。大對好教明主重，年來將相等呼兒。

其　　二

剝到無膚肉尚剜，索居易感獨心寒。中原誰灑登舟涕，陋巷徒纓閉戶冠。草野釣奇封事賤，聖人多難納言寬。長安忍放看花眼，海内頻年目未乾。

丙子秋深，陳不盈、徐叔亨、李元仲小集紡授堂，次韵之二，續《邛帖》之二十二章也

閑心轆轆任詩磨，畏貯牢愁且放歌。醇甕拍浮窮減半，酒杯深淺淚添多。誰能觀世從豹虎，可忍裁衣付薜蘿。市駿即今燕使在，驪黃聊復問如何。

丙子秋，送李元仲省試見落，還汀水，續《邛帖》之二十三四章也

席門深雨滴離憂，相送年年淡過秋。臺峙黃金終小市，城沽白璧也輕酬。猗欄美子風霜老，碩果文人天地留。渺渺一帆楓路遠，眼中誰可共仙舟。

其二　時汀一郡無入轂者

江流雁影客船邊，滿酌離杯懶問天。八縣才寧無一士，千秋事豈在三年。雌雄誰辨俱予聖，鷄犬能飛便是仙。千載知音懷狗監，子虛解誦漢皇前。

丙子冬，送陳昌箕北上

昌箕少我鄉舉先，鬱鬱公車十五年。已信開猶花早晚，誰能甘似蜜中邊。但看時事難如此，豈可當今緩着鞭。大對好言臣有友，白頭無籍每憂天。

又次陳昌箕留別韵再送之

灑酒爲君澆寶刀，短衣至骭咏同袍。白頭話到髮俱指，烈士心如癢處搔。訟國紛然綠磨蟻，擎天誰是駕山鼇。此行多少焚舟意，慢把文章論價高。

又次其二韵

慢計逢時拙共工，杞憂未暇怨途窮。國無一日戈能止，朝比三星罶更空。趙使見輕寧碎璧，鍾期已死莫栽桐。送君自笑冠堪溺，錯怪當年龍隼公。

過董叔理寓齋觀月

水邊雙屐近招尋，引話杯長稱量斟。四壁影多生畫意，一庭光滿養花陰。小橋能使寒河廣，明月還添老樹深。薄醉共君聽澤畔，古來憔悴有行吟。

感　　詩

瑟瑟霜飆助挽郎，凍鴉成陣噪裏楊。衣冠纔送出東郭，螻蟻也隨往北邙。骨在沙場淘更白，屍惟馬革裹能香。不知何故庸庸死，自鋼荒山待夕陽。

贈忘機道人蜀人，與予同庚

無機可忘意悠然，蜀道飛來行地仙。施藥有時兼換米，買山到處不須錢。縱橫天下杖頭去，潦草人間甕脚眠。相對忽慚吾俗面，蕭蕭蒲柳也同年。

病中夜坐

偏當愁疾下嚴霜，隱几爐寒夜未央。千古以來誰善病，此生自謂我非狂。舌徒取印羞言在，髮可衝冠莫論長。枯坐聞雞聲惡甚，引人欲舞耳邊忙。

病中次董叔理來韻，兼答其甥子之餉

銹春龍吟奈爾何，壯心日夜枕呻過。本無文采頭寬責，不合時宜肚懶摩。四壁試橫雙病翅，百年未死一詩魔。裏頹妻嚮難兼斷，閑看甥孫又出窩。

病中得董叔會都門手書，謂間關江南北所見吏情民況，萬無可復著手，正如棲危苕之上，幸長風未起耳。士即能得志，亦何所爲感。念其言，仍次前韻。時丙子迫除也

憂世其如齒髮何，今年錯料又將過。生平已分身屍裏，窮賤還思頂踵摩。

善病需金終惜賦,苦吟無杵可降魔。天津忍聽鵑啼血,安樂未須葺舊窩。

臘月二十四日,同陳伯期小集陳道掌草堂

養寒輕雨凍風吹,欲透疏簾揚碧絲。小飲成狂祀竈酒,苦吟不驗送窮詩。問年漸損思眠食,與歲俱增老病痴。暫借閑身閑未得,擊壺歌罷又愁時。

丙子除日

明日吾將四十七,始襄相去僅三年。文章無底履霜屨,臘酒新裝御雪綿。覓句澀如償冷債,營書急比負官錢。抱懷經世今何似,心熱難灰溺更然。

其二次陳道掌韵

柴門深閉穩垂簾,懶共時人鬥舌尖。天下才名除夜爆,中原旗鼓酒家帘。熊飛東海徒媒老,龍臥南陽不耐潛。已信弈高着便拙,行藏人免逐年占。

紡授堂集卷之六

詩部五言排律

癸酉元日

簾動穀風新，鶯銜漉酒巾。席門天語至時老母詔旌，陋巷聖居鄰家近學宫。文體因陳粟，科名積滯薪。蛾眉過四十，馬齒失壬申。傅粉少年夢，停針老婦紉。蕭條看鏡罷，何處嫁貧身。

宿薛老峰梅莊，有懷林伯吹和壁間韵

山半春探未，愁眠傍古城。寒僧遠梵寺，哀柝近郊營。樹動香如有，心懸夢易成。帳深從月透，窗静覺風平。衰意眷高足，夜心畏大名。聽鴻思馬齒，捫虱待鷄聲。舊話三更密，霜鐘獨榻明。杳然醒寐半，推枕起相迎。

哀亡友李右宜兄之詩

崇禎己巳九日之中，李子右宜竟死矣。其友人晉江曾異撰爲詩一章哭之，而門士晉江柯子宗楨、侯官陳子洪謨亦附而誄焉。右宜有遺孤子二人：一三四歲，其一今秋始生。享年僅四十有二。始右宜病未劇，喃喃然已自知死床席間，皆生寄死歸之言。蓋右宜嘗與予商《楞嚴》大意，于死生之事，非木然無所入者也。異撰客石巢二年，右宜於異撰友善，而右宜之伯氏左宜子曰世輔、從弟元仲子曰世熊，皆與異撰爲莫逆交，而篤于手足之愛者。二子又皆遠游，不及與右宜執手而訣。異撰爲右宜志慟，兼爲二子分痛。二子歸而讀異撰之誄，當飲恨哀歌而和我也。傷哉！

我聞生殁事，不與厄窮同。賢者方知死，安之如固窮。惟君忘惴慄，易簀語玲瓏。未化能先覺，臨危見定功。彭喬仙不屑，左馬鬼爭雄。憶昔秋將半，添新桂一叢。稱觴携二子，揖酒賀成翁。凋擬經寒柏，病爲倒樹蟲。撫床相省視，指舌漸朦朧。四十二年事，邯鄲一枕中。黃花身後色，蘭穀眼前空。仁者壽無信，天之聽不聰。讀書食福淺，稼善失年豐。鬼國貪時彥，松楸宿古風。帳啼生二室，弦啞死孤桐。浙水兄阿輔，潮陽弟世熊。野鴻猶蕭羽，中澤已號弓。自古人同盡，他年子代終。譬如烏既没，逝者旦還東。舊器鑄新器，成銅即毁銅。遺孤伯仲撫，後事有無通。胎脱子猶父，形銷冶任工。化機無斷斷，平理在嘗嘗。不以賢私厚，方爲命至公。寄歸君所曉，徒使我忡忡。

乘月摘雨後桃花，同丘小魯、小羽和慵公

僧影踏花泥，烟深月尚迷。及晴先倚杖，明日便成蹊。悶破初臨鏡，浴新輕着綈。屐來嫌齒軟，柳近共眉低。數日誰相問，新妝怨竹西。親人便欲笑，入手有餘啼。拭淚竽辰女，懷春待浣溪。鮮疑燈下臢，豔夾竹爲妻。損樹嫌多摘，濃枝折共携。剩紅且莫怨，留伴晚妝梨。

同施有敦、張時乘、施辰卿、何未信、張大從、施孟飆、鄭志將、施君廣、辰卿子大昕、方生宜闇游福廬，不至此山近十年，未省吾顏面若何，但林木蔚然，覺山容少於肯耳。癸酉十月望後

扶筇虎避闇時聞山中有虎，把酒叩天門三天門。松長衣山裸，瀑枯靭石言。岡身臺拊背山脊有臺，坠尾月穿臀飲虹澗。吐納地多肺，追隨雲有跟躡雲徑。玲瓏連小大大玲瓏、小玲瓏，溪沚間清渾。芝勁漱仙齒芝石，香凝斂石魂異香洞。天長受峽束漏天峽，霞集築場藩霞石亭。玄戶扇爐冷，饑鷹問鼎翻古仙巖石室，傍有鷹碣。石爲泉複道，水作榭周垣。剨石泉繞環流亭。巖蔚方招鶴，林新未挂猿。居人占塋隱，山長特祠尊華文忠祠高踞山中。佛面金銀氣銅佛，仙圭斧鑿痕石仙。大臣遺笏正石丈笏立，賢者聚星存聚星巖。蟾欲出山去蛛石，象能佞佛蹲香象。玉鳴

古女儺鳴玉洞，苔落俯僧髡拜僧石。杭兩騎龍項虎溪半山二橋，扉雙踦狻蹯獅門。隱文出則豹豹隱，負畫處非黿龜石。山或譽之過，石加名太煩。品題好必察，開闢恕堪原。散却呼皆應，聚如景在盆。笋輿過半里，累子恰前村。客滿僕爭竈，游多衲避軒。蒲團分酌兕，香積借煨鶉。飲户權輕重，沸壚續曉昏。新交醇易飲，小友謔堪餐。興發全無底，談長褯不根。大言侵佛國，高步踢崑崙。遲暮羊亡策，行藏虱處褌。眼空聊共指，舌在未須捫。迴首十年事，入林永夕論。對床吾且住，携榼主更番。欲去登山半半山亭，蒼茫海可吞。

紡授堂集卷之七

詩部五言絕句

早發常思嶺

白雲流鬢眉,清露澹眼耳。搔首欲問天,天在芒鞋底。

語石山房口占

壁間題古字,搔首問青天。我試登臺問,何人是謫仙。

躡雲徑

雲以石爲室,躡之不可即。人從徑裏入,雲從徑裏出。

木侍居雜詩三十首

山居日久,意有所觸,時得一二句隨筆,而納之籤中。其後稍足之,爲詩不覺至三十首,走筆書之,以詒主人而索和焉。主人爲吾友薛汝儀,醉翁常大言謂予世無酒人者也。

門徑
杳然千樹底,或有美人來。不設應門者,柴扉長日開。

荷池
清池卧榻前,床與芰荷連。一自荷衰後,幽人只獨眠。

魚池
方池泉脈疏,澆菜亦種魚。客來自垂釣,主人摘園蔬。

清磬
鶯花相與狂,清磬發花光。晝眠深欲醒,似覺磬聲香。

花禁
不禁采花實,但畏搏花香。芰荷君莫損,任君摘蓮房。

靈巖
園爲巖之目,巖爲園之眉。目以秀而美,眉以聳而奇。

薄暮
相思望林外,删竹放林疏。忽見竹間月,所思月不如。

樓居
下樓即凡界,欲語呼前山。前山對人語,呼我住山間。

種菊
肥菊大如拳,瘦菊大如錢。瘦菊耐霜後,肥菊鬧霜前。

僧至
深林一僧至,望之已翛然。有時與來往,不必爲參禪。

溪聲
溪聲來枕邊,夜與清溪眠。雖然隔里許,似在卧床前。

爐香
古僧畫大士,寄我懸草堂。堂上巢雙燕,燕泥落爐香。

聞鐘
風鐘肅而越,雨鐘静而疏。烟鐘淡而幻,霜鐘清而孤。

秋山
山至秋方醒,情多病是醫。《楚辭》閑讀罷,題卷欲遺誰。

山歌
閉門千樹裏,清嘯百花中。林外忽相應,山歌吹麥風。

客至
豈有居此間,而猶憶人世。主人不出門,有時佳客至。

松　石
片石不必佳，喜在長松下。月出坐松間，月落談未罷。

竹　石
一石疏松間，一石深竹下。松石夜宜秋，竹石晝宜夏。

聞　梵
瞑坐對前山，隔溪聞夜梵。幽事在山間，林下分一半。

花　榭
愛此數種花，日行百餘遍。聞有客在門，竹深人未見。

醉
主人能醉酒，客子能醉茗。主客相與酬，不知誰酩酊。

出　門
出門隨所之，沿溪到山寺。山僧偶出山，客來自掃地。

葡　萄
我聞葡萄酒，藏之可百歲。主人不能待，摘實便思醉。

雙　柳
陶家不弦琴，得意無求備。陶門垂五柳，聊復種其二。

讀　書
有時獨閉門，我與書而已。命酒相歡呼，酒伴殘書裏。

選　杖
雖有清直風，亦貴勝倚仗。一林十萬竹，選之僅一杖。

茶　事
主人時勸我，病肺省茶事。似我勸主人，病眼毀酒具。

觀　星
並作一亭涼，四山草木意。清聲定數星，趺坐習夜氣。

梅　坪
名株矜其香，羞人愛以色。不是孤山人，梅花妻不得。

橘柚

橙黄橘緑時，好景不可記。主人家政寬，僕子摘盡矣。

古意

幼小懷古香，佩之未肯釋。不敢持贈君，墮地與君拾。

贈曾得之善寫真

雄筆畫俠士，墨氣結肝膽。不摹古荆卿，能自出心眼。

李澹生爲我製清明新茗次韵

出門賤春色，千里浩無涯。獨愛前溪茗，矜香未肯奢。

其二

水濟釜斯潔，爐紅火莫加。乃知酒德賤，味在釀人家。

其三

有時坐松窗，恰恰一甌滿。詩心汲不來，蕩之添一碗。

其四

好茗如好色，淫者求腹滿。茶事之登徒，盧仝但數碗。

石巢山中得伍秉樞書遲之

獨寐懷雙鯉，空山擬對床。恐有佳人至，木犀且慢香。

題《春草圖》

芳草來無已，香蹄去未停。畏他春馬蹋，故上石頭青。

山居

一對白頭翁，飛來啄枸杞。山鳥學古仙，食之能不死。

曉行峽北

烟暝鳥亦暝，烟醒鳥亦醒。醒猶暝寐間，囈語微可聽。

無患溪

垂釣無患溪，中有千歲魚。驚餌上山去，飛入仙樓居。

戊辰、己巳之間，予讀書寧化之普光巖，近地有仙、佛二泉，有瑞華巖，有龍岳洞，皆予游適處也。崇禎丙子夏，義生禪者自瑞華至，喜其來而爲詩六章貽之，兼志舊游焉

夙昔經奇丘，因君憶其處。何不袖之來，隨爾袖將去。

其二普光巖

普光佛布舌，百丈石齒齒。或有古孫登，屈曲齦齶裏。

其三瑞華巖，龍岳洞

瑞華剔山耳，龍岳鏤地鼻。佛力雕蟲然，偶爾學兒戲。

其四佛泉

澹澹視古今，佛眼開石趾。日月蕩其中，皎然重瞳子。

其五仙泉

凡夫貪道液，挈瓢守胯下。仙子卧不醒，遺溲出石罅。

紡授堂集卷之八

詩部七言絶句

落　花

惜花何不記花辰，繞樹枝空剩作茵。最是寂寥宜慰汝，開時相賞豈無人。

籃　輿

籃輿凹折板橋橫，秋潦平畦汩汩行。雨後鸀鸘分外白，水深稻子尾頭青。

九　日

不須三徑追元亮，何必龍山學孟嘉。是處黃花是處酒，謾言秋色屬誰家。

異　香　洞

自然天際一山房，竹受風驕倚壁狂。世路行來多掩鼻，此間那得不聞香。

過西園別裴鼎鄉

去去青山一路寒，離筵忍放酒杯殘。不須説到主人好，幾樹芙蓉別也難。

客　中　送　春

春光欲留不可追，客子欲歸未有期。那得客如春去急，可能春似客歸遲。

客　中　答　友　人

作客長年如地主，欲歸空説又寒深。直愁馬首無佳況，故待江梅白滿林。

客中病起口占示薛瑜卿

呻吟客子那堪聞，晨夕相歡我與君。病起不知人悴否，池荷已老兩三分。

靈石山中

靈石山中數日齋，黃花爛漫滿山開。若爲愛菊恨無酒，先買前溪一醉來。

贈良融和尚

良融上人美少年，清通了了會參禪。朝來頂禮蓮花座，出相阿難拜佛前。

贈寶燈和尚

僧家於世已爲客，況君又復客僧家。作祖傳燈真費事，看來五葉亦開花。

客中問梅

三年未見梅花發，喜得花開客又行。小樓倚罷三更月，猶覺看來未盡情。

梅閣有別

永夕無眠祇話愁，不知凍雪滿枝頭。西窗昨夜梅開未，今日同君試上樓。

其二

幾點疏疏香未闌，小窗共倚忍霜寒。莫嫌樹底花開少，花盡開時只獨看。

其三

別意無聊看亂雲，分飛似我惜離群。對君小閣深深語，除是梅花與共聞。

其四

月冷前山欲上遲，一樓香滿正相思。知君猶有梅花伴，馬首南行伴是誰。

重過梅閣訪吳東有

樹底清芬尚可聞，幽香細語未曾分。重來兩種關心事，半爲梅花半爲君。

元夕曲

雖然燈月與年新，又過今年半月春。無意看燈燈不好，趁人且看看燈人。
其二
女娘三兩試輕紈，濃粉深脂笑語闌。只爲日中看不好，故來燈下與人看。
其三
街頭纔見行遺履，街尾又聞醉落冠。添得酒人兼市女，元宵又倍一分看。
其四
稚子擎燈夜夜忙，纔過十五便悽涼。明朝漸漸愁燈盡，燈盡還愁坐學堂。

感懷

向晚無聊聊縱酒，昏昏睡去免愁生。無端忽作封侯夢，一夜悲歌不得明。
其二
蕭蕭髮短寸心存，拔劍自歌心自論。浩蕩出門何所報，生平未肯受人恩。
其三
不欲向人談意氣，有時獨自誦《離騷》。青天如許那堪問，白首無爲醉後搔。

林聖木花燭詩

看鏡羞儂頭暗梳，趁人未見理琴書。雙眉準擬待郎畫，本自纖纖畫不如。
其二
少婦三朝試下厨，夜深女伴尚圍爐。新郎不敢呼人睡，只說天寒凍着姑。
其三
瓦冷星霜綉戶開，平明不速客將來。郎今莫作通宵飲，載酒但言早看梅。

題畫

樹底飄然杖者出，近見竹籬深見屋。意中似嫌雞犬聲，我將去之訪空穀。

丁卯送陳道掌游西湖

湖海年年求友勤，何人意氣得如君。相逢慢向蘇堤飲，先拜于墳與岳墳。

其二

見說中官湖上祠，巨公泚筆誦功詞。不須說到千年後，便是當今墮淚碑。

斗園問梅

疏枝淺水蕩寒光，水畔橋成試踏霜。梅片拾來和茗飲，不分花氣與茶香。

薛祇卿催妝詩

新妝未慣畏郎催，金粉猶嫌膩鏡臺。最是懶人花燭鬧，綺窗琴友一瓶梅。

冬日送黃子周游西湖

湖上春風花作堆，游人都解趁花開。雪中別有孤山意，不爲桃紅柳綠來。

丁卯元日

百事畏言過歲月，三年纔一換桃符。春風有信殊無賴，冒雨掀簾徑到盧。

其二

到處人逢稱伯叔，同年呼我亦爲兄。追歡但喜隨前輩，龐叟叢中作後生。

其三

拜年人作少時看，乞與橙黃共綠柑。五歲阿兒十歲女，入門齊向袖中探。

送薛瑜卿

未老情多已白頭，意中人又買孤舟，青青眼對青青柳，但送君行不敢留。

題畫

樹樹山山隱所思，小橋流水杖頭詩。水窮山盡無人處，我試留題一補之。

遲林鼎甫

猶有病身寒對月，可無好友夜登山。三更四點未成寐，試一開門深竹間。

讀　　史

讀史聊當三斗酒，深情欲寤五更天。半開雙眼半成夢，似有人來似獨眠。

其　　二
過梁懷古祀春秋，一個淮陰竟不留。龍隼若爲魏公子，英雄肯共赤松游。

其　　三
一寒猶作舊交論，丞相還教御使君。若使知爲天下士，綈袍可是故人恩。

其　　四
辟穀仙游了此身，何如博浪氣吞秦。無端圯上老翁子，教得英雄似婦人。

其　　五
丈夫立功豈望報，只我恩人不可忘。一飯千金眞快事，藏弓烹狗也無妨。

其　　六
蕭然四壁耐閑居，家有文君伴著書。人與文章俱得意，那能不作病相如。

其　　七
貧賤羞將游俠掩，窮愁惟有著書宜。無端忽憶郭翁伯，不覺抛書欲竪眉。

其　　八
無端舊友欲相臣，拂袖猶慚洗耳人。帝腹還污高士足，清灘歸濯客星塵。

其　　九
有屍不用馬革收，有身不肯百金酬。燈前滿眼恩仇淚，未得分明漸白頭。

其　　十
長星勸汝一杯酒，天子由來萬歲無。秋草茂陵聞醒語，悔教方士覓蓬壺。

其　十　一
功成袖手入山眠，千古留仙與鄴仙。學得英雄前半截，不須畏死便昇天。

靈石山中走筆山寺,過客皆如僧律,同游
　　薛汝儀逋村落中作畢,吏部謂我五十步相笑也

佛前戒酒懺詩狂,免得閑中詩酒忙。醉裏逃禪殊不可,偶然題扇也無妨。

觀　劇　有　贈

看君作戲纔今夜,笑我排場四十年。同在劇中吾更老,相逢那得不相憐。

往翠華,雨中守風,示柯爾立、陳聖謀二子

花朝舟發及花時,花滿猶嫌月漸遲。但有月來遲也好,帆開又見雨絲絲。

其　　二

底事三更雨打篷,無端吹入滿船風。扁舟一榻連三友,未信愁能到客中。

其　　三

作客由來慣石尤,溪花蕩水漾船頭。春山處處留人住,莫算行程只當游。

劍　　津

見說津頭劍氣雄,停舟望氣認芙蓉。朝來不許舒光怪,吾有雙龍在匣中。

其　　二

千古空餘氣燭虹,何如出水傍英雄。今宵開鞘灘頭卧,或有龍來就匣中。

同柯爾立、陳聖謀溪行。二月晦日,
　　予舍舟而陸,夜宿白蓮道中書懷

舟屐難將人意同,山花驛店五更風。出門二月又三月,纔覺今宵是客中。

溪行口號寄林守一

不耐春濃舟又遲,客心漫漫水瀰瀰。別來病況君知否,半月溪山未作詩。

題紅菊花

白者獨清黃者瘦,糟容爛漫鬧霜籬。不堪醒眼看花醉,恰是無錢買酒時。

三月晦日,予方作《送春詞》,丘小羽遺我水墨花一籃,予題之而索和於小羽氏焉

濃花三月漸分身,半入提籠半作塵。似爲春風不肯住,一籃留與送春人。

其二

繁花雖老入籠新,猶惜其餘躁作塵。未省執筐人底事,陌頭忘却一提春。

中秋

月光欲去慰人愁,許我明宵又上樓。明夜月明能再好,更須還我再中秋。

戲書友人扇面,所謂好人者非我也

福州雪扇白於綿,厚紙多風不費錢。爲有好人詩句在,手中袖裏已三年。

雨後看山

一日陰陰一日晴,忽然山隱忽山青。長在目中有何意,暫別相親倍有情。

題大士像,有小兒持空膽瓶侍立

打却鸚哥擲却瓶,盡情翻倒假惺惺。兒童拾得無端甚,傍佛喃喃覓柳青。

偶成

安能鬱鬱久居此,縶虎柙龍如死鼠。天風上我百尺樓,直入懷中吾與汝。

題《獨鴨立秋風》畫

春深獨自擎深紅,去歲猶多女伴同。欲覓提筐人不見,提筐人在置筐中。

過袁亦人口占

好句君堪留我讀，放顛我不畏君嗔。千秋游戲兩人在，一個亦人一弗人。

其　二

嘻！迨今而文字之交吾亦難之矣，亦人乎？亦人乎？簡詩傷逝，泫然志之，壬申春日。

書生擾擾自相豪，握手文壇氣誼高。若使英雄不識字，還將何物結同袍。

花　前　睡

昏昏欲瞑似聞香，花氣薰人引夢狂。我有睡魔高百丈，奪將花國作花王。

張小天學詩戲柬

寄語空巷張小天，酒狂且慢學詩顛。醉鄉直恐詩魔攪，甕腳妨君一覺眠。

其　二

免教獨自怨秋風，寒殺蘆花少伴同。沽酒烹來成一醉，芙蓉亂插滿頭紅。

八月十三，夜坐月遲，所思未有其人而遲之，此遲之無謂者也

未至中秋月已明，美人誰是但多情。月中莫有登樓者，樓在城西窗面城。

其　二

西風吹柳柳陰輕，樹底玲瓏葉葉明。何處履聲隨月至，竹窗開盡聽人行。

中　秋

病身獨有月相關，此夜誰家酒伴閑。猶喜四鄰歌舞寂，沸爐聲在竹窗間。

其　二

呼僮鎖閣閉竹戶，月色盡情爲我留。我與明月正相得，不許一人來上樓。

城　角

芭蕉墻裏半開門，城角誰家小小園。橘樹待年香未得，柳條易老短還髡。

西湖訪董叔會不遇

七松島風吹客衣，客子到門欲去遲。湖上主人歸也未，衰荷亭畔讀殘碑。

題　畫

孤舟一客獨相思，秋水茫茫望是誰。未省有人深竹裏，萬竿題遍一林詩。

其　二

閑身江上却無閑，意在深林萬竹間。選得漁竿兼作杖，寒溪釣罷好登山。

題《蕉石》畫

猶憶前年月滿園，芭蕉花下立黃昏。太湖石傍蕉陰否，似有垂楊挂板門。

己巳元日

但畏病魔不畏貧，不求多笑莫多呻。開年未省身輕否，試屧梅間走數巡。

其　二

正月桃花隨意開，竹邊橋外引人來。無端臨水見雙鬢，又被春風惱一迴。

其　三

但覺春風到鬢邊，霜毛春草共芊芊。拜年漸見門生老，還說先生勝去年。

其　四

霜鬢頻看鏡也頑，聊將多病解衰顏。逢人畏說卅添九，只道年猶四十慳。

其　五

小女剪出紅鯉魚，偷竊墨楮兼學書。嗔他弄筆還自笑，若許讀書父不如。

其　六

去歲阿昕讀《論語》，開年七歲教《孟子》。但祝明年正月初，誦得《詩經》兼讀史。

其　　七

到門長者任車迴，省得閑拈新話陪。只是避年非避客，辭將客去歲還來。

其　　八

浪說移家家也無，七年流寓計全迂。空言卜宅未成去，誤被春風作主呼。

清　　明

紙灰着樹帶棲鴉，醉臥白楊是處家。我學齊人都已似，床頭只少妾如花。

其　　二

王侯面上草青青，對此如何忍獨醒。高冢斜陽原顯者，未須兒女泣中庭。

題《美人圖》有序

美人倚蕉石題詩，侍兒抱琴于蕉陰之外。或作此畫遺肺子，肺子非好色者也。吾有此，猶其置書，然不讀之，而亦有時枕之而臥也。

題將詩句寄誰看，囊閉新桐誰解彈。未省伊人稱得否，侍兒琴抱意珊珊。

無　　題

離中那可連三日，眼裏何能少一人。記得黃昏燈市別，分愁皆踏兩街塵。

其　　二

獨榻燭猶餘一寸，開門月已去三更。願歡如燭莫如月，夜夜留心對我明。

其　　三

數日未來來便去，有時含怨怨還思。眼中若个堪相恨，不惱伊人欲惱誰。

山　　雨

四圍何樹不龍鍾，泉響雲中若個峰。宿雨不知何日去，寒山還我一窗松。

其　　二

樵斧聲來不見踪，出門屐齒老烟封。蒲團少憩香纔爇，又是山僧午飯鐘。

其　　三

濕雲尋伴宿山中，一片模糊千樹籠。獨有小桃三尺強，半邊烟裏半邊紅。

夜坐書懷柬林伯吹

好友入山我閉門，雨中燈夕坐黃昏。白頭深巷三更燭，春水伊人五里村。

其　　二

那得無言便入山，小門花滿讀書關。明明馬首相思路，青草遮人去又還。

無　　題

妝成拭淚怨晨鷄，難碎香車縛馬蹄。但作尋常相贈答，也應償爾數行啼。

其　　二

銀刀一尺白於霜，揮斷臨行淚數行。見慣意中人負我，偶然負爾也無妨。

送興業令林鏡台先生重游蒼梧，即席分得"蕭"字

再入蒼梧萬里遙，客情宦況等蕭蕭。一琴載去猶多事，携得詩心上小刁。

其　　二

衰俗鋤蘭多種蕭，湘灘有佩莫停橈。堂前鶴認舊時主，傲吏今來已挂瓢。

海上七夕，同諸門士限韻，昕兒九歲，
　　命之磨墨，亦復自請試筆，故詩中及之

危樓客子倚涼天，秋信先來短鬢邊。但乞三更風雨過，不須牛女到尊前。

其　　二

不因乞巧獻茶瓜，夫戍邊州望眼花。紅縷暗針穿便過，雙星縷度婿歸家。

其　　三

小兒呼我作詩翁，弄筆也來恩乃公。誦得銀瓶畫燭句，巢鶯正月試喉嚨。

程永子渡江相訪,兼訂予游龍湫,爲詩二章送之

多情四十滿頭霜,畏見秋風舟子忙。載得人來又載去,一帆江月挂微茫。

其二

千尺龍湫挂石淙,萬山遲我看秋瀧。送君還約黃花後,一半詩心已渡江。

海上閑居

蕭條塵尾不曾揮,自續爐香掩竹扉。茶罷懷人詩未就,門生江上載蘭歸。

其二

佛經亦是古人書,酒脯時兼茗與蔬。侫佛不能謗也懶,一尊大士共閑居。

其三

小棹歌迴載蠣房,麻姑酒熟店頭香。一分米汁九分水,到口三杯也發狂。

其四

嗔殺俗髡與腐生,出門洗耳罄三聲。近來閉户雜賓少,清磬相思時一鳴。

其五

六月黃魪七月農,黃芒稻子帶泥舂。瓦盆香殺肥魚飯,爛醉先生酒一鍾。

其六

拋却道書與佛經,殘香續懶倩門生。一燈趺坐三更後,巷汲明明月下聲。

其七

老畏窮經時讀史,病無酒力偶當杯。船輕月引從浮海,屐重人扶亦上臺。

其八

茗碗旱天未放枯,渴燒松子煮鹹壺。海人第一關心事,溪友船迴載水無。

其九

文字羞爲應制體,詩名畏作盛唐聲。此身今古安何處,不住霜髭日夜生。

其十

稚子自携教掃地,山僮初買課烹茶。暗窗月夕勤疏竹,渴井霜籬罷種花。

其十一

虎眼墻頭兩樹傾,垂垂纔似小貓睛。猶堪秋後供高枕,亂落空階雜雨聲。

其十二

移得新蘭供大士,祭將社酒醉門生。佛前我亦澆三酹,未許看人便獨醒。

其十三

當南竹户掩松間,中有人閑不出關。見説夜來秋水壯,開軒一上後門山。

其十四

霜毛四十鬢邊來,百歲終須白一迴。猶喜及今先老至,免教臨老更相催。

其十五

登山濯濯坐難選,觀海茫茫立却宜。知己眼中何處是,無端獨自望多時。

其十六

竹下安爐築小壇,養風通月沸聲寒。三分茶事除消暑,半洗新桐半養蘭。

其十七

扶竹教無苦節意,選松嫌有老人形。亭亭屋後鬢眉秀,未損風流也典刑。

程永子過我即事口占曬書,山僮名

曬書侍我能磨墨,永子過予喜作詩。江上明朝吾與汝,輕刁更載一僮隨。

觀劇演《桃園記》

千年劇口尚如蘭,朋友君臣兄弟看。盡道桃園結義好,那知但作戲場觀。

無題口占

牡丹有艷而無香,薔薇雖香多刺芒。有色有香又堪把,不知何品足相當。

追挽葉文忠先生有叙

憶八年前,葉文忠先生偶見某試牘,謂是吾世子瞻。時某守布衣之禮,未敢以一言知己曳裾于三公之門。迨先生墓草已宿,某猶以生未識面,挽章絮酒有待於懷。庚午春,公孫君錫氏相訪,以先生葬錄見遺。某謂公前後奏草及《蒼霞》諸集,觀者難於卒業,請合刪之行世,使人人盡讀公之文。今君錫沒於武林又三年矣。病中無寐,知己之言,明明于心,枕上爲詩四章,以志不忘。他日過先生墓下,則書而焚之也。崇禎五年穀雨前。

布衣未肯謁三公,欲俟他年一刺通。宿草已深知己墓,老生誰信似坡翁。

其　　二

相業三朝垂疏草,詞林八代起蒼霞。大臣不肯文名世,慢擬歐韓某作家。

其　　三

門館當年罕報衙,三槐影静晝眠鴉。未須感慨今非昔,一樣蕭然宰相家。

其　　四

後生何以謝前賢,充棟文章選大篇。一自公孫湖上沒,蕭條諾宿又三年。

與丘懋旦夜話,憶亡友楊吉騰

滿堂坐客俱談劍,志士交情在蓋棺。不朽文章先朽骨,何人猶作舊時看。

過亡友袁亦人墳

一尺荒堆三尺草,廿年知己十年墳。半生只爲才多苦,地下逢人莫論文。

過試劍石

風塵三尺老青鋒,欲共鉛刀一割慵。忽到前人開匣處,腰間仔細看芙蓉。

其　　二

鋒行脊隱身無厚,口過頭平血不紅。直爲聖人戈倒載,故藏英鍔試山中。

其　　三

人到石邊方信劍,鐵於冶內已成龍。直須飛去從天下,劈斷昆侖最上峰。

玉田山居

睡起占詩爛漫題,數聲山鳥向人啼。黃鶯舌老還如妓,猶勝村姑鬧竹鷄。

車盤驛次吾鄉許天素、鄭繼之先生韵

山作圍城石作門,秦時皇帝舊關存。何因通得無諸路,鑿破山深不似村。

鉛山道中

過橋江曉女初浣,立馬酒香店未開。岸樹綠齊分路去,溪花紅滿上山來。

靈巖山寺漫題

直爲死生來見佛,却因山水得觀身。半巖寒磬無相與,一坒長松自結鄰。

其二

我識靈巖巖識我,十年前是此山人。振衣擲向石頭上,自有松濤來洗塵。

其三

世界只添三不朽,英雄能得幾如來。百年行脚家何在,十字街頭店莫開。

重游靈湫

十年白水寒依舊,一尺神龍卧未醒。猶喜山空蝦笑斷,有時定坒戲蜻蜓。

木侍居同主人薛汝儀賞菊口號

客子欲來先種菊,主人未暇慢開花。花開客至主無事,爾醉新醅我醉茶。

山居漫興

九年肺病嫌多食,數日醫來禁作文。開室凍庖移餒鼠,臨池寒硯倚僵蚊。

其二

遣興成詩多近體,逢僧問藥試单方。牢騷有病遮吾懶,寒賤無人嗔我狂。

其 三

好句失全追憶半，舊書抛久乍掀新。一規夏至峨眉雪，萬里燈前青眼人。

將出福廬，與諸君別於三天門之上，口號而行。施辰卿笑謂
予："子龕成，當從子乞一片薄屑，琢就三尺許白玉蒲團。"
吾便買一侍兒携來山中，晨夕頂禮大士耳，并志之

直上天門一二三，海風何怒酒人酣。此山我欲袖之去，貯以玲瓏白玉龕。

別 靈 巖

一尊古佛共閑身，千歲寒松高四鄰。巖又相親僧又熟，何因肯作出山人。

其 二

十年別去入紅塵，雙鬢公然欺病身。白髮暫停身漸健，何因又作出山人。

讀施造仲詩口號

老驥暮年心未已，高鴻千里志誰知。把君詩句難相似，惟有斯言可贈之。

山居不寐，有懷吾友李元仲，續《邛帖》之十六章也

懷友偏當長至夜，聞梅恰是獨醒時。四山霜白客開室，一鳥眠深月壓枝。

山客將歸，施辰卿聞有梅信，以二詩送行，有"此際去留君細
酌，恐勞遠夢到溪花"之句，送行亦留行也，次韵爲答。
兼志別意，亦與梅花別耳。癸酉至後

莫説深情好友關，也因花信未思還。明朝薄雪蕭家渡，直抵吳山梅下灣。

其 二

疏枝寒挂小樓斜，遲爾連床便抵家。話別更無他事囑，爲予數看一窗花。

其 三
自有梅花窗不關,香魂深入暗難還。重來遠夢易尋路,添得前溪月一灣。

其 四
客床寒待雪枝斜,纔得開時却抵家。直恐出山人易俗,也無閑夢到林花。

其 五
不到林間意也關,閑情瞑坐繞叢還。梅花未放詩心罷,引我深深更幾灣。

其 六
月挂霜條前路斜,有梅開處便爲家。寒林百里香隨馬,慢到吾廬且看花。

山客將歸阻雨
自入林來無好雨,欲歸家去却留行。山中佳事今宵補,剪燭空窗聽到明。

山中聽雨
十年不聽山中雨,此夜依然竹裏聲。只有舊時燈下影,燭深分外白鬚明。

山中雨,無寐,憶十年前,有人寒話於此也
總是客床眠不着,却教寒雨聽還宜。無端梅動三更後,忽憶十年深話時。

雨後出山
竹榻冷吟三日雨,籃輿香插一枝梅。前途也有花堪折,不是山中帶得迴。

磨石道中即事
未成名人逢嫁女,急思歸客下罷驢。叩門薄雪買無酒,何處梅香聞讀書。

峽江投宿
寒山倒照大江紫,梅嶺暗衝白路光。無店可投猶立馬,誰家開甕已聞香。

曉渡峽江，烟深無所見，惟半江微聞梅氣，舟人以此尋岸耳

此際一帆兼一客，四邊無樹亦無山。微茫江氣通梅氣，道是林間却水間。

桐口道中

籃輿十里菜花黃，似有江梅過水香。寒橘一船紅小市，白魚三寸弗衰楊。

紅梅

未能免俗聊爾爾，偕於桃杏將無同。薄雪醉梅梅醉我，枝頭人面一般紅。

其二

未損高姿加艷矣，還他冰骨較肥些。香嚴却入時人眼，不比寒郊瘦島詩。

新正雨中柬林守一

清新雪酎苴霜蔬，賤殺糟雞隔臘魚。深雨不妨過小巷，好商開歲著何書。

林守一過我，因柬董叔會

林子來談深巷雨，云君應有記年詩。春街烟淺籃輿潤，好過柴門一誦之。

登樣樓

何處蒼茫寬睥睨，登高容易豁窮愁。數千年事在雙眼，十萬人家第一樓。

其二

感懷目遠惟青草，讀史情多易白頭。閉戶有時三掩卷，呼人共我一登樓。

甲戌爲孫子長先生壽

五年前作介眉詩，感遇依然似舊時。尚有東山人待起，老生未恨出身遲。

其二

國老大年三不朽，布衣上壽一相知。蒼顏除爲憂時改，未有官情得上眉。

其 三

雙鬢蒼蒼未有絲,四朝大老出山遲。安危倚仗人如許,可是留仙辟穀時。

七 夕

未必臨河是女牛,乘槎閑惹古今愁。東鄰恐有人惆悵,今夜月明莫上樓。

其 二

月樓無酒佐茶瓜,不分西風柳畏斜。露上輕衣螢漸重,蘭花香入四鄰家。

七夕戲爲董叔會壽

玉碗傾霞稱夜涼,水晶屏透兩行娼。人間釵鈿填橋滿,陋殺天機下七襄。

其 二

五十書生子大官,如雲扇底鬥眉彎。更番上壽三千客,夜夜朱門不上關。

立秋樓居,七月十三日也

高梧歲歲落樓頭,見慣人間不甚愁。獨有天邊機上女,別離五日又逢秋。

其 二

桐夾空庭净少苔,秋容次第四山開。殘鐘出寺烟遮斷,好月登樓竹曳來。

觀 劇 有 贈

金粉叢中孰認真,鶯鶯燕燕任分身。未須刪却蒼髯演,若个鬚眉不婦人。

其 二

四十年餘一病身,舊書養蠹劍承塵。半生錯料真成戲,獨有髭鬚白是真。

其 三

問爾俳諧戲幾迴,自憐笑口可曾開。生平打點逢場面,不道白頭未上臺。

秋 興

瘦矜秋老人兼有,病爲貧深藥費錢。浪說千金償渴賦,何曾剩得杖頭懸。

讀香山集

可以神仙可以佛,千載知音曰白俗。生前老嫗後子瞻,韋絲陶竹香山肉。

施辰卿生孫,走筆戲之

大母弄孫大父前,含飴閑數洗兒錢。麒麟彩褓成雙織,留待家翁少子穿。

其　二

姑撒金錢婦洗兒,銀刀生髮剃如絲。迴頭忽憶廿年事,纔是伊爹剃髮時。

其　三

留鄴二仙貴未當,令公富貴未能仙。蠡也功成翁願汝,揮金仙隱五湖邊。辰卿名其孫阿蠡。

邊　詞有叙

八月一日,余肺氣乘秋復上涌騷,屑哉尫矣。隱幾蕭條,爲邊詞之悲者。越之,又稍爲其豪上者,起之,而胸中所喀喀然,無處可說而茹之,逆余者亦附而出焉。七日,氣稍平,凡爲詩六十章,門士錄之,以紀病況。蘇子《跛醉後書》云:"不覺酒氣拂拂,從十指間出。"予患氣善感亦善轉。夫言踴于喉舌,茹于口,言停口鬱,閉之搏躍,則崇人于膈以上,余內閑之拂拂然,稍出於是詩也,百之一矣。崇禎甲戌,異撰識于七公樓。

破産無家鄉思灰,裸身一劍背人開。感時淚滴芙蓉蝕,銹作深紅透眷來。

其　二

背戟腰弓槖裏糧,不携圓鏡度沙場。征人休想形依舊,漢月臨邊色也黃。

其　三

雪出關前舞始酣,征夫和馬劍兼三。北風莫道無情甚,苦苦吹人但向南。

其　四

宵行何處是沙場,萬騎無言馬踏霜。水眼淚懸揮不斷,橫風界作許多行。

其　　五
短草髡來掘地燒，大風吹雪夜颼颼。莫言車下三觚酒，不及中軍八尺貂。

其　　六
匹馬隨行便是親，劍同生死我分身。閨中莫道無相伴，也有分啼鏡裏人。

其　　七
啼妝孤影淚痕加，看鏡征人怨鬢華。安得鏡中雙換過，相思但一對菱花。

其　　八
月中何處哭星星，試向明妃墓上聽。人到無情曾似草，君恩不及冢能青。

其　　九
胡天草淺兔成窠，隨路彎弧獵滿馱。行到李陵降敵處，腰間齊探箭還多。

其　　十
磧裏齮肥春有草，霜中血死夜無燐。踏破乾顱微礙馬，聽多鬼語不驚人。

其　十一
下馬哀歌招國殤，欲追毅魄卧君旁。但聞鬼哭未聞笑，想是沙場骨少香。

其　十二
從軍但畏出關來，却怪入關雁肯迴。盡道沙場人易死，北邙白骨也成堆。

其　十三
七尺欣然送虜庭，暴骸白白史青青。人生有骨與無骨，不在留屍待墓扃。

其　十四
醉來曬腹枕胡沙，笑擬泥封墓在家。總是一堆黃蟻飯，輪也幾樹白楊花。

其　十五
柝苦烽高塞月圓，霜花蝕透鐵衣穿。明明夢裏還家易，自到邊城不得眠。

其　十六
自出長城不擬迴，十年懶上望鄉臺。枕邊聽熟胡姬語，曲曲琵琶譯得來。

其　十七
胡婦引兒學戲馬，胡兒隨馬也騎羊。鞭羊近母抱馬腳，手指馬乳索酪嘗。

其十八
閑看胡雛彎竹弓,跨羊逐鼠快如風。走到前頭跌馬處,也將雙手控羝鬃。

其十九
百萬征人盡在邊,爭言老將出幽燕。白頭肘後無侯印,馬革隨身立陣前。

其二十
見說明來自請行,兜鍪書姓劍題名。丈夫不畏行間死,但畏行間死不明。

其二十一
塞上塵清劍氣灭,消殘髀肉獨登臺。龍淵淬罷拈鬚看,秋後單于又不來。

其二十二
同出蕭關命不猶,博徒大半已封侯。即今腰下蒙茸袴,猶是當年賭勝裘。

其二十三
長鋏軍中也倦彈,誰人肯作將才看。待邊除是來天子,將將方能議築壇。

其二十四
驃騎軍中功易成,得侯天幸愧生平。數奇偏事老猿臂,肯受人間福將名。

其二十五
十年塞下白身迴,拗折龍泉心願灰。忽到終軍棄繻處,又迴馬首出關來。

其二十六
年少從軍君好老,逢君好少已皤然。身今未老亦非少,恰在行間二十年。

其二十七
有名何處不堪掛,豈必凌烟閣上題。憶是閨人臨別語,和衣又寫寄遼西。

其二十八
鐵甲隨身蟣虱肥,雪深月苦臥金微。黃綿襖子何曾着,分付閨人莫寄衣。

其二十九
十萬匈奴羽檄飛,偏師隨意試軍威。弓刀但擬郊原獵,首虜聊當雉兔歸。

其三十
擒王射馬費遲疑,未是刀酣手滑時。盡屠醜虜連王刲,偏射胡人奪馬騎。

其三十一
踠不礙輪敵似草，墮猶躍地首尋身。踐虜蹄腥蠅趁馬，斬胡口快劍甘人。

其三十二
顱骨應鋥過有火，目睛迎鏃墮如星。養刀血飽枕爲魅，悸鏑魂聾招不靈。

其三十三
丈夫同命即同名，把酒澆刀取伴行。合圍雙割名王級，身未受封讓友生。

其三十四
殺敵歸來鬥酒樓，金錢賭盡賭人頭。賢王一級爲孤注，幕府上功輸便休。

其三十五
立功爭願從龍隼，拜將但言選虎頭。自笑生來無骨相，白身出塞也封侯。

其三十六
許負由來解誤人，試將賤骨死邊塵。心肝一片君看取，但相誰人肯捨身。

其三十七
家書昨日到邊頭，兒子能揮二丈矛。記得別時方在襁，于今正好替封侯。

其三十八
雙懸鵲印久專征，大將門中不記名。昨日上功添賜蔭，侍兒剛報小侯生。

其三十九
杯中送笑胡姬淺，燭外弄輝塞雪深。四壁貂溫驕芍藥，六槽馬怒豢人參。

其四十
載書出塞覓封侯，落拓儒衣不耐秋。十年斬得名王首，露布親書筆未投。

其四十一
書生有意勒燕然，不分將軍玉帶懸。入相還兼出將好，中書請劍自行邊。

其四十二
十年訓詁博科名，見說邊才試論兵。昨日尚方新賜劍，武經纔買出邊城。

其四十三
安邊須福不須才，白面經生幕府開。若比椎屠丁未識，也曾讀過四書來。

其四十四
大寧何事肯南遷,宣府遼東斷接連。一隻臂分兩隻臂,內三邊作外三邊。

其四十五
套河殘虜若無妨,從古何因築受降。一自開邊人斬首,至今誰憶舊封疆。

其四十六
漢金出塞幾時迴,瘦馬年年胡市開。却似千金償死骨,何因不見渥洼來。

其四十七
生息遼陽二百年,伏戎破竹勢無前。盡言獻策因亡將,將未亡時曾在邊。

其四十八
孤軍五萬沒邊塵,魄繞大刀化鶺鴒。英魂羞比明妃骨,死處不教霜草青。

其四十九
有敵徒能推廢將,成功還欲讓文臣。但得功成閑也肯,害成又是掠功人。

其五十
邊才曾試鐵錚錚,斬首梟傳出帝京。我問大夫曰可殺,也言功罪未分明。

其五十一
千營無骨一聲雷,馬作紅泥人作煤。便道火攻非下策,匈奴秋後上風來。

其五十二
秋冬風色也南迴,總是南人探陣來。略去還堪驅試火,胡兒一个未曾灰。

其五十三
羯奴突陣蜀兵堅,另有川軍賞級懸。寸心燕趙今何在,頭比苗狪不值錢。

其五十四
邊墻節鎮遠君門,內使觀容行事尊。幕府若教開李郭,聖明原不用朝恩。

其五十五
欲戰無兵款少錢,民間輪鐋買安眠。撫臣纔得胡兒去,緹騎風聞已到邊。

其五十六
出身腰帶郎橫金,可道君恩受未深。纔到關前金便賣,立功先買上官心。

其五十七

近海警多惟議撫，叩關虜門且偷和。軍門依舊傳邊報，塞上無烽海不波。

其五十八

邊裏交輸費往迴，載金出塞又將來。盡言劍印探囊取，纔到疆場心便灰。

其五十九

大帥腰間懸白玉，健兒幕下探黃金。丈夫一飯便思報，莫問人恩深未深。

其六十

徒步遣邊列校中，聖人召對未央宮。單于不是生擒得，但取頭懸羞論功。

七松樓中秋雨

風鐘濕濕繞秋燈，獨上山樓第一層。免得月來吾負汝，竹窗無酒也無朋。

哀亡徒林伯吹有叙

甲戌之秋，獨坐七松樓，霜新月靜，指影相言，忽憶門士林子壎沒三年矣。吾於友生中獨畏寧化李世熊、顧吾門伯吹，莫能測其所至。他日當相遇中原鄉里中，多目攝吾此語也。愴然傷逝，懷友因之。

三年忽憶亡林子，四海誰能御李君。由我愛他由我恨，未須餘子齒穿斷。

其二

大招本是宋哀原，痛殺師招門士魂。南北東西君在否，月樓開盡四邊門。

其三

早知死別在分手，悔不深深罵一番。招得魂來還大罵，屋梁月去一燈昏。

其四

是我負君君負我，謂生嫌死死嫌生。燈前舊話從頭悔，纔憶燈前悔不成。

閏中秋月不甚好，林守一招我，不赴答之有序

甲戌閏中秋，予於是年四十有四，憶前此乙卯，予年二十五，初學儁經

又前此丙申,予六歲,方入學。於今八月,凡三閏矣。計予未字而孤,已極貧苦,今則病老賤兼之。夫孤者恃母,病者恃藥,貧賤者須時富貴,獨老者無所恃而須死,老大而復少壯,非若孤之待立、病之待起也。且孤賤、貧病,造命者實有此法耳。若未衰而老,則非命、非法之加,殆蒼蒼之倒行逆施於予。夫志士可以安非道之貧賤,而獨不肯俯首而甘受未應至之老,此予不能無褊心,斷斷然力爭之造物耳。感時隱几,適林守一招予觀月,走筆為答。有"若為更得三迴遇,未省還能對子否"之句。已復抹去,恐守一笑。人謂老生何憂之豫,殆吳牛之喘月也。守一少於予九歲,是月已見兩閏,髮亦有數莖白者矣。

四十四年爛漫愁,錯過三度閏中秋。且須更到三迴遇,狂舞狂歌共上樓。

其　　二

剛逢三夜剩看秋,苦恨無端老上頭。怪底嬋娟白未得,月光半被鬢邊偷。

其　　三

三迴較爾一迴浮,卅五年前見月不。剛剩一迴難筭得,幼年未省愛中秋。

甲戌秋,送林守一游清漳,時守一自吳門歸

匹馬新從白下還,滑蹄自愛踏秋山。橋邊楊柳關何事,折到衰時不得閑。

其　　二

故鄉經爾馬蹄邊,游子辭家已十年。携得母來先隴在,送君時節又霜前。

秋日,黃可遠太史道過三山納姬,姬為鄭解元之後,幾淪落。
吾友文忠公孫葉君節收而嫁之,走筆為花燭詩紀事

恰恰籬黃第一花,摘來新插鬢邊斜。留眉掃待詞臣筆,試面妝成宰相家。

其　　二

道是他鄉也近家,琴言枕語未全差。撤來天上金蓮燭,燒作通宵十丈花。

其　　三

晚妝玉鏡卸行臺,扇底蛾羞口怯開。細問科名郎第幾,先人曾領解元來。

其　　四

藕碧玉紅粉面開,女中也是解元才。文人好句佳人續,宮史新書閨史裁。

紡授堂二集

目　　録

紡授堂二集卷之一 …………………………… 161
詩部四言樂府雜體　丁丑年起 …………………… 161
己卯客宣州,病中再送梅朗三往白下鄉試 …………… 161
汀水黎能人賦詩投我,題曰《蘭與蘭語》,次韵自言,遂答其意 …… 161
前題再次前韵,寄莆田金瀫如令君 ………………… 161
侏儒婦歌有序 ………………………………… 162

紡授堂二集卷之二 …………………………… 163
詩部五言古　丁丑年起 …………………………… 163
爲孝仙母壽 …………………………………… 163
予方修屋,蔡達卿、董叔理、林元甫相訪,因過吳子瑞風徽館小集,
　分得六魚 …………………………………… 163
送陳子含游吳越 ……………………………… 164
趙枝斯病足,走筆柬之 ………………………… 164
蒔竹 …………………………………………… 165
過仙霞嶺,百里行竹間,籃輿自上而下,俯視數十里,窈然深綠。輿
　人行高竹之杪,亦此君之大觀也。作此寄慈溪劉瑞當、烏程潘宗
　玉、鄞徐碩客 ……………………………… 165
崇禎十二年春,閩人曾異撰同吾友潘宗玉、門士王生無擇游吳興戴
　山,而詩以言之曰 …………………………… 165
春日,同梅無猶、徐及申、蔡大美、顏廷生、麻孟璿、徐康錫、曰贊、乾
　若諸同社讌集,即席戲贈鬱生美人 ………… 166

137

客宣州,同蔡大美、顏庭生、李元仲、徐曰贊、梅朗三集徐乾若疊嶂
　　山房池上,次大美韵疊嶂樓,謝朓故址也 …………………… 166
再次前韵范曄亦嘗宦宣州,疊嶂山,其著《後漢書》處也 ………… 166
賀蔡大美生子 ………………………………………………………… 166
又題天逸閣閣有三層 ………………………………………………… 167
再題露筋祠 …………………………………………………………… 167
讀昭明選詩 …………………………………………………………… 167
庚辰南歸,寄答蔡大美 ……………………………………………… 167
題劉聖僕《梅塢圖》 ………………………………………………… 168
題《滿堂春》畫,爲王年母九月壽 ………………………………… 168
水口舟次,爲吴諤齋師送行朱晦翁過此地,題壁有"明朝試揭孤篷看,依舊青
　　山綠樹多"之句,真迹猶存。萬曆間,爲一鹺司挖其壁四方,以木籤之,盗去,附
　　記于此,時崇禎庚辰孟冬 ………………………………………… 168
爲孫振湖隱君雙壽 …………………………………………………… 168
爲同年陳得先尊人雙壽 ……………………………………………… 169
陳子阿喬十許歲,以夙惠爲諸長吏所知,獨見落於學使者。學使又
　　好少者也,於陳子之歸也,走筆廣之 …………………………… 169
問梅 …………………………………………………………………… 169
陳皇生先寄楓亭荔信二十顆,陳得先續餉二百,筆記答之 ……… 170
陳德成餉我勝畫荔枝,分答莆友楓亭之貺,詩以將之 …………… 170
余希之壬午省試戲柬 ………………………………………………… 170
壬午之秋,丘小魯方舉于鄉,年四十有八矣。爲詩志喜,兼寄李子
　　元仲,亦志感也 ………………………………………………… 171
贈雷扶九,時與丘小魯同年鄉舉 …………………………………… 171

紡授堂二集卷之三 …………………………………………………… 172

詩部七言古　丁丑年起 …………………………………… 172
　放歌爲林守一丁丑初度 …………………………………… 172
　題《松石圖》爲江右毛母八十壽子復陽來閩，以醫名 …… 172
　送門士董德溫游燕 ………………………………………… 173
　李深根寫《松石大士》遠寄，歌以答之 ………………… 173
　讀鄭承武先輩誌傳有序 …………………………………… 173
　戊寅新秋爲孫子長先生壽 ………………………………… 174
　贈黃聖謨有序 ……………………………………………… 174
　爲余賡之尊人玄同先生壽 ………………………………… 175
　題天逸閣有序 ……………………………………………… 175
　客宣州，有弁張樂見招，因其家嘗有功閩海，作一詩詰之。其人以
　　阿堵爲報，麾之志悔，慎以詩投此輩也。己卯小暑記 …… 176
　同妙香和尚晚步泠泉亭口占。是夜，謁于墳，予病發，不成四拜，但
　　爲告文一章，附記于前。崇禎十二年六月二十五日 ……… 176
　莊禮先有父仇歌以唁之 …………………………………… 176
　仙霞嶺雪竹 ………………………………………………… 177
　讀書山集 …………………………………………………… 177
　北歸清湖客樓，次壁間長短句韵 ………………………… 177
　三月四日，偶過楊香流寓樓小飲 ………………………… 177
　黃聖謨繪事寄，將詩以答之 ……………………………… 177
　爲吳諤齋師壽 ……………………………………………… 178
　贈幼醫張巖弼 ……………………………………………… 178
　送雲間盛孝來游武夷 ……………………………………… 178
　辛巳冬，壽余母梁太君，爲希之、賡之兄弟作也 ……… 179
　清明節郊行 ………………………………………………… 179
　東吳方時生出其三子行稿相示，歌以言之，兼爲時生送行 …… 179

139

何栗叔詒我《又蓼齋集》,《石倉歷代詩選》中刻木也,戲贈 …… 180
柯昭赳舉于鄉,歌以志喜 …… 180

紡授堂二集卷之四 …… 181
詩部五言律　丁丑年起 …… 181
董叔理過我小酌,主人對以茗,次扇面韵 …… 181
過叔理寓齋,即事仍次前韵叔理自號水心 …… 181
海上黃周九受徒斗嶼中,董叔理過飲,寄書言漁塾之樂,仍次前韵答之,因柬周九 …… 181
送張時乘游吳越,時維揚警急 …… 181
病中口占 …… 182
燈夕大雨,同蔡達卿、林元甫諸君集吳子瑞風徽館,次子瑞韵 …… 182
送董德溫游楚之二,時西寇餉急,乃兄德受采銅常德,尊人叔會氏先與偕至,德溫為攜家往,因之附柬 …… 182
讀《周明媖集》,柬其夫子陳挾公 …… 182
竹醉日,同徐弼之、鄭子山、曾得之、戴子京、林澹若集李古夫宅,雨中即事分得三江 …… 182
九日閑居 …… 182
冬深,爲余心宇翁壽,翁仲子岸少有《廣易傳》,予以知岸少之家學也 …… 183
送裴彥思還清流,柬其尊人翰卿,兼憶吾亡友君家其爲也其爲諱養大 …… 183
張時乘入山學佛戲柬 …… 183
醫友唐禪一出其詩卷,題贈 …… 183
冬日溪行 …… 183
客東吳,同李元仲、徐曰贊集疊嶂山樓,齊遲、齊英妓不至,分得

篇目	頁碼
"無"字	184
次韵答梅生生	184
客宣州雨中,次蔡大美送行韵留别謝朓讀書樓、梅聖俞墓皆在宣城	184
浦城客樓次韵	184
過逕江訪林參夫士楷,卧病十數日口占	184
開歲北上溪行是年正月十四日立春	185
溪行即事兼呈楊君席、王穀子諸同門是年人日未立春,雷先發聲	185
浦城阻雪,宿徐君培樓齋	185
江北道中	185
蘆溝道中	185
鄒、滕道中	185
妙香、椒湧二公過邸中,訂游湖上,病未能從	186
勞維章攜妓招集湖上,是夜同宿舟中	186
舟行聞蟬	186
恭題關公像	186
林守一餉我梅樹一枝,移來三年矣,地瘠,發甚晚,爲詩一章,以慰其遲暮也	186
辛巳歲晏,再次前韵	186
送周尊可游虔南,訪某使君	187
冬深過林守一,貽我叢菊,其大如拳	187
硜庵有序	187
冬日病起,料理書齋訖,鋤治小圃,適吴興倪寄生過我小飲,因寄訊潘宗玉、韓茂貽	187
辛巳至日	187
王伯咨、林守一過我,小飲梅下	188
病中大雪,許有个訂我尋梅擬作	188

莆出金澻如令君分俸,問予年事,答之 …………………… 188

壬午春,送薛孟篤游龍南,訪楊芬卿明府 …………………… 188

不寐 …………………………………………………………… 188

假寐 …………………………………………………………… 188

竹醉日栽竹,集林守一、守衡,周祥侯,蔡君名,廖鉉一小飲,祝之。
是日亦爲龍生日也 …………………………………………… 189

贈家竪目和尚和尚始雲游,爲母在,歸隱安溪 …………………… 189

夏日,同林用始門士王無擇過鄭哲修水蓉居,時方栽石移雜花數
種,留酌,值微雨,有歌者至,待月而歸,分得"宵"字 ……… 189

夏日,送蔡君名歸晉江故里君名與予家隔一塘,予己卯冬歸謁先墳,又三年矣
………………………………………………………………… 189

病中繆祖韓餉我麂脯、乾魚,憶君家仲氏叔向亦時有海物相遺,柬謝兼
懷叔向 ………………………………………………………… 189

閑居 …………………………………………………………… 189

讀書時江北群盜未息 ……………………………………………… 190

七月二日,清漳高君鼎,莆陳得先,新安方壽水,晉江故里謝耽、
韵杉,陽江曾伯用和集紡授堂小圃,同用"中"字 …………… 190

林羽伯大寫蘭石詒我,柬之 ……………………………………… 190

送家竪目和尚南歸省母 …………………………………………… 190

送曹公鉉邑父還朝 ………………………………………………… 190

紡授堂二集卷之五 ……………………………………………… 191

詩部七言律　丁丑年起 ……………………………………… 191

丁丑元日,次陳道掌韵是歲爲崇禎十年,予年四十有七,是年十一日立春
………………………………………………………………… 191

開正二日,周尊可、陳道掌、趙十五、林守一、周亮如小集紡授堂,

時守一、亮如自吴下歸,仍次前韻 191
即席送周亮如南歸,仍次前韻 191
春日,送陳伯期游四明 191
送學師陳峽漁攉藩傅南歸先生重聽 192
送蔡子威守肇慶二廣總督開府處也 192
董叔理過斗嶼,飲黃周九先生漁塾中,有詩見寄,病中次韻答之。
因柬周九,示其塾中小生,兼訊余舊游諸門士有序 192
董叔理招同陳洪仲君家叔魯小集河上居,後來客遂滿座,予病新瘥也 193
初夏,送陳洪仲,再陪明經試,還泰寧,仍次前韻 193
贈日者烟霞主人,次董叔理韻 193
大暑,同董叔會、陳伯熙道掌集陳子含齋頭即事 194
送慵生和尚乞食上溪,睦暑雨溪漲瀰瀰也 194
題《松石圖》爲同姓友人乃翁八十壽 194
贈大興和尚時有行行 195
《哭世帖》爲亡友周子立選士作也 195
丁丑至日,同董叔理、林元甫、李得晉集吴子瑞風徽館,元甫携榼侑之,即事同賦 195
冬深雨中,同董叔理、林元甫、李得晉再集吴子瑞風徽館,仍次前韻 196
至後,清流葉上人至,陳昌箕公車罷歸,小酌紡授堂,次昌箕韻 196
送葉上人還清流,時方以弓馬試士,上人買弧矢歸,仍次前韻 196
陳昌箕乃翁心歐大夫六十雙壽詩昌箕時方北歸 196
清流鄒瑞麟種菊,高一丈三尺許,寄詩索和,次韻答之 196
送余賡之令宣城 197
孫君實花燭詩 197

冬日，送浙中姚元師歸壽尊人，次董叔會韻……197
哭潘昭度師有叙……197
都下聞撫公清海賜蔭却寄代……199
丁丑臘深，同陳伯熙集林守一晤庵觀，迎春、紅梅盛開時也……199
除日，同董叔會、陳伯熙小集陳子含宅，次叔會韻……199
戊寅元日，次董叔會韻……199
開歲五日，爲侯抑而學師壽……199
紡授堂成，人日，譚元孩、董叔會、陳子含、伯熙道掌、伯期、林守一、陳昌箕小集，落之分得十三元……200
燈夕，同董叔會、陳伯熙道掌、伯期集李古夫宅，即席贈蘇若美人，分得"南"字……200
燈夕，坐雨，次韻……200
送董叔會重游都下，兼東長公德受民部……200
林澹若武舉下第歸，次來韻答之……201
二月十五日病起……201
贈醫友茅復陽……201
春深，送陳昌箕游清漳……201
竹醉日，集李古夫宅，雨中即事，次韻之二……201
初夏雨中，集曹能始先生三石亭，即事偕徐碩客賦……201
再次前韻，柬能始先生……202
劉瑞當索予經義，仍次前韻答之……202
吊忠詩爲楊大洪先生作也……202
讀《左少保集》，因吊死璫諸公，仍次前韻……202
再次前韻……202
晉江里人王君同，歸化王周士，寧化門士李伯啓、丘小羽，蜀中忘機道人小集紡授堂感賦。時予新居初落，君同將游燕，丘、李二生將

游福唐 … 202
送晉江里人王君同游燕 … 203
趙枝斯、林異卿夏夜步月,過紡授堂,時予病新瘥也 … 203
病中無寐,聞鄰巷簫鼓聲,知是孫子長先生嫁女也,走筆束之 … 203
秋日,送劉瑞當還浙 … 203
答陳昌箕 … 203
冬日,同陳道掌門士董德溫集方士蔚芝園,聞鐘 … 203
戊寅冬,予將往吳興哭潘昭度師,門士董德旬、德溫集方士蔚、
　李古夫、黃聖謨餞我湖上,走筆留別 … 204
戊寅至日書事 … 204
至後,次舊作韵 … 204
將往吳興,哭潘昭度師,門士王無擇同行,亦將過亡友卓珂月之門
　而問之 … 204
舟中寄家信 … 204
臘深,阻雨富陽舟次,無寐書懷,寄潘宗玉 … 205
戊寅除夕,客潘昭度先師第,同長公宗玉守歲次韵 … 205
立春日,仍次前韵是歲己卯,予年四十有九 … 205
元夕,雪中小集,即席仍次前韵 … 205
人日,客中病起述懷 … 205
雨中,夜集潘宗玉芳蓀館,不能無西州之勸也 … 205
客宣州書帶園,雨中書懷,時梅朗三小試旌德未歸 … 205
花朝後二日,同李元仲、郭大赤集孫直公館,彼時馥生、鬱生美人在
　坐先歸,分得"微"字 … 206
同李元仲過余賡之署中季愛軒夜話有序 … 206
贈某都閫 … 207
過梅溪沈景山書莊,梅聖俞讀書處也,旁有墓 … 207

贈麻孟璿麻甚雄武 …… 207
同李元仲觀宣州迎春寺古柏，唐楊行密部將澶濛手植也 …… 207
客中浴佛日小集天逸閣，吃青晶飯，時蔡大美餉櫻桃宣州俗是日吃青晶飯 …… 207
客中同李元仲集梅朗三天逸閣，時朗三將往白下，余亦還閩，即席賦別 …… 208
宿韓茂貽竹齋感事 …… 208
病中夜宿湖上集慶寺，限韵，柬妙香、椒湧二公 …… 208
次沈若水同年來韵答之 …… 208
爲施漁仲壽有序 …… 208
己卯冬，還晉江故里，過龜湖，林薦甫夜話。憶二十年前，余嘗讀書於此。自癸亥移家三山，此十六年間，先師若梁先生仙逝，亡友挺甫最後沒，及門諸生皆薦甫諸子弟，亦不能無存沒之殊也，泫然志之，留別薦甫，遂慟吾師 …… 209
己卯除日，次陳昌箕韵 …… 209

紡授堂二集卷之六 …… 210

詩部七言律 …… 210

庚辰元日，次陳昌箕韵 …… 210
江北道中 …… 210
齊魯道中 …… 210
旅次題壁 …… 211
過景州董子故宅感懷 …… 211
長安述懷，次陳昌箕韵 …… 211
公車放歸 …… 211
山東道中書事 …… 212

山東道中喜雨,時旱二年矣,庚辰三月望日……………… 212

次宣州,梅朗三來韵答之 ……………………………… 212

渡江望金山 …………………………………………… 212

重過潘宗玉,謁昭度師墓。雨中夜集懷新堂,即席感賦,兼留別宗
　玉兄弟 ………………………………………………… 213

謁潘昭度師墓,即席再別宗玉 ………………………… 213

林用始以諸生會試樞部,曾子壯其游也,爲詩送之 …… 213

同門友楊君席公車罷歸,客死武林,詩以慰之,不敢如昔人之招魂
　也,哀哉 ……………………………………………… 213

下第歸,妙香、椒湧二公過客樓,讀予近詩 …………… 213

庚辰北歸,客武林,五日病起初一日,有人先餉角黍 … 213

五日雨中,潘宗玉招集湖舫,時予病起將歸有序 ……… 214

雨中,潘慧曉招集湖上琴來舫,即席贈廣陵姬兼留別慧曉、宗玉、
　姬善三弦,時作《西厢曲》 …………………………… 214

北歸湖上,次妙香和尚送行韵 ………………………… 214

又次椒湧公送行韵 …………………………………… 214

卧病富陽江上,時溪漲,風雨不止 …………………… 214

有感 …………………………………………………… 215

庚辰北歸,過仙霞關 …………………………………… 215

江山道中 ……………………………………………… 215

庚辰北歸,施漁仲隱君過我,相慰賦答 ……………… 215

送崔五竺游武夷。癸酉春,予過山下,留題曾于、大王諸峰有約也,
　庚辰七月 ……………………………………………… 215

昕兒花燭詩 …………………………………………… 215

爲同門王穀子年母五十壽予亦辛卯九月生 …………… 216

冬日,病中漫興,次方慕庵師即事韵 ………………… 216

同陳道掌、繆叔向集林守一晤庵觀,迎春共賦"陽"字 …… 216

辛巳燈市之三,仍次前韵 …… 216

辛巳春日,同陳振狂八十六叟、過百齡國手、曹能證、陳昌箕集鄭汝交雙橋草堂,仍次前韵 …… 217

庚辰除日,次陳昌箕韵 …… 217

辛巳元日,次陳昌箕韵 …… 217

庚辰除日之二,次吳子瑞韵 …… 217

辛巳元日之二,仍次前韵 …… 217

元日,招陳道掌、林守一、繆叔向、林九疇、龔印可小集草堂,仍次前韵,時鄰巷二玠舊妓來居 …… 218

新正,招鄧戒從、陳子含、葉君節、林守一、黃子目、林守衡小集,因過鄰巷訪舊,二十年前曾許嫁守一也,仍次前韵 …… 218

元夕,同繆叔向觀鰲山燈,過我小酌,仍次前韵 …… 218

十四夜,同費冲玄令君,葉君節,過百齡,林子野、守衡集林守一華鄂堂,因游燈市,仍次前韵 …… 218

燈市仍次前韵 …… 218

辛巳,家母壽日,諸賓朋集紡授堂,陳昌箕賦詩為壽,異撰再拜賡韵,為四座侑酒也 …… 219

三月三日,觀合沙社迎神,予生於斯者也 …… 219

挽泰寧陳洪仲明經 …… 219

挽章有四令君,有四宜吾地四載,予未入其室也,痛之獨深矣 …… 219

柯益甫寄名山室茶賦答 …… 219

病中柬黃漢白,次林自芳先輩韵 …… 220

辛巳九日病起 …… 220

沈若水寄我近刻時義,次韵答之 …… 220

辛巳初度日,同盛孝來、林守一集陳道掌白齋,分得"燈"字 …… 220

爲謝左泉鄉賓壽 …………………………………………… 220
初冬雨中，過蔡子威夜話，時子威請告歸 ………………… 220
林守一花燭詩 ………………………………………………… 220
冬日病起 ……………………………………………………… 221
王伯咨過談感賦，時予方料理小齋 ………………………… 221
劉爾龍先生相過，賦答，兼送先生入蜀 …………………… 221
劉爾龍先生招同王伯咨集豹隱山房夜話，感賦，再送先生入蜀，
　同次前韵 …………………………………………………… 221
臘夜，孫子長、劉爾龍先生、王伯咨年友小集紡授堂，同次前韵，
　兼爲爾龍送行，時余方築小圃 …………………………… 221
即席再次前韵 ………………………………………………… 221
即席再次前韵 ………………………………………………… 222
即席再送劉爾龍先生入蜀建節西南諸蕃部 ………………… 222
殘歲，過劉爾龍先生、王伯咨年友邸中夜話，同次前韵伯咨，爾龍門
　士也 ………………………………………………………… 222
再次前韵柬爾龍先生、伯咨年友，時爾龍將入蜀，伯咨將歸晉江 …… 222
臘夜，招林守一、王伯咨小集紡授堂寒話，兼送伯咨南歸，同次前韵
　……………………………………………………………… 222
清漳周今尹挈家榕城，客游失路，讀書賣卜，殊非其好，詩以廣之
　……………………………………………………………… 222
殘臘，過神光寺，示雪航諸衲 ……………………………… 223
雪夜病中，清漳王穀子書來問予歲事，附寄橘餅，兼徵同籍社刻，
　遂訂公車之行 ……………………………………………… 223
贈林際周地仙，時方移居近巷 ……………………………… 223
辛巳除日述懷，呈吳諤齋師 ………………………………… 223
除日之二 ……………………………………………………… 223

149

壬午元日時江南連年饑,予年五十有二 …………………… 224
開正二日,李古夫、王有巢、陳昌箕、林守一、守衡、陳孔臧、許有个,
　　劉黃修集紡授堂觀梅,時小圃成,次昌箕韵 …………… 224
開正三日,過曹能始先生,共話有感 …………………………… 224
同費冲玄令君,陳道掌,林守一、守衡集葉文忠公東第觀迎春,
　　即席感事。時葉子翼許以梅樹餉我 …………………… 224
人日,同陳叔度、陳道掌、王有巢、林守一、林子野、林孔碩集曹能始
　　先生宅,是日立春晴 ……………………………………… 225
新正十二日,鄧戒從、聚卿,王武子、陳孔臧、嚴志吉、黃子皋、林子野,
　　劉黃修集林用始宅上 ……………………………………… 225
十三夜,同陳衛公游燈市 ……………………………………… 225
元宵十五夜,林用始、道甫,陳德成、克亨雨中小集紡授堂,道甫、
　　德成、克亨,昕兒窗兄也。是日予漉酒 ………………… 225
挽陳伯熙 ………………………………………………………… 225
送陳道掌游東粤,訪王晦季歸善令 …………………………… 226
追挽許玉史學憲 ………………………………………………… 226
春日,爲同門年友繆叔向節母六十壽 ………………………… 226
壬午,家慈壽日,諸賓朋小集紡授堂賦呈 …………………… 226
書懷寄劉湛陸座師 ……………………………………………… 226
病起答薛汝儀仍次前韵 ………………………………………… 227
書懷寄方慕庵座師 ……………………………………………… 227
挽余玄同先生希之、虞之尊人 ………………………………… 227
病中夜坐 ………………………………………………………… 227
放言效白題空相院 ……………………………………………… 227
初夏新晴,病起,同周疇五、鄧戒從、董隆吉、林繕之、郭仲倩集孫子
　　長先生光祿吟臺先生屋後山也 …………………………… 227

送張時乘游膠東海上……228

五月二日雨中，同孫子長、曹能始先生、徐興公、陳克雨、周祥侯、陳昌箕集鄭汝交雙橋草閣觀競渡，遲胡茂生女史不至，次能始先生韻……228

壬午五日之一……228

五日，林守衡招同葉子翼、君家守一集晤庵觀競渡，時苦雨驟寒，予未登樓……228

恭讀壬午肆赦詔書紀事……229

小園書事……229

夏至日，招蔡子威、周尊可、張道羽、周亮如小集紡授堂。時子威請告歸，亮如自同安來，將往南都省試，兼以近業相示，即席送行……229

亮如以溪漲不得行，再送之時肆赦詔下……229

夏日，同徐興公，吳門陸視俯、周祥侯，吳興錢雲卿，天台胡茂生女史集鄭汝交補山，視俯度曲，祥侯吹簫和之，時視俯已買舟歸，予偶赴汝交之招，非宿訂也，即席為視俯送行……229

方審編雜賦，追呼紛然，間有明詔肆赦者，官不赦也……229

過神光寺午齋，觀諸衲禮水懺……230

吳興錢雲卿偶過紡授堂小飲，因憶潘昭度先師，兼訊吾友潘宗玉、韓茂貽、君家悟卿，時吳、浙大饑……230

憶亡友袁亦人亦人無子，初婚一月，徑來三山不歸，死於寓齋……230

送錢雲卿還浙應試……230

閩曹公鉉令君誕日，時方審編詩以紀之，非從衆為壽也……231

同年張子發移居光禄坊，予居後巷同里社也……231

病起漫興……231

張伯羹過我譚……231

151

新秋夜坐，知己歷歷意中，憶吾林若梁先師也，壬午七月四日 …… 232
聞亡友清流曾玉立之訃，玉立未死，嘗有書切責我也，我負玉立，我
　　終不敢負玉立。嗚呼哀哉！哀哉 …………………………………… 232
壬午七夕，張雲將、陳昌箕偶過紡授堂小飲，時雲將來省試，同用
　　十二侵 …………………………………………………………… 232
雲將、昌箕頗有酒意，鄒瑞鱗以《七夕詩》來招之，不至，再次其韻
　　五日後方立秋 …………………………………………………… 232
七月九日，同李得晉、許天玉、郭仲情集林用始南園，即席贈春卿美人
　　………………………………………………………………………… 232
鬱爾揆過譚走筆爲贈 …………………………………………………… 233
題鐵佛殿 ………………………………………………………………… 233
秋興 ……………………………………………………………………… 233
哭董叔允 ………………………………………………………………… 233
陳皇生餉我楓亭荔枝二十枚，東謝，兼答其索書來信 ……………… 233
莆陳皇生、周懋皇招同張雲將、李元仲、蔡伯引西湖秋泛，主客相枕
　　藉，醉矣湖心爲水晶宮，閩越王離宮也，古有複道 ………… 233
陳道掌、張雲將、李元仲、張道羽壬午省試，前此皆七戰矣，詩以壯
　　之時天下賢書皆廣額 …………………………………………… 234
秋夜 ……………………………………………………………………… 234
林正白刻印見詒賦贈 …………………………………………………… 234
古恩和尚自建溪來訪賦贈 ……………………………………………… 234
壬午秋試後，同陳道掌、李元仲、楊玉辰、陳皇生、崔五竺、黎人能集
　　林守一晤庵觀闈牘，次徐燕嘉扇頭韻 ………………………… 234
次朱東海言詩來韻答之 ………………………………………………… 235
壬午九月初度，施漁仲自福唐至，脫粟飯談竟日，兼訂《明朝小集》
　　時漁仲初失一眼 ………………………………………………… 235

壬午初冬，爲林羽伯乃堂壽，羽伯少予二歲，亦五十矣 ………… 235
張時乘客死姑蘇，詩以哭之。時乘族人嘗懸數千金之産，時乘貧至骨，於理亦可以爭而有，時乘目不瞬也。雖君在閨門，我亦謂傷於溪刻，然時乘之清可風矣。時乘家人則但訾時乘之刻，而諱言其清也。嗚呼哀哉壬午初冬 …………………………… 235
爲吾社福唐施漁仲隱君五十壽 ……………………………… 235
送吴諤齋師入覲 ……………………………………………… 235

紡授堂二集卷之七 …………………………………………… 236
詩部排律　丁丑年起 ……………………………………… 236
門士董德温從其民部兄於燕書事寄之 ……………………… 236
送門士董德温游楚，時德温受予戒，不携酒器出門，故詩中及之 …… 236
許有个潑墨見遺，答之 ……………………………………… 236

紡授堂二集卷之八 …………………………………………… 238
詩部五言絶句　丁丑年起 ………………………………… 238
題青林堂 ……………………………………………………… 238
病中有醫友過我，憶韓伯休賣藥事，口占用競病韵，遂至十首 …… 238
題陳諍伯樓齋 ………………………………………………… 239
憶溪行所見 …………………………………………………… 239

紡授堂二集卷之九 …………………………………………… 240
詩部七言絶句　丁丑年起 ………………………………… 240
觀迎春，同林守一口號 ……………………………………… 240
立春日，口占送周亮如南行 ………………………………… 241
程永子、董德温餉我新茗，口占答之 ……………………… 241

董叔理宦歸,數自海上入城,後輒攜吳姬來往,陳振狂戲詠其事,走筆次韵 ………………………………………………………… 241

程鳳山爲我針灸,口占謝之 ………………………………… 241

和董叔理放鷄詩有序 ………………………………………… 242

口占贈鄧瑞生醫隱 …………………………………………… 242

口占送林澹若試樞部 ………………………………………… 243

丁丑新秋,爲慵和尚五十五壽,時公有溪行 ……………… 243

四弟來問阿暘、阿昕何似 …………………………………… 243

寄十弟 ………………………………………………………… 243

示暘侄 ………………………………………………………… 243

戒昕兒作詩 …………………………………………………… 243

新秋雨中,送裴可燚還清流 ………………………………… 243

走筆贈程厲山醫隱 …………………………………………… 244

題畫 …………………………………………………………… 244

口占示日者 …………………………………………………… 244

燈夕,集李古夫宅,即席限韵,贈蘇若美人之二 ………… 244

漫興是年予四十八 …………………………………………… 244

詠鳳仙花,柬吾友黄聖謨有序 ……………………………… 244

漫興 …………………………………………………………… 245

鐵佛殿口占 …………………………………………………… 245

漫興 …………………………………………………………… 245

陳昌箕自清漳歸,載七十二家餉我,口占答之。憶吾明宗子相常謂:吾作一文,即生一子。昔人又云:子弟亦何與人事,而必求其佳。以此例之,則夫文章一道而矜慎爲千古之事,較之戚戚於子孫之賢愚者,意興固不能同,然自達人視之,其爲惑溺乃不甚相遠耳。戊寅仲夏 ………………………………………………… 245

口占題方司李壯猶篇	245
題小像《換鵝圖》	246
夜坐	246
漫興	246
燈下同張道羽過里中，唐君葵送行	246
漫興	246
溪行口占	246
仙霞道中	246
過仙霞關次題壁韵	247
庚辰北上，雪中過仙霞關，再次前韵	247
再次前韵	247
再次前韵	247
庚辰北歸，九牧旅店再次前韵	247
望江郎山，似數三指，示予以意中某某答之，兼寄吾友李世熊也	247
過釣臺	247
臘月二十夜，富春舟中口占	247
己卯元日口占	248
雪中潘宗玉同王無擇游戴山，予病肺不能從，口占寄訊，殊恨戴安道不見我耳	248
己卯客中，三月晦日，吾鄉林季真學博過天逸閣送春	248
雨中再送春	248
題梅朗三小像	249
客中同李元仲集阮上扶宅觀劇，演《投筆記》，即席口占	249
沈元會公綬招飲觀劇，演《金印記》	249
客中有笑予夏而褐者，口占答之	249
客中高若水餉敬亭山茗，口占答之	249

155

客中同李元仲、吴孟修小集梅朗三天逸閣,食江南鰣魚四月朔,始開
　網薦新 ··· 250
書《迎春詩》錯記鳩鵲舊句,因其誤足之 ···················· 250
集青林堂觀劇,演《曇花記》 ·································· 250
己卯五日雨中,客宣州病起 ···································· 250
五月聞杜宇 ·· 251
同林季真、李元仲、梅無猶、徐及申、蔡大美、郭半豹、高若木、梅泰
　鴻、郭大赤、徐乾若集青林堂,觀齊英伎 ·················· 251
重過靈巖 ··· 251
挽崔母其夫與子俱能醫 ·· 251
北上溪行漫興 ··· 252
人日,溪行聞雷 ··· 252
道中苦雪 ··· 252
東阿道中 ··· 252
河間道中遇鄧戒從 ··· 252
再次前韵 ··· 252
再次前韵 ··· 252
庚辰,公車南歸,見燕、齊道中婦女拾薪無數,皆掘草刮樹皮作粥。
　憶丙辰、丁巳間,晉江大荒疫,異撰傭舌無所之,母與施婦摘薯葉
　和糠爨食之。時爲妯娌擊秸,姑婦橐橐耦傭,薄暮受其稿爲薪,猶
　不給爨。母提小筐出,髡菱草以炊。時小女阿攀繾三歲,衣不能
　蔽髀,母出入則喃喃牽袂行也。今母年七十,施婦自己巳夭殁,阿
　攀歸於邵抱子矣。庚辰三月十三日 ························· 253
放歸漫興 ··· 253
出都門僅百里,見餓殍三,其一殘於犬。時至尊方禱雨求言,當事者
　大布齋宮,歸曳綺縠美蔬,公署退食雞豚,大臣、言官未聞有薄斂

寬徵之疏也。愴然感賦，不敢云言之者無罪矣。庚辰三月中 253

過石門子路宿處也 254

出都門千餘里，流民相率食草木，榆柳盡剝膚。予謂此千里榆粥，官未有屬禁，斯亦催科者之寬政及於饑人者也。泫然感賦，以俟采風 254

過虞美人墓 254

滋陽道中 254

同董叔會和新嘉驛女子詩有序 254

又次楚女畹蘭韵 255

次李小有韵 255

馬上送春 255

王穀子買膠雀放之 255

過淮陰城下楚王信垂釣處也 255

過露筋祠 256

宿湖上曉起望雨口占 256

美人張一娘湖舫雨中爲子夜之歌，潘玄季吹簫，宗玉和之，口占 256

再宿湖上雨不止口占 256

三宿湖上別之歸閩 256

宿湖上三日歸病發 256

題李穀叟蘆鴈畫 256

庚辰北歸，過釣臺口占 257

望江郎山 257

仙霞道中 257

九牧道中 257

柘浦旅次逢吕賡虞口占 257

芋原過故宋丞相墓下……257
病中偶拈……257
病中失猫……257
辛巳初度日，次韵答葉子翼……257
雨中，同李古夫過林澹若小飲，澹若爲余畫竹，戲題……258
小圃成，漫興柬張時乘……258
漫興示諸衲……258
鄭孟宋餉我橘樹，戲答……258
再送薛孟篤游虔南，虔州有漢高祖墓……258
讀史……259
漫興……259
讀史……259
《花燭詩》爲薛汝儀次君朝經作……259
壬午佛日送春……259
小圃漫興……259
鰣魚上……260
宮詞……260
五日遣病……260
過石林，見亡友許玉史學使手勒"松嶺"二字，愴然志感。昔人所謂既痛逝者行自念也……260
種竹之二……260
葉子翼餉我斗方雪箋，頗恨其不堪，縱筆戲謝……260
問猫……261
猫甓……261
憶戊辰舊句，足之……261
題畫……261

書吳念莪司理《名宦册》 …… 261
次施漁仲題畫韵 …… 261
題黃子目畫 …… 262
鄢德都餉我白菊花,肥大如拳,戲題 …… 262
題畫 …… 262

紡授堂二集卷之十 …… 263
詩餘 …… 263
滿庭芳 …… 263
前調 …… 263
長相思 …… 263
前調 …… 264
如夢令 …… 264
前調 …… 264
一剪梅 …… 264

紡授堂二集卷之一

詩部四言樂府雜體　丁丑年起

己卯客宣州，病中再送梅朗三往白下鄉試

主出門去，客滯江東。子方剛壯，而我成翁。我苦者病，匪嗟衰容。皤皤漁叟，載之則熊。以彼方我，彼耉我童。食壤螻蚓，同聲吟龍。攀鱗而雲，爲雨則同。大明天子，如日之中。疇斧禦侮，疇戉靖訌。子射封豕，爲子執弓。子垣寡鴈，爲子招鴻。嗟耦而耕，曷其年豐。射覆文章，尋鵰尺籠。光芒李杜，在唐詩窮。于斯二者，子曷去從。暖娟寒女，飽烋餓農。睍奏瞶審，孰缶孰鏞。云伏者雌，云飛者雄。鸝姥扇羽，嫁于東風。昧昧舉肥，瘦步不工。我將見帝，四目重瞳。與子執手，天大江空。不見一人，相視揮桐。

汀水黎能人賦詩投我，題曰《蘭與蘭語》，次韻自言，遂答其意

老馬辭鞭，伏櫪而俯。如艎在川，自橫水滸。拳毛不動，無意千里。伯樂當前，不求一顧。特犢與偕，鹽車肯負。我非潦蟻，竹橋可渡。

其二仍次前韻

重露疾風，高花不俯。揚揚自芳，長汀之滸。我有其臭，不隔道里。有無鼻人，莫之肯顧。引霜晨桐，或不相負。萬水千山，斷香自渡。

前題再次前韻，寄莆田金濬如令君

愛辱其香，或顙而俯。所以避人，瀟汀湘滸。桃笑柳睇，越阡度里。來即我謀，寧我弗顧。桂芥椒薑，嚴不印負。指水參盟，載臭共渡。

侏儒婦歌有序

吾里中有婦，頎然而晳，夫之長半之頂及其臍。相語則夫跂而問，其婦俯僂而答之，然其媚依，特摯於他人。鄰婦有習而戲之者，詆其夫之藐然也。婦應之曰："固也，世豈無偉男子修然于吾夫者，吾憂其不安于內，出而悅之者衆也。今吾有夫，而私之者一人，則吾割夫之半；私者二人，吾且不及半焉。又況不止于是，則雖名曰吾夫，僅五之一、十之一，又其多則百之一耳。吾夫雖寢陋，吾不欲以美婿得深割，選之衆棄之中，旦而汲于巷，群里婦拒户而唾之，吾是以獲有全夫也。且夫天下偉男子不過七尺之軀，吾婿短小，猶三尺有餘，絜之七尺丈夫，兩而當一，而愚且專于我也，亦猶之乎偉男子，而吾有其半焉耳。"予聞之，而謂是婦之熟於妒也，或曰此婦之饕而窾者也。選婿之易馴者，折箠而使之。侏儒夫亦自顧瑣尾，恐不得當，每先意徇適其婦，旦而出則挈壺割炙，或餅餌果蓏之屬，僂而負以歸。而凡居室澣紉、竈厠、箕帚、井臼之役，侏儒夫蠢鄙無他，能顧獨精。於是逶迤辨治惟謹，其婦則安坐眠食而已。或曰此里中曠少年妒其摯而甚之辭也。予謂合二說，而侏儒婦始無遺情。於是感其事，而爲之歌曰：

東家嫁夫並頭蓮，西家嫁夫夫及肩。並頭割鮮，婦七不先。儂婿及肩，八箸婦前。

其　二

東家嫁夫能讀書，西家嫁夫能睡眠。彼婿負書，井竈婦劬。儂且睡眠，伸足郎纏。

其　三

東家嫁夫瞶而聰，西家嫁夫夫龍鍾。雖瞶而聰，出入疑儂。儂婿龍鍾，臥儂掌中。

紡授堂二集卷之二

詩部五言古　丁丑年起

爲孝仙母壽

爲子必聖人，或可勉而跂。爲子必神仙，人以爲難矣。然我觀古今，聖者數人爾。寥寥羲農後，乃至尼丘止。列仙吾所聞，其數抑何侈。以知仙與聖，難易相倍蓰。胡乃世之人，賤目而貴耳。叩頭乞丹餘，聖言等故紙。吾世有仙人，不過爲孝子。則是聖於仙，其道相表裏。仙服聖之精，世乃舐仙矢。是之謂凡夫，掇皮捨其髓。世人嗔我言，仙則聞之喜。書此壽其親，悠然笑相視。道心鄙佞人，謂予彼知己。

予方修屋，蔡達卿、董叔理、林元甫相訪，因過吳子瑞風徽館小集，分得六魚

懶鳩效鵲巧，短尾脩泥塗。寒戶叩三友，招呼訪靜廬。竹裡聞書聲，半扉對我閭。冗心如垢髮，深話密櫛梳。好友歡我舊，相知樂其初。入林新故並，長杯短燭俱。我手不解弈，不贏亦不輸。我腹不能飲，不貪亦不逋。我無千金宅，好鄰勝華居。我無萬卷藏，良晤勝讀書。眷茲庭際木，欣欣侍階除。何必生于山，榮華性乃舒。善風漪定沼，勺水怡寸魚。悠然江海心，浩蕩萬里如。以知閉窮巷，達人等八區。瑣瑣汗禪霸，雄虺鬥一隅。婦闔優正始，願響瓡不瓡。瞽唱得聾賞，陳廚蠅相呼。所以同心言，廣咏不可疏。匪但寫予懷，大雅庶不蕪。新謠發四座，文不在茲乎？而我索敝賦，庶幾莒與邾。邪許扶傾壇，同願無小巫。

送陳子含游吳越

今日送叔會,明日送子含。知己日以遠,指目誰與談。嗟予閉里社,如觸藩樊間。出鄉行路易,在鄉行路難。四海皆弟兄,斯言良非謾。鳥獸入不亂,木石居之安。彼與我俱生,何必異類觀。獨與鄉人處,寓目無所歡。無病謂我死,不疴謂我瘝。恭乃謂我倨,譽乃謂我訕。不取謂我矯,取之謂我貪。俳諧謂我誕,守口謂我喑。選良謂我飽,餐食謂我饞。薨薨蚊蠅啁,賴我雙耳頑。黍稌粮所惡,松檜蔦所扳。附與仇聽之,無力荷長鑱。高步既累鶴,修尾亦苦鸇。士也生斯世,如羽誤出山。不敢望深叢,但求籠少寬。譬我出卵初,未嘗有勁翰。鷄以塢爲家,鶩之宅在闌。近柵俯潔味,就枋戢遠搏。鶯鵑相伯仲,誰復怒鴻鸞。丈夫近五十,面毛靡餘斑。得志絜伊旦,捨則軻與顏。度世乾竺釋,自了柱下聃。四者無一焉,寸繭蟄瞑羶。孤子易感傷,生我錯爲男。送爾振長策,浩然出閩南。匪但遠鄉里,遂欲超塵寰。豈羨君遠游,自顧中有慚。行矣隨所之,勿問何時還。絮泣抱馬脚,昵昵勉加餐。我有話沸喉,婦語匪所諳。但憶久要言,索居遥相關。勿以懷鉛槧,而忘所立三。逸縶鞭爾駒,遠別非所患。

趙枝斯病足,走筆柬之

饕者病在食,痴子病在色。大美崇淵叢,至樂憂疢即。腹目從所嗜,鱗羽趨鈎弋。君無斯二者,身乃爲患宅。農豈不防饑,歲也損其穡。善國休養勤,無妄罹兵革。多病猶勝死,肱篋匪大賊。尚有必死人,求病不可得。足疾勝他苦,箕踞懸雙屐。既不傷頭目,亦不疢胸膈。夜不妨睡眠,晨不廢梳櫛。口能諷詩書,手可弄墨筆。譬彼械足人,有時脱縶桎。愈則步當車,不愈笻扶躓。息偃一牀中,蕭然謝賓客。如鷹上臂闌,坐鞲休倦翮。如馬蹶輕蹄,櫪卧卸衡軛。憶我童稚時,塾師苦督責。章句怖夏荆,功課悸考謫。但祝負微痾,可以逭鞭策。病作如是觀,安知仇非德。苗壯或暴亡,瘠悴壽滿百。多藏費則匱,屢空救以嗇。墨守病魔降,不戰自然克。戲言寬愁呻,殺人非疾厄。

薤　竹

燒笋餒豚羲,俗嚼豢肥腹。貧僕省飯豕,荒苞鋤穢竹。但使我耐瘦,食當肉以粥。何必對此君,然後能免俗。僕也聞斯言,謂予書誤讀。即爾斬萬竿,于牢豕須畜。曷以古之人,云竹不如肉。

　　過仙霞嶺,百里行竹間,籃輿自上而下,俯視數十里,
　　窈然深綠。輿人行高竹之杪,亦此君之大觀也。作此寄
　　慈溪劉瑞當、烏程潘宗玉、鄞徐碩客

昨日猶閩人,今朝乃羈旅。僕夫竹杪行,危眺不敢俯。前頂承後趾,山直笋輿竪。下視碧瀾深,窈然青百里。吾友浙人多,此地其桑梓。所以入其疆,亭亭立君子。我笑王子猷,看竹不問主。子子此君前,無乃意涼踽。竹好主兼之,事孰佳於此。予美媚鏡湖,或家慈之浟。或在苕一方,皆予夙知己。竹既近其居,主即彼而是。譬則已到門,篁中聊徙倚。嘯咏良不孤,豈云空延佇。室邇人非遐,眼青送篠去。

　　崇禎十二年春,閩人曾異撰同吾友潘宗玉、
　　門士王生無擇游吳興戴山,而詩以言之曰

白頭守闠闠,樊中局不出。閩浙千里游,差異閉一室。其視大地間,亦如螳升垤。稍稍閱山川,眼舒意乃鬱。或以嚴名灘,曾掛客星笠。或以戴呼山,曾來剡曲楫。頑山鞭不毛,高風賁其質。卑皋等懦夫,人也掖以立。所以死士壘,其高不數尺。過者徘徊焉,猶之萬仞壁。嗟乎後視今,亦等今視昔。不知千載後,或有曾山不。百感心如草,泥中不得苗。位置今古間,茫茫未可必。天地乘人桴,能載亦能覆。泛泛百年內,疾足走就木。獨有留名者,浮家非所託。江山萬古宅,九原人可作。呼曰某在斯,乃其不徙屋。彼爲常住人,而我僅一宿。哀歌四望狹,甚于窮途哭。

春日，同梅無猶、徐及申、蔡大美、顏廷生、麻孟璿、
徐康錫、曰贊、乾若諸同社讌集，即席戲贈鬱生美人

吳姬不肯謳，四座但眼飽。掛壁當陶琴，不弦亦自好。君嫌遇我遲，我惜逢君早。少者不賤少，老人乃好老。意中各自媚，或嗤予見倒。庭際草如針，破青一蝶小。古柳隔年鶯，放舌娛春曉，鸝姥厭老株，趁蝶縈短草。懷新弄低唱，不如坐樹巧。喬柯蝶不尋，飛來亦懊惱。所以座上鬟，幼舌閟清俏。

客宣州，同蔡大美、顏庭生、李元仲、徐曰贊、
梅朗三集徐乾若叠嶂山房池上，次大美韵 叠嶂樓，謝朓故址也

小沼吞大山，定水氣浩溔。一亭四面空，無風亦自爽。窈然竹木間，予美憶成象。謝朓句何如，白也乃神往。後來者問天，帝座蠅聲攘。誰干千載下，敢作鼎分想。大言遮遲暮，不許衆山響。白鬚炤清池，撚之自欣賞。

再次前韵 范曄亦嘗宦宣州，叠嶂山，其著《後漢書》處也

臨水望前山，懷人目森溔。蔚宗與遷固，雄剛欲競爽。百尺樓未空，嶂青人可象。我欲呼之來，惜也不能往。自笑章句中，二毛徒攘攘。故紙糊鬚眉，邇人起遐想。彼能發大聲，而我作蟲響。誰云千年後，帖括有奇賞。

賀蔡大美生子

幼蛤胞養珠，剖胎得小米。大海徑尺蚌，夜光離其裡。下馴風易字，馬子步如蟻。老驪蒼龍交，天駒走千里。蔡生四十餘，今春舉首子。辰月穀雨後，歲卯干在己。我問細君年，差少亦相齒。晚子坐蓐驚，匝日呻床笫。天用龍文錢，鑄以純金髓。在冶艱出型，行世重辭匭。胎脫乳眼枯，渴麟懸口俟。譬則載寶山，土厚需及底。掘井泉脉深，九仞慳得水。跨竈難為父，寢生難為母。神物現世間，不易乃如此。使我畏後生，乃不敬大美。卿相取立談，阿翁亦

老矣。

又題天逸閣閣有三層

高陟俯眺危，下樓棲托卑。危眺物理絕，卑棲高氣移。我居樓之中，上宜下亦宜。上可陪玉皇，下可陪乞兒。

再題露筋祠

奇木衆柯的，異錯百喙餌。皛皛尚者難，磽磽缺乃易。精鐵百鍊剛，針芒鑽立碎。豈無公輔尊，豢養浮膏膩。然彼半日臍，可供百蟲醉。徒以臭萬年，人唾物亦棄。生畀豺虎前，猛睛饑不睨。遺骴食其餘，犬嘔麑豚饎。所以玉雪人，石骨硫磺袋。聚蚊膾炙之，團冰集衆嘬。碧血吮不腥，盡銳咀香氣。乃知蔑蔑來，朵頤亦知昧。勝彼口腹流，俗嚼甘大戴。是以古畸人，獨立遺一世。不受一人憐，知己在蠅蚋。

讀昭明選詩

好詩入《文選》，誦之亦麻木。開卷十數篇，過此遂難讀。蘇、李、枚、皋輩，逡巡轅下犢。魏武橫古今，低頭英氣索。陶令天際鴻，連棲等雞鶩。謝朓句驚人，從衆殊碌碌。逐隊鮑參軍，駿逸騁蹙蹙。奇錦裁拙匠，無異里婦軸。美金點成鐵，聚礫累良玉。一型範衆貌，萬施肖何速。譬彼富馬人，萬頭量以穀。雖有大宛駒，九方眊不出。曷以杜少陵，乃云《文選》熟。三唐一工部，應制詩屢辱。英雄無奈何，玩世未免俗。所以太瘦生，哺兒教食肉。誰則使之然，舉肥主司目。

庚辰南歸，寄答蔡大美

好友寄大篇，不能次其韵。萬里失路歸，把讀時破戀。天下事如此，旨哉易之遯。小人有老母，偕隱固所願。英雄肯絕裾，恐遺千古恨。負米或爲貧，抱關乃其分。我有意中人，題詩一相問。

題劉聖僕《梅塢圖》

伯夷不可贊，梅花不可咏。極清頌若辱，風騷屏勿聽。我欲貌潔魄，畫師等便佞。雪可腴其妝，月能顔其靜。煙乃像其颦，雨則寫其病。霞朝傳其笑，霜夕肖其瞑。數者天繪之，已爲畫之聖。十僅得二三，難似者介性。所以我披圖，危坐襟必正。介而見高士，肅肅一聲磬。捉筆戒疾書，一往敢乘興。澀驢哦寒郊，香嚴或相稱。

題《滿堂春》畫，爲王年母九月壽

艷艷春滿堂，世情易向燠。有客意耐秋，欲補一籬菊。寒歲古石傍，益以菁菁竹。頌母者如是，鄙哉華三祝。

水口舟次，爲吳諤齋師送行朱晦翁過此地，題壁有"明朝試揭孤篷看，依舊青山綠樹多"之句，真迹猶存。萬曆間，爲一齪司挖其壁四方，以木箴之，盜去，附記于此，時崇禎庚辰孟冬

寒風吹布衣，愴士若羈旅。未有雪可立，微霜空白渚。開來者何人，揭篷曾過此。五百有餘歲，予也侍夫子。樹綠與山青，留之屬後死。流水杳然去，莞爾把相似。巍巍數仞宮，其旁翼小廡。一榱附大棟，巋然亦千古。月行星從之，中夜日再午。懷古送將歸，目遐人可數。

爲孫振湖隱君雙壽

仙佛可長生，有之我未見。華祝九如篇，巫言達者厭。海上三神山，滄桑時或變。有屋籌屢添，屋滿添亦倦。惟德樹必滋，斯爲續命線。譬積不涸倉，無年匪所患。所謂不死藥，翳此爲至驗。而況隱君子，鹿車挽偕遁。既不羨輕肥，亦畏染仕宦。于天携取廉，居身用物儉。世所云通顯，捉鼻以爲賤。田宅我所須，飄然等乘傳。當前鼎鐘養，如食偶盛饌。造物者償之，常若有所欠。

惟假以大年,少示報施勸。雖云登古稀,纔似卯而弁。種十而穫五,深播出土緩。乃有佳子孫,留餘償其半。以此壽隱君,龐眉齊一粲。莞爾怡庭柯,奇梅發雙箭。翁有二子。

爲同年陳得先尊人雙壽

陳子在陋巷,抱膝坐觀世。負米歡所生,啜水腴道味。前歲舉賢書,與我俱謁帝。親見朝廷間,蒿目不堪視。焦勞在宫中,群工乃泄泄。公輔事容悦,僚吏罷獻替。相窺彼婦口,封章反脣誶。大事所必争,搖手舌深閉。災異詔直言,相視不敢對。平臺前席咨,諾諾認罪退。乃至鎖院中,文章亦忌避。群盗潰腹心,醜虜睨燕薊。天子偶患貧,以爲軍輸費。碩鼠饕因之,賦繁官所利。遂使人食人,追呼失撫字。齊魯急鹿鋌,走險饑攘臂。恐有草莽奸,附咽起睥睨。天下事如此,英雄思共濟。大川需勁楫,涉險必深厲。揚名而顯親,豈徒以科第。無聞鼎烹養,三公亦瑣細。伊余既同籍,異姓鞾鄂棣。馬齒序稱兄,雄才願爲弟。雙兕酌介眉,友生伯仲例。勖哉報二人,大白浮相勵。

陳子阿喬十許歲,以夙惠爲諸長吏所知,獨見落於學使者。學使又好少者也,於陳子之歸也,走筆廣之

經世感吾衰,但願人好老。陳生少而才,好少者主考。較之古馮唐,所遇未云倒。胡乃百人歡,亦遭一人惱。美璞刖長價,速售辱至寶。放海者大川,易盈者行潦。謁帝矜賦棋,泌也亦小草。拂袖終南山,白衣乃聞道。啖蔗慢啖頭,幼舌且食蓼。先種貴後熟,醉人酒忌卯。卿相取立談,前路恐易了。卞寶抱歸與,待價尚嫌蚤。

問　　梅

墙角藏暗香,隱約東家處。乾鵲如佞媒,鰥逋渴欲死。累事不單行,因妻置鶴子。樂子之無家,支公縱一羽。

陳皇生先寄楓亭荔信二十顆，陳得先續餉二百，筆記答之

今年荔事晏，交秋信猶未。楓亭七月中，美子折枝寄。小篆荷駿僮，雙厲抵一騎。少許將遠人，一以百千視。細數瀉郵筒，珍於十雙珥。呼童汲寒井，投界潔泉漬。長老食其實，稚幼啜水代。斯意取投醪，小大畢濡漑。渴肺息相受，捨頤食以鼻。一顆掛床頭，永夕不成睡。荔之神在香，鄙子噆其味。饞涎水淫等，吾以好色譬。饕餮若登徒，窺牆彼妹避。勝畫煽豔妻，中冠走便嬖。絕世獨立者，嫣然恥逐隊。金莖賤流歠，蘿蕑姪娣。斗不量火棗，豈云少為貴。得先家信來，急足致十倍。顧我爛盈門，何啻十漿饋。眼耳鼻舌心，開函一時醉。既富易分將，乃可廣吾意。先以薦先人，異物匪瓜祭。次則奉所尊，哺母以十計。乃至古佛供，即以奉母例。好友耳必分，亦以十枚致。從十而殺之，乃及兒女輩。上次至八九，中下亦三四。山妻與婦子，伸縮受以次。下乃逮婢奚，大小各分二。亦有小蒼頭，書堂司啓閉。俾守一樹桃，奴也盜之既。貰筭薄罰之，分甘斯不至。其妹事口腹，乃為欲速累。佛供十盜一，亦屏不沾賜。致者良亦難，吾受亦不易。豈但重君貺，餘瀝霑必暨。愛敬及尊親，兼之勸懲備。即我昕大兒與時次兒，少長分亦異。筆記報友生，或云我懷惠。

陳德成餉我勝畫荔枝，分答莆友楓亭之貺，詩以將之

香信曰勝畫，渴生但眼飽。濃筆寫唐寅，目成我心悄。勝畫艷在肥，楓亭倩以小。勝畫漢宮嬙，楓亭周窈窕。不食細平章，閑情亦懊惱。耳鼻舌淫根，眼乃為之道。目視涎斯流，貪着遂不了。譬彼無目人，不知子都姣。西子矇瞍前，何曾掛懷抱。其次眼根鈍，貪痴累亦少。禍水惑溺深，正以眸子瞭。無論畫與真，雙睛受顛倒。吾渴中於目，如鷹挾利爪。淫色亦淫空，其病在目巧。道眼烱方瞳，誨淫眼火棗。

余希之壬午省試戲柬

草廬無人顧，臥龍走場屋。訓詁致公輔，書亦不難讀。何以余希之，逢年

卷之二　詩部五言古　丁丑年起

苦不速。季爲干祿文,蟻封旋輕足。或謂脫穎錐,伯也不如叔。未省歸妹裳,皆姊授杼柚。善稼穡有時,先種或後熟。日至百室開,豈論重與穋。大斧錯節過,此後如破竹。崎嶇龍隼公,垓下始得鹿。小謔犒大軍,一詩當兩鶩。閩俗以鴨餉應試者。

壬午之秋,丘小魯方舉于鄉,年四十有八矣。爲詩志喜,兼寄李子元仲,亦志感也

逢世有利鈍,或以文章斷。我謂未必然,驗與不驗半。譬彼蓄萬錢,上選常在貫。牿者用必先,間以中選伴。或遇選手精,好惡睛不亂。中錢亦不售,乃以上者換。所以大文章,摩挲售必晏。龍文天用之,辭匭暮休嘆。尚有大冶工,煉銅方熾炭。

贈雷扶九,時與丘小魯同年鄉舉

說劍冶必歐,連城價惟趙。具眼與神物,未必相遇巧。至剛鐵在爐,雖精不能垂。至寶山匱之,石中不能叫。所以寸心知,得失時錯料。謂士等囊錐,丘子無速效。謂寶待價難,雷生舉方少。遇則文使然,遲速命所造。驗不驗之間,參差化工妙。似有主人翁,登筵客須召。以此利鈍殊,達人一啼笑。雷生何澹澹,逢年付長嘯。卿相取立談,渠成隨水到。志不在得魚,巨鰲坐可釣。

紡授堂二集卷之三

詩部七言古　丁丑年起

放歌爲林守一丁丑初度

巫祝無加於人壽,九如之頌猶罵詛。仙佛長生存者誰,朝菌亦生椿亦死。多男多壽富且貴,人之所欲彼不與。惟有不朽之文章,人不授之天,子不胎之父。滄桑不能變文心。大力難負隻字走。裸跣乾坤,我爲冕黼。毛血烝黎,我爲豉鹵。原玉高呼,賈馬邪許。曹鏞陶肉,陵旗武鼓。白笑孟呻,李棟杜礎。千載二韓,前非後愈。千載二姬,固妹邕女。石金梨竹我分身,名山大川我臟腑。莊周持籌海屋中,東方偷兒夜窺戶。彭鏗浪有八百年,至今不見留一語。青牛不授言五千,雖曰猶龍亦死鼠。河洛神龜背無畫,閉氣支床等鰕鮪。區區少壯稚老間,一身前後劃今古。雄長雞柵俯競粒,附庸螻邦瞑分土。雖以千歲爲春秋,稱觴亦如行出祖。蹩矣哉,林生百年未半辰向午。壽矣哉,林生天地爲客爾爲主。百代作者誰不祧,爾今置身何處所。何人不視,不如左瞽,何男不陽,不如遷腐。百獸毿毿,蔚者惟虎。千秋墨墨,爾燧後炬。長歌把盞挏君鬚,生也長年孰過此。林生更酌牽襧禠,曰軾與轍見二子。

題《松石圖》爲江右毛母八十壽子復陽來閩,以醫名

如山之壽松之茂,未見其人聞其語。於今毛母謂誠然,八十如日未向午。毛生手持大軸來,猶龍高幹石蹲虎。摩挲如所經見人,疇昔盤桓何處所。曾游東岱似見之,秦皇所從避風雨。秦皇浮海求長生,未省今時有毛母。毛生江右來閩中,入山處處劚石煮。我今何以壽其親,爾鄉麻姑閩太姥。生也別母酌咒

歸,兄曰予弟母延佇。願生一年歸一迴,從此稱觥千迴舞。

送門士董德溫游燕

我爲爾歌不能不慷慨,我送爾行不能不徘徊。帝京雖云一萬里,九重不叩閽自開。董生不患不得意,宣室易謁母自謀。我今老矣欲上萬年書,惜也我非王佐之奇才。王佐奇才在帖括,七則得意日伊萊。我聞今有南陽諸葛高臥草廬中,龍吟訓詁文章寫其管樂之抱懷。又聞或者建言試士欲先以弓馬,何患乎呂尚、吉甫之不斗量車載。歸乎來生如見帝,但言臣之行有師北望灑涕,不爲一身窮賤哀。爲臣再三太息而歌曰:天子豈不明聖哉,惜乎天子豈不明聖哉。

李深根寫《松石大士》遠寄,歌以答之

壯士不肯寫佞草,落筆蒼茫霜樹老。至人胸中無俗面,毫端水月觀音現。李生李生老矣長貧賤,爾何不繪花柳之妍,圖宮閨之艷,使夫痴子猶憐,盲目亦見。清貧貶調佞煽妻,白也天子呼上殿。男兒婦舌賣長門,渴字信貨千金換。胡爲乎素心不絢狷毫恥,願驅使岳瀆墨一規。橫縱萬里錐半寸,寒溪挂席中有人,梅花換米門無扇。十指不爲脂粉奴,嚴筆氣與冰雪戰。于嗟乎,李生之詩如其畫,無意逢年稽旱硯。李生奇文如其詩,白首不售心不變。寧鐘毀而瘖,無缶鳴而薦。寧丈夫而笠,無婦閨而弁。長松高竪爾鬚眉,佛面即君趺止觀。畫中人曰某在斯,坐臥從之日百遍。

讀鄭承武先輩誌傳有序

予讀承武先生誌傳,太息於先生之遺文雖以某君長公爲之守,陳元凱先生爲之序,而終失其傳也。歌曰:

天地之間無文人。如面無眉腹無口。所以士不論窮通,作者言立後死守。承武大文名山藏,兒也某君元凱友。可謂傳之其人矣,我覓遺編曰烏有。非有深仇投溷中,疑是婦孺誤覆瓿。或厄水火鼠盜蠹,珠自沉淵蚌既剖。不則死者

矜慎自匿之，羞與蠓蠛文士爭不朽。惜乎爾生不遇時，五十儒冠裹白首。爾何不生吾代以前，賈馬前矛，中權韓柳，後勁歐蘇，並響疾走。無可奈何而爲俳面優，唱之關漢卿、王實甫，亦能舒寫中不平，落筆逢場驅净丑。惜乎，承武先生，生乎今之時，一代英雄戀敝帚。以君屈曲，而爲吾世科舉之文章，如持以足蹈以手。章步踽踽隨蟻行，喑啞項王學蠅吼。大娘劍器張顛筆，氣所欲吞或掣肘。惜乎，承武先生，生乎今之時。惜乎，承武先生，遺文今在否。或者死後文章行藏固有命，存焉淪落亦如生不偶。嗟乎，承武先生，神物出現應有時，埋沒不深行不久。豈有文人心胸不及數尺鐵銹，蝕乎泥中而無光氣能射斗。

戊寅新秋爲孫子長先生壽

天下用才須其老，人之仕進苦不早。好老皇帝臣少年，所以遇合每相倒。今皇破例喜新進，壯熊猛風少鷹爪。實則當代無馬周，昔者所進胡草草。我自庚午爲公壽，七月三日新剥棗。安期之種大如瓜，登筵一枚四座飽。座客年年勸出山，林下不如在朝好。我舉觴謂客失言，談何容易見何小。富貴乃不可無公，公於富貴良可少。屋後吟臺貯風月，山間石梁足魚鳥。老臣獨樂敢忘憂，一雙白鬢青未了。用之則行舍則藏，此事不關人頌禱。王事多難聖人咨，碩果林垂天意巧。天子翻然思舊臣，尚耐中書廿四考。

贈黃聖謨有序

吾友莆田黃聖謨喜縱筆爲山水，爲余大寫松石。其高連屋，下峙並礎，殆欲振瓦而上。然世莫之知，多愛其圖繪麗人也，歌以言之。

黃聖謨，爾可謂英雄欺人，慢世而傲睨。爾謂磊砢鴻筆知者希，濃抹鈆華資游戲。譬則雄俠無奈何，自晦婦女飲醇醉。孫武奇兵莫用之，吳宫美人借小試。不可一世惠不恭，女子坐懷寫高寄。倪迂潔癖圖一丘，幼娥叩門魯男閉。垓下之戰大風歌，龍門雄筆舒意氣。臨邛當壚戚姬舞，有時點染亦瑣細。奇人胸中無不有，劍槊香奩隨所置。娟娟兒女得人憐，猛風喑啞趨而避。黃子乎，爾將遁世於山水之間,而滑稽於臙粉之隊。吾老矣,於黃子之畫方思學,爲婦孺文章以逢世。

爲余廣之尊人玄同先生壽

昔人祝壽以多富,我壽先生以子爲官而能貧。今之貪吏可爲即孝子,以墨養志娛其親。宣城令君宦三載,南面萬户甑生塵。所以上壽無他物,惟有百里弦歌之小民。躋彼公堂酌朋酒,翁曰爾無恩老身。白頭江南望江北,官中聖人方臥薪。身經四朝子一命,我亦六十六年草莽臣。吾兒且將中原清使,我更爲六十六年太平之閒人。然後兒也舉一觴,老生許爾侑佳辰。

題天逸閣有序

崇禎十二年春,閩人曾異撰客于宣州天逸閣下之秋水齋,梅禹金先生著書處也。於是曾子登樓高視,招呼先生而歌之曰:

天逸閣,秋水齋,有客有客歌徘徊。白頭老生梅禹金,呼之不應招不來。于嗟乎,梅先生,爾既不得忘於時,一樓山好,四面花開,爾何不呼李白携謝朓,一杯一杯復一杯。吁嗟乎,千載而前,千載而後,於爾何與哉!七十二代作者何足數,浮游天地如飛埃。樂苑詩乘古文紀,捫金摩石撚霜鬢。公有《古樂苑》、《八代詩乘》各數十卷,《歷代文紀》數百卷。仙佛豈肯爲文人,自點留影彼所哀。公有《釋道文紀》數十卷。茫茫舊事大江東,遺者志者俱塵灰。公有《宣郡乘翼》十數卷。書記翩翩自往迴,爲種驛間待折梅。公有《書記洞詮》數十卷。于嗟乎,梅禹金,其人既死斯已矣,閉閤搜索《才鬼記》。公有《才鬼記》十數卷。乃至女士神幻譃,小識大畜及嬬妓。公有《娼家青泥》、《蓮花記》、《才神記》、《才幻記》、《女士集》、《嚅嘘臚志》各十數卷。自喜才名能不死,七十猶記長命縷。公有《長命縷傳奇》。于噫嘻,蓋代文章身如寄,千古之名豈能繫。譬則五日續命絲,五色難牽死人臂。我獨喜君能爲玉合之傳奇,其時年可廿三四。公有《玉合記傳奇》。豪雄不屑身後名,借面逢場且游戲。紅牙小板敲未了,停歌濡墨思不朽。君平寒食詩一篇,當年換得章臺柳。著書連屋鹿裘翁公有《鹿裘石室詩文集》數十卷,編撰名垂爾何有。

　　客宣州,有弁張樂見招,因其家嘗有功閩海,作一詩詒之。
　　其人以阿堵爲報,麎之志悔,慎以詩投此輩也。己卯小暑記

病身枯坐心妄思,偶然得句不選題。譬彼好色意所至,遣興豈必旦與施。既已成詩不可棄,素扇走筆持相詒。彼哉謂我木瓜投,安得無物以報之。我云孔方彼瓊琚,蒼頭折柬前致辭。大門之外摽使者,還爾阿堵還我詩。

　　同妙香和尚晚步泠泉亭口占。是夜,謁于墳,予病發,不成
　　四拜,但爲告文一章,附記于前。崇禎十二年六月二十五日

嗚呼! 生前一具頭顱,付之社稷;死後半山骸骨,待我評論。生也感時愴然,視昔天下事誰撐,未做先留退步,眠中人似此,安能不憶前賢。嗚呼! 北狩駕生還,弟不退居,豈有人臣能易主。南城君再立,公非善斷,當年土木已無身。不殺于謙,則今日此舉爲無名;不有于謙,則當日之轅必不返。然則天順十五年曆數,固公所留,而徐、石輩所以有門可奪,有反正再造之功可居者,鑿我公全歸此南内之天子以與之也。嗚呼! 公則何不以此自白乎? 夫任天下事者,而至於嘵嘵自白焉難矣。乃祠下之憑吊者多,其人則未有以生全順皇帝之功,爲先生一白之也。嗚呼哀哉! 嗚呼哀哉!

泠泉亭流不歇,但冷婦孺富貴之熱心,莫冷天下男兒雄壯之熱血。白蘇才名蘇小魂,一泓蕩以六月雪。東有岳墳南有于,似此肝腸冷不得。定僧洗耳趺古亭,立盡斜陽客頭白。

　　　　　莊禮先有父仇歌以唁之

于嗟乎,莊子爾有深仇乃如此,我雖有不共國之義,止於不共國而已矣。于嗟乎,莊子我無如爾何,爲爾穿齦而嚼齒。天無所不覆,莊子戴之,生不如死。或者匹婦匹夫之爲諒,溝瀆自經士所恥。我有尺劍不敢把,似白頭一冠,

短髮難指。于嗟乎,莊子爾有深仇乃如此,子爲窮人父奇鬼。生者不堪啃,死者不堪誄。永嘆無戎,安用知己。于嗟乎莊子,我雖有不共國之義,止於不共國而已矣。

仙霞嶺雪竹

何可一日無此君,此君乃不可無雪。窮崖倒壓白盡頭,寒節青青不可折。方之綠玉失其倫,千仞危岡竪白鐵。

讀書山集

天才更有白樂天,世人只數李謫仙。鬼才我推孟東野,李賀琢句非作者。盲童《漢書》卷未開,從衆謂班不如馬。賦鵩吊屈是何言,《離騷》而後稱屈賈。餘子耳食蒼蠅蠹,堂上有人笑啞啞。

北歸清湖客樓,次壁間長短句韵

春抵燕,夏抵越,石虎空將箭羽没。茫茫天下少英雄,如面無眉履不襪。微管仲,吾被髮,遇風誰是濟川筏。中流有楫擊不得,鼓枻讀騷老歲月。

三月四日,偶過楊香流寓樓小飲

三月三日去日事,群賢墨迹乾也未。永和九年到于今,只似初三與初四。蘭亭一席山水殘,曲水流觴如酒肆。觴咏隨吾意所之,未聞倣古成暢叙。偶然小飲詩無題,相謔何曾不成醉。莫道昨日風雨中,縱無風雨懶逐隊。

黃聖謨繪事寄,將詩以答之

聖謨今之古人也,有時大抹時細寫。予也學之爲文章,細筆嫌媚縱嫌野。所以逐隊五十餘,猶是淪落不遇者。誰能似爾意所之,塗朱能淡墨能冶。宮闈清廟明堂間,國風三頌小大雅。或云天縱筆妙麗,能事肯以顏色假。我今十倍買胭脂，塗成牡丹顏渥赭。風雪十日懸市中，滿城策蹇梅樹下。

爲吳諤齋師壽

先生門生生同庚，先生督學我諸生。我舉於鄉四十九，白盡鬚鬢皤如叟。是年長公亦登賢，與予異籍稱同年。迴頭鎖院七戰初，是歲長公始生焉。師長公辛酉生，予是年初應鄉試。帝京我歸仍侍側，滿面塵埃公拂拭。謂予老馬尚可鞭，直恐富貴來相逼。我今從此成進士，亦既五十加三矣。立談卿相今無之，大半釋褐州縣起。三年報政五年遷，六旬上下轉盻爾。其時公在公輔間，我即登朝官如蟻。我不敢嗟卑，師爲鼎鐺願爲耳。我不怨遲暮，師爲喉舌願爲齒。師爲帝股肱，小子瓜指隨屈伸。師爲帝舟楫，小子一篙船頭立。師爲帝鹽梅，小子溉釜揚杓桮。師爲帝熊虎，小子負劍助禦侮。于嚱嘻，我今經世年已老，但願與公同壽考。待公二十四考之中書，我今彈冠尚太早。

贈幼醫張巖弼

越人兒醫無他奇，不過與之爲嬰兒。我聞醫者意而已，嬰兒之意本無意。以我意之意愈差，譬如接木移新花。根芽地水未相食，橐駝善種躊躇立。所以吾友妙不傳，手携老氏言五千。

送雲間盛孝來游武夷

吾行天下，未問其山水，必求其地之偉人而從之。孝來至吾地，何所見而去，別我謂"我游武夷"。吾嘗過其下，馬上望大王之峰，堂堂如泰山喬岳之謝。攀援而遠詭，隨玉女峰侍側。肅肅乎如三五星稀，抱衾與裯進以禮而私自疑。鐵板巨嶂直而方，斷斷如也若從繩則正，其於大王峰臣也而爲之師。其餘六六之峰，三三之曲，吾一望而已，未敢自附於山水之相知。孝來其有以語我來閩中之山水，與其人擇於斯二者。孝來其將誰與歸，子行矣，我索居何以慰相思，寄我溪山之新詩。

辛巳冬,壽余母梁太君,爲希之、廣之兄弟作也

嘻,孰謂廉吏不可爲,賢子之母能忍饑。却鮭親志養不違,兒能割葅,母肯啜糜。或謂廣之,古之捧檄者爲誰,答云母自幼哺兒,不憎兒瘦憎兒肥。伯氏數爲我言之,所以四年身處脂。官衙母子飯餔鮭,老婢赤脚巡菜畦。自公退食母怡怡,今年諸婦烹伏雌。新霜釀橘香滿巵,時廣之宣城携母歸。戴笠吹壎,乘車吹篪。五男十袖綵舞齊,母願伯也添新枝,大烹不及口含飴。客謂伯氏,爾今可出而仕,而四十八年老布衣,報母無畏時艱危。使爾早得一命歸,朋尊跪酒尚齊眉。希之再拜曰有時,父書授季身忍遺。利鵬易搏鵬風遲,吾將仕矣秋爲期。大鴻銜雁相將飛,巨翮怒引小翮隨。領季拜母手抱雛,萊階宮錦重參差。

清明節郊行

北邙滿口杜鵑血,泥漬酒香蟻上垤。丈夫牖下志不行,生世就木亦何別。屓睢陽,死諸葛,娥筋膾蚊蚋。騷肉爋魚鱉頭過,一下刀屍,裹全張革。子卿麒麟閣上名,曾似犬羊窟中雪。何須魂魄戀衰楊,女唤兒啼空排設。墻間誰氏來施施,逢着叩門陶靖節。一般乞食饑所驅,謂我貪饞爾高潔。寧爲乞人莫作官,醉飽有辭訶訕妾。

東吴方時生出其三子行稿相示,歌以言之,兼爲時生送行

諸葛四十九年死,曾生是歲始鄉舉。公車五十放逐歸,依然難變卧瘦虎。買臣同甫揶揄之,豈但封侯笑鄧禹。文章壯士羞不爲,而況文章之訓詁。并其訓詁亦不售,如此腐生安足數。到門有客捋我鬚,乞我靈藥塗霜縷。亦云知我老書生,不謂始衰乃如許。老生相視失路俱,爾方嗟予予嗟汝。君謂曾生爾無嗟,吾老而窮有三子。倦龍高卧厭乘雲,一蟄三螭教爲雨。江東自古英雄多,伯仲孫郎差可擬。況乎鼎足峙一堂,不但策與權而已。景升豚犬嘆曹公,嘖嘖生兒當如此。浩然一笑送君歸,君可以老而窮矣。

何栗叔詒我《又蓼齋集》，《石倉歷代詩選》中刻木也，戲贈

十二代中一詩人，丈夫不朽寧在此。予也有句隸其中，至今見之愧欲死。世或以此推重君，我謂此君之敝屣。餘子喃喃誦屈生，《天問》、《離騷》豈得已。左氏不盲遷不腐，《春秋》無傳漢無史。無可奈何而爲之，名山國門等故紙。避俗冰雪詡寒郊，我笑一卷携糠粃。擲還栗叔詩不看，栗叔云是我知己。

柯昭赴舉于鄉，歌以志喜

于嗟乎柯子，爾之文章，可謂驗矣。噫嘻柯生，訓詁小道可致公卿。不用則鼠，揚則爲鷹。干將有口，不肯自鳴。昧昧孌子，必有弟兄。柯生信我，我信柯生。于噫嘻，針磁相遇故爲難，眾人皆醉，謂醉者醒。眾人皆濁，謂濁者清。墨墨鎖院，如子一枰。白黑易判，誰斷輸贏。至使我不敢信我，柯生不敢信柯生。今也幸矣言而中，帖括鄙事重科名。遂使曾子貪天功，不患有司之不明。但願廟廊舉措盡，如此天下立見致太平。于嗟乎柯生，辱無沮喪寵莫驚，持此謁帝用則行。

紡授堂二集卷之四

詩部五言律　丁丑年起

董叔理過我小酌，主人對以茗，次扇面韵

知我者言晤，如身癢得搔。鴻溝分酒茗，天限角孫曹。交耻文修好，詩憎社損高。欲鈎君險句，渴思亦滔滔。

過叔理寓齋，即事仍次前韵 叔理自號水心

世法嚼膚虱，隔靴手費搔。品泉閑射覆，試茗細分曹。有酒懶成醉，如棋不著高。誰能心似水，吾與砥滔滔。

海上黃周九受徒斗嶼中，董叔理過飲，
　寄書言漁塾之樂，仍次前韵答之，因束周九

愛君漁伴裏，暴背共爬搔。髯美俳鰕侶，裙長妓鱉曹。一經舟子秀，十艇艙絲高。試倒海爲酒，杯中天可滔。

送張時乘游吳越，時維揚警急

貧賤厭鄉里，病身亦出游。避人山水眼，知己往來舟。交澹心如月，離輕士耐秋。莫嫌孤劍短，不肯過揚州。

其二仍次前韵，時子將游吳興，爲哭潘昭度師行也

餘子籠中鳥，却嫌君好游。在家頻徙宅，入室總如舟。易去鴻矜影，難襄草鬥秋。蒼蒼葭水遠，寄淚到湖州。

181

病中口占

不敢求無病，但求有病輕。呻餘吟且讀，出簡杖而行。禮數人寬責，過從我徑情。更須文賣得，藥賴孔方兄。

燈夕大雨，同蔡達卿、林元甫諸君集吳子瑞風徽館，次子瑞韵

風雨不妨醉，竹門對兩家。去年元夕好，憶我病中賒。人比浮槎飲，燈如宿霧花。却思晴出郭，草軟綠無涯。

送董德温游楚之二，時西寇餉急，乃兄德受采銅常德，尊人叔會氏先與偕至，德温爲攜家往，因之附束

貪泉銅臭比，試與飲夷齊。家遠弟能達，年強親易攜。官無人吏牘，署近武陵溪。誰識臣心水，愁時挹向西。

讀《周明媖集》，柬其夫子陳挾公

霜氣冬新净，庭除潔稱之。病無朋友至，閒讀女人詩。雉綉雌嫌樸，鴛文偶不奇。誰能千古事，門內有相知。

竹醉日，同徐弼之、鄭子山、曾得之、戴子京、林澹若集李古夫宅，雨中即事分得三江

醇甕倒三江，蘭深香滿窗。弈寬茗戰苦，詩壓酒旗降。醉醒群賢七，行藏白鬢雙。我歌風竹舞，共快雨淙淙。

九日閒居

窮賤餘孤憤，或云我病狂。交情群鳥獸，國是長豺狼。謝客戶方堒，避人花自黃。蕭條遲暮意，爛醉未能忘。

其　二

觀世倦雙眼，盤桓感後凋。機關緋偶舞，冠蓋沐猴驕。扊竹避奴氣，謐門杜豕嚻。就荒三徑好，懶去草蕭蕭。

冬深，爲余心宇翁壽，翁仲子岸少有《廣易傳》，予以知岸少之家學也

易者儒之道，或因以得仙。精微存大衍，糠粃可長年。牛背五千字，華山一覺眠。堵庭相視笑，消息在韋編。

送裴彥思還清流，柬其尊人翰卿，兼憶吾亡友君家其爲也 其爲諱養大

一柄竹如意，十年病老生。正敲壺口罷，又值客船行。送我故人子，憶君養大兄。莊莊乎世友，吾不敢卿卿。

張時乘入山學佛戲柬

學佛張居士，也曾狎女郎。人游方內外，疾是古矜狂。鶴潔餐鰕蟹，羝羶豢芥薑。偏聞腥味狷，蟻乃慕齋羊。

其　二

妻肉將兼斷，爲君試酌量。居山時入市，舉案罷同床。嚼水憎鹽味，謂荼勝蔗漿。得無鹹苦意，舌本未能忘。

醫友唐禪一出其詩卷，題贈

客子矜詞賦，塵餘乃及醫。我云千李杜，難抵一黃岐。人鬼分三指，經營慘兩眉。瘦吟驢背苦，曾得比敲推。

冬日溪行

冬深霜壑乾，溪縮岸偏寬。山累牟尼髻，石排道士冠。磯聲吟賀鬼，林意

想郊寒。矜老舟師健,騎篙等據鞍。

其 二

扁舟天地肅,眼耳一清真。石渴溪寒齒,沙分岸反唇。薄烟衣水骨,落木裸山身。四望蒹葭盡,能無死在人。

客東吴,同李元仲、徐曰贊集疊嶂山樓,
齊遲、齊英妓不至,分得"無"字

登樓舒病眺,感慨不能無。一往目難送,千年人可呼。山川游汗漫,王霸氣荒蕪。搔首琴聲寂,蕭條共酒徒。

次韵答梅生生

雖存高卧骨,敢傍早梅香。髮短紅塵裹,身閑老劍傍。南山長夜戚,博浪少時良。寂寞秋將暮,誰憐晚菊黃。

客宣州雨中,次蔡大美送行韵留别 謝朓讀書樓、梅聖俞墓皆在宣城

固予行阻雨,却爲戀同群。欲去惜良晤,難飛似懶雲。琴尊尋謝宅,風月上梅墳。别後銷魂事,莫教客子聞。

其 二

客從春徂夏,去尚滯經旬。歲月鬚眉醜,行藏帖括陳。江東存我友,天下剩吾身。薑桂文章性,相期到老辛。

浦城客樓次韵

葭露蒼蒼未,登樓似晚秋。蛩新四壁破,螢定一亭幽。指目與燈語,撚鬚共影愁。如何將五十,身世等蝸牛。

過迳江訪林參夫士楷,卧病十數日口占

百里無多路,六年兩度游。對床連疾痛,十日卧淹留。罍與呻俱樂,忙因

病得休。安能辭好友,僕僕趁車舟。

開歲北上溪行是年正月十四日立春

不是春來晏,舟行綠已籠。物情嫌易暖,吾意耐餘冬。水見傲人骨,山無媚世容。臨流纓未濯,寒汲雪芙蓉。

溪行即事兼呈楊君席、王穀子諸同門是年人日未立春,雷先發聲

爲容無多日,離家累便輕。僕頑教當子,友好事如兄。朝苦書生滿,文兼武備行。疾雷雙耳熟,聽作小兒聲。

浦城阻雪,宿徐君培樓齋

莽莽一冬過,船開歲始除。觀心纔有緒,如髮曲難梳。草閣千山雪,主人滿屋書。故應同宿宿,坐臥補三餘。

江北道中

風物殊南北,蕭條眼亦新。夕陽人馬影,殘雪簦屨塵。土屋蘆編户,麥炊糞作薪。當壚村店女,破笑却如嗔。

其二

跛馬鈴蹄鐵,繩鞋没底霜。白湯村店飯,单袴女人裝。到處音無歹,逢春草尚黃。一時驢價踴,抵爲計偕忙。

蘆溝道中

白日荒荒去,塵來不肯休。鈍頑僕共馬,蕩漾轎如舟。煤死封泥榻,毛卷種虱裘。方如桑者樂,未識帝京游。

鄒、滕道中

乍過鄒、滕縣,春深略似春。田園纔見綠,墟里稍逢人。樹亦無皮半,民猶

菜色頻。已稱爲樂土，徵發敢辭貧。

妙香、椒湧二公過邸中，訂游湖上，病未能從

西湖深處好，大半未曾經。入俗如中酒，逢僧得暫醒。水聲人耳泠，山色佛頭青。安得身無病，相從立古亭。

勞維章攜妓招集湖上，是夜同宿舟中

今日陰晴半，雲忙雨意慳。如人濃睡後，尚瞑欲醒間。藕幼跣毛女，楊垂定小鬟。隨他晴雨好，且宿六橋灣。

舟行聞蟬

輕舸綠陰裏，蟬新噪未酣。偶無人晤語，試與共清談。靜可陪仙梵，玄宜注老聃。笑他鸜聽俗，砭耳費雙柑。

恭題關公像

夷夏知名姓，鬚眉豎古今。君臣天下義，兄弟布衣心。過耻觀仁掩，賢從責備深。便將成敗論，也合一沾襟。

林守一餉我梅樹一枝，移來三年矣，地瘠，發甚晚，爲詩一章，以慰其遲暮也

小徑梅癯甚，花時獨後開。有如遠道友，爲我索居來。清畏銜杯賞，嗌嫌種樹陪。香山詩一卷，墐户共徘徊。

辛巳歲晏，再次前韵

屋角梅何意，花多歲晏開。却因年事近，少見友人來。宜選高僧共，兼攜鶴子陪。豈無琴酒客，未必肯徘徊。

送周尊可游虔南，訪某使君

士既爲知己，安能辭遠游。滿朝誰後食，下榻共先憂。米踴勤剜肉，秧萌凍縮頭。關心桑梓事，未暇動離愁。

冬深過林守一，貽我叢菊，其大如拳

物肯與時違，芳華鬥雪威。主人留客住，籃輿載花歸。采蕨西山飽，餐英元亮肥。聖朝無隱逸，瘦菊長腰圍。

其二仍次前韵

凡事甘遲暮，風霜便損威。徐開寬早歇，疾至必先歸。草靡存凋後，時窮見遁肥。攀枝看病柳，魯受錦屏圍。

硜　庵有序

鄙哉硜硜爲聖人，必信必果爲小人。余尚未能爲小人也，而況敢言聖人乎？嗟夫！生今之世，而余也又不願不爲有心人也，當問之過我門者。

天下何時定，吾生忍苟安。乾坤難閉戶，出處礙纓冠。穀賤農偏餓，布餘女倍寒。追呼官縱急，猶勝寇摧殘。

冬日病起，料理書齋訖，鋤治小圃，
　適吳興倪寄生過我小飲，因寄訊潘宗玉、韓茂貽

開徑時望友，閉關偶讀書。病頑迂七發，老至憶三餘。小學甘爲圃，大歡暫摘蔬。故人如問我，代食計全疏。

辛　巳　至　日

病身過至日，閑坐不曾閑。見惡無聞後，纓冠閉戶間。愁時心似草，觀世命如菅。素髮自然短，何須對鏡刪。

王伯咨、林守一過我，小飲梅下

我自栽梅後，看無俗士同。吟嫌詩限韵，飲畏社稱東。不速客方至，尚餘枝未空。山妻云有酒，顚殺主人翁。

病中大雪，許有个訂我尋梅擬作

病起骨如毛，嫌花壓布袍。雪添寒具重，驢比小奚高。曰笑郊何苦，杜輕李太豪。蘇州詩恰好，惜也步趨陶。

莆出金瀣如令君分俸，問予年事，答之

見說莆田縣，神君聽不營。吏如栽木偶，訟比問箏筵。蟬咽分凉飲，鶴肱枝雪翎。山中高卧者，正待蕨薇青。

壬午春，送薛孟篤游龍南，訪楊芬卿明府

春水長溪流，花明千里舟。本無彈鋏意，聊爲著書游。大邑觀馴雉，南山輟飯牛。待風雙翮勇，歸好及凉秋。

不寐

美寐新春少，居然老病翁。兒驕妨婢睡，鼠橫憶猫功。殘燭聲聲雨，敝帷面面風。近來頻得句，多在卧床中。

假寐

豈有五旬外，猶爲未老年。上床偏不寐，放筯便思眠。好境抛書後，睡鄉倦眼前。姬公今化蝶，襄夢止花邊。

竹醉日栽竹，集林守一、守衡，周祥侯，蔡君名，
廖鉉一小飲，祝之。是日亦爲龍生日也

我選佳辰醉，亦兼選友生。若非龍會食，不稱竹同庚。願爾宜孫子，移來本第兄。莫言三五個，轉眼綠陰成。

贈家豎目和尚 和尚始雲游，爲母在，歸隱安溪

一鉢托天涯，歸爲反哺鴉。佛原無異姓，人又是吾家。宰相門風俗吾家爲宋宣靖公三丞相之後，神仙徑路差。三珠同死草，肯種故侯瓜。

夏日，同林用始門士王無擇過鄭哲修水蓉居，時方栽石移
雜花數種，留酌，值微雨，有歌者至，待月而歸，分得"宵"字

微雨殺陽驕，暑消醉亦消。紅牙度曲路，白墮引詩者。養月寬池面，繁花約石腰。偶然乘興耳，小飲已中宵。

夏日，送蔡君名歸晉江故里 君名與予家隔一塘，予己卯冬歸謁先墳，又三年矣

丘里三年夢，姻親二水涯。却因頻送客，便悔昔移家。聲氣恭桑梓，文章換土苴。楓亭香荔驛，好寄准梅花。

病中繆祖韓餉我麂脯、乾魚，憶君
家仲氏叔向亦時有海物相遺，柬謝兼懷叔向

鮮食嫌多殺，病身畏大烹。肉乾藥不忌，魚薧菜同羹。蓄旨兼山海，分甘損弟兄。可能時過我，謀婦倒深觥。

閑　　居

危坐視香烟，倦來一覺眠。鼠偷供佛飯，猪敗講僧禪。不死無名氏，有妻

喫肉仙。楊州鶴跨得,腰下未須纏。

讀　書時江北群盜未息

病後添襄憊,讀書却不妨。户難泥水蔽,老未息交忙。懷抱眷中土,河山滿夕陽。小樓勤倚遍,豈特爲行藏。

七月二日,清漳高君鼎,莆陳得先,新安方壽水,晉江故里謝耽、韵杉,陽江甞伯用和集紡授堂小圃,同用"中"字

小摘大歡同,狂生耳後風。未須防酒失,豈敢負詩窮。無想不天外,有人皆意中。一尊醒醉半,正好論英雄。

其二同用"元"字

樹好恰當户,籐長欲滿園。拋書吾掃徑,荷钁僕應門。酒酷豚招笠,詩嚴虱在褌。微醺吟未苦,猶不下開元。

林羽伯大寫蘭石詒我,束之

我與蘭爲友,君兼石作供。流泉自入穀,抱甕不須俑。何以無人住,吾將一蓧從。衣裳香草紉,芝可飯山農。

送家竪目和尚南歸省母

記得雲游衲,慈闈揮淚紉。送君歸覲母,出世不違親。古佛曾爲子,高僧亦是人。所生恩未報,百行等微塵。

送曹公鉉邑父還朝

雞至艱游刃,牛刀割乃宜。下難魚上獲,官亦與民疲。邑以君爲父,朝需相救時。誰知馴雉者,卜獵是熊羆。

紡授堂二集卷之五

詩部七言律　丁丑年起

丁丑元日，次陳道掌韵是歲爲崇禎十年，予年四十有七，是年十一日立春

一從豺虎沸中原，記得當時帝改元。魚水十年成浩嘆，英雄千古畏深論。鶯兼酒澀新膠舌，草引春來青到門。半百臨頭何所事，負喧簷下數鷄孫。

其　二

年年年至年如許，僅有年年詩記年。古柳已衰還再少，青袍吾老不能鮮。讀書過歲三冬剩，漉酒迎春十日先。舊事纔除新事長，雙柑又費賣文錢。

開正二日，周尊可、陳道掌、趙十五、林守一、周亮如小集紡授堂，時守一、亮如自吴下歸，仍次前韵

獨有交情少變遷，遠人也至共迎年。趁時鶯笋相矜幻，過臘鷄魚不分鮮。投筆未能徒躓尾，彈冠雖老耻争先。杯深更盡通宵燭，鄰甕香新莫論錢。

其二仍次前韵

李杜歐韓體屢遷，也如春草媚年年。歲時小集還依舊，伏臘貧家暫割鮮。醉眼試橫千載下，並驅未許古人先。明朝莫負西郊約，一日湖光一百錢。

即席送周亮如南歸，仍次前韵

開正二日遂非昨，老我又如過一年。盞底話深寒屋暖，眼中別久舊人鮮。客同新歲來還去，柳不待春折已先。前路知君劇孟在，杖頭吾附十千錢。

春日，送陳伯期游四明

西關關外小河洲，纔唱陽關便白頭。草不停青隨馬去，柳將開眼看人愁。

文園一病從無客,腐史千年稍稱游。杯水鑑湖狂可及,未須住煩憶風流。
其二仍次前韵
送行百感立沙洲,柳上行衣絮戀頭。縱酒豈能澆塊壘,著書何至爲窮愁。千山一葦惟聽雨,四海無人可溯游。莫向甬東尋舊事,霸圖難挽水西流。
送學師陳峽漁擢藩傅南歸先生重聽
陸沉傲吏任行藏,萬卷隨身擁老狂。耳重偏能添眼利,官閑却爲置書忙。肥魚出峽多如粟,苦筍成莊味勝餳。憂世國師眠未穩,得無分夢到明王。
送蔡子威守肇慶二廣總督開府處也
遐荒帝命扇皇風,嶺外專城大鎮同。千里控提蠻腹背,一州襟帶粵西東。軍門總制官民遠,太守宣猷上下通。此去寄來廉吏信,好將端石附詩筒。
董叔理過斗嶼,飲黄周九先生漁塾中,有詩見寄,病中次
韵答之。因柬周九,示其塾中小生,兼訊余舊游諸門士有序
叔理寄詩云:友人黄周九來海上,偶集漁郎數輩,授《三字經》于海中斗嶼,過游大醉,賦詩爲樂。憶予二十年前,曾授小徒于故里之沙塘。薄暮,上書畢,時時袖升米歸養。荒年,門士遺傭錢,袖米或不繼,母妻采薯葉和糠穀食之。是爲萬曆丙辰歲,予年二十有六。踰八年癸亥,予挈家來三山。移家之三年,予始病肺。又踰五年己巳,而妻施氏夭殁,老母攜一孫女,負一孫,上井竈。某受傭,粗給食,無以聘。又踰二年,始受趙景毅先生之周受室。是歲,讀書海上,授經叔理諸子任,斗嶼予舊游處也。是後予病肺轉劇,不能備經受米。二三年間,姑蘇申青門、吳興潘昭度二公,先後力裹予菽水。異撰不忍以老母饑困,全二十年潔身修行之名,意欣然受之,然非吾母之好也。憶辛未秋冬間,異撰肺苦劇,輾轉母氏懷抱中殆七日夜,氣猶拂拂然沸喉間。方執筆書謁於青門公,母垂涕撫異撰曰:小子得無有謁,小子從未肯受人恩。

今以病因有請者，爲家有老母也。小子釋謁勿竟書，小子善病，我耐食糠籺。異撰揮淚書謁記，竟上其請。嘻！母今稍得恃粥，異撰終不如二十年前授《三字經》，負一升米之爲快也。此意惟叔理可與言，因次來韵，附記于前。並柬黃周九兼示余舊游諸生，以志予之欲爲周九先生而不可得耳。丁丑初夏。

航海登山何壯歟，趁潮兒似躡輕車。牽來黿釣無跛鼈，上得龍門豈細魚。鴉字成行時學鴈，鷗盟狎主不妨鵶。舊游錯過吾衰矣，病後常言健讀書。

其二仍次前韵

沽酒聽歌爾快歟，病身久矣謝舟車。龜貪負晝矜臍麝，龍渴爲雲羨餌魚。絕世英雄鑽故紙，半生鐘鼓饗爰鷗。誰能從我浮于海，將母漁鹽罷擁書。

董叔理招同陳洪仲君家叔魯小集河上居，後來客遂滿座，予病新瘥也

閑房隔水石中央，細雨橋橫屐路香。病肺膳豚專炙腎，食醫砍鯽細絲薑。背城戶小觴行肅，扳幟兵奇酒坐忙。白首一冠溺也可，逢人懶説是高陽。

初夏，送陳洪仲，再陪明經試，還泰寧，仍次前韵

迎船酒斾故央央，水國菖蒲漸漸香。好友意中人似畫，文心老後筆如薑。年年自笑來無謂，恰恰相看去又忙。縱是揮戈君也別，愁心不敢怨斜陽。

其二仍次前韵

高旗大纛坐中央，號召文壇羽檄香。松柏晚心寧羨艾，椒蘭嚴氣特宜薑。慢言戲筆明經懶，且當閑身訪友忙。却喜下機人見慣，黑貂無恙意陽陽。

其三仍次前韵

去來俱在水中央，未長菱荷溪便香。鶯老惜喉瘖病妓，山尖如指簇新薑。文章得意差償倦，風雨閑情倍抵忙。逐隊魚鰕成底事，歸與君且臥南陽。

贈日者烟霞主人，次董叔理韵

金銀入冶信爐煎，達者閑誇火宅蓮。似聽符來驅我去，未知算勝且須前。

百年走肉三屍鬼，千古文人五色天。也曉窮通傳舍等，坐闌聊復問推遷。

其二仍次前韵

羲黃璞斫鑛金煎，誰是泥中出水蓮。但使我無婚宦命，便如生在燧巢前。笑來石煉成何事，補得縫多不似天。盡道至人迴造化，也將裘葛聽時遷。

其三仍次前韵

膏火心多祇自煎，枉栽夏菊與冬蓮。算無定子除還進，權不戀星却又前。腐草候來燐奪燧，木鳶機動偶摩天。杞人何苦勞勞問，豫爲滄桑計變遷。

其四次叔理之二韵

新雨簾垂問底忙，布帆無恙信風張。歲年閱去如山水，辛澀嘗來任芥薑。偏折宮遷文抵腐，故償瘦甫老添狂。不知此後還多少，拍板門槌未上場。

其五仍次前韵

提將傀儡趁燈忙，逐隊儦僥睡眼張。苦口涎垂俳啖蔗，辛人淚灑偶吞薑。無眠却羨同床夢，獨醒難勝舉國狂。爲問市中新季主，莫非游倦試觀場。

其六仍次前韵

世路人忙吾亦忙，無端假蓋趁晴張。欲將我法求聞達，似向花蹊賣桂薑。猶喜命寒原不賤，若非天授豈能狂。君平縱有居慵卜，瓦注梟盧任博場。

大暑，同董叔會、陳伯熙道掌集陳子含齋頭即事

深堂淺酌暑相宜，玉麈停揮尾自垂。十室才名啁燕雀，百年帖括誤鬚眉。夔龍事業吾將老，李杜文章彼一時。沸雪澆來雙耳冷，懶聽蛇足鬥群兒。

送慵生和尚乞食上溪，睦暑雨溪漲瀰瀰也

帆開水滿柳陰陰，鶴跡沙灘雨後尋。江上一僧來去影，人間六月雪冰心。似君到處瓢無患，何故入山我不深。得句携歸能和汝，未須秋思共蟬吟。

題《松石圖》爲同姓友人乃翁八十壽

六朝皇帝養遺民，閒話昇平憶誕辰。隱曜不爲犯座客，稱觴原是一家人。

詩書瑞掩金銀氣，霜雪精凝電火身。正好礪將兒齒勇，松根寒漱石鄰鄰。

贈大興和尚時有行行

年年見爾出山勞，若肯耽枯亦易逃。活佛悲多看似喜，老僧願大恥言高。英雄到眼分金石，煩惱經心切玉刀。我也肉除妻漸淡，輸君一着是顛毛。

《哭世帖》爲亡友周子立選士作也

鼇峰峰削水泉深周住鼇峰之麓，霜壑愁予秀氣沉。揮淚不甘從衆哭，挽章自把背人吟。報施能稱非今世，福德求齊失爾心。未省爲君何故慟，却非老至惜知音。

其二

到底椿菌總腐薪，眼前蠅蟻且驕麟。詩書有意售餘子，天地但能死善人。虎戀炳文難棄魄，龍卷旱壑厭留身。四方志在魂安土，去住招呼孰是真。

其三

窮愁才鬼得人憐，我自心傷豈謂然。半爲哭君全哭世，不教留鳳故留鵑。中原誰與支傾廈，百里也能解倒懸。蒿目何因甘瞑去，一棺殉葬祖生鞭。

其四

愚哉予也太相憐，開眼闔棺旦暮然。人到夜分終瞑去，君如目倦上床先。生當興盡寧爲鬼，死負才雄不分仙。地下好言狂腐史，讓他傲睨二千年。

丁丑至日，同董叔理、林元甫、李得晉集吳子瑞風徽館，元甫携檟侑之，即事同賦

舊甕新醅次第香，比鄰檟續主人觴。尊前棋酒從三北時分朋角觴，天下兵戈待一陽時流寇未息。觀世眼將花共冷，感懷心與夜俱長。燭深話到少時事，吾老子今不敢狂。

冬深雨中,同董叔理、林元甫、李得晉再集吳子瑞風徽館,仍次前韻

好客陳遵甕易香,壓糟未熟便開觴。竹矜綠净欣沾雨,梅負姿高懶向陽。文酒祗將慵護短,才名難與髮爭長。狂奴不學而能者,醉後方思學不狂。

至後,清流葉上人至,陳昌箕公車罷歸,小酌紡授堂,次昌箕韻

相思不記夜長短,忽憶梅花序已遷。離索詩心憑客引,鼎分飲戶稱人編。恥因得意干天子,偏有知章遇謫仙。驥骨售金千載事,至今病馬老思燕。

送葉上人還清流,時方以弓馬試士,上人買弧矢歸,仍次前韻

江帆來去掛霜天,相送還嗟時事遷。弓馬果能揚聖武,匏瓜何苦繫殘編。一痴誤我難成佛,三立驅人不得仙。分手羞言經世業,半生說劍未游燕。

陳昌箕乃翁心歐大夫六十雙壽詩昌箕時方北歸

膝有曾孫鬢未班,齊眉周甲久投閑。宦情淡比門前水,詩骨蒼於屋角山。子已逢年三北後,公如觀弈一枰間。蕭然懶對觴客,獨許梅花勸駐顔。

清流鄒瑞鱗種菊,高一丈三尺許,寄詩索和,次韻答之

清溪秋信寄詩題,高唱如何索和低。上屋花兼霜瓦冷,過墻蝶仰亞枝棲。若移陶令束籬種,便與門前五柳齊。笑殺巢由自比者,低頭丞相馬前稽。

其二仍次前韻

黄花花下共拈題,漉酒巾歌礙葉低。分與四鄰凳屋賞,壓將一鳥倚簷棲。晚香直傍雲霄噴,高氣寒兼竹柏齊。藕大如舡瓜似棗,始知志怪豈無稽。

其三仍次前韻

傑氣憑凌數尺題,竹籬茅舍却嫌低。幽人吸露登梯掇,潔鶴餐英負雷棲。隱逸尋常卑綺角,清高孤出想夷齊。臨風又似黄冠女,仙梵危壇首自稽。

卷之五　詩部七言律　丁丑年起

送余賡之令宣城

宣城自古風華地,此日囂然南北間。天子憂危官與共,友朋仕學我相關。牛當脂裕刀偏快,鷄到肋枯割亦艱。萬卷不妨花底擁,知君盤錯却多閑。

孫君實花燭詩

簫聲雙引夜何其,屋後吟臺月滿時。人在鏡中嫌雪黑,粧成花底厭梅痴。錦心刻燭低聯句,凍手薰香暖着棋。三世如椽傳大筆,朝來試與畫纖眉。

其二

婚禮古人云不賀,腐儒差曉誦《關雎》。承家仁趾今當戶,瑞世奇毛必選雌。雙燭伊吾分論語,一琴風雅厭閨詞。詩成自笑無堪好,雜佩何勞解報之。

冬日,送浙中姚元師歸壽尊人,次董叔會韵

看雲客子去難攀,干謁蕭條獨馬還。千里雪中無米負,老人天外長毛班。稱觴若待三牲養,舞綵何時四牡閒。陋巷知君方捉鼻,娛親正在一瓢間。

哭潘昭度師 有叙

丙子之秋,胡馬鬥郊畿,羽書徵天下勤王。吾師潘昭度先生開府南贛,提兵入衛,獨先諸道渡江。已而,虜自出關,停節鎮援兵,先生帥師還道卒。先生蓋爲國死也,先生爲國死,則異撰亦以國事哭先生,而一人之知己感恩在所後焉。亦以見先生之知異撰,與異撰之所以酬先生者,固不存乎婦孺之泣焉耳。崇禎丁丑臘深。

天下勤王劍未磨,贛州幕府早臨河。事煩食少死諸葛,老壯窮堅病伏波。毅魄射潮猶負弩,忠魂傍日尚揮戈。肯同巷哭酬知己,清淚生平本不多。

其二

遐荒尚望袞衣來,鼓角無聲咽夜臺。四國待皇戎未缺,三軍西返櫬東迴。

即今門下多徐稚，何故當年始郭隗。莫道相知酬不得，縱能酬得可勝哀。

其　　三

建牙六道槖無錢，廿載爲官家賣田。天子賜塋酬馬革，老生知我撫龍泉。易名晉爵徒增恨，掃穴犁庭不假年。題罷挽章看寸管，先生曾許勒燕然。

其　　四

中原豺虎未澄清，驕虜兼訌孰請纓。蒿目蓋棺終不瞑，英魂嘆世尚聞聲。炙鷄絮泣書生態，撫髀哀歌國士情。何日報師遲也好，櫪中誰信老堪行。

其　　五

南州曾憶撫深杯，謂古何人未死哉。獨有名山藏腐令，不將朽骨付蒿萊。宋朝舊史吾更定，昭代新書爾剪裁。公欲重修《宋史》，以《國朝實錄》畀予。涕嘆當時言在耳，公今已矣我非才。

其　　六　公起家中州縣令，後爲其地學使

河南召伯起謳思，離亂民兼哭父師。天下豈無人可死，中原誰使廈難支。進賢但好帷巾幗，大將安能異小兒。怪我爲詩多罵座，如何傷逝不傷時。

其　　七　公恤典未有蔭子

天語勤將死事褒，九原肯說隕身勞。特生松柏不貪蔭，出穴鳳凰自刷毛。七戰在門仍一士，白頭拜墓舊青袍。潛然忍住西州淚，留滴匣中拭寶刀。

其　　八

北邙東郭太無端，萬蟻茫茫轉磨盤。牖下總非公死所，生前原已誓登壇。主憂臣辱遺孤憤，女喚兒啼等一棺。不是甘心授命處，達人同作置郵看。

其　　九　公爲家母立節孝傳

閩南觀察訪貞姑，謂女何慚烈丈夫。直是臣忠憐婦孝，故傳母節痛兒孤。百年有盡窮將半，雙眼難青哭易枯。宿草淚沾猶北指，墓中人欲氣吞胡。

其　　十　公再序予詩文梓之

因人吾恥國門懸，自信緣師謂必傳。嚴武豈能知杜叟，昭明未許序陶潛。隨身具拙誰磨鏡，龜手藥輕不值錢。並響中原公有子，虺隤鈍影敢辭鞭。

都下聞撫公清海賜蔭却寄代

鑽縫蚤虱費爬搔,鼠首何煩斬馬刀。大度聖人無刓印,遠猷元老賤投醪。身膺鐵券分多士,鬢壓金貂少二毛。戀闕小臣親舍在,夢魂從此不驚濤。

其　二

長風高浪破樓船,橫槊詩成士扣舷。當事得如公數輩,中原今已靖多年。海邦見說頻無歲,安撫方知未息肩。聖主且虛黃閣待,袞衣暫借暖南天。

丁丑獵深,同陳伯熙集林守一晤庵觀,迎春、紅梅盛開時也

平鋪絳雪坐香茵,净拭觀忙滿面塵。春色未來先老我,酒杯欲放苦親人。且添歲晚一迴醉,又待年開兩度新。戀着土牛成底事,却因自笑笑芒神。

除日,同董叔會、陳伯熙小集陳子含宅,次叔會韵

貧女霜眉不打車,梅花落盡伴閑居。謀生往事低棋比,改歲楸枰換局如。一代衣冠王氏學,千年齒髮史遷書。當杯潦倒相看笑,勳業依然竹馬初。

戊寅元日,次董叔會韵

白頭未分此身微,但覺年年憶昨非。耐典鸘鸘猶剩鞾,輕裝款段不教肥。每逢歲序成親老,豈敢文章與世違。薦罷椒盤還北望,閑聽稚子誦無衣。時流寇未息。

開歲五日,爲侯抑而學師壽

開年開甕侑佳辰,花傍宮墙滿四鄰。雙眼肯酬天下士,一尊閑對聖門人。以文爲戲身將隱,如月之恒柳共新。傲吏不須狂太甚,陸沉終是出風塵。

其　二

一官耐醉讓人醒,口不停杯亦授經。春到師門溫雪跡,鶯親伎帳侑歌伶。豐毛霧養來年蔚,細草風沾兩度青。師在任二年。桃李能言玉樹舞,諸生狂不減寧馨。

199

紡授堂成，人日，譚元孩，董叔會，陳子含、
伯熙道掌、伯期，林守一，陳昌箕小集，落之分得十三元

小徑新開當小園，朋來拜母共清尊。老思愛日心徒遠，賤畏傷時舌未捫。
歲月又看金作勝，行藏依舊席爲門。蕭然貧甕澆粗糲，慚愧燈前一石凭。

其二仍次前韵

纔得安居便灌園，花當綵勝媚開尊。敢云移壑龍堪卧，剩有經冬虱未捫。
短褐豈能忘帝室，長裾終恥曳侯門。攀枝欲問流光迅，病柳新栽半似凭。

燈夕，同董叔會，陳伯熙道掌、
伯期集李古夫宅，即席贈蘇若美人，分得"南"字

人將物況出閩南，麗有荔枝香有柑。花底四娘狂杜二，燈前蘇若老曾三。
今宵酒債誰能負，千古詩名我不貪。風雨一天高燭焰，忍教敲斷鳳頭簪。

燈夕，坐雨，次韵

歌樓弦澀冷琵琶，火樹瀟瀟濕萬家。十雨五風年可卜，千金一刻價寧賒。
夜深綠徑先肥草，春淺紅欄未損花。欲比今宵寒巷潦，漁舟燈亂水平涯。

送董叔會重游都下，兼柬長公德受民部

莫道春風信馬鞭，干戈到處起紛然。連年三過江南北，此日重看事變遷。
憂世但憑詩賦遣，懷人真覺古今懸。爲言笭庫朝衣典，報主須流地上錢。

其二次叔會來韵

半在舟車半在鞍，天涯伴好客心安。一旗酒賣花朝醉，對壘茶衝穀雨寒。
下馬留題君有興，拈詩誰和我無歡。傷懷萬里青青草，看似窮秋木葉乾。

其三又次來韵

淮左頻聞沸羽書，帝京驛騎避青徐。蔓生寇比豐毛蝟，重負民如潰脊驢。

擊楫橫江頭易白,登樓何處眼堪舒。送君莫道成弘事,猶記當年萬曆初。

其四又次來韵

記得連床中夜醒,聞雞舞影動窗櫺。觀枰縱急心徒癢,用世寧遲事飽經。前席帝咨容伏闕,退朝臣瘁晏趨庭。流民圖好教兒上,天下艱危語易聽。

林澹若武舉下第歸,次來韵答之

乘車戴笠信風船,燕頷封侯亦偶然。鳥道臂寬鷹直上,蟻封步窘驥盤旋。軍儲可謂多方括,將印何曾一日懸。底事中原清未得,至尊側席又三年。

二月十五日病起

隱几又過一半春,無聊聊負反裘薪。側身敢説當衰世,衣褐還思見聖人。病賣文醫難減症,書因賤買倍添貧。愁時暗計三年事,卿相立談也五旬。

贈醫友茅復陽

病深寒橐藥無資,贈答錢慳但餉詩。得見有恒斯善士,不為宰相則良醫。劉邦戰勝曾如籍,烏喙功成豈羡蓍。我獨喜君三指下,惡將人命試方奇。

春深,送陳昌箕游清漳

清漳吾地聯桑梓,寒屋城南度陌斜。君若過門應作主,我因送客便思家。一帘紅老罷鑪酒,幾竈緑新破寺茶。爾但夢歸予夢去,月中魂共混梨花。

竹醉日,集李古夫宅,雨中即事,次韵之二

危簷急溜掛高江,風鬥驚湍欲打窗。樹壘觸行如遇敵,背城户小未甘降。與人俱醉筠三畝,看竹暫青眼一雙。主肯留髡吾肯飲,剪燈好聽滴淙淙。

初夏雨中,集曹能始先生三石亭,即事偕徐碩客賦

一亭閑草子雲玄,開徑城西小巷偏。五字羞稱雄伯業,六經未分大儒箋。

陰晴世事黃梅雨,裘葛人情四月天。獨有樽前寒歲意,稜稜片石竹林邊。

再次前韵,柬能始先生

蕭騷白首幾時玄,陋巷行藏獨我偏。馬戀蟻封朱氏學,蠹書蛙葉漢人箋。乾坤涕淚無乾地,帖括文章待補天。欲借石倉池上閣,共鷗穩坐釣絲邊。

劉瑞當索予經義,仍次前韵答之

鶴裳雖縞尚能玄,顧影吾憎一羽偏。坐卧看龍成銹鐵,鬢眉爲蠹守殘箋。身隨紈扇頻過暑,目送風箏易上天。橐橐且休巖下杵,幾時夢發帝王邊。

吊忠詩爲楊大洪先生作也

泰昌祚短事更新,崩齒蟲驕穩負斯。伊霍比公輸一死,滂膺共爾作三人。遺弓俱受彌留詔,投杼先除顧命臣。蔽日浮雲今在不,忠魂岳岳揭星辰。

讀《左少保集》,因吊死璫諸公,仍次前韵

指鹿威尊共美新,埋輪請劍氣斷斷。東西易面翻三案,楊左分身本一人。國社偶然憑小鼠,先皇何意殺孤臣。傷心天啟升遐日,地下魂猶拱北辰。

再次前韵

崇禎敷政一時新,閹黨唇亡齒喪斯。暮死朝生榮假子,兄終弟及挺真人。天迴却有貪天輩,賊斃方多罵賊臣。感得風雷公已矣,日升猶喜運方辰。

晉江里人王君同,歸化王周士,寧化門士李伯啓、丘小羽,蜀中忘機道人小集紡授堂感賦。時予新居初落,君同將游燕,丘、李二生將游福唐

孤者成歡却易傷,洞簫聲裡望吾鄉。十年身世烏三匝,兩鬢勳名劇一場。

病叟不貪道士訣,門人能助老生狂。明朝目送雲南北,又折愁心寄客航。

送晉江里人王君同游燕

十年游子憶吾廬,纔得談心又索居。時事直須千日酒,帝鄉易上萬言書。淮陰誰漂漁竿冷,易水餘寒劍術疏。送爾不忘湖海意,相看豪氣未曾除。

趙枝斯、林異卿夏夜步月,過紡授堂,時予病新瘥也

但須身健分窮愁,髮短如針幘裏頭。我苦病深朋當藥,客嫌絺重主披裘。掀書未覺前人死,觀世能無出位憂。引話茗添月易黑,不妨燒燭更淹留。

病中無寐,聞鄰巷簫鼓聲,知是孫子長先生嫁女也,走筆柬之

僅有腰間一帶黃,蕭然門巷暫時忙。先生題門有"清得門如水,貧惟帶有金"之句。教奴賣犬聊從俗,得婿如鴻不鬥妝。女嫁已完婚未畢,宦游原淡國難忘。謝公好為蒼生起,莫似東鄰待字娘。

秋日,送劉瑞當還浙

送予美子潤之阿,倚竹寒牽補屋蘿。四海交情名下誤,一人知己眼中多。黃金待贖蛾眉老,白石誰聽牛飯歌。病骨暫蘇君又去,登高望遠奈秋何。

答 陳 昌 箕

不須守口自如瓶,深種修篁戶上扃。禪敝猶能容蟻虱,文輕何至賦蒼蠅。門前便已風牛馬,天下誰關眼白青。雙耳懶敲清磬洗,池塘吠月正堪聽。

冬日,同陳道掌門士董德温集方士蔚芝園,聞鐘

數聲敲破一籬烟,小小園林古寺邊。瞑去似聞香醒酒,坐來何意醉參禪。鬥肥蔬長齊矜幻,耐瘦花黃懶占先。會聽晨鐘霜後好,幾時重過對床眠。

其　二

直窮深巷到門前，家與佛鄰人是仙。烟裹疏鐘聽似畫，雨餘一鐘圍爲田。霜梨入口千秋雪，老菊過時九府錢。把燭醉來濡渴筆，三杯狂不減張顛。

戊寅冬，予將往吳興哭潘昭度師，門士董德旬、德温集方士蔚、李古夫、黄聖謨餞我湖上，走筆留別

出門貧病若登天，鏡具隨身酒漬綿。逆旅但能躬灑掃，壯游豈必爲山川。暫來西郭浮輕舸，已似寒溪放去船。且説泛湖休當餞，鬢邊容易二毛添。

戊寅至日書事

胡馬頻驅易抵燕，中原群盜共騷然。兵難食足惟加賦，官喜徵繁有羡錢。文酒且將消至日，勳名又説待來年。愁聞間架催租急，豈必追呼爲餉邊。

至後，次舊作韵

行藏今歲問如何，至後年殘臘易過。剩有白身逐隊老，夢將病翅插天摩。隨人作計寧爲我，成佛無心不畏魔。短髮慵梳綿似草，生孫虱又長新窩。

將往吳興，哭潘昭度師，門士王無擇同行，亦將過亡友卓珂月之門而問之

琴不上弦水自流，蕭條書劍去還留。借來僕似難騎馬，病後身如易漏舟。千里及門惟與爾，一桴從我者其由。此行慢道江山好，爲哭知音莫當游。

舟中寄家信

一篷霜曉月黄昏，水宿聞鷄亦近村。貂僅留皮縫易罅，虱欺敗絮卧難捫。貧教婦嗇腴親膳，老願兒才贖父頑。但説出門爲客好，何因夜夜夢家園。

臘深，阻雨富陽舟次，無寐書懷，寄潘宗玉

破寒霜屬躡風塵，凍墅行行亦苦辛。殘歲三更連夜雨，病身無僕一門人。獨將涕淚來千里，未報親師近五旬。知己言愁猶道阻，嗔他喚客曉雞勤。

戊寅除夕，客潘昭度先師第，同長公宗玉守歲次韵

客裡呼僮亦掃塵，把書猶負買臣薪。祇將壺口酬年暮，懶索詩腸待歲新。欲起九原成隔世，相期三立更何人。杯深感舊真兒戲，不信文章果有神。

立春日，仍次前韵是歲己卯，予年四十有九

青袍短後溷風塵，歲月閑拋等積薪。陳亮見長年已老，陸生遇主語難新。每因多難當吾世，欲以時賢擬古人。未省安危誰仗得，祇將國步付芒神。

元夕，雪中小集，即席仍次前韵

六街滾滾馬蹄塵，尚有貧家泣米薪。勳業鬥塲觀市鬧，文章燈事鬥花新。杯深能引心長話，雪滿偏宜眼冷人。清苦燭邊梅暗發，一枝瓶裏亦精神。

人日，客中病起述懷

枯坐愁時罷枕呻，拈花准勝媚佳辰。客中聞鵲如家信，病起掀書似故人。老馬夢迴千里汗，新鶯啼過百年身。一筇縱是今朝健，安得心情趂早春。

雨中，夜集潘宗玉芳蓀館，不能無西州之勸也

傷懷非爲在他鄉，苦雨深杯引話長。知己眼中人易死，感時天下事難忘。弟兄此夜來千里，師友當年聚一堂。欲覓虎賁何處是，典刑空憶蔡中郎。

客宣州書帶園，雨中書懷，時梅朗三小試旌德未歸

却非游倦竹門關，雪後寒添雨氣繁。搔首不驚謝朓句，相看何必敬亭山。

四圍梅發客孤坐，百尺樓空人未還。底事丈夫三十外，尚因小敵滯行間。

花朝後二日，同李元仲、郭大赤集孫直公館，
彼時馥生、鬱生美人在坐先歸，分得"微"字

花朝纔過暖風微，隔竹殘梅笑妓肥。時事百年餘醉眼，病夫一褐當春衣。柳條未舞先含睇，鸚鵡無言但欲飛。從此雙柑攜處處，如何客子肯思歸。

同李元仲過余賡之署中季愛軒夜話有序

崇禎十一年冬，中原群盜未已，奴虜長驅燕齊間。其明年春，破濟南，直抵登、萊航海去。當事者檄江南諸郡縣議，設兵加餉。時予與李元仲俱客宣州，夜集余賡之縣署季愛軒。酒酣起舞，月中賡之賦《鴻鴈》，予與元仲賦《無衣》，已共賦《宛鳩》，為詩四章，以志一時之事。使夫後之來是軒者，知予與元仲其於賡之雖戴笠乘車未能同，猶不敢自棄於天下。憂樂之外，而感事相勖，以附于異姓，鶺鴒之義如此，而願季自愛，又非徒希之于其弟為然也。詩既成，並書一通寄希之。己卯穀雨前。

丘食頻加事日新，吏憂民散國憂貧。廟廊借箸嘗烏喙，草野纓冠恨白身。齊魯公然奴騎入，江淮將恐羯胡鄰。愁時莫道窮通異，起舞還期共膽薪。

其　　二

主臣憂辱杞人啼，睿甫危車策蹶蹄。推轂但求時夜卵，登壇便是失晨雞。不因亡將能航海，豈有強胡敢抵齊。為問當關誰虎豹，諸陵好護在山藜。

其　　三

自愛之官手勒銘，伯于季也太叮嚀。眼中鷪獵毆鴻鴈，天下豺狼警春鴒。忠憤豈甞亡草莽，英明未定小朝廷。祇須百輩宣城令，買犢民歸便輯寧。

其　　四

平安君好報希之，暫醉阿翁母哺糜。囹圄漸無囚可縱，齋廚日減鶴難隨。飢胥訟簡抄書倦，悍吏差閑畫卯遲。猶喜朋來消寂寞，月臺把燭共題詩。

贈某都閫

花底綸巾羽罷揮，蕭條將種壯心違。鷹拳不抱伏雌卵，虎氣羞張磔鼠威。天子豈能忘故劍，將軍未許遂初衣。感時橫海君家事，此日胡兒滿載歸。_{時奴酋將抵登、萊航海歸，尊人嘗爲其地大師。}

過梅溪沈景山書莊，梅聖俞讀書處也，旁有墓

梅溪梅雨熟梅新，訪友林間掛角巾。豈必古賢能勝爾，偶逢遺迹便懷人。龍媒步遠驄爲種_{先世嘗直指閩中}，虎子文奇霧滿身_{尊人嘗爲閩帥}。怪汝雄心耽寂寞，閉門似鶴出無鄰。

贈麻孟璿_{麻甚雄武}

蕪穢中原未掃除，麻生三十尚閒居。非因名士堪橫槊，却使庸人悔讀書。燕頷待時飛食肉，龍身貯水卧需魚。蛛曹志李滔滔是，抱膝微君孰起予。

同李元仲觀宣州迎春寺古柏，唐楊行密部將澶濛手植也

閩南懷古兩書生，爲客江東繞樹行。興廢未須嗟草木，乾坤何日不陰晴。偶然手植存偏霸，三百年來閲太平。迴首殘唐千載上，英雄可似沸爐鳴。

客中浴佛日小集天逸閣，吃青䆀飯，時蔡大美餉櫻桃_{宣州俗是日吃青䆀飯}

纔見當樓紅滿枝，不知春去竟何之。_{前日立夏。}殊方懶飽青䆀飯，通俗聊占白傅詩。薄醉當齋消佛日，偸閒抵病過花時。櫻桃正好琴心渴，幾顆携將媚酒巵。

客中同李元仲集梅朗三天逸閣，
時朗三將往白下，余亦還閩，即席賦別

豈有愁人鬢耐蓬，一尊異地幾迴同。浮生名下能爲祟，醇酒杯中易送窮。老大文章來笑罵，艱危時數渴英雄。臨岐莫道逢年事，帖括消磨渭水熊。

宿韓茂貽竹齋感事

竹裏聯床雨滿窗，感時祇合倒深缸。文章見帝齊因鬼，聲氣成城築受降。輿櫬競來通上國，投鞭直可斷長江。笑他擾擾關何事，觀世慵開眼一雙。

其　二

年年壇坫變滄桑，一餅群兒聚鬥場。滕薛互爭誰是長，江東雖小各稱王。望門細閱登龍賤，逐隊閒觀戰蟻忙。城下屢盟人易霸，酒壇猶記昔周郎。

病中夜宿湖上集慶寺，限韵，柬妙香、椒湧二公

偷得閑身合坐關，行游便覺一笻煩。鐘聲不辨來何寺，佛梵微聞殷四山。觀我每從病苦際，懷人偶在夢醒間。蘇公祠下林逋墓，隱几蹇然暫往還。

次沈若水同年來韵答之

敢道英雄操與君，息機已分離人群。鶴經籠瘦寧堪相，虎自騰高豈在文。薖澗寤歌聊爾爾，草廬勳業欲云云。行藏知己商量罷，又長髭鬚白幾分。

爲施漁仲壽有序

萬曆丁巳間，異撰與施辰卿樞同隸諸生籍，時余年二十七，辰卿少余二歲。越二十年而辰卿意鬱鬱，然不屑逐隊諸生間，自去其籍於當事者。又越二年，爲崇禎己卯，而異撰始舉於鄉。於其爲壽之日，詩以問之，以志辰卿之勇退，而予之不知止也。蓋辰卿亦變易其名字，曰漁仲樵矣。

倦鷹傲睨大風秋，迴首英雄未白頭。金馬炙遺慵慢世，副車椎誤恥封留。一丘君有閑舟楫，巨濟吾方學泳游。桂酒醉餘相念不，久要曾許共先憂。

  己卯冬，還晉江故里，過龜湖，林薦甫夜話。憶二十年前，
    余嘗讀書於此。自癸亥移家三山，此十六年間，先師若
    梁先生仙逝，亡友挺甫最後没，及門諸生皆薦甫諸子弟，
    亦不能無存没之殊也，泫然志之，留別薦甫，遂慟吾師

十六年來事變更，話長寒夜剪燈明。一門星散吾師友，雙鬢霜深兩弟兄。地下敢云酬國士，眼中猶是老書生。相看纔拭西州淚，草草驅車又北行。

    己卯除日，次陳昌箕韵

臘深游子且停車，慈母縫衣待歲除。償債文章填未了，誤人鬚鬢白無餘。百年此夜吾生半，萬里春明謁帝初。試把一杯澆古劍，椒盤羞酹讀殘書。
    次其二韵時議登賢書者輸金，助買公田，以輯流寇

舊年容易度新年，蒲柳姿難鬥石堅。濱海一隅猶爆竹，中原何地不烽烟。足兵但有民加賦，養寇還須士買田。莫道廟廊無上策，太平立致在金錢。

紡授堂二集卷之六

詩部七言律

庚辰元日,次陳昌箕韵

年年老至漸如登,取醉安能酒似澠。帝闕遠心隨日去,北堂嚴氣共霜凝。勳名敢說逢場戲,行徑聊同苦行僧。未省長纓堪請否,中原群盜以憑陵。

次其二韵

家在泉州又福州,半生落拓守林丘。寸心可易逢人說,倦翮還須選樹投。未分此身終獻畝,且將雙鬢付車舟。開年却被兒童笑,仗劍旛然學遠游。

江北道中

渡江纔信客身勞,驢背書生亦佩刀。惡水能加茗椀澀,薄醨不稱酒帘高。髀消厚襯羊皮袴,骨瘦肥添木絮袍。浮海一桴吾見慣,黃河濁浪未須號。

齊魯道中

書生馬上望榆枌,過沛風高起大雲。轂擊却思游季子,雞鳴還笑脫田文。平原十日青徐接,泰岳中天齊魯分。闕里去人今不遠,弦歌可似昔時聞。

其二

大風刮地動哀歌,鶉結流亡滿目多。經世我思今管呂,讀書人負古丘軻。英雄莫有田間起,將相無如草盜何。見說宮中方好少,老生試轉魯陽戈。

其三

烟臺烽熄尚殘紅,胡馬曾過四野空。目遠樹如浮水上,塵來人似出泥中。

車書敢説非全盛,杼柚誰能念大東。前席不知君問否,洛陽年少已成翁。

旅次題壁

逆旅蕭條醉馬周,豈云賣賦帝京游。少年天子方嘗膽,獻策書生已白頭。病尚有身留裹革,窮原無領待封侯。燒燈起舞鷄鳴未,豺虎縱横念主憂。

過景州董子故宅感懷

馬首今朝入帝郷,居民指點漢儒莊。感時不敢言灾異,救世還須雜霸王。一代下帷攻帖括,千年無策繼賢良。傷懷縱有天人對,又恐公孫佐武皇。

長安述懷,次陳昌箕韵

縱横天下孔方兄,太息長安公與卿。小草肯忘當世志,午鷄聊補失晨聲。登壇誰不嗤亡將,厝火人能笑賈生。見説金甌容易卜,沙堤新築幾時行。

公車放歸

宫鶯聲暖待雙柑,倦客思如閉繭蠶。萬里閩南之極北,重來五十又加三。一時富貴非吾事,終老林丘却未甘。漫道憂天閽易叩,都門誰不諱深談。

其　二

儉橐黄金用未殘,黑貂無恙出長安。敢云世路知音少,是我文章應制難。丞相不追亡將去,昌黎錯拜孟郊寒。蕭條夢卜何年事,又把前溪一釣竿。

其　三

征鞭能媚柳枝柔,感遇何須動客愁。勝比呼盧聊注瓦,刖頻忘屨等虚舟。生平懷抱從頭錯,五十交童一半售。慢道世間無隻眼,暗中未悔夜光投。

其　四次廣陵鄭超宗題壁韵

逐電輕蹄遇埀遭,黄金臺墮草如烟。文章塗抹倡優面,巾幗消磨少壯年。彈鵲不須隋氏寶,獲禽難執嬖奚鞭。何時學得風鳶戯,故紙糊來易上天。

其五 次即墨吳友題壁韻

謾言錯過帝城春，尚有烟花媚遠人。何苦漢庭六太息，已甘陋巷一貧身。敗軍誰許能談劍，棄婦方思學采蘋。可是濟川舟楫具，文章問世未知津。

其六

慢將老至嘆迍邅，五十無聞亦莞然。肘後不須六國印，杖頭未欠百文錢。却因願大難成佛，肯舐丹餘已上天。歸去且需千日酒，纔醒又整北來鞭。

其七

浪說中原寇漸收，九邊烽火幾時休。爲官豈遂饑寒免，觀世難將草莽憂。三北齊囚須霸掩，一經滂母必忠酬。蹉跎又是他年事，禿筆花殘未忍投。

其八

賣貂買鶴槖無錢，載過楊州亦半仙。急就詩成聊恃陋，倦游馬去懶爭先。却非從此忘三立，似肯逢人讓一鞭。見說前途多暴客，綠林莫有識齊賢。

山東道中書事

野曠無青但起塵，空原時有孑遺民。人當見骨猶剜肉，樹僅留皮亦裸身。餓眼乾啼難出涕，萊容水腫不成颦。求言詔下勤憂旱，民隱何曾達紫宸。

山東道中喜雨，時旱二年矣，庚辰三月望日

少許霖甘旱兩年，未能破塊月仍圓。鸛因久暵忘鳴垤，犬怪非常共吠天。無草可沾枯後澤，棄家誰顧雨餘田。縣胥已坐逋亡屋，俟有人歸索稅錢。

次宣州，梅朗三來韵答之

四海交多老漸删，意中有友獨相關。江東君耻雄西楚，土壤吾甘讓泰山。身世糊睛推磨犢，行藏躧尾閉籠鷳。梅生三十今餘幾，莫爲窮愁鬢也斑。

渡江望金山

中流望眼不堪舒，近眺橫江感有餘。隻臂劈開天地氣，一拳撐住帝王居。

車書卜世同南北，物力傷時憶古初。慢道千年興廢事，目前處處易愁予。

重過潘宗玉，謁昭度師墓。
雨中夜集懷新堂，即席感賦，兼留別宗玉兄弟

滿目悲歡心事違，華堂簫鼓雨霏霏。貧身到處仍磨鏡，馬策今宵又叩扉。蛻去神龍留子在，老來文虎已毛稀。十年知己慚師友，怪得將歸未忍歸。

謁潘昭度師墓，即席再別宗玉

勤王人去幾時歸，翁仲夕陽山四圍。燕子不須辭故壘，名家猶是舊烏衣。驪歌燭裡聲難聽，馬卧櫪中汗未晞。合便有離生便死，相看相慰淚還揮。

林用始以諸生會試樞部，曾子壯其游也，爲詩送之

防胡難恃古長城，推轂軍門事屢更。鄉里偶行新選舉，祖宗原重兩科名。一時投筆多儒將，滿世彈冠剩老生。君去燕然留片石，半邊待我再題銘。

同門友楊君席公車罷歸，客死武林，
詩以慰之，不敢如昔人之招魂也，哀哉

也知身世等輕塵，那得交情不認真。萬里日邊方謁帝，百年地下失歸人。六橋三竺去來路，白傅蘇公前後身。當爾原爲湖上主，半生越客寄南閩。

下第歸，妙香、椒湧二公過客樓，讀予近詩

莫怪泥中卧未升，本無鱗甲可飛騰。詩多哭世於時背，儉省于人得僕憎。體骨豈應思入仕，顛毛只合削爲僧。百年已半居難卜，爲問文殊借一燈。

庚辰北歸，客武林，五日病起初一日，有人先餉角黍

連年五日在他鄉，客歲宣州今歲杭。莫羨人歸吾後去，却能病好黍先嘗。

213

物情塗面雄黄散,世味酸牙糯米餳。半百此年年又半,帝京何苦往來忙。

五日雨中,潘宗玉招集湖舫,時予病起將歸有序

崇禎十三年五日,潘宗玉招同高千秋,勞維章,君家慧曉、玄季泛蒲湖上。于時,肺客身蘇,六橋雨積,感時嘆老,視昔懷人。處士斷妻,蘇小是逋翁少婦;香山無子,坡公爲白傅佳兒。千古人存,不須續身之縷;南閭客去,暫浮角黍之觴。不可無詩以書歲月,偶然得句,兼志別離去爾。

樓船目遠病堪扶,千載風流人可呼。天使坡仙兒白傅,梅嗔蘇小媚林逋。雨光生白還生黛,水意在山不在湖。勝地佳辰兼友好,離筵忍負一觴蒲。

雨中,潘慧曉招集湖上琴來舫,即席贈廣陵姬兼留別慧曉、宗玉、姬善三弦,時作《西廂曲》

聞歌若處不堪憐,況在佳山艶水邊。點點雨聲歸十指,雙雙眉恨瀉三弦。揚州人打杭州諢,北曲詞將南曲填。又被琴心鈎別意,如何便放渡江船。

北歸湖上,次妙香和尚送行韵

倦游金盡不知貧,尚有交情物外親。半百衰容屬篷客,一雙冷眼古今人。本無綺語教逢世,縱有慈航敢問津。玉麈慢勞當面拂,誤將霜鬢惹京塵。

又次椒湧公送行韵

入世逃禪總未諳,躊躕歧路北兼南。抽心是柏渾忘苦,絡口含漿不見甘。乞米救饑生本拙,讀書難飽老仍貪。何年五岳從君去,行脚蕭然到處堪。

卧病富陽江上,時溪漲,風雨不止

如練澄江似戰霆,竹間樹杪共揚舲。溪山病亦開篷看,風雨眠猶剪燭聽。渴睡僕頑嫌我醒,倦游伴急惱潮青。布帆一任石尤阻,好住嚴灘問客星。

有　感

東家健婦喜愁呻，學得村西病後顰。黃口小兒争嘆老，攢眉錢虜善言貧。醯間雞舞稱豪舉，井底蛙喧論古人。天與痴頑償蔗境，何因苦説舌頭辛。

庚辰北歸，過仙霞關

立談卿相事難猜，失路荒唐酒幾杯。遇主已過時數可，憂天何日抱懷開。百年世上五旬後，七尺泥中一半埋。猶喜出門繻未棄，布衣無恙入關來。

江山道中

四山石貌峰峰换，五月蟬聲樹樹齊。病肺未蘇兼觸暑，蒸人不醉亦如泥。每逢睡後詩成句，時聽田間水過畦。賴是客途消遣得，何妨鷄骨暫棲棲。

庚辰北歸，施漁仲隱君過我，相慰賦答

寒松瘦柏自蕭蕭，種樹誰能識後凋。將母有腰何處折，顧予無髀可容消。莊生却被逍遥礙，阮籍猶多塊壘澆。曾似未衰君退勇，一竿雙蓧混漁樵。

送崔五竺游武夷。癸酉春，予過
山下，留題曾于、大王諸峰有約也，庚辰七月

名山坐卧如求友，豈慕其名把臂休。便道相過非我意，扁舟宿諾又今秋。絶奇丘壑人難稱，潦草登臨願易酬。三十六峰峰十日，送君也是一年游。

昕兒花燭詩

當户于今付與兒，一雙二九亦齊眉。不從世路盈門爛，稍稱家翁滿面絲。報母衰年仍負米，看孫燕爾准含飴。且將累事稱佳事，尚有待婚小阿時。次兒名時，方二歲。

爲同門王穀子年母五十壽予亦辛卯九月生

深秋有客遠登堂,拜母荻階正肅霜。共是卯年生此月,却同令子舉于鄉。柏當迴味茹曾苦,椒肯耐辛釀易香。但酌朋尊稱母德,不須更頌九如章。

冬日,病中漫興,次方慕庵師即事韵

賦賤揮金不肯酬,且須藥裹寄林丘。四方徵急兼無歲,海國田稀暫有秋。慈母含飴寬菽水,老生握粟恃來牟。憂天豈少長沙涕,潦草逢人未敢流。

之二再次前韵

顧影猶堪自勸酬,蕭條茶竈倚糟丘。落毛貂鏽縫須臘,使氣鵰慵坐過秋。款段易乘甘下澤,匏瓜寧繫謝中牟。未須寒歲傷遲暮,堂北松高翠欲流。

之三次其二韵

病頑本草也慵看,霜臼寒煤杵作團。詩句驚人罵座灌,文章混俗捉刀瞞。一頭白戀帽中絮,雙眼青餘屋後巒。醉罷沸爐須月上,試分殘茗注襄蘭。

之四再次前韵

梵笈非因佛事看,何曾坐破幾蒲團。賣文抵病醫難效,對鏡塗鬚老自瞞。濠上放言蘇竹石。龍門寫意米峰巒。起予千載供游戲,把卷欣然臭似蘭。

同陳道掌、繆叔向集林守一晤庵觀,迎春共賦"陽"字

閩南風物易迴陽,較似中原獨小康。群盜多年猶破斧,聖人何日得垂裳。鞭加土塊牛如喘,轡急春官馬亦忙。莫有芒神司國步,當杯草莽杞憂長。

其二次吳子瑞韵

舞馬歌臺出郭東,滿城暫與樂郊同。逢場何意隨兒戲,行國無聊憶魏風。白眼酒徒空塊壘,成名竪子是英雄。百年食粟關吾事,且看春來卜歲豐。

辛巳燈市之三,仍次前韵

南土何如小大東,春蹄夜炮應聲同。漢宮方惜中人產,海角猶餘大國風。

動地獅騰三子母,燭天龍鬥兩雌雄。愁聞燈市流民集,但祝今年處處豐。

辛巳春日,同陳振狂八十六叟、過百齡國手、曹能證、陳昌箕集鄭汝交雙橋草堂,仍次前韵

草閣河西石邐東,雙橋流水到門同。高年客話嘉降事,薄醉人還懷葛風。詩謝參盟寧負固,棋逢大敵偶爭雄。愁時米價當春湧,浪說閩南歲暫豐。

庚辰除日,次陳昌箕韵

陋巷殘冬易苟安,閉門省得路行難。病農白首還于耡,廢將無心羨築壇。先買雙柑須漉酒,且將歲飯勸加餐。明朝又是五旬外,猶剩今年一夕歡。

辛巳元日,次陳昌箕韵

簾垂深雨繞床行,歲月相侵太不情。遠道前驅欺老馬,衰年春夢請長纓。無才涉世縫多口,寧隘從人怪獨清。自哂文章奴帖括,靴尖難踢蟻封城。

庚辰除日之二,次吳子瑞韵

少壯蹉跎隻目前,迴頭去日杳如烟。欲償往歲須來歲,但覺加年是減年。神駿不貪隨仗立,臥龍終被釣絲牽。昨非五十知猶晚,贏得拋書自在眠。

辛巳元日之二,仍次前韵

老大隨人鎖院前,開正又理舊燈烟。嬰兒學步從今始,五十無聞不當年。椒酒勸衰辭婦拜,斑衣引笑領雛牽。到門有客昕當戶,且讓家翁一覺眠。昕,長兒名。

其三仍次前韵

爆竹聲聲竹屋前,東風吹作一街烟。見人婚宦方知老,欺我桃符易記年。款段瘦堪朋友共,鷫鸘敝省酒家牽。春明作計吾何以,舊社過從醉便眠。

其四仍次前韵

麒麟畫閣擬居前,顛米圖來一抹烟。將相古人誰上壽,行藏今我已中年。鶴羞近玩寧堪舞,馬憶長征不耐牽。自笑本無宮錦調,帝京也向酒家眠。

元日,招陳道掌、林守一、繆叔向、林九疇、龔印可小集草堂,仍次前韵,時鄰巷二珩舊妓來居

東風搖揚小堂前,淺碧簾疏曳淡烟。夜未五更誰分歲,朝來一刻便為年。新篘嚴共詩腸角,稚柳柔宜女手牽。尚有杖頭須甕渴,琴心攜上酒船眠。

新正,招鄧戒從、陳子含、葉君節、林守一、黃子目、林守衡小集,因過鄰巷訪舊,二十年前曾許嫁守一也,仍次前韵

風勻輕雨媚尊前,載橘盤香裹綠烟。委巷衣冠聊爾爾,席門雞黍自年年。不知春甕還多少,纔憶黃鸝又掛牽。見說竹林鄰女在,舊壚猶許阮公眠。

元夕,同繆叔向觀鰲山燈,過我小酌,仍次前韵

逐隊春街信杖前,燈光混月似籠烟。物華衰盛聊觀世,興味短長自問年。事到逢時連紙貴,人緣因熱被絲牽。燈上紙人,燃火則動。老來已賤千金刻,不換煨爐一醉眠。

十四夜,同費冲玄令君,葉君節,過百齡,林子野、守衡集林守一華鄂堂,因游燈市,仍次前韵

但覺追歡不似前,六街細憶舊風烟。今宵第二上元夜,又是崇禎十四年。墮履遺簪誰分醉,游絲短髮故相牽。縱教物換朋無恙,忍擲深杯抱影眠。

燈市仍次前韵

番樂喧闐寶馬前,冰綃籠焰揚輕烟。侯家高燭譁今夜,貧女深缸綉一年。

米貴難將燈事減,心長又被酒杯牽。感時耳熱聊行國,總是愁眠也不眠。

其二又次前韵

十萬人家萬曆前,琉璃世界裏人烟。三錢斗米非今日,一刻千金憶少年。曳足興須門士舉,側肩衣遣小僮牽。不知此際村庄樂,可有催租吏夜眠。

辛巳,家母壽日,諸賓朋集紡授堂,陳昌
箕賦詩爲壽,異撰再拜賡韵,爲四座侑酒也

白首書生母在堂,蓬麻慚愧擇鄰芳。胚胎本自虧三樂異撰未生而孤,五十何曾見一長。賤假天旌寬捧撒,頑教兒贖願成章。萊階目共賓朋舞,星聚光添寶嫠祥。

三月三日,觀合沙社迎神,予生於斯者也

春街竹馬似前身,未損童心過五旬。百室鳩來酺上巳,十家費足產中人。時艱民事全憑社,米貴鄉風苦諱貧。爲語輪蹄輕踐過,繁花三月易成塵。

挽泰寧陳洪仲明經

芝山秋室罷連床,溯水魂游溪路長。千古一雙巖下電,百年過半草頭霜。龍雖移壑霖猶旱,鶴正開籠翅便傷。才鬼九原應不少,知君懶與說文章。

挽章有四令君,有四宦吾地四載,予未入其室也,痛之獨深矣

滿縣花如易謝何,爲霖龍蛻委山阿。刀能游刃藏鋒早,脂不濡身借潤多。似有榻懸君未下,豈無鏡具我堪磨。旁人未省牙琴痛,聽作哀弦薤露歌。

柯益甫寄名山室茶賦答

定交嚴茗氣相似,其次醇醪醉友生。百里寄來過穀雨,一了認得是清明。甜非蒙頂遲迴味,香比松蘿不近名。莫怪乍嘗多苦澀,減些苦澀便平平。

病中柬黃漢白，次林自芳先輩韻

呻吟一榻亦陶然，懶坐蒲團罷草玄。但把既衰多病後，譬如未有此身先。英雄辟穀終須死，宰相白衣不礙仙。已分吾生勻苦樂，藥爐閑便對歌筵。

辛巳九日病起

秋室霜凌石骨奇，負暄傍石藥爐隨。中原何地餘藜菊，天下惟王省子遺。百感忍甘千日酒，一隅偷詠小康詩。悠然采采非吾意，開徑懷哉欲望誰。

沈若水寄我近刻時義，次韻答之

塗炭衣冠且與偕，未須孑孑待吾儕。誤人入股添蛇足，老我千蹊破鐵鞋。餓瘦楚腰何處舞，啖餘蔗尾幾時佳。百城萬卷吾俱懶，堁戶蕭然繡佛齋。

辛巳初度日，同盛孝來、林守一集陳道掌白齋，分得"燈"字

避老尋歡喜得朋，衰年不稱菊觴稱。勳名思趁中天日，遲暮如燒入夜燈。跛將束胸難距躍，睡鷳戀臂懶飛騰。迴頭慚愧熊羆夢，髮短尊前一半僧。

為謝左泉鄉賓壽

樵伴漁群席不爭，懶分閑夢主鷗盟。挂瓢君已輕三事，執醬人方祝五更。戀網鳳麟原易老，避鑽螭蔡自長生。大年應爾何須願，但願年年話太平。

初冬雨中，過蔡子威夜話，時子威請告歸

別深相視白鬢長，經世何妨病後商。門館不須寒雨洗，行藏忍付北風涼。上頭君已辭千騎，牛口吾方換五羊。自笑百年餘強半，窮燈猶問嫁衣裳。

林守一花燭詩

輕寒輕暖稱佳辰，十月夭桃媚小春。裝換木蘭雛將種新人千戶侯家女，炙遺金馬

老文人。仙郎簫斷重騎鳳,公子家傳慣産麟。未省今宵投轄否,賓朋齊䣩醉陳遵。

冬日病起

三冬強半病來頻,净掃閑房謝雜賓。卿法何如用我法,古人豈必勝今人。曾聞作字蒼號鬼,又道焚書客負秦。插架置來開卷未,省他夜哭世儒嗔。

王伯咨過談感賦,時予方料理小齋

二十年餘士枕戈,艱危將相幾時和。中原不使人懷土,天塹還愁豕涉波。極北漕儲河濟渴,江南桑穀水蝗多。朋來握粟相看卜,安樂寧甘付邵窩。

劉爾龍先生相過,賦答,兼送先生入蜀

把臂談深失病魔,一人知己便爲多。草盧豈有神龍卧,窮巷何勞駟馬過。牛下夜長終易旦,囊中錐鈍不思磨。濟川楫在從波湧,相送臨流且放歌。

劉爾龍先生招同王伯咨集豹隱山房夜話,感賦,再送先生入蜀,同次前韵

苦吟豈必爲詩魔,對酒關心時事多。誤我文章英氣短,隨人呼拜壯年過。錯甘爲鐵辭茅點,杵未成針費石磨。蜀道不難非恨別,祇因一顧自悲歌。

臘夜,孫子長、劉爾龍先生、王伯咨年友小集紡授堂,同次前韵,兼爲爾龍送行,時余方築小圃

名場論學道爲魔,海内交游不易多。小圃畦新纔自摘,席門歲晏少相過。同心未患斯文喪,渴肺因敲險韵磨。濁醖清醨沾屢換,談深且慢唱驪歌。

即席再次前韵

顛生惟友可降魔,萬里留行話自多。長者車填寒屋滿,梅花梢比小簷過。

衰年蓬纍追閑夢，下策名山俟不磨。燒燭杯深商出處，感時相視一長歌。

即席再次前韻

尊前蒿目動愁魔，不唱陽關淚也多。粗糲飽堪先輩共，小齋落俟故人過。熱心吞炭終難啞，短髮如針却耐磨。看劍杯殘縱蒯斷，生平彈鋏未曾歌。

即席再送劉爾龍先生入蜀建節西南諸蕃部

蕝燭西窗盡一杯，門前千騎慢相催。聖人敷教華夷外，異域推君將相才。瀘水不毛諸葛渡，吐蕃遁跡令公來。雪中天半峨嵋道，萬里春行好寄梅。

殘歲，過劉爾龍先生、王伯咨年友邸中夜話，同次前韻伯咨，爾龍門士也

惜別相看忍放杯，臘殘兼憶歲華催。門中君有纓冠侶，圯上吾非取履才。三寸燭深天下話，一時事集酒邊來。談長小摘煨爐煮，客自調羹主和梅。

再次前韻柬爾龍先生、伯咨年友，時爾龍將入蜀，伯咨將歸晉江

尚有前宵未盡杯，征帆歸馬且停催。病深友比三年艾，吟苦詩輕七步才。小飲也勝吾獨酌，儉庖不畏客頻來。莫言歲晚芳華歇，纔放墻東一角梅。

臘夜，招林守一、王伯咨小集紡授堂寒話，兼送伯咨南歸，同次前韻

擬拚永夕付長杯，話久偏驚漏易催。經世恥言天有命，救時可謂國無才。歲年風利舟難泊，勳業渠成水未來。聚散一尊搔首罷，共將深語問寒梅。

清漳周今尹挈家榕城，客游失路，讀書賣卜，殊非其好，詩以廣之

射覆東方朔未逢，饑來何用足三冬。卜售握粟非爲市，賦抵千金亦賣傭。

一硯深耕寬百畝,全家代食恰中農。君平罷肆簾垂後,未必輸他祿萬鍾。

殘臘,過神光寺,示雪航諸衲

老生處處放顛狂,佛國來銷歲晏忙。千古揚眉三不朽,百年迴首一無常。郊寒賀折償才怪,鶴瘦龜饑抵命長。鵬鷃爭枝誰是長,茫茫何事較彭殤。

雪夜病中,清漳王穀子書來問予歲事,附寄橘餅,兼徵同籍社刻,遂訂公車之行

席門寒雨凍殘膏,不是袁安臥也高。千里遐心傳好景,一年生事問綈袍。利鷗雪後將辭臂,老虎山中久落毛。豈敢便忘川共濟,病身尚可冒風濤。

贈林際周地仙,時方移居近巷

豕中吹得死灰然,何異將人掖上天。我不向君求富貴,但知行地有神仙。圯橋履墜誰能取,博浪椎雄未可傳。縱是一篇今肯授,相過吾且枕書眠。

辛巳除日述懷,呈吳諤齋師

歲晚行藏問鬢邊,蕭條國士遇徒然。將無笑罵今難免,豈有文章後必傳。中的只須平水箭,揚帆慣使鬥風船。年年作事年年悔,又恐年年悔過年。

除日之二

臘殘蔬長草堂前,自摘霜芽供古仙。禁酒祇償藥裹債,賣文難剩杖頭錢。雖忙猶有詩成卷,未健也強病過年。爆竹不須催歲事,鼻觀人在小梅邊。

之三

深雨殘年未肯晴,蕭然枯坐更愁生。低棋但見過枰易,落子曾無一着贏。末路熊羆頑磨轉,三分魚水小渠成。不知遇主吾何似,伸縮從他信步行。

之四次陳昌箕韻

雪後深深雨養寒,臘殘猶喜病粗安。恬鱗傲睨三層浪,倦步躊躇百尺竿。

遠志不須輕小草，上農也好代卑官。抱關未分身將隱，坐憶君親出處難。

　　　壬　午　元　日時江南連年饑，予年五十有二

開春詩思繭中蠶，佳句驚人老不耽。報母百年行過半，致君何日立兼三。閭閻愁嘆無豐歉，天地蕭條自北南。苦口未曾思蔗噉，却因國步憶迴甘。
　　　　之二次陳昌箕韵

乍聞山鳥賣春聲，可似長門賦馬卿。詩酒未能忘舊社，文章無意主新盟。失鳴終許晨雞補，捷足爭誇磨蟻行。雲起水窮隨路去，何曾斷處不逢生。

　　開正二日，李古夫，王有巢，陳昌箕，林守一、守衡，陳孔藏，
　　　許有个，劉黃修集紡授堂觀梅，時小圖成，次昌箕韵

過臘花如碩果存，開遲留作衆芳尊。更新熟面人添歲，暴富貧家菜有園。對酒偶然歌魏武，買絲不分綉平原。一樽年事迎兼送，未許春風便上門。是年七日立春。

　　　　　其　　二

但憶年年世事更，何殊觴政暫輸贏。時危未覺三公貴，園小猶勝一鍾輕。携酒却如賓作主時有个餉酒，燕毛似合我爲兄。開正獨榻懸初下，那得相過不盡情。

　　　開正三日，過曹能始先生，共話有感

老至方知學未成，竹間問字半陰晴。典刑誰敢輕前輩，齒髮吾難稱後生。事事坐看隨世變，年年空説待時行。五旬添二又三日，慣着輸棋懶計枰。

　　　同費冲玄令君，陳道掌，林守一、守衡集葉文
　　　　忠公東第觀迎春，即席感事。時葉子翼許以梅樹餉我

補天何處覓皇媧，對酒無心戀物華。寸草未償孤子意，春風先到世臣家。顧厨聲氣矜臍麋，李杜文章畫足蛇。獨有瘦寒詩不賤，吟成猶可換梅花。

　　　　　其　　二

縱酒安能豁抱懷，兵荒北地迤江淮。迎來東第新芻狗，認得春郊舊館娃。

逮我少時風景異，比於他處物華佳。履端似合明朝始，爆竹聲聲又滿街。

人日，同陳叔度、陳道掌、王有巢、林守一、
林子野、林孔碩集曹能始先生宅，是日立春晴

尊前尺二腐頭巾，草莽憂天過五旬。春事民窮惟罪歲，佳辰吾老諱稱人。
逢時土塊牛成毀，得氣空花勝舊新。却喜四方雲物霽，豐占不止在南閩。

新正十二日，鄧戒從、聚卿、王武子、陳孔臧、
嚴志吉、黃子皋、林子野、劉黃修集林用始宅上

六日春光杯面浮是年初七日立春，風簾漾碧草如油。呼盧飲戶爭牛耳，橫槊文人擅虎頭。用始曾以諸生會試樞部。鶯不戀枝無意囀時有歌妓先歸，鹿方食野盡情呦。千金一刻明宵事，新月娟娟已上樓。

十三夜，同陳衛公游燈市

入春數日乍陰晴，此夜纔堪入市行。屈指少時過半百，迴頭萬曆至崇禎。
閭閻但見民生蹙，風俗難將節序輕。慢道一隅燈事減，中原何處有燈明。

元宵十五夜，林用始、道甫、陳德成、克亨雨中小集紡授堂，
道甫、德成、克亨，昕兒窗兄也。是日予漉酒

開正多與酒杯親，又過今年半月春。新釀嚴如生面客，深燈燃比熱心人。
愁時閉戶歌銷憤，恃老通家禮率真。爛醉不知元夕好，從他雨浥馬蹄塵。

挽　陳　伯　熙

黃泉塵世任西東，魂氣飄飄作客同。烈火不論叢裏桂，大風故隕雁中鴻。諸弟皆伯熙挈領。芳華未謝餘生槁，心血難枯到死紅。伯熙嘔血死。地下試將才鬼問，古來曾有幾人通。

送陳道掌游東粵，訪王晦季歸善令

山梨村杏漸春深，馬首花迎半綠陰。天下久縣徐孺榻，橐中肯受尉佗金。桄榔庵古文人寓，椰酒瓢香粤女斟。縱是臨邛能引重，他鄉君好愛琴心。

追挽許玉史學憲

浙江歸櫬已逾期，草宿吾方作挽詩。異姓鶺鴒懷死喪，中原麟鳳係安危。平生言在無私慟，天下才難爲世悲。猶喜門留將相種，卜年傾厦尚堪支。

春日，爲同門年友繆叔向節母六十壽

竹柏經春尚憶霜，耐甘橄欖勝於漿。蔗竿從尾啖將半，花甲方苞孳在房。但願百迴過復始，長如今日壽而臧。同年兄弟年同茂，拜母年年共上堂。

壬午，家慈壽日，諸賓朋小集紡授堂賦呈

海棠花共絳桃明，反哺鳥迎出穀鶯。負米長孫堪代父，倉飴小弟欲兼兄。祇應手紡經還授，當我童年學未成。卿相立談非母意，此生何以謝艱貞。

其二

千年桃實始華辰，雪後天迴小半春。匹婦也能通五位，孤嫠或謂比三仁。吳謔齋師爲母傳云然。柏爲酒熟心猶苦，薑有芽生性亦辛。膝下一經身未致，荻堦還説古貞臣。

其三

析薪父去課兒樵，樵路偏多獨木橋。割絹母容寬我老，牽衣孫便信他驕。茹非茶苦舌嫌淡，栽得桐孤尾耐焦。慢道階庭春事未，纔過十日是花朝。母二月初七日誕辰。

書懷寄劉湛陸座師

大厦方須衆木支，白頭之武欲何爲。或於坦下堪承履，便處囊中不當錐。

識路蹄衰徒視日，報恩身在已過時。牢騷一掬親師淚，顧影燈前獨自垂。

病起答薛汝儀仍次前韻

雙頰閑將麈柄支，倦農何事怨天爲。言詩壇小環三户，食硯田寬立一錐。善病費醫欺藥力，枯禪耐坐賤花時。名山俟久人誰見，贏得蕭疏短髮垂。

書懷寄方慕庵座師

君父頻年見虜遺，老生坐視世安危。支公縱後鶴猶寒，造父鞭加馬已衰。尚有病中身未死，敢云天下事難爲。佽佽自起聞雞舞，欲報親師不恨遲。

挽余玄同先生希之、廣之尊人

爲官爲士五男兒，白首箪瓢向古稀。天下憂違龜曳尾，人間閑夢虎留皮。傳家簏有不貪寶，難世囊無漫興詩。公有集，多憂時之咏。涕隕望門空想像，老兵難當典刑垂。

病中夜坐

養生穢總愧孫登，趺坐無聊學定僧。文字業多痰似墨，牢騷氣上肺如甑。藥錢豈爲貧能減，詩卷偏當病後增。鼠橫婢頑缸又渴，夜長頻喚剔殘燈。

放言效白題空相院

蘧然觀我曉鐘空，依舊紅塵日上東。到口隨他葱韭薤，迴頭朽盡德言功。有時自冷鼻端火，何故又生耳後風。快馬揚鞭燈市鬧，撥忙試認主人翁。

初夏新晴，病起，同周疇五、鄧戒從、董隆吉、林繕之、郭仲倩集孫子長先生光禄吟臺先生屋後山也

不覺離群過一春，枇杷堪摘亦佳辰。衰年難忍談豪縱，長者能容我率真。

積雨天如善病客,乍晴月似暫輕身。相看共有彈冠意,未許吟臺屬老臣。

送張時乘游膠東海上

閱盡交游兩弟兄,出門萬里若為情。英雄氣短田橫島,草莽心長樂毅城。東海有漁需罷釣,宮中卜獵幾時行。莫須君與熊俱奮,天下于今已漸清。

五月二日雨中,同孫子長、曹能始先生、徐興公、陳克雨、周祥侯、陳昌箕集鄭汝交雙橋草閣觀競渡,遲胡茂生女史不至,次能始先生韵

河干簫鼓破蕭條,客座籃輿亦趁潮。深雨一樓將五日,美人無信寄雙橋。衣輕杯緩還思褐,鬥倦舟迴不羨標。懷古慢追澤畔怨,揭竿兵起已全消。

其二次鄭汝交韵

杯底霜鬚又幾條,碧筒痛飲酒如潮。蛟方得雨騰為浪,龍比登門鬥上橋。國手不爭時落子,好音引和試吹簫。誰能以此同舟意,共濟風波立本朝。

壬午五日之一

三年求艾事荒蕪,采采園中戶貼符。減飯米分為角黍,停醫藥換酌菖蒲。濟川舟楫何須競,抱石騷魂不願蘇。爛醉懶將絲續命,長生從古幾人乎。

其二

老大其如節序何,愁時畏聽采蓮歌。招魂恨事訛崇飲,因鬼鄉風准大儺。倉米價平猶二瓻,官錢徵暴倍重科。艱難且當酺貧戶,五日舟人醉飽多。

五日,林守衡招同葉子翼、君家守一集晤庵觀競渡,時苦雨驟寒,予未登樓

風雨漫天湧作濤,披裘五月坐江皋。蛟龍鬥引黿蛙怒,旗鼓閑爭里社豪。且學兒童簪艾虎,讓他名士讀《離騷》。一尊醉醒甘同俗,畏上危樓百尺高。

恭讀壬午肆赦詔書紀事

新絲新穀賣輸公，十室何曾但九空。米貴不論豐儉歲，人災日長覡巫風。江南水旱連淮左，極北干戈抵粵東。猶喜至尊能罪己，一時寬政萬方同。

小園書事

瓠棚引蔓抵山林，挾策墻東就綠陰。僕懶三餐惟捧腹，蔬長一寸未抽心。小人爲圃原初學，大略看書不當淫。莫道老生無韵事，幼桐也種待張琴。

夏至日，招蔡子威、周尊可、張道羽、周亮如小集紡授堂。時子威請告歸，亮如自同安來，將往南都省試，兼以近業相示，即席送行

數聲委巷送梅鶯，暫假琴軒半日晴。友既乞歸吾未宦，主方叙闊客將行。廟廊却爲儒生誤，帖括何須仔細評。分手一尊增感慨，英雄多少起陪京。

亮如以溪漲不得行，再送之時肆赦詔下

奉天明詔下朝廷，多難寬租亦簡刑。聖祖有靈眷舊内，時賢無淚灑新亭。論文我續《憎蠅賦》，取士誰知《相鶴經》。可是神螭移墊去，一溪霉漲等滄溟。

夏日，同徐興公，吳門陸視俯、周祥侯，吳興錢雲卿，天台胡茂生女史集鄭汝交補山，視俯度曲，祥侯吹簫和之，時視俯已買舟歸，予偶赴汝交之招，非宿訂也，即席爲視俯送行

雨餘衆木氣清匀，入座重陰勝飲醇。雅集也須不速客，新知便是欲行人。吳門相國吹簫慣，江左英雄顧曲頻。縱使丈夫無淚灑，可堪惜別怨蛾顰。

方審編雜賦，追呼紛然，間有明詔肆赦者，官不赦也

受刴無肉鶴梳翎，生齒繁如棲樹萍。人滿不妨夫漏布，政寬正爲國添丁。

莫嫌吾土官多墨,猶勝他鄉野少青。且了追徵休問赦,何曾徵爲赦書停。

過神光寺午齋,觀諸衲禮水懺

老生懺悔説凌烟,慚愧山僧共問年。但使不衫兼不履,未能成佛也成仙。門槌拍板閑隨喜,白飯香蔬飽放顚。安得野狐堪竪拂,呼來游戲與參禪。

其 二 佛説袁盎後身,晁錯化爲人面瘡報之,故作水懺解冤

生瘡自齕説冤親,家令袁絲本一身。綺語驅蠅長尾拂,空拳搏虎大頭巾。英雄善飯難遮老,塵土炊羹錯認真。也曉高僧堪問渡,虛舟原不羨知津。

其 三

閑身乞食叩山門,短髮如針未分髠。衲子西江容易吸,書生雲夢也能吞。從來隻有一居士,天下原無兩世尊。我試佛前稱揖客,且銷伏日到黄昏。

其 四

衰年孰與駐華顚,試結山僧蔬茗緣。除却維摩誰善病,惜乎老子不譚禪。未甘自了須留髮,無可奈何始學仙。婚嫁向平真小事,那能便捨祖生鞭。

吴興錢雲卿偶過紡授堂小飲,因憶潘昭度先師,兼訊吾友潘宗玉、韓茂貽、君家悟卿,時吴、浙大饑

吾友多在苕水濱,定交安得謂知新。莫輕潦草數杯酒,且拭英雄滿面塵。嚼齒共談天下事,迴頭難起九原人。江東米價還須問,陋巷寧甘越視秦。

憶亡友袁亦人 亦人無子,初婚一月,徑來三山不歸,死於寓齋

當門蘭種不留叢,一月鸞雙鏡遂空。易死死兼非死所,有生生與未生同。即教命短未償癖,若論才奇倍值窮。欲覓伊人何處是,青蒿尺許小堆中。

送錢雲卿還浙應試

暑深轉眼大風涼,鵰鶚毛豐飛去忙。天下豈能將手援,隆中也要趁槐黄。

一人知己郵亭話，萬樹荔枝馬首香。未免有情誰遣此，且留小立却無妨。

閩曹公鉉令君誕日，時方審編詩以紀之，非從衆爲壽也

野夫從未識稱觥，但喜於今賦役平。官府何曾生一事，國家原自足三征。能於惟正蠲無藝，若肯求多盡有名。宰相十年真不換，其如沙築趣人行。

同年張子㕦移居光禄坊，予居後巷同里社也

卜居我愛巷無囂，不及前坊門第高。天下宰來新割肉，社中人是舊同袍。橫經學貫周《三傳》子㕦治《春秋》，取履家傳漢《六韜》。疑義肯爲余細析，老生未敢負粗豪。

病起漫興

多病身如鳥在籠，垂頭養翅欲橫空。未成經世猶防死，若更嗟卑豈但窮。貧有化僧譽平聲既富，賤惟日者許將通。莫言五十封侯晚，也勝蟠然載渭熊。

其二仍次前韻

維摩陽羨共鵝籠，個是文殊室未空。好句開門山自見，殘書掩卷水將窮。揣摩何苦錐三寸，漫滅原無刺一通。稿項低垂猶強在，却慚兒女解當熊。

其三仍次前韻

絡馬金殘草索籠，尬隉誰信冀群空。本無詩酒銷歸病，豈有才名值得窮。豎子揶揄狂阮籍，門生翊戴纂王通。讀書吾老成何事，七十高堂尚和熊。

其四仍次前韻

一掌書齋兩樹籠，當南少許綠窗空。懶憑仙釋支吾病，尚有譏彈點綴窮。容草自生隨徑窄，與蛙同樂放渠通。從來肯食無魚飯，豈爲難兼欲取熊。

張伯羹過我譚

不須太息事訛淆，帖括勳名總卜筊。文體變來如左袵，霸壇誰起問包茅。

231

讀書眼老方無障,求友聲勤更寡交。除是素心欣賞共,蓬門未許一人敲。

新秋夜坐,知己歷歷意中,憶吾林若梁先師也,壬午七月四日

九原何日瞑雙瞳,國士于今鬢已蓬。二十五年甘苦共,一升合米有無通。終身祇説徒猶子,到死尚云道未窮。寂寞門中誰將相,凄凄草宿又西風。

聞亡友清流曾玉立之訃,玉立未死,嘗有書切責我也,我負玉立,我終不敢負玉立。嗚呼哀哉!哀哉

據鞍意氣尚橫稍,懷抱蕭條水上泡。握手久要車笠共,蓋棺大罵死生交。少年錯料圖王霸,白首相看尚草茅。麟閣何時吾畫得,平生言在未曾抛。

壬午七夕,張雲將、陳昌箕偶過紡授堂小飲,時雲將來省試,同用十二侵

疏竹新栽亦有陰,偶然小集省招尋。神仙無巧迴蒼鬢,窮鬼多情伴苦吟。媒口鵲勞停夜半,將拳鷹鷙待秋深。莫嫌瓜果貧庖儉,薄酒賒來却耐斟。

雲將、昌箕頗有酒意,鄒瑞鱗以《七夕詩》來招之,不至,再次其韵五日後方立秋

不死情多總白頭,問天何處可埋憂。誰云仙去長生樂,輸與人間此夜愁。小飲偏能摧大户,未秋先畏上高樓。乾坤欲挽銀河洗,戰血中邊滿地流。

七月九日,同李得晉、許天玉、郭仲情集林用始南園,即席贈春卿美人

一泓清壑草堂前,留待月來罷種蓮。七夕成歡纔兩日,雙星悵望又明年。何如小扇聲聲曲,莫放深杯夜夜筵。慢道神仙學不得,人間原不羨生天。

其二

山間月隱已三更,高燭燒深分外明。餘子清狂終瑣瑣,伊人邂逅便卿卿。

英雄髮短心難死,兒女情多目易成。檀板休敲哀怨曲,當杯吾畏聽商聲。

鬱爾揆過譚走筆爲贈

中原多難憶長城,失路人逢老病生。每與君言何礧礧,豈無他士但平平。救時誰可方前代,過曆還須遜我明。莫有英雄猶袖手,急棋今好出收枰。

題鐵佛殿

烈火坑中湧白蓮,屠刀銷現雪山禪。早知頑鐵能成佛,錯點黃金僅得仙。浪說脫胎良冶手,未須依樣熾爐邊。伊誰立地凡身換,丈六如來在目前。

秋　興

西風故向鬢邊吹,隱凡眠醒有所思。遇主以交猶卜祝,逢時無術讓巫醫。乾坤誰起七年病,帖括寧關八代衰。梁甫不吟慵抱膝,清秋閑看燕差池。

哭董叔允

海天大鳥懶飛鳴,管領多才四弟兄。墜地抵應樂到死,蓋棺永矢醉無生。飲醇御女嘲孤憤,獨醒吟騷笑不情。暝去似君真快事,一禪汗虱覷公卿。

陳皇生餉我楓亭荔枝二十枚,柬謝,兼答其索書來信

金莖渴想已秋過,豈有楓亭一騎馱。細葆荷來三百里,美人詒我十雙多。五言絕句香酬字,小扇長箋蚓換鵝。忽憶千年妃子笑,情痴吾老奈情何。

莆陳皇生、周懋皇招同張雲將、李元仲、蔡伯引西湖秋泛,主客相枕藉,醉矣湖心爲水晶宮,閩越王離宮也,古有複道

千年複道草茫茫,四望兼葭色未蒼。只有天容吾睥睨,更無人在水中央。安知竹帛非兒戲,誰使英雄老醉鄉。筵席古今無不散,書生苦憶昔閩王。

陳道掌、張雲將、李元仲、張道羽壬午
省試，前此皆七戰矣，詩以壯之時天下賢書皆廣額

傅築寧甘負帝心，宮中夢渴廣搜尋。二匡昔日曾三北，七縱今朝決一擒。
豐沛終驅秦氏鹿，丘陵羞獲嬖奚禽。登壇莫道幽燕老，較我霜華鬢未深。

秋　　夜

露下霜微擁薄衾，披幃明月故相尋。麒麟閣上少年夢，蟋蟀聲中永夜心。
經世自揮消髀淚，交情偶憶白頭吟。聞雞不覺成三嘆，遂使神州半陸沉。

林正白刻印見詒賦贈

直爭蒼頡鳥書奇，不數先秦篆李斯。似我但能鑽故紙，如君纔許弄毛錐。
磨崖須紀燕然石，畫指應鐫大禹碑。何事牛刀將細割，雕蟲點綴瘦寒詩。

古愚和尚自建溪來訪賦贈

剃髮人貪頭責輕，脊梁獨竪頂天行。澄潭有月空嫌滓，漲海無齊大不成。
上座野狐提傀儡，處禪汗虱笑公卿。煌煌怪爾雙巖電，何故來看老病生。

壬午秋試後，同陳道掌、李元仲、楊玉辰、陳皇生、
崔五竺、黎人能集林守一晤庵觀闈牘，次徐燕嘉扇頭韻

名場吾老任浮沉，帖括慵將論遠心。三酌易醺杯忌卯，一壺能渡涉無深。
指麾犢快欺神駿，屬和人多是好音。豪氣不須矜百尺，有時寸木壓樓岑。

次其二韻

文章豈必古爲徒，且啜糟醨與世俱。斤斧閉門雙軌合，酸鹹可口五方殊。
屠沽聚處觀場哄，山水窮時信杖孤。紙上誰能搔著癢，鏗然十爪憶麻姑。

次朱東海言詩來韻答之

彼婦妝成便鬥姿,彼哉賦就便稱詩。唐音選體今三窟,歷下荊州各一時。白傅不恭渾俗惠,寒郊傷隘聖清夷。聽來滿耳秋蟲唧,慚愧從前錯問奇。

壬午九月初度,施漁仲自福唐至,脫粟飯談竟日,兼訂《明朝小集》時漁仲初失一眼

怪得勞人雪滿顛,別深見爾亦幡然。却因知我憶生我,共說今年老去年。白眼難青猶剩隻,黃花肯好不爭先。相過尚有明朝約,粗糲何曾費酒錢。

壬午初冬,爲林羽伯乃堂壽,羽伯少予二歲,亦五十矣

小春春酒壓霜清,十月桃花屋角明。拜母共餐粗糲飯,與君同是老書生。觴行上壽先猶子,齒長無多敢比兄。鼎養又須三載後,硯田未涸且深耕。

張時乘客死姑蘇,詩以哭之。時乘族人嘗懸數千金之產,時乘貧至骨,於理亦可以爭而有,時乘目不瞬也。雖君在閨門,我亦謂傷於谿刻,然時乘之清可風矣。時乘家人則但訾時乘之刻,而諱言其清也。嗚呼哀哉壬午初冬

姑蘇城外哭昏鴉,繫柳舟爲載鬼車。送爾出門猶大罵,似君死所樂無家。西山性隘何曾薄,和靖人清却甚華。埋骨好尋寒瘦島,四圍吾欲種梅花。

爲吾社福唐施漁仲隱君五十壽

一笠軒軒老布衣,福廬峰掛壽星輝。衰年不羨周公夢,半世原無伯玉非。芝瞱商山終小草,鷹揚東海總畢飛。風塵似爾迴頭早,慚愧吾生未息機。

送吳諤齋師入覲

近來帝簡盡清流,遠夢猶思傅作舟。天子萬年齊擂笏,聖人四目自垂旒。朕咨爾牧方多難,臣曰勞民可小休。尚得衮衣南顧否,海邦桑土賴先憂。

紡授堂二集卷之七

詩部排律　丁丑年起

門士董德溫從其民部兄於燕書事寄之

相去未云久,懷人歲易過。帝京君已見,天下事如何。瘠國知醫苦,病坊試藥多。倘聞商足食,爲語緩催科。故土甘煩賦,民生省荷戈。稍驚鄰舉燧時江右有警,猶勝海揚波。我種新居竹,尚餘舊逕莎。貧能勝小飲,病不廢狂歌。牛鬥如聞蟻,鴉塗亦換鵝。苔毛柔耐屐,櫻髮老堪簑。句問樂天婢,談尋春夢婆。坐眠床在几,簪潦榭疑槎。善戰茗無敵,寧輸弈肯和。鄰嬰喧比劇,俗客逐如儺。閱世今非昔,觀書我是他。時文限字窘,鄉語壓詩訛。犬馬身多疾,夔龍鬢已皤。故人交半合,門士好相阿。鶪笑誹爲譽,蠅聲頌抵訶。隱鱗隨蛤蟆,矜尾哂鵰拖。屠狗刀從缺,斬胡劍廢磨。髀消忘感慨,鏡醜畏摩挲。短步終憐鶴,霜眉不妒蛾。匆匆聊草草,咄咄等呵呵。爾壯蹄思北,吾衰羽戀窠。莫言歸馬疾,客路易蹉跎。

送門士董德溫游楚,時德溫受予戒,
不携酒器出門,故詩中及之

楚游雄快處,先在九江湄。試訪柴桑里,爲吟止酒詩。桃源避地穩,彭蠡蹴天奇。出作川舟楫,居忘漢歲時。行藏吾與爾,分手意中疑。

許有个潑墨見遺,答之

名士寫山水,勞人厭世途。携家能至否,有地可耕無。暑即跣雙屐,寒惟

須一爐。當門江幾曲,抱屋桂千株。菊賤收爲枕,芝繁飯當菰。童崖方長髮,老柏却無鬚。族聚筠生子,群分木作奴。不妨居少伴,豈可釣無徒。近社聯彭蠡,南鄰接具區。試於船繫處,爲置草亭孤。

紡授堂二集卷之八

詩部五言絶句　丁丑年起

題青林堂

日月衆木上，空庭無白處。剩貯一堂青，分與西鄰去。

其　二

有時林未青，梅發月正滿。開室四邊霜，人寐白玉碗。

其　三

沸雪青一壺，竹葉青滿盞。搔首立青林，獨自開青眼。

其　四

下有青林堂，上有天逸閣。一門人著書，立言意自各。

其　五　堂有齩狗

惡犬勝善闇，俗面不得入。田舍客在門，虎豹當關立。

病中有醫友過我，憶韓伯休賣藥事，口占用競病韵，遂至十首

世上有神仙，豈與兒女競。入市不賣藥，人間自無病。

其　二

我觀世間人，錐刀利必競。何曾施一人，但云聖猶病。

其　三

今之醫國者，朋分水火競。可惜主人翁，請醫來添病。

其　四

萬藥如萬軍，將劣聚必競。焉知藥是藥，焉知藥是病。

其　　五

我病有大力，能與藥力競。敢道不善醫，是我不善病。

其　　六

主憂臣忍辱，主辱臣不競。草莽中夜心，甘死不甘病。

其　　七

文章雖小道，力與天地競。能使吾不死，難使吾不病。

其　　八

雞肋安尊拳，怡然又何競。何物不能容，乃不容一病。

其　　九

夷狄患難中，自得惟不競。何事不能堪，乃不堪一病。

其　　十

憂患能生人，忍性在無競。敵國外患然，不死却因病。

題陳訐伯樓齋

上樓看好山，下樓見好友。添錢置好書，添米釀好酒。

憶溪行所見

槳急妨垂釣，鷗閒不避舟。賤他袍笏拜，獨石立中流。

其　　二

魚點偏嘗釣，鷺專失避人。莫思他魴鯉，纔得自由身。

紡授堂二集卷之九

詩部七言絕句　丁丑年起

觀迎春，同林守一口號

閑將雙眼混塵埃，醜女逢時亦上臺。失意有人臺下看，去年曾上哄場來。

其　二

兒郎喪屨女遺釵，俳看人忙人看俳。醉遇踏歌農荷鍤，劉伶尚渴未須埋。

其　三

土牛歲歲迎官妓，官妓年年送土牛。去歲鶯隨官妓老，飛來認得舊搔頭。

其　四

文章應制三年體，土塊迎春半日身。千古茫茫誰不朽，眼前贏得一時新。

其　五

人言司命屬芒神，但與桃符次第新。我有百年他一歲，芒神還是下殤人。

其　六　時予年四十七

分棚鳩鵲共爭春，可似文壇霸業新。四十七頭牛耳換，眼中倦閱主盟人。

其　七

歲君掩耳倦拖犁，白足牛今換黑蹄。土偶能新人似舊，逢時曾比一團泥。

其　八

未完租稅且收棚，敢道年來歲少登。但說勸農官長好，今朝春日肯停徵。

其　九

歲晏追呼胥何怒，除夕纔賣欄下牯。春牛即可借輸官，來日待償無寸土。

其　　十是年閏四月

一年三百六十日,三百五十九日苦。尚恐田家苦未足,新歲更添閏月補。

其　十　一

三百五十九日苦,一歲勞勞一日補。把盞跪唱春前樂,先勸吏胥後官府。

其　十　二

四月桑蠶并插秧,展開一月與分忙。八口又多三十日,添忙何事不添糧。

立春日,口占送周亮如南行

僕馬蕭蕭立板橋,隔年短柳尚無聊。離人此後知多少,又折春來第一條。

程永子、董德温餉我新茗,口占答之

春衫藍褸何處典,款段蹣跚不稱妝。杖掛茗壺雙屐緩,看人湖上共鶯忙。

董叔理宦歸,數自海上入城,後輒携吳姬來往,陳振狂戲咏其事,走筆次韵

每出便停十日舟,鏡中日日見離憂。無端一月三迴往,還說歸來異遠游。

其　　二

也耐城居也耐村,莫將舩繫石橋門。潮來不似吳江水,齧盡青青古柳根。

其　　三

兩岸梅黃雨脚長,半帆斜倚麥風張。舩頭一樣江門水,添得雙鴛浴便香。

其　　四

帶得蘇州古錦來,平瀾目送未曾裁。清江百里迎雙槳,一對蜻蜓劃不開。

程鳳山為我針灸,口占謝之

汗褌倦虱雨淫淫,天地甑籠一氣蒸。世路行來多諱疾,逢人慢下頂門針。

其　　二

不慣攢眉耐火攻,無聊却在笑談中。燒身看得傍人快,但說皮頑艾未紅。

和董叔理放雞詩有序

林嘉善元甫過董宿州叔理寓齋,奴將殺一雞供客,元甫止而留之。兩人對酌,雞獨婆娑樹下。少頃,忽飛几上,投元甫懷中,撫摩良久放去。次日,叔理持向放生會,換趙十五畫雞,四詩紀之,予次其韻。嗚呼!老病苦死,何殊湯火之臨身;員種韓彭,總是庖廚之變相。居士筆端佛事,宰官箸下道場。但期放彼叢林,莫遇髡頭之猫狗;更願風諸有位,稍寬屠伯之湯刀。則斯一羽之餘生,不啻無遮之大會焉爾。崇禎丁丑又四月。

死生大事石懸絲,箸下偷生總不知。過得湯刀終也死,未須拊翼賀歸墟。

其二再次前韻

刀頭覓命隔絲絲,湯火餘生也自知。更願叫囂無悍吏,放他孫子長村墟。

其三趙十五勸人戒殺,每畫雞鴨換生者,放之叢林

免得披毛伴鴨兒,度他湯火太慈悲。香林種出鑽籬菜,多謝齋僧老畫師。

其四再次前韻

筆底招迴廣額兒,畫牢木吏可勝悲。畫人換得階前命,敢惜丹青獻士師。

其　五

似信詩書也似疑,何曾讀過便行之。忽看五母饞涎渴,便説鄒與共魯尼。

其六再次前韻

生天成佛爾何疑,净土籠開任所之。不許連雞雙比翼,伏雌今是比丘尼。

其　七

以彼堇荼作我飴,冶長酸鼻鳥音危。分明明府懷中訴,無字能言有口詞。

其八再次前韻

生淪畜道死如飴,燖火銜刀未是危。兩個宰官親執筆,譯他迴向往生詞。

口占贈鄧瑞生醫隱

有藥輕身懶上天,韓康避世未翛然。詩書讀盡能抛却,不跳壺中也是仙。

口占送林澹若試樞部

七尺弓刀三寸錐，縱橫萬里與身隨。送君便欲投竿去，不覺溪鰷嚙釣絲。

丁丑新秋，爲慵和尚五十五壽，時公有溪行

此歲慵公五十五，尋秋一笠意軒軒。爲儒已老僧還少，髮未刪時不筭年。

其　　二

即君經世未還山，亦在衰年致政間。何似老僧閑退院，髭鬚耐白鬢邊頑。

四弟來問阿暘、阿昕何似

窮賤相看四十外，文章自信數奇中。折肱我慣難爲弟，小竈兒雄易跨翁。

寄　十　弟

吾弟蕭然樸有餘，阿昕共爾食無魚。菜根未許人知味，剩得贏錢好買書。

示　暘　侄

　老者安能教後生，如瓶守口學徐行。怡怡莫道昕於汝，爾父門中即弟兄。
昕，小兒名。

戒昕兒作詩

聞道昕兒愛作詩，喃喃黃口亦傷時，竹鷄出卵便饒舌，直恐山深弋不知。

新秋雨中，送裴可燚還清流

蒹葭叢裏一衰翁，扶病留行苦雨中。捻是秋江看不得，夫容雖好未須紅。

其　　二

今宵何處是郵亭，亭畔長條柳變青。可惜一篷江上雨，剪燈但共唾壺聽。

其　　三

雙龍津上九龍灘,估客臨流膽自寒。未信神螭馴不得,送君聊寄一綸竿。

走筆贈程鳧山醫隱

但願世間無病痛,也須市上有神仙。點茅買醉還供客,不必囊中藥賣錢。

題　　畫

避地松孤當壁立,鬥波鷗倦過橋還。舟中渴叟夢沽酒,馬上閑人忙看山。

口占示日者

談天說地斷陰陽,甜似飴餳辣似薑。梅在前山涎滿口,何曾一顆得先嘗。

其　　二

我聞惟佛無壽命,此外何人不聽天。君不敢言卑則相,可能罷相便升仙。

燈夕,集李古夫宅,即席限韻,贈蘇若美人之二

吳歌閩謔北兼南,賭醉猜拳只道三。未省有人心暗祝,待君輪後拾遺簪。

其三仍次前韻

北曲繁弦緩拍南,歌闌聽漏已敲三。一從錯被多情誤,罷唱《西廂》與《玉簪》。

其四仍次前韻

唱到明妃度漠南,怨蛾哀囀態兼三。燈前畫壁留香影,劃損摻摻古玉簪。

漫　　興是年予四十八

與花俱醉柳俱顛,鄧禹封侯兩倍年。面在鏡中相指笑,似君也想畫凌烟。

詠鳳仙花,柬吾友黃聖謨有序

吾門徑蕭然,亂種鳳仙花數百本,內人染十指如椎,僅能舉白執爨,尚不

堪爲病身搔背,殊爲不稱此花耳。爲詩四章,不知把似何人也,或曰試於黃聖謨畫中求之。戊寅初夏。

一雙新藕閣琵琶,亂點水弦十爪霞。直恐侍兒齊染指,嗔即偷與搗殘花。

其　　二白鳳仙

薄衣袖手揚荷風,透出珊瑚續碧葱。顏色上儂身便好,白花能得指尖紅。

漫　　興

投竿謝漂千金少,變徵辭丹兩句長。貴價買心頭價賤,但須一死易相償。

鐵佛殿口占

古佛由來皆鐵漢,凡夫但説是金身。誤他想出千般相,白地當前一個人。

漫　　興

少賣文章消詿語,多來笑罵折虛名。丈夫萬卷成何事,僅得贏他坐百城。

其　　二

酒盞拓開塵世窄,名場消盡鬢毛青。羞人老大存知己,誤我窮愁偶識丁。

陳昌箕自清漳歸,載七十二家餉我,口占答之。憶吾明宗子相常謂:吾作一文,即生一子。昔人又云:子弟亦何與人事,而必求其佳。以此例之,則夫文章一道而矜慎爲千古之事,較之戚戚於子孫之賢愚者,意興固不能同,然自達人視之,其爲惑溺乃不甚相遠耳。戊寅仲夏

七十二家安在哉,春鶯弄舌趁花開。千年髡盡山中穎,剩得劉伶一酒杯。

口占題方司李壯猶篇

出身便擬勒燕然,可惜雄才不在邊。尚有書生過四十,白頭閑讀壯猶篇。

題小像《換鵝圖》

換得霜翎費紙多,臨池潑墨墨成波。抱來莫放池中去,直恐歸籠是黑鵝。

其　　二

錯被籠鵝道士欺,蠅頭小楷苦臨池。醉來散髮濡狂草,欲換仙人白鳳騎。

夜　　坐

名山難換千金帚,四海誰登百尺樓。笑問心長高燭揚,不須深淚向人流。

漫　　興

詩不負窮惟杜甫,爐堪醉我獨臨邛。安能舌棘同鸚鵡,酒字期期賣吃雄。

燈下同張道羽過里中,唐君葵送行

蕭然陋巷往來親,何事車驅嶺外塵。猶喜送君無熱客,一燈深話兩三人。

其二仍次前韵時予將徙宅

過從偏覺夜來親,畏見明朝去馬塵。我便移居君作客,送行也似欲行人。

漫　　興

尊前自唱《石壕吏》,杖去閑尋春夢婆。但許妓嗔狂杜老,不教人識醉東坡。

溪行口占

微微隔岸梅相笑,齒齒涉波石共言。萬壑暝深雙鷺現,千峰童盡獨松尊。

仙霞道中

十日梅花送笋輿,溪山坐看准閑居。雪中正渴襄陽句,肩澀兜行寒似驢。

過仙霞關次題壁韵

汗漫行游准入山，逢人懶授五千繁。不教紫氣連天燭，穩跨青牛自出關。

庚辰北上，雪中過仙霞關，再次前韵

雪深數尺度千山，永折眉鬚凍雨繁。豈有勞勞天下去，抵將田宅事相關。

再次前韵

寒鳥歸巢獸戀山，輪蹄雪跡往來繁。一時楚漢爭先起，爲問誰人早入關。

再次前韵

仙霞玉立障群山，耐壓青青竹雪繁。可惜南天撐一柱，大家看作利名關。

庚辰北歸，九牧旅店再次前韵

萬里空行返故山，歸與好謝應酬繁。草廬豈有神龍卧，兩扇柴門自在關。

望江郎山，似數三指，示予以意中某某答之，兼寄吾友李世熊也

盲左騷原共腐遷，名山屈指孰爭先。眼中莫有後來者，天地應伸一指添。

過釣臺

千載綸竿尚未收，忙人懷望又登舟。一絲間釣巨鰲足，苦欲撐天不上鈎。

其二

入山人少出山來，過客爭灘去又迴。祠下題詩懷古者，意中誰不想雲臺。

臘月二十夜，富春舟中口占

臘殘風雨夜瀟瀟，短燭孤舟共寂寥。僮僕只如年過了，問予何處看元宵。

己卯元日口占

豈有開正不作詩，三杯到口免攢眉。直愁髀肉消將盡，暫借兒童竹馬騎。

雪中潘宗玉同王無擇游戴山，予病肺不能從，口占寄訊，殊恨戴安道不見我耳

訪戴山中安在哉，輕刁二客雪朝來。爲言剡楫非知己，豈有懷人不見面。

己卯客中，三月晦日，吾鄉林季真學博過天逸閣送春

登樓目送緒多端，好友他鄉共倚欄。總是子規聽不得，不分爲客與爲官。

其　　二
經過四十九迴春，再送春時已五旬。是我送春春送我，百年剛剩半邊身。

其　　三
柳絮無情不戀衣，隨他燕嘴上樓飛。春風亦似倦游客，乘興而來興盡歸。

其　　四
他鄉春色惱人多，猶自愁吟惜別他。若在故園春媚我，不知相送恨如何。

其　　五
鶯當歌滿自然歇，花自開初會見稀。豈有春來能不去，愁人空學子規啼。

其　　六
啼鵑何苦太殷勤，爛漫鶯花易厭人。九十韶光看已舊，且須歸去換新春。

其　　七
迴首閩南歌未哀，東吳極目倍傷懷。不知江北春誰送，鼙鼓聲中自去來。

雨中再送春

鸝姥當窗坐不飛，留春深鎖竹間扉。猶能少住須晴否，何苦瀟瀟冒雨歸。

其　　二
錯聽黃鸝巧作媒，賺開柳眼待春來。腰支勝雨猶堪舞，悔嫁東風去不迴。

卷之九　詩部七言絕句　丁丑年起

題梅朗三小像

一丘坐卧可能安,外侮中訌時事難。何不便將袍笏畫,好教傳與四夷看。

客中同李元仲集阮上扶宅觀劇,演《投筆記》,即席口占

額無虎骨氣難除,直恐能飛頷不如。莫道封侯吾已老,白頭何處去傭書。

其二

女出班門士不如,文章耻席父兄餘。丈夫無食寧傭手,未肯低頭續《漢書》。

沈元會公紱招飲觀劇,演《金印記》

肘邊六國印纍纍,倨嫂蛇行悔已遲。從此不愁代屓輦,黃金糜盡少人炊。

其二

齊廷車裂博金多,從長威尊奈死何。直恐嫂兄終笑爾,揣摩成亦不如他。

其三

函關兵出畏從人,不似張儀詆四鄰。三戶怨深誇舌在,誰知欺楚是亡秦。

其四

范叔仇頭出大梁,散金蘇子盜城張。誰云七國能爭帝,只爲書生報復忙。

客中有笑予夏而褐者,口占答之

四月披裘不負薪,客游落拓大江濱。逢人豈敢嗔皮相,白盡鬚眉一病身。

客中高若水餉敬亭山茗,口占答之

誰云薄酒勝茶湯,莽眼緘來小甕香。試煮一甌無火候,也強嚴醖滿壺觴。

其二

敬亭春信附詩筒,名士題封款不同。松子自添泉自汲,竹間自扇一爐紅。

其三

雨窗茶熟客來稀,獨自傾壺伴鳥啼。更酌一杯分謝豹,爲澆口渴勸人歸。

249

其　　四

香嚴茶事過清明，韋孟詩心試共評。欲比寒郊嫌太苦，蘇州清似却平平。

客中同李元仲、吳孟修小集梅朗三天逸閣，食江南鰣魚四月朔，始開網薦新

飛盡楊花落盡梅，薦新四月網初開。莫言一七鰣魚價，九十春光換得來。

其　　二

老母嘗新在海邦，倚閭難下箸雙雙。不知閩海鰣魚美，也趁潮來揚子江。

書《迎春詩》錯記鳩鵲舊句，因其誤足之

鳩鵲分棚角雨晴，鸛嗔乾鵲惱鳩鶯。寄語為霖龍且卧，今朝須讓土牛迎。

集青林堂觀劇，演《曇花記》

倦龍蛻去混黽蛙，將相功成易出家。牛下有人齊未霸，誰甘一褐換袈裟。

其　　二

漢唐留鄴兩人傳，一半英雄一半禪。麟閣難題仙易得，劉安雞犬也升天。

己卯五日雨中，客宣州病起

閉門正好過端陽，風雨瀟瀟肺暫凉。閣下小窗開四面，一床趺坐綠中央。

其　　二　時予年四十九

且將笑口對尊開，齒髮從他節序催。四十九條絲續命，不知更繫幾多迴。

其　　三

出門未擬換輕絺，褐客東吳買葛衣。慈母手中分角黍，一提留待遠人歸。

其　　四

只須一病抵三間，慢說窮愁錯著書。若使屈生移作我，不知憔悴更何如。

其　　五

不怨君王怨子蘭，五絲綫斷汨羅寒。縱能續得懷沙命，難待亡秦戍揭竿。

五月聞杜宇

五月猶啼去後春，雨中聲渴漸如呻。消他一口三更血，不管愁人近五旬。

同林季真、李元仲、梅無猶、徐及申、蔡大美、郭半豹、高若木、梅泰鴻、郭大赤、徐乾若集青林堂，觀齊英伎

閱盡梨園子弟新，紅牙敲過少年春。相逢爭道江湖老，白首能歌剩幾人。

其二

但由鼓板不由身，逐隊登臺便當真。藍面生嗔白面喜，下場原是一般人。

其三

顛倒歡場氣未馴，懷沙御女等沉身。信陵死後英雄少，千古誰能近婦人。

其四

低唱高歌轉又停，葉堂四月意泠泠。子規太苦黃鸝俗，直作山空夜雨聽。

其五

記得當年作意狂，也隨優唱上俳場。即今變徵歌聲憤，三十年前曾繞梁。

其六

讀史有時能涕淚，觀場無客不悲歡。龍門死後傳奇續，直把俳場作史看。

其七

一扇清歌酒數巡，尊前盡道曲無倫。且將檀板輕敲過，天下周郎有幾人。

重過靈巖

記得瀟瀟綠滿園，前山瘦客日敲門。不知齒髮吾何似，竹子生來幾代孫。

其二

入世未能將俗免，脫巾差可與僧混。縱然無恙鬚眉在，禿盡頭顱不待髡。

挽崔母 其夫與子俱能醫

閱世多年倦便休，兒孫縱好亦虛舟。神仙作對神仙母，七尺桐棺當臥游。

北上溪行漫興

一葦輕航試濟川，青袍五十始游燕。憂時且忍長沙涕，帖括文章載滿船。

其二

銹劍磨新亦稱游，危灘一楫擊中流。布袍虱老捫難盡，信手拈來喫幾頭。

其三 時有登賢書者，輸金助買公田，以輯流寇之說

請纓可省金輪漢，獻策須兼粟餉邊。借米偄儒饑未死，且分斗斛買公田。

人日，溪行聞雷

老虎變遲猶戀霧，倦龍卧慣不貪雲。風雷無故先春動，山嘯川吟處處聞。

道中苦雪

山深雪苦氣如烟，膠住眉鬚似勁弦。自笑生平無熱面，頷邊六月有冰懸。

東阿道中

四馬朱輪滾滾過，居人說與昔烹阿。直須大地燒爲鑊，猶恐橫行碩鼠多。

其二

三年報政橐無媒，即墨應封且放迴。莫道在旁能積毀，上官先少譽言來。

河間道中遇鄧戒從

相逢不敢嘆勞薪，逐隊罷驢萬里人。四十九年前底事，白頭纔惹帝京塵。

再次前韻

玉作資糧桂作薪，茫茫南去北游人。眼前莫怪無相識，策蹇行來滿面塵。

再次前韻

倦驢潰脊骨如薪，道遠方思買駿人。盡道行遲多穩步，駑蹄偏易起風塵。

庚辰，公車南歸，見燕、齊道中婦女拾薪無數，皆掘草刮樹皮作粥。憶丙辰、丁巳間，晉江大荒疫，異撰傭舌無所之，母與施婦摘薯葉和糠覈食之。時爲姒娌擊秸，姑婦橐橐耦傭，薄暮受其稿爲薪，猶不給爨。母提小筐出，髡萎草以炊。時小女阿攀纔三歲，衣不能蔽髀，母出入則喃喃牽袂行也。今母年七十，施婦自己巳夭歿，阿攀歸於邵抱子矣。庚辰三月十三日

和糠薯葉母曾餐，猶戒兒曹援鋏彈。二十五年前後事，斑衣依舊一儒冠。
其　二
空瓶無粟竈無煤，凍汲蕭條撥死灰。記得晨炊慈母出，一籠薪挈小攀迴。攀，小女名。

放　歸　漫　興

帝京春晚綠纔稠，失意人歸且當游。猶勝江南三月暮，一天紅雨看花愁。
其　二
五味燕子結子肥，蒺藜沙死入閩稀。莫言北地公車罷，且當南人買藥歸。

出都門僅百里，見餓殍三，其一殘於犬。時至尊方禱雨求言，當事者大布齋宮，歸曳綺縠美蔬，公署退食雞豚，大臣、言官未聞有薄斂寬徵之疏也。愴然感賦，不敢云言之者無罪矣。庚辰三月中

路旁犬飽剩雙殍，魄死猶驚悍吏呼。白骨若能官賣得，尚堪輸抵未完租。
其　二
去秋無麥旱過年，日炙人爲野瘠捐。何不且須時雨至，千官大布正祈天。
其　三
綠蕪猶得潤東風，但願民生草芥同。饞犬却能知掩骼，好將人葬腹腸中。

過石門子路宿處也

懷古哀歌此一時,老生戀闕去遲遲。關門莫有人相問,天下于今尚可爲。

> 出都門千餘里,流民相率食草木,榆柳盡剝膚。予謂此千里榆粥,官未有厲禁,斯亦催科者之寬政及於饑人者也。泫然感賦,以俟采風

流亡滿道不曾貧,莫怨征繁悍吏嗔。尚有路傍榆未稅,官留皮待救饑人。

過虞美人墓

蛾眉帳下死英雄,戰敗虞歌掩大風。可笑漢家威海內,生妻曾寄楚軍中。

滋陽道中

黃鳥無聲病柳垂,荒村可是送春時。年年死散田家盡,播穀殷勤欲喚誰。

同董叔會和新嘉驛女子詩有序

萬曆間,有會稽女子宿新嘉驛,虐於妒婦,垂死題三絕句,前有小序。崇禎庚辰,予北行過驛,未之見也。頃聞董叔會云:於逆旅壁間,有李小有和詩,且紀其驛壁留題,爲一達官毀去,恨紅顏薄命,即數行墨跡,亦不容留向人間,別題二絕於後。予謂古來窮凶極惡小人,雖奸如杞、檜,總無他腸,胸中祇是藏一"妒"字,此必士大夫之僅能讀數篇時文,此外不識一丁。謂世間有此知書女子,犯其所忮,遂不覺行妒於不相及之陳死人耳。女妒同床,男妒甚於女。請大書此語於驛壁,以告夫世之蠢陋達官,視此等韵人佳話如眼前釘者。庚辰三月穀雨後。

未有鮮花不作塵,沾泥入幕等分身。惡風惡雨摧殘死,勝與痴人賞一春。

次其二韻

月中似有怨魂游，霜氣淒清歸路悠。君看名花傾國者，由來少在暖枝頭。

次其三韻

秀隱閨中知是誰，飄零偏易動人悲。世間男子亦如是，得意名湮失意垂。

又次楚女畹蘭韻

恨人寫恨恨何存，尋恨人孤驛閉門。恨在留題無字處，深深紅蝕兩三痕。

次其二韻

蜀帝千春魄可憐，眼前兒女恨尤鮮。無聲無血堪啼月，但作花中白杜鵑。

次李小有韻

綠窗紗冷試重烘，古怨留題迹已空。莫是有人慚舌鈌，故嗔慧鳥話金籠。

次其二韻

妬殺蛾眉事已塵，無端男子妬方新。莫怪達官同彼婦，滿朝盡是入宮人。

馬上送春

旱天瘦樹悴如蓑，馬未踏青往又迴。何事愁吟送春去，春風今歲不曾來。

王穀子買膠雀放之

巨魚不入放生池，大鳥寧依弋宿枝。解網更須君細祝，處堂休共燕棲遲。

其二

放雀三公報亦奇，依人懷惠鳥終卑。不知縱鶴凌霄去，戀主何如懊喪時。

其三

既曉銜環未甚痴，將無索命怨膠飴。道人不取亦不放，掌中來去等棲塒。

過淮陰城下楚王信垂釣處也

錯被蕭何議築壇，跨來汗馬未曾乾。草間兔盡將烹狗，纔憶城隅舊釣竿。

其　二

憐人兒女千金飯，不及屠沽辱市中。跨下少年橋上老，一般顛倒漢英雄。

過露筋祠

勁樹何曾避斧斤，成雷朝市吠狺狺。英雄多死聚蚊口，不道裙釵也露筋。

其　二

千年巾幗笑男冠，畏死留屍俟蓋棺。縱是蚋蠅無處入，也供黃蟻一迴餐。

宿湖上曉起望雨口占

湖山烟雨共模糊，蓬首西施心未蘇。總把淡妝濃抹比，可曾想到病時無。

美人張一娘湖舫雨中爲子夜之歌，潘玄季吹簫，宗玉和之，口占

英雄兒女共悲歌，夜雨瀟瀟滴芰荷。試問何人聽最苦，墓中蘇小淚尤多。

再宿湖上雨不止口占

去年湖上未曾游，今歲來游雨不休。似與意中人坐卧，未看他笑看他愁。

三宿湖上別之歸閩

三日留連未免痴，水光如眼四山眉。海人欲載西湖去，端硯旁安一口池。

宿湖上三日歸病發

朝昏恒舞不停歌，自古西湖比薜蘿。三日流連償一病，較如傾國我贏多。

題李穀叟蘆鴈畫

南來北鴈幾時還，暫宿汀沙倦翮間。一夜相呼眠不得，行吟人在葦蘆間。

庚辰北歸，過釣臺口占

不是帝王臣不得，便應名姓上雲臺。閑拋箬笠成何事，又過嚴灘第四迴。

望江郎山

正對江郎三片石，朗吟白傅一篇詩。吟猶未了籃輿轉，不覺山容面面移。

仙霞道中

就耳橫吹滿頷絲，受風一面笋輿欹。蟬聲十里松陰路，共我閑哦白傅詩。

九牧道中

魚群寸寸溯游明，上有篁陰石底平。百里溪聲隨路轉，一肩籃輿似舟行。

柘浦旅次逢呂廣虞口占

相逢拭我滿衣塵，謂我終非貧賤身。君看古來麟閣上，何曾畫有白頭人。

芋原過故宋丞相墓下

丞相生前喝道過，蕭蕭松柰北風何。墓中人得如翁仲，墓上應無翁露歌。

病中偶拈

拈詩無韵亦無題，隱几無聊日易低。強起扶筇行不得，梅花香在小堂西。

病中失貓

獅貓猛士較功多，却鼠刀藏不待磨。一夜忽如亡漢將，拊床病作《大風歌》。

辛巳初度日，次韵答葉子翼

易見三千桃結實，難償五十老無稱。著書誤我名山遠，燒盡窮愁午夜燈。

次其二韵

石出霜輕水自澄,懶雲無意作霖騰。花間斷夢寐孤蝶,轉上安禪坐病鷹。

雨中,同李古夫過林澹若小飲,澹若爲余畫竹,戲題

瀟瀟雨長籜龍鱗,看竹還須問主人。怪底一林青咸半,論文燒笋客來頻。

小圃成,漫興柬張時乘

菜甲種須方外友,梅花開値意中人。輕舟琴侶來千里,薄雪書聲滿四鄰。

其二仍次前韵

灌圃甕輕如抱子,賣文筆渴似求人。半竿竹杖行爲僕,一個蒲團坐有鄰。

漫興示諸衲

竪起脊梁天下事,翻窮筋斗掌心人。白衣宰相仙原假,辟穀君侯隱未真。

其二

竪起脊梁三不朽,倒翻筋斗一如來。現身儘發慈悲願,度世還須將相才。

鄭孟宋餉我橘樹,戲答

飯無酒肉履無珠,縛帚鋤園短後襦。縱有家僮來也去,書堂祗合木爲奴。

其二

隆中衣食在成都,遇主崎嶇易渡瀘。若抵臥龍桑兒百,我家寒橘雨三株。

再送薛孟篤游虔南,虔州有漢高祖墓

沛中人葬楚山陌,懷古英雄疑事效。漢祖不知魂在否,過陵爲唱《大風歌》。

其二 先師潘昭度公曾開府虔州

國士相看其已非,送君知己淚頻揮。虔中是我西州路,幕府何年策叩扉。

其三 王陽明先生開府虔中,行軍所至,即爲書院講學

論道軍中戡亂人,誤將理學號名臣。陽明書院君經過,莫戴儒生尺二巾。

讀 史

四方已是漢山河,天下爭來壯士多。狡兔烹殘亏折盡,故鄉空作《大風歌》。

漫 興

鶴甘籠瘦誰能舞,馬負圖奇不較蹄。玉在石中關我事,輸他十趾向人啼。

讀 史

偶然項羽輸劉季,未必張良勝范增。謝病發疽同一死,何曾辟穀便飛升。

《花燭詩》爲薛汝儀次君朝經作

向平事了任時磨,婦子聽爺攄地歌。好字伏雌勤釀黍,阿翁老伴酒人多。

其 二

孔氏曹家兩樣文,一般《論語》一燈溫。分明上口無難字,故作訛音問卯君。朝經小字。

壬午佛日送春

薔薇露煮馬鮫肥,梅子深黃雨半扉。獨酌一杯剛引睡,無端記得送春歸。

其 二

展限春歸須佛日,倦飛花歇散人天。蝶眠殘樹娥尋夢,鶯定空枝妓入禪。

其 三

何苦傷地紅雨飛,好花開盡自應稀。柴門歲歲春來去,不爲啼鵑便不歸。

其 四

總是東風不肯留,尋僧共慰子規愁。惜他滿口傷春血,何不聲聲念佛休。

小圃漫興

種竹笋稠當芋栗,栽萱花上抵蔬茶。病魔負固攻難下,險韵爭先敵易瑕。

鰣魚上

熟梅深雨浥花飛，四月鰣魚上水肥。買得一頭剛下箸，門前又喚賣薔薇。

宮詞

莫道君王意易偏，宮中粉黛過三千。至尊縱許人當夕，一度恩來也十年。

其二

望幸蛾眉老未休，入宮人比待邊愁。不知誰掛通侯印，十萬征人白盡頭。

五日遣病

無病終無不死人，有生病苦便相因。縱然畜得三年艾，未必身輕更五旬。

過石林，見亡友許玉史學使手勒"松嶺"二字，愴然志感。昔人所謂既痛逝者行自念也

鼾睡已醒大夢後，手書猶勒萬松間。神龍脫去拋鱗爪，省得為霖不得閒。

其二

髫年記得曾游此，園主纔更又兩人。老去迴頭經少壯，算來我也換三身。

種竹之二

未能如律也逃禪，免俗從今坐竹邊。便與此君先約法，容吾淨肉養衰年。

之三

數竿纔種共閒居，不許人看伴讀書。慢道客來休問主，主人先問客何如。

葉子翼餉我斗方雪箋，頗恨其不堪，縱筆戲謝

不分蘇家共米家，顛生未老眼先花。詩成大抹書如畫，一紙剛塗兩個鴉。

其二

雪箋可似黃金屋，閣筆無詩抵阿嬌。我俟寒梅將撲鼻，携來問信水南橋。

其　　三 時多疾疫,有巫風

文章不值一青蚨,到處鳩錢媚老巫。片紙顛書齊長價,看來也似辟瘟符。

問　猫

狸奴似怨食無魚,捕鼠功微更溺書。彈鋏飼君難責我,一竿鱸鱖或分餘。

猫　躄

高騰虎步幾時伸,一室猶堪曳足巡。但使有威能坐鎮,也強躍馬素餐人。

其　二

縱不能行猶勝畫,爲余臥看一堂書。下床遣婢扶携汝,報爾還應出有車。

憶戊辰舊句,足之

直須拔俗三千丈,對此蓮花百尺高。十五年來惟兩句,老生慚愧負詩豪。

題　畫

篷底簑邊掛一壺,鬬風渴叟一舟孤。却緣雨急忘收釣,今夜無魚付酒壚。

書吴念莪司理《名宦册》

誰將鼻孔嗅蘭芬,碩鼠橫行出有群。宦不掛冠歸不死,世間何處可容君。

其　二 吴以掛冠,不及贈親廬墓志哀

一抔草土是庭闈,棒檄爲誰且乞歸。廬墓也非親膝下,不如瞑去永相依。

其　三

三尺荒堆宿草垂,生兒全不合時宜。貧官無援腰難折,宦不榮親欲怨誰。

次施漁仲題畫韵

貰酒前村自挈瓢,出門剛遇雨瀟瀟。迴頭正欲還山去,却被梨花引過橋。

其二　時漁仲棄諸生隱矣

却被梨花引過橋，迴頭空濕緑瀟瀟。山泉雙手沿溪掬，挂後隨身少一瓢。

題黄子目畫

滿目蒼蒼天水同，買蓑聽雨葦蘆中。布帆不掛船如掌，一笠猶堪飽受風。

其二

百里荻花千里湖，滿天風急雨模糊。此中莫有吟騷鬼，一棹蒼茫四望呼。

鄢德都餉我白菊花，肥大如拳，戲題

可是柴桑處士花，偉然玉雪傲霜華。不應但寄寒籬下，宜種白衣宰相家。

題畫

狂雨罡風棹轉頭，小刁倒載一江秋。却因雨歇憶沽酒，記得蘆邊釣未收。

紡授堂二集卷之十

詩　餘

滿　庭　芳

己卯新秋,夜宿浦城客樓,感事,次壁間韵

目送心長,冠衝髮短,倚樓看鏡誰憐。中原烽火,十載楚秦連。故沛山陵岌岌,長江帶水涓涓。直恐南來飛渡易,無籍老憂天。　首負一冠,人將半百,滿懷孤憤空懸。登樓淚洒,豈爲女兒牽。志士聞鷄此夜,胡兒飲馬三邊。欲繫中,行笞未得,難哭漢文前。

前　調

予往吴興哭潘昭度師,便道過宣城,訪余賡之,李元仲亦自閩至歸,與元仲別賡之于署中,季愛軒又別潘宗玉于湖上,仍次前韵,志離合之感也。

竈滅梁童,鏡磨徐孺,逢人未許相憐。數聲樓外,床共一鴻連。有客今宵宿宿,伊人葭水涓涓。迴首苕溪秋潦净,白露未霜天。　露重螢凝,林疏星透,蒼山白月孤懸。眠殘醒半,斷夢澹鐘牽。蟋蟀聲,圍帳外,梧桐影在床邊。記得三人深夜別,季愛小軒前。

長　相　思

題　畫

風蕭蕭,鬢蕭蕭。無米吟詩過雪朝,梅花隔板橋。　好推敲,罷推敲。借得前村米一瓢,寒山何處樵。

前　　調

為某和尚壽

花三千,實三千。何似青青佛足蓮,生香不記年。　龜成仙,鹿成仙,胎卵輪中命也延,神仙不值錢。

如　夢　令

南禪寺吃鍋砂飯,偶題聯句云:"爾也如來,我也如來,試問泥身肉身,誰是如來。今日三頓,明日三頓,且道吃得消得,纔過三頓。"并記之。

止觀何如食觀,心口此時相喚。顆顆十方來,一碗佛前分半。勸飯,勸飯,吃到百年總算。

前　　調

友人齋永覺僧招集于山寺,予謂和尚:不知惜福,妄自尊大,而受人供養,正與豢鵝無異。士大夫以作業之貲,分餘粒於此輩,應緣游戲者等於畜伎,發心布施者亦准分臟,即受其拜應其供可也。若汗血小民,欺其無知,而自謂得法,居之不疑。高坐受參,如木強屍,此即享其一粒之供、一文之施,在彼法中,他生恐當作貌貌之肉,還此宿債耳。作此示永寬。

屠子刀頭彼岸,一咬鐵釘兩段。猛虎入蔬園,到口菜根立斷。齋飯,齋飯,鈍殺鵝群籬畔。

一　剪　梅

中夜無眠,憶亡友趙懋淑、薛元素皆予岳嶜同學之伴也,二君與予皆行三。

少時三友一書堂。趙氏三郎,薛氏三郎。問年上下共排行。伊也三郎,我也三郎。　有時佳夕未聯床。我挽三郎,去覓三郎。街頭拍板鬥俳場。正覓三郎,遇着三郎。

紡授堂文集

目　　録

紡授堂文集卷之一 …………………………………………… 273
　序 …………………………………………………………… 273
　　送屯鹽使者申青門公入賀序代 ………………………… 273
　　送長樂諭劉漢中先生教授廣信序 ……………………… 275
　　壽陳母蔡孺人序 ………………………………………… 276
　　送林守一重游吳越序 …………………………………… 277
　　壽張警宇會叔六十序 …………………………………… 278
　　爲鹽商賀右伯申青門公壽序 …………………………… 279
　　爲福州海防聶公壽序 …………………………………… 281
　　送運副周公歸養序 ……………………………………… 282
　　爲宋母趙孺人六十壽序代 ……………………………… 284
　　爲備兵使者徐雲林公壽序代 …………………………… 285
　　爲某令君配某孺人壽序代郡公祖爲其治下年家 ……… 286
　　爲郡縣壽汀漳備兵使者吳公序 ………………………… 287
　　余中拙先生鄉賢序代 …………………………………… 288
　　爲三司公賀閩督撫都御史蕭公報政序代 ……………… 289
　　爲長樂夏緩公令君母顧太君八十壽序代 ……………… 291
　　諸童生爲沈其旋邑侯壽序代 …………………………… 293
　　叙鄒石梯引經釋義 ……………………………………… 294
　　叙陳雪潭醫約 …………………………………………… 295
　　自叙醫約代 ……………………………………………… 296
　　卓珂月《藥淵》、《蟾臺》二集叙 ……………………… 297

267

叙施造仲將軍詩 · 298
徐叔亨山居次韵詩序 · 299
叙李穀叟律詩 · 302
張友有詩集序 · 303
叙霞嶼述游 · 304
叙庚午程墨質 · 305
序癸酉闈牘抄 · 306
王有巢棗帖序 · 307
序龍虎吟 · 308
叙旅誓二集 · 309
叙王有巢文 · 310
鄭羹先制義序代 · 311
閩邑父張恭錫玉蘭堂稿序 · 312
周亮如制義序 · 313
序劉子卮草 · 314
福安令君章爰發父母制義序 · 315
徐文匠制義序 · 316
自叙四書論世 · 317
叙馬君文 · 318
余玄同先生詩小序 · 319
董叔會詩義小序時長公德受已成進士 · · · · · · · · · · · · · · · · · · 319
黄蓮生制義小序 · 320
陳皇生歷試草小引 · 320
瑞華嚴義生行脚募化《華嚴經》小序 · · · · · · · · · · · · · · · 321

紡授堂文集卷之二 · 322

記 ……………………………………………………………… 322
　過董叔理河上寓齋觀月記 …………………………… 322
　謁李忠定公墓祠記 …………………………………… 323

紡授堂文集卷之三 …………………………………… 324
　誌銘傳行略 …………………………………………… 324
　　貢士薛靜台先生暨配施孺人墓誌銘 ……………… 324
　　謝叔康暨配陳孺人墓誌銘 ………………………… 326
　　張對廷隱君墓誌銘代 ……………………………… 329
　　吳叙庵先生暨配陸恭人合傳 ……………………… 330
　　即凡和尚傳 ………………………………………… 332
　　家母節孝行略 ……………………………………… 333

紡授堂文集卷之四 …………………………………… 336
　策 ……………………………………………………… 336
　　士氣文體乙亥拔貢落卷 …………………………… 336
　　制科庚辰科落卷 …………………………………… 338
　　海運 ………………………………………………… 340

紡授堂文集卷之五 …………………………………… 342
　書牘 …………………………………………………… 342
　　上申青門師書 ……………………………………… 342
　　復潘昭度師書 ……………………………………… 344
　　復潘昭度師書 ……………………………………… 346
　　謝潘昭度師爲母立傳書 …………………………… 348
　　上潘昭度師書 ……………………………………… 348

上虞撫潘昭度師書 ………………………………………… 351
上何半莪宗師書 …………………………………………… 352
與趙十五書 ………………………………………………… 352
答曾長修書 ………………………………………………… 353
復曾叔祈書 ………………………………………………… 354
與黃東崕先生書 …………………………………………… 355
與卓珂月書 ………………………………………………… 357
答陳石丈書 ………………………………………………… 357
與余賡之書 ………………………………………………… 358
與余希之書 ………………………………………………… 360
與丘小魯書 ………………………………………………… 361
答施辰卿書 ………………………………………………… 362
與施辰卿書 ………………………………………………… 362
與施漁仲書 ………………………………………………… 362
與施漁仲書己卯九月 ……………………………………… 363
答施漁仲書己卯九月 ……………………………………… 364

紡授堂文集卷之六 ………………………………………… 365
表啓疏告文祭文 …………………………………………… 365
擬收復遵、永、灤州等處,將吏受賞有差,上諭仍圖善後事宜群臣謝表崇禎三年,庚午科落卷 ………………………………………… 365
擬上軫念山西、河南兵荒,特發帑金,分遣賑濟,諭令饑民得沾實惠,並敕撫按查災傷甚處,停徵錢糧,群臣謝表崇禎九年,丙子科落卷 ………………………………………… 366
擬上諭兵部,將欽定修練儲備四事,刊書頒布省直文武等官,務共圖實遵,依限報竣,昭朝廷保民至意,群臣謝表崇禎十二年,庚

辰科落卷 ································· 368
　謝何半荄宗師爲母節孝贊啓 ····················· 369
　己卯秋，答吴于遴、吴川君表侄賀啓。時于遴兼以自注忠孝二經
　　見寄 ····································· 370
　海寇平賀某撫公啓代督造城堡海防官 ················ 371
　爲諸商人上撫公豫留某鹽道人賀啓事 ················ 372
　净明和尚跪誦《華嚴經》募緣疏 ····················· 373
　羅山法海寺勸化普度疏 ·························· 373
　謁岳武穆公墳告文 ······························ 375
　黄義臺封翁誄 ································· 376
　林敬禹隱君誄 ································· 377
　祭沈撫公太母文代縣父母 ························ 377

紡授堂文集卷之七 ································· 379
　題跋 ·· 379
　　書宋科院余公茂實告身後 ······················· 379
　　書程圖南六十爲壽詩卷後 ······················· 379
　　題王元美書佛祖統紀後 ························· 380
　　書張拱傳後 ································· 381
　　書馮道傳後 ································· 381
　　書護法論後 ································· 382
　　書十八羅漢渡海後 ···························· 382
　　書净明和尚小像 ······························ 382
　　又題净明小像 ································ 383
　　題得之和尚小像 ······························ 383

紡授堂文集卷之八 …… 384
贊頌偈銘 …… 384
奇玄和尚像贊有序 …… 384
亡友李右宜小像贊 …… 384
丘德長像贊 …… 384
普賢洗象圖頌 …… 385
董叔魯嘗夢見夫子，爲《杏壇圖》而繪小像，命予贊之 …… 385
客普光巖視諸袖偈有序 …… 385
吾母今年六十六，行未杖也 …… 386

紡授堂文集卷之一

序

送屯鹽使者申青門公入賀序代

今上御極四年，天子萬壽之期，姑蘇青門申公以入賀行里中，二三子衿屬不佞執筆爲贈。

公蓋以屯政、鹽法監司吾閩地者也，而能旁及於教誨子弟之事。且公建節三山，能使海濱人士，不遠數百里擔簽執經于公之門，余於是嘆公之清静爲理，而政有餘閑也。蓋自我圍繹騷，縣官加賦無已，則軍興之最急者，莫如鹽法、屯政；而其積弊而最，與立法之意遠者，又莫如鹽法、屯政。

夫昔之屯而耕者軍也，自軍窳而委其土於佃，則耕者非軍。自軍益貧，而棄其土田於不可知之人，則有其田者又非軍。此則其政之紊自下者也。故愚嘗謂清塞上之屯易，清閩地之屯難。邊地之田，其卒伍饗於豪帥，而又役其軍以耕其地。若閩田則民貿於軍，軍利其值，而自與民夫較。其弊則與其民有之而田已在營伍之外，不如帥有之而田猶在營伍之中也。然而參以情事，則軍不願而豪奪於帥，孰與其軍若民，自以其值相授受，而軍亦欣然而與之之於情近也。故夫清邊屯，則奪之帥而還之軍易易耳。今欲盡奪民之充田而與軍，還之值，則軍無所取；不還之值，則民實以其值而受之軍。然則軍民之爭起，而凌競無已，訟獄滋多。甚而刁軍猾吏，因緣生事，而不可究詰。然則爲今之計，亦惟漸防其豪奪，而貿易之後，則姑聽便安於軍若民。而後此則徐而爲之所。

若鹽政則壞自上。今欲盡易今之輸幣而轉粟于邊，則勢既有所不能，而愚謂閩地之鹽法，其利孔弊竇又與他郡國異，而可以疏節闊目理也。吾總天下鹽計,滇、蜀有井,蒲、陝有地,燕、齊、吳、越、閩、嶺表諸澤國附海,計鹺司中,獨八閩食鹽之地淺,是以鹺利薄而豪賈少。且夫利博則奸叢,賈廉則弊寡。夫閩鹽雖不能無小奸,而其亡命煮海諸作奸不逞之鹽徒,較諸郡國可無大患也。前此閩中鹽課歲不過二萬有奇,自東事作而增引增餉,行鹽之地,猶昔經三加而賦五倍。夫加引則賈多,賈多則鹽積;加餉則鹽價貴,鹽價貴則山民之食鹽者省;民食省則鹽愈積而課滯。當事者始法外累罰,以督責商,商未遑輸課而急輸贖,則重費累負,而滯課益甚。且夫民之賈于鹺,非若地着服畝之農舍,此則無復之也。今徵徭苛暴,民猶有賣犢焚耜而徙業者,吾恐誅求之已甚,不惟滯課,且無商。夫當加賦而鹽利薄,當事者尚當有法外招來之仁,使吾民樂趨而辦課,徒事峻法,伐毛洗髓,而誨之逋,非錢流地上之善計也。

故愚謂閩地之鹽法與夫屯政,要在清靜無爲、坐而理之而已。而公之以監司使者來也,其屯而耕者晏然狎于野,而軍與民相安;其敗而賈者嬉然煮于海,而市于山。而其商若鹽丁、竈户與其官若吏相安,臺署中間一視事外,此稍一報衙,則閤户端居,間進諸子衿執經問道而已,若不知其所司之有屯政,而隸吾官者之有鹽法也者。

而公又司水利,三山城濠自武林葛公始聚糧調軍,疏導流惡,屬方視成而去。蓋寢閣者數年,過公繼其後。前此山海匪茹,徵發騷然,卒伍不堪再役,諸庫藏又耗於軍興,是以當事者有所未遑。公乃屬其事於縉紳先生,於是不費一鏹,不役一卒,而河工告成。公第一循視諸沿河小户,間稍捐俸賑貸,使之扶攜避地,無蕩析宵啼之號而已。蓋他人所爲起大事、動大衆而縮手不敢議者,公處之安裕如此。

公爲文定公文孫,文定公相業在國家,予莫能踵其後塵。猶憶公休容坦蕩,古大臣紳笏無爲之風。今公自年少登朝,予意當有豪喜風生、銳於功名者,而公能世其振振之德。昔者曹參之相,以清靜寧一爲理,其治郡國亦曰無擾獄市而已。然而子窟不喻其意,至笞之二百。今公能繩其祖武,所謂獄市爲寄者能,已見於治齊矣。已監司吾閩,公又靜治如此,不佞於是而嘆文定公之流風遠也。

公行矣。今天子綜覈爲治。前者藩臬入覲,天子謂我閩海氛未靜,臨軒召對。今山宼螳怒未已,天子如前席於公,昔人所謂安之耶？抑勝之也？公其必有以對。愚謂今日之閩事,與弄兵佩犢者未易同日語,意必有以大勝之,而後安之者可久。天子且拊髀假節,公則秉鉞以來撫吾地,則閩之庇公宇下者,又不獨屯鹽、水利之政也已。

送長樂諭劉漢中先生教授廣信序

吳航介在海濱,雖弦誦相聞,然其地瘠貧而士樸,諸長吏廣文,凡爲賄與贄來者,類非其所好,而漢中夫子顧欣然樂之。蓋雖彈丸僻處,嘗爲晦庵先生聚徒講學之地,宜爲有道者所樂居也。

今先生移絳信州,信州,當吳、楚、閩、越交會,爲文人墨士之都居。而其溪山之勝,自葛洪、鬼谷、許遜、陸羽、張道陵諸洞天福地在焉。斯固不得志而拙於宦者,所樂隱於是。然而先生非其人也。先生以高賢躓公車,優游皋比於魯衛間。一行作吏,遞謝病去。迨今自吾地歷信州,青氊舊物,世稍有知公者,不宜輾轉至是。顧首蓿啜水,四易地而甘之。然公一爲楚宰,三代閩庠,所至有清幹子惠之聲。竹馬迎來,畏壘送往,時抱膝一氊,與諸門士抵掌當世,慷慨而歌《梁父》,卓然有斯世斯民之志,而所司者作人之事,又身履大儒倡學之鄉。

信州鵝湖,古朱、陸辨論同異處也。自孔子之世,教學大明,而及門不免有本末之訟,是以或支或簡,雖大儒亦互諍其所是,朱、陸固訟於道中,所謂不失和氣,而相爭如虎者。其於聖門,則亦師商之互爲嚌啜,而游與夏之相商也。其角立起於門士,篤信其師說,深溝高壘,而不肯相下。而流至於尋聲之徒,目不辨朱、陸何人,哄然而佐鬥。而腐儒里師,徇傳注而友之者,執而問之,亦不知作何語,無自衛之力而適足以招侮。蓋自弘、正以前,則朱勝,隆、萬以後,則陸勝；嘉、隆之間,朱、陸争而勝負半；然其下流,莫甚於萬曆之季。至於今日之後生小子,發蒙於傳注,齎之糧而倒戈,實則非有所深然於陸弁,未能有所疑於朱者也。第以爲世既群然而排朱氏，吾亦從衆而擠之擊之，不如是，則無以悅衆從俗焉耳。蓋昔之争者，起於過信其師學；而今之附和而詬先儒者，求一能疑之士且不可得，所爲愈争而愈下者也。今先生敷教於古獻訟學之鄉，其人士沐浴於大儒之膏澤，所謂食耳吠聲者萬萬無之。諸二家子弟得無篤信之士，深溝高壘，如昔日之建鼓而争者乎？先生則何以平其訟也。

吾鄉有蔡介夫氏者，昔嘗典學江右；王子伯安者，公之鄉先正，亦嘗建節秉鉞，倡道學於章貢之間者也。介夫執經引繩，爲朱墨守；伯安跌宕，意似左袒象山二公，以倡學相後先，言人人殊。然而宸濠之變，介夫拂衣於前，伯安戡定於後。斯二君子者，一則幾先立節，一則談笑建功。蓋先正之談道倡學者，不務爲口舌之争，卓然皆有以經世而砥俗如此。而朱、陸二公，荆閩、江右之政，巨儒治迹，去今數百年，所磊磊與道脉並行。

今先生雖不樹道學之幟，然自實庵公三世言《易》，居恒與弟子言，循循依于孝悌，無頃刻忘其家學，而又有清惠之政於閩楚。今又司鐸於閩南、江右之交，其游宦所至，錯趾四先生間，而行能近之，所需者晦翁經筵、文莊成均之召，與文成公新建事業耳。天子方勵精思治，幸學臨雍，載色載笑。儒臣更直入侍講，誦無曠日，坐而論道，前席以須。而頃自疆場弗靖，個然拊髀，夢思不次，而推轂壯猷。當吾世，則必有建文成之業，桓桓爲天子使者，是在漢中先生。夫先生固非拙於宦而陸沉吏隱者也。

壽陳母蔡孺人序

某讀二南而有感於《樛木》逮下之詩，其窈窕之化成，至於江汜、小星，國無妒女；四友、十亂，朝無妒男，以爲淑女之所以聖者，不外於是已。觀古今載記，自《左氏春秋》，迄于宋元諸史，凡孝義、貞淑之懿，間有之矣。至所稱樂只而通寵澤者，不少概見。豈謂其非有貞烈之奇行，傳之者少，抑其人之尤未易也。

以予所聞，陳母蔡孺人歸蘭穀公，既已佐讀偕隱，光大其先業。已爲公嗣，續置媵，母遇媵有恩禮，不啻女弟兄相視。諸子孫皆媵出也，母拊畜教誨，納諸腹中,怡然滿膝,振振繩繩,誠有如《樛木》、"樂只"之云者。今夫語婦德者,莫大於孝與貞。夫立節者以義制情,逮下者用仁割愛,二者皆其正於性,而廉於色者也。且其廣嗣也,通於孝。然則妒女而能孝與貞者,吾未之嘗聞。

且夫家蝕於妒婦,國瘵於妒臣。愚嘗謂杞、檜之奸,始不過一妒男子,遂至以人之宗社國家,徇其一念之娼忮。某扼腕近事,十數年來,其大者莫如遼事與璫黨。遼左之事,初未嘗不可爲也。始則廷臣與邊臣妒,再則文臣與武臣妒,已而邊臣又自相妒,是以糜爛而不可復支。璫焰未煽,一佞倖小黃門耳。自臺諫、宰執中分朋爲忮,而忮人之椎,捧政柄而授之中官,諸朝紳競因熱以遂忮忒,屬有天幸,不則燎原之勢過漢唐。今天子拊髀思治,不啻廣嗣者之望子也。朝端皋訑噂沓,諄若婦口,逮乎我圉孔棘,寇壘于郊,諸縉紳猶嫉能妒事,狺狺友唇,至於明聖積疑,徬徨四顧,欲手足視臣,而一無可恃。

且夫妒男之娼忌者,富貴功名耳。世固有澹忍於功利,能忍人所不能忍,而獨於床席兒女之愛,重于一割者。然則妒女之難忍也,深於男,況夫閨閣之內,無詩書師友之引翼,無青史竹帛之驅誘,乃以士大夫之所難,而婦人女子顧易之。使朝士之愐恭,而盡如母之視媵姜,太平不足坐而致也。今母通于期頤,昌熾吉康,子子孫孫,螽和鳳翽,樂隻君子,福履成之,則何必振振繩繩,盡離有莘氏之裏,而後乃誦百男哉!某是用舉一觴,且以告夫今之立朝者。

送林守一重游吳越序

今世之所謂游者,我知之矣。其卑卑曳裾者,無論高者挾一策一卷,往而師一先生,謁當世大人數輩,投刺名下士數輩,歸而索贈言十數通,評文滿紙,嘐嘐然,揭揭然,建鼓而號於人曰:某吾師也,某吾友也。今世之所謂游者,如斯而已矣。

吾友李世熊者,奇士也。嘗雪棹泛西湖,半月不見一人而歸。異撰者,硜硜不能奇拙而善病者也,客歲游南州,亦不見一人而歸。守一兼李子之奇,無予之拙,而差有其病。自髫卯,而吳楚、滇貴、竹粤,東西無不游。其目中不見有一人，而其氣量可以盡交天下之士。今且再游吳越，吾知守一之無不可也。

夫古今才士而好游者，莫如司馬子長，吾觀其自叙歷覽之奇，未聞求一友，訪一士。吾謂子長而與一人交，必不能成《史記》。無論餘子不足交，即使更有一子長而與之交，亦必不能成《史記》。夫其獨往獨來於千百世之上下，使有一人焉，在其目中，皆足以礙人氣決，而撓其著作之權。柳子厚不知此意，偲偲然詆退之之不作史也。使退之而作史，無論人非鬼責，吾謂非而責之者，必自相友善之子厚始，而其他之大得意則大罵者，又勿論矣。且夫古之著述者，前乎子長則有丘明，後乎子長則有孟堅。今觀史遷記載，不必盡徇左氏，班椽之於腐史，陰用顯棄，義例若炭與冰。夫使子長而有如丘明、孟堅者，以爲之友，亦可謂得其朋矣，猶不能無牴牾。若是，吾故曰使子長與子長交，亦不能成《史記》。夫史遷者，取聲氣於泰山之高，禹穴之深，以自廣其尚論之心目，蓋以游爲交，非以交游者也。使其目中尚有一士，必不曰藏之名山，以俟其人矣。

守一行乎哉！天下之大，豈無有士焉，欲俟如守一之一人者而友之，然則守一雖不以交游，且以游獲交，雖欲不交一人，而不可得也，守一行矣。崇禎甲戌花朝後。

壽張警宇會叔六十序

崇阿之曲有木焉，負百尋之岡，臨千尺之溪。水泉漑之，風嵐養之，樵蘇之路遠，而游牧之牛羊不至也。壽則壽矣，然竦而無枝，上不能巢一羽，下不能芘一人。蓋自遠於世，而其材質亦僅足以自壽而止。若夫巨幹撐日，遠條垂天，蔚然于五達之衢，過而攜者負者，御者徒者，喝渴蔭者，行願息者，與天暑雨之所侵襲，風日之所干犯，群然而憇於其下，雖其美蔭足以芘物，不能屏處於無人之境，則人世之剪拜時及之。然而尸而祝之者，朝旦而来焉；蒔而壅之者，暮夜而不能去焉。則雖有偶然之剪拜，而其德足以自榮，較之遠害於巖穀者，均爲享其天年，而又有及人之德。知此，則可以壽吾擎宇先生矣。

先生有用世之志，其學足以致其身，連不得意於鄉舉，挾策游成均間，與天下士相翶翔。今花甲周矣,客歲猶負笈都下,以庶幾於桑榆之一遇,而鬱鬱以歸也。夫古之君子不得行其志於時,則退而處於鄉閭里之小民,卒然有不能平之事,則往往訴於其家,至有望門而友,寧加於吏議,而不爲士君子所短者。則夫里閈之獄訟,風俗之澆囂,不必有司治之,而其潛移豫釋於善士之鄉閭者,蓋亦多矣。昔者東漢之末,天下紛紛多事矣。王烈、陳寔之徒,閭巷老布衣耳,而能使訟者平,爭者息,故漢季之綱紀敗壞,而民俗猶醇者,則在野之賢人君子扶而植之者衆也。

雖然,愚更有説於此。今夫上有元禮、孟博之流,相與持公議於朝,然後在野之彥方、太丘,得以維風俗於下。夫士大夫之清議明,然後州縣之有司有所忌憚而不敢恣,則夫鄉曲之公道,易以服人,訟者望處士之門而友也。知夫短於士君子,未必免吏議之加也。士生乎今世,有爲民父母而曲法殺人,以自媚於豪無賴者矣。士大夫之橫暴者,無論有素喜負爲大人先生,而不免爲藪惡助虐之事者矣。夫國有奸吏爲主司,而里有縉紳爲窟穴,則雖有百太丘、彥方於此,無論囂子獷夫,不肯捨曲法之有司,而就持平之處士,而爲士者,不幸而有持平於鄉之譽,先以其身爲貪虐之餌矣。

先生處鄉里間,其移換風俗、衰息訟爭者,固不爲少,而時有意外之加。愚益嘆今古之異。昔之有道而居於鄉者,可以善美謠俗而補助吏治,在今日而身之不免。蓋先生既不用於世,又不能閉户絶物,爲緩急無足倚賴之人,故夫一朝之患則有之矣,而終不以小挫而損其大年。蓋挫先生者一二人,不能勝乎頌,而禱之者多多也。

先生長公綸爲異撰十五年筆硯之交,異撰又因長公知次君先生之誕也,執筆稱觥,長公不以屬他人而命異撰,異撰不敢從衆頌"九如",爲二君歌《棠棣》之三章也已。又舉一觴,咏秦風之志,同仇者。……

爲鹽商賀右伯申青門公壽序

夫古之仕者,有數世而爲是官者矣,有少壯耆老而官於是地者矣。故其人

279

之視其上也，如嬰孺之親其父母，不能自離於懷抱之中，而上亦得伺其啼笑，時其疾苦，長慮却顧，輾轉而爲之地。是以民愛其上，躋公堂而稱壽觥，非徒俗樸而親上，亦其腓字之久，樂享乎君子萬年之利也。自古制不行，而其遺意猶有晋秩之法，使人得久於其職，賢者無墮壞其所規爲，而中才亦可以漸習其事，無苟且之意，而上下相得。迨今日，而人數易官，官數易地，求不傳舍蘧廬，其職當事而賈怨咨者，蓋亦鮮矣。況其官已數易，而猶取已謝之事，曲爲之地，使人悦愛頌祝之無已者乎？

　　姑蘇青門申公之宦吾閩也，蓋五年而四易官，去之亟亟矣。然愚猶幸公之改官而不易地。公之自鹺使者而觀察也，自觀察而分藩也，又自分藩而牧伯也，而爲鹺使者，最先又最久。今官已三易，猶閔念鹺政之窮敝，方議蠲其窩税，又稍分滯課於食鹽。諸郡邑上其事於直指使者，今且敷奏行之。愚謂公於昔日視鹺之時，其於商，則赤子之輾轉於懷抱中者也，公且哺之乳之，而其人亦怙恃瞻依，惟恐已之一日而釋于懷。其願公壽考，辟則孺子於父母之年也。今雖猶公宇下，然已脱于毛裹，哺而乳之者有人矣。公顧取於後人之懷中，而顧復之無已，使其人猶無異於屬離之始，而孺慕不衰，此慈母不能得之於子者，公顧能得於熙熙攘攘，側肩掉臂之流，"樂只君子"，"胡不萬年"，嘖嘖有是聲也，豈不謂難哉！

　　且夫語分位則與其既離是官而爲之所，不如當其事而寬繩弛網之勢易也。然而國家當患貧之秋，司其事者，雖蒿目民艱，慨然思援溺解懸，猶疑於在職，而曲庇其下，恐其議格不行則避忌，次且不敢徑情而直遂，孰與夫稍脱其事權、其職司在局内外之間？可以推恩與下，而無市惠之嫌；可以直請於上，無偏詑曲護之疑，沮而徑行其意。蓋藩伯司一方財賦，則鹺政亦其一端，而公昔以鹺使者并理屯政，今又以右伯司軍伍清勾。夫屯田之與鹽政二事，相表裡者也。清軍之與屯田又非二事，而相表裡者也。今之屯政、軍伍，蓋與鹽法俱敝，三者合而籌之，而國家之兵與食俱足。蓋惟公之久於閩地，是以官雖數易，猶得徐而爲之所。愚益嘆夫積敝之餘，惟久任之法，差有補於吏治，而深惜其不行於今。猶喜公之數易官而不易地,是以職事屢遷,而膏澤未艾,猶起人謳頌如此。而銓衡者得是説也,亦可以行古意於今法之中矣。

爲福州海防聶公壽序

夫防海者,非防之於海者也。凡海防之職守三:曰島夷也,海寇也,奸商也。斯三者,在昔則島夷急,而海寇、奸商次之;在今則海寇、奸商急,而島夷次之。

乃愚則有説於此。夫爲民與爲寇孰樂,即爲民而商則適市與蹈海孰樂,必曰爲民而適市焉樂也,然則曷不爲民而爲寇,不日中爲市而販於海也?此其説有三焉。其一曰貧驅之也。夫自頻年加賦稽人,秧苗於土而税已輸官豪,惡吏樂於賦重而耗羨多,且曰:司牧者用催科殿最也,不崇朝而歲之三徵,必既勢不能無逋,於是而官府之鞭撲煩,輿胥之叫囂急,斯二者費又與加賦耗羨等。夫民自常供而外,而加賦輸其一,耗羨輸其一,箠楚追呼之費又輸其一,三者費又與常供等。然則是民一歲再賦也,而公府尚不能無餘逋,夫民則安得不入海?其二曰憤發而揚去也。夫小民有不能平之事,牽率而謁之官,官之聽訟者又有三焉:貨鬻獄也,豪奪理也,官不暇使民盡其辭,威尊而倉卒意斷也。民冤抑不得理,則懦者駢首堦前,而其黠而悍者憤憤不能平,聚不逞之徒,而摇揚海波。其三曰窮而無所之也。夫閩之食地淺,則負海之民食於海。自鯨鰐煽處而海爲寇,有則罷罝之漁,等於懸耜。其不甚貧者,若於關市之譏徵,不獲已,而逐什一於魚蛋之鄉,倖而不盡餌於寇,則游徼之邏卒逮之曰:此爲盜齎也,勾夷也。逮而之官,官利其没入,亦曰:此真盜齎也,勾夷也。夫商於海者之不能無奸也,固也。然而立法者在於摘一以懲十,而行法者必至於縶一而連百。然則賈湖之隱與走越之虜俱俘,夫驅適市之民,而使之商於海者,關市之苛政爲之也;驅不得適市之民,而并使之不得商於海者,防海者之苛政爲之也。且夫附海之民不得食,則其始也商與盜仇;已而計無復之,則商與盜儈,迨其後,則無漁無商,而胥化爲盜。海有積盜,則必至於勾外夷而訌內地。則夫奸商與海寇急,而島夷亦急。故夫防海者,非防之於海者也。吾第寬徵平刑與之,以仰俯之事育無擾之獄市,使夫農者狎於野,熙攘來者樂藏於市也,彼則何樂於販海而爲寇?愚故曰防海者非防之於海者也。

我聶公之防海於閩也,内之爲督撫監司之喉舌,外之爲參游營衛之綱紀。甫視事,而大獲者以歲計,俘虜者以月計矣。邏卒之以海禁逮者,公爲別其奸與良,即在不可貰之科,亦第摘發其豪大,而無事於多,其沒入,蕃其枝蔓,株連窮治以爲能,以求稱乎上下相敺之意,此夫防之於海者也。然而防海者之職,所司者在於海而已,外此則司牧之事,而公之代庖於濱海之邑也。下車而聞左之輸於官者愉愉然,謂我公之輸,省而以時令,無慢而有法,而忘其爲加賦瘠悴之餘也。其訟於庭者,偲偲嚅嚅,若家人婦子之繞膝下而語,公稍呵詈其屈曲者,而勝者、負者無不欣然,謂得其情以去也。嘻!使濱海之吏而盡若此,則夫防海者可以吹浪無鯨,而鈴閣不驚,此夫不防之於海,而深於防海者也。

某生曰:吾於籌海之道,知尊生焉。夫尊生者之不能無所彈治也,適然而驅之以藥餌,攻之以針石,此夫不得已而出於是者也。若夫端居頤養,則第節飢勩,時寒暖,省焚伐,而攝生之道盡於此。防海者之繕卒伍,而慎譏偵也,此藥餌之類也。不防之於海,而第防之於深耕之暇日,堵前之尺地,使之悍吏不囂,獄市爲寄,則雖黃帝、廣成之寳,其生無以遏於是。公之防海也若斯,則夫養生長年之道,固可勿問而得之矣。於是執筆記之,以爲公壽。

送運副周公歸養序

自國家多事患貧,而臣子之動乎君父,屬吏之事其上官者,莫甚於催科、督餉之說。顧縣官經賦,自土田稅畝而外,鹺政爲急。而愚以爲二者胥失之。夫急田賦則敲撲繁,急鹺稅則贖罰累。敲撲繁而民有鬻杖傭杖之費,贖罰累而商有輸罪輸贓之苦。斯二者,皆於正供之外,重困吾民。實於追徵無分毫之益,而遺益深。然而郡縣以司牧爲事者也,頃雖課吏者用催科殿最,民牧皆緩教養而急徵斂,然間或十暴而一慈。至鹺司無芻牧之寄,而但以財賦爲官,則益從事於敲撲追呼，以媚功令，謂是奉公守職云爾。且夫繁敲撲者病在下，此時重而時輕者也，累贓罰而敲撲亦因以繁者，病在下而利在上，一有開端，遂著爲令，而不可議改。而毘陵周公顧反是。

嗟乎！閩之商，至今日而敝極矣。愚嘗總天下鹽課計之。今天下，自燕齊、秦晉、吳越、滇蜀、嶺南，則莫不仰給鹽官，以佐軍儲。然此數地者，其平壤依山之郡倍於負海，而又當四達之衝，是以鹽官之流，貨及遠而商利溥。夫北平之鹽行於山後諸鎮，齊鹽行於中州，吳越淮浙之鹽行於河以南，行於全楚，行於大江以西。廣鹽則西行百粵，北行南贛。秦晉、滇蜀之鹽池、鹵井，較之海邦勺水耳，而亦行於貴竹諸西南夷，行於沿邊數大鎮。閩地最小，而負海之州郡五，既爲鹽所自出，而賈利薄。行鹽者獨上流依山四郡，四郡中汀又近廣，而食鹽於五嶺以南，而又僻處陡絶，諸鹽官不能踰仙霞、分水、杉關而外，是以閩商獨貧。自萬曆末年而東事作，始議增引增餉，計國初課不及萬，經三加而賦倍於昔。夫以無加于昔之地，而有倍蓰于昔之賦，而又有十百於昔之奸。夫昔之透越者，負販亡命之徒耳，今則豪右勢家，連艘銜尾，奪關而上。又其甚者，溯游諸當路官舶，藪奸爲市，莫可誰何。有司防商客，而防姦疏，坐此滯課，則法外累罰，以督責商，商未暇輸課而輸罰，則商負重而課益滯。

公至，則喟然曰："嗟乎！商病矣。雖然商滯課，則病官且病國。夫剥下以完，吾官仁人不爲也。滯課而病官并病國，義於終事者，亦不爲爾。商勉之矣。"蓋莅事以來，庭無敲撲，吏省追呼，載色載笑，若諭家人。稍一視銜，則委蛇自公，若不知其司之有鹺政也者。而商顧踴躍子來，樂輸恐後。曾子曰：拙於催科者，未有若今之從政者也。夫司牧無緩徵，民窮而無所之，則鋌而走險；司鹺無緩課，商無所措手足則逋。夫爲人上而以苛急爲政，非所以爲名也。急賦誨盜，急課誨逋，并非所以爲實也。使人盡如公，不但無病民，且無滯課。公今以將母歸，身處脂膏，若愀然不能終日者，蓋不以三公易一日之養，夫家有孝子，而閩則奪一慈父矣，吾懼諸商之稍甦而重蹈也。公世爲循吏。先是，司理嶺南，以平反有去後思。夫刑官而緩於法，與鹺司而緩於課，固無二道，是宜公之所至見思。公今暫舞采膝下,今上固以英鋭爲政,然昔者漢宣之世,爲治尚綜覈矣,而終不以才吏掩循良。然則朝廷且大用公,而食公之德者,又不獨吾閩一路之商也已。

爲宋母趙孺人六十壽序代

不佞某,成均之小吏也。太學,古天子養老之區,父三老而兄五更。大宗伯司成襄其事,某小臣例得與祝哽祝噎之末下。此則自天下郡國,亦歲時行鄉飲酒禮,禮高年有賢行者于鄉學,有司執酳醬上壽,以風尚有德也,而此禮顧不得行于閨壼。夫其身爲女士,則雖學傳韋逞之經,躬有陶母之行,其聲名不出於里閈,尊養亦不及于黌庠。則夫閫範閨懿,而猶勸行之者,非有所動於風勵而然,即坐而須福履之償,亦非其意。是以造物之報施,或舛於男子,而不爽於閨房。亦限於典禮,而以必然之數,補所未逮也。

宋母趙孺人,自及笄歸蜺水公,其事翁姑以孝聞,事蜺水公以敬聞,視姒娣族戚以親睦聞,待賓朋師傅以豐飭聞,教誨諸子孫以勤肅聞,撫臧獲僕妾以慈惠聞。或者謂母即孝養致於高堂,粟帛及于寒户,門皆四簋之賓,室無二酺之僕,母非有脱簪截髮之艱難也,行其德,蓋力能爲之而不知。夫世固有力能爲之而不爲者矣,夫有力能爲之而不爲者,則夫能爲而爲之者必其不能爲而亦爲之者也,母不謂賢哉!今母花甲一周,諸子姓戚屬謀所以爲母壽。宋氏席先世留餘厚,母益用勤嗇,廣其業。母丈夫子五人,多有文名於諸生間。今且視履吉康,耆艾方始,則是古所稱富壽多男。母業以一身備三祝,顧登堂稱觥者,似有所未滿於造物,使人而盡若母,則造命者疲于應願之求,與章步競日何異?蓋夫世有德不必如母,而食母之報者矣。則夫稱觴者責報稱,于造物固未爲過,乃愚則有説于此。

今夫行善於身,而食福於天,譬則有所寄於人,而彼則時而償我者也。今有所償而不逮於所寄焉者,償者媿;所償而溢於所寄焉者,寄者媿。寄者與償者相當,兩者俱可以不恨矣。然彼此皆意盡而無餘,則何如既償而尚有所寄於彼，使夫報施者嘗若有所負於我，而傾貯以從我之不暇。此則以我而摻挹被注茲之權，又豈應量而受區區，授勸相之柄於造命者哉！母之寄於造物者多矣，客爲母責負於天，繞膝者之未鳴未躍於階庭也，蔚變雄飛，跂予望之矣。余弟某爲母愛婿弟婦，用《内則》相夫子，門以内井井然，則吾家亦食母之餘德。然不佞之執筆而誦者，又非以予家人席母德之餘已也。

爲備兵使者徐雲林公壽序代

今有尊生者於此，而謹節其眠食，省嗇其營勤，深居而簡出，澹嗜而愼思，斯則衛生之事盡此矣。乃或以通之治道，謂爲治去其泰甚，庶幾寬和，清靜無爲，而民自理。此當夫承平無事，固亦老氏"治天下若烹小鮮"之説。而其道亦可以養生，可以長年。苟時事多艱，而猶坐鎮養安，拱手以須庸庸之福，則是孔明、王猛捨其所以治蜀、治秦者，而效乎獄市爲寄之曹參，吾未見其可。夫持粱豈續命之劑，恃粥非伐疢之斧，當事者而欲起衰於積弱，張廢於既弛，則雖以黃帝爲之君，而廣成爲之佐，亦當瘃口譙羽，胼手鼇面，罷勤其筋骨，而焦苦其心志，此於昔人不以天下易吾身之説，若逕與庭。然則以經世之道尊生，在今日未有不相謬者也。

我雲林徐公，以名家子，年少成進士，始爲閩同安令，屬神廟静攝之餘，區内乂安，海波不揚。已更調莆田東北，脊脊生事，稍見端矣。吾海邦安堵如故，公是以一琴自寄，來往繁衝二邑間，揮弦而盤錯迎刃，已敭歷中外十餘年。自東粵監司來視閩海，尋以斬鯨上功，擢閩中備兵使者。此十數年間，海波屢揚，賦斂歲加，吏道衰而郡縣之殿最淆，軍實詘而將領之功罪倒，今之視昔，非休養卧治之時也。公先後職司，又兼防海，視傳夫、水師、驛卒，斯二者，在上之裁省已極，而下之冒濫無已。樓船則減餉而備多，置郵則簡餼而差煩。公拮据粵閩中，蓋無日不茹桑土、租茶之苦。此留鄴二仙所爲自遁於辟穀輕身，以爲尊生之道，固不出乎此者也。

愚則更有説於是。昔者郭汾陽之經營唐室也，天下攘攘多事矣，子儀以出將入相之身，平章四朝，間關百戰，身繫天下安危者數十年。夫以位極人臣，備嘗險阻之令公，而視乎赤松、白衣之流，斯其養生長年之術，亦已疏矣。而享年歷算，未必無加於彼，乃弗禄祚胤，固已過之。公早貴，雖登朝二十餘年，介眉祈耈，今尚非其時也。而茍徒以瀚海無波，大懟授首，爲我公躋堂稱觥，則今且北清中原，東復遼土，天子方殷憂拊髀。昔人云：天下事當爲尚有不止於是者。區區一隅之馴鱷誅鯨，譬則羽獵上林，而射一雉，蹂一兔，遂以是揚我公膚懲之烈，無論非所以視我公而爲壽者之立言如此，則其人之自竪亦可知也已。

爲某令君配某孺人壽序_{代郡公祖爲其治下年家}

夫邑長吏，則一邑父也。邑長吏內子，以長吏貴如其官，則亦一邑母也。父母皆以慈爲其道，而家獨稱慈母。今有父於家，必不聽豪貴子爲他子請，而加鞭箠夏楚於其賤子者也。其養於諸子，必無不時無藝責苛急之，供於其子者也。二子訟左右，祖必以情，必無豪惡勝而弱負者也。高、曾祖父母有所督過於其子，其父爲子請，必勤請不得不已者也。一或不然，則母必諍於其父，故母之慈或勝父。若一邑父則不爾。父欲慈其子，而部下權貴人撓之，監司臺使者撓之，舞文巧詆、猾賊胥饕史撓之，險健大行、財熟買獄豪訟者撓之。甚而催科撫字間，急損下緩害官課我者，白簡援功令撓之。不聽撓，而必遂吾慈。有一於此，則不能一日安於其位，而室謫鬨然。夫爲縣邑母也者，甚不利於其夫之爲邑父而慈者也，故縣往往有慈父而敗於其母。

吾年友某君，再爲縣長吏，所至落落行，一意必遂。其慈內子某孺人，則往往贊某君毅然行之，故官不甚達，而舉案怡然，庶幾三已無慍之風。自令君宦清豐棄世，孺人稱未亡人五年，今年五十有三。客登堂爲母壽，言人人殊。或謂，孺人始寒苦，侍某太君，至今太君年八十有六，一俎一脯，一屨一縷，孺人無不咀而哺，紉而衣。孺人之致孝敬於堂上如此。令君親兄弟六，自貧薄，逮令君登第，孺人通有無於其姒娣昆季無怠。令君有弟蚤喪，弟孀婦依令君，孺人不敢異苦樂。門內外突待黔者，孺人出帛粟於橐，既橐中乃已。孺人之睦恤於其弟兄娌姒、諸子姓姻戚如此。孺人丈夫子四人,始令君爲諸生,食貧,多耕硯遠游,已數上公車,最後宦四方,子趨庭少暇日,北堂授書,荻楚交下,諸子皆少年雄駿有父風,予從諸生中摸索得之。今次君舉於鄉,豹蔚鵲起,後勁未艾。孺人之能督責其子如此。

愚謂,孺人父儒官,爲儒者婦數者,在他人固爲難,然固門以內,女士風範也。士抱膝陋巷,守一經,稍得伸眉,顧落落行意,志不在官。此即士大夫素讀書,喜負道義,猶不能無顧惜,況於婦人?予故舉其大者,亦以見今日仕宦之難也。而子薄宦兹土,幸而撓我者少;間有之,于斷斷不能忍。輒憶吾友,然而孺人尤不可及矣。

爲郡縣壽汀漳備兵使者吳公序

夫富貴福澤,有以其道得之者,有不以其道得之者。以其道得之者,人之所謂宜然,而彼之所固有也;不以其道得之者,人以爲倖,而非其所宜有,曰不宜有而有,彼猶得而有之也。乃愚則有説於此。有富貴福澤而有其實者焉,有徒有之而不有其實者焉。不有其實者,猶之乎無有云爾。今有千金之家於此,或積而能散,斂而能施,其待而舉火者若而家,其貸而焚券者若而人,此有乎千金之實者也。若夫身擁厚貲,而朝暮持籌,粟紅于庾而腐之不出,錢銹于甀而錮之不用,此奴虜代人守財者耳,而得謂之有千金者乎?古之聖賢,得行其志於天下,而道濟蒼生,澤施於民。貴而與人以位,富而與人以財,壽考而與人以生,若此者,受福而有其實者也。乃若身躋卿相,而徒席榮臕,顧身家田宅,以爲富貴,視息以爲壽考,澤不下流,而利封於己,此夫自有其豐亨豫大之福,而自嗇之,自棄之,則富貴壽考與夫貧賤夭閼者同實,愚故曰有而無有也。

毘陵吳某某公,數世爲天子大臣。自年少,偕諸昆登朝,甫壯歲,而備兵齊、魯間,今又建節事閩也。公於世之所謂受祉者,不爲薄矣。吾聞公權關武林,身處脂膏,而潤在賓旅,無羨餘一縉入懷。今專制汀漳一道,其地爲江、閩、楚、粵之交,溪山連數百里,寇出没無常。公至,而繕城壕,練將卒,威惠並行,箐峒帖服,黎民乂安,公府鈴閣蕭然。晨夕啜汀水數杯,不費民一蔬一蔌。有百城之尊,未嘗享一日之樂。夫世有獻畞之子,垂老博一第,而恣睢驕貴,若不知民間有疾苦事者矣。公名家子,少登膴仕,而練達簡澹,下悉民隱,揚休布福於數十城之内。嘻！若公者可謂富貴福澤而實有之者矣。且夫宜於民者,未必宜於吏。夫剛潔方正者,吾恐其廉倨而持下急也。持下急者,雖意在惠民,而上下相毆,將有澤不下,究之患而其反是者,則又徒取包荒,而未必出於樂與同清之雅。夫汀之父老子弟,方羔羊,朋酒酌咒,而躋公堂。而郡邑長吏,乃不遠千里,將爲壽而乞言於予。夫諸長吏固非徒樂公之寬者也,然而當此吏治不振,碩鼠成群之秋,乃公獨以廉惠師帥,而諸長吏亦相與宣化布德,承流於下,予於是而嘆乎遐陬重鎮,一時之監司守令,獨能相與以有成也。《詩》曰"宜民宜人",我公有焉,夫是以受祿于天哉！

余中拙先生鄉賢序代

夫學宮一席地,其虛左以待鄉之賢人者,至今日而鮀不給祝矣。吾不知其賢焉否也,其身殁而後有顯者興焉,鄉賢也。不然,或其同年生,若故舊僚友門下士宦於其地焉,鄉賢也。不然,而宦成,滿載歸,其身後之物,力足以流于上下,援譽多而内交廣,漫然而舉之,漫然而許之焉,鄉賢也。此雖油油如柳下,一入其中,殆不啻衣冠而偕祖裼,未有不望望然去者。吾獨無譏於余中拙公。

中拙,予同年友。始筮仕爲縣令,量移貳郡守,已再爲令晉南,水部郎出守虔州,已復貳郡守以歸。其敭歷皆劇邑邊郡,所至有幹辦聲,司空董崇相公尤嘖嘖。中拙水部時,築浦口城,扼江北要害,至今流寇不敢犯。此以勞定國之事,宜以名宦舉尸祝於其地者也。予獨謂中拙之祀於鄉,其許可于聖人之門者二,其合于祀典者四,而宦跡不與焉。中拙年少登朝,宦不甚達。又掛冠早,強半家居,未嘗有一言之謁於公府,此偃室非公事不至,聖門所許澹臺生者也。孔文子非古昔之賢大夫也,第以好學下問,吾夫子許以爲文。中拙自宦游林下,坐卧萬卷中,于七十二代諸史撮臠紀異,凡星象、律曆、五行、徵應之説,鑒鑿窮其蘊奧。及他所論著刪潤,靡不涉筆成書。又好引進後生,相與揚攉古今治亂、興衰得失之故,津津不啻口出。其不倦於問學之事,蓋其天性。然圉多遺行,《春秋》譏之,以此不滿於端木氏,若澹臺子羽,窮巷束脩士耳,其潔身隱約,孤立行一意固宜,乃若身爲士大夫,而但亢屬守高,落落堮戶,爱鼎無建竪,爲德鄉里間,則是以縉紳而蹈鄉黨自好之行,君子亦無取焉。中拙雖簡潔自愛,其里居而繕城濠,廣學宮,出粟賑饑,憫涉爲梁,皆以身先,一邑士民未嘗費公帑一鍰。蓋於祀典所謂禦大災、捍大患、勤事而施於民者,在中拙皆可以無恨焉。則公又非斤斤節取,僅而許可於聖人之徒者,此予謂公之俎豆於宮醫者宜也。吾始讀《古田志》,公里人林御史英者,建文君遜國時,與夫人雉經死,且三百餘年矣。近當事者始以先生祀于鄉學,而世之饕夫鄙子稍有權力,朝而屬纊,則夕歸泮林,竊嘆學宮一席地,在昔人入之何難,而今之十百爲輩者,入之何易。中拙蓋棺論定,其亟舉固當。諸子皆能讀父書,不宜滯諸生間。及其未揚去而有是典,今當事者,又皆於中拙非夙昔交,特以邑人士固請報可,夫當宮牆濫觴之日其可。

爲三司公賀閩督撫都御史蕭公報政序代

今天下東苦虜,中原、楚、蜀苦群盜,齊、魯、吳、浙苦饑。吾閩海邦處一隅,號稱小康,爲閩撫者易矣哉!愚則謂撫閩未易也。夫督撫之職事二,其提督者兵,而其撫治者民。愚謂閩之難於治民者三,其難於治兵者亦三。

夫全閩山海之郡,半山郡,不患人滿,諸海邦食,地淺人溢於土,雖大穰,僅足當他省下歲。其難治者一。中原北地地重,民心難動搖。吳浙桑帛沃土,大室多蓋藏,雖兵荒水旱,民猶强忍耐饑苦。閩地水淺土輕,民易制易動。大户少兼歲之儲,米粟價稍踴,則待哺者嗷嗷。省會今歲米,未及千錢一石,較之大江南北,價不能逮半,民情洶洶,然非威惠並行,賑恤多方,張口求食者幾攘臂而起。其難治者二。諸大郡負海,民出没易爲奸。地豐歉不一,豪大爲鄉里請粟,名爲無遏糴,當事者不得不聽。或漏以養寇泛舟之役,幾與齎盜糧無異。

其難治者三。

　　閩地南抗粵，北連浙，寨游衛所，犬牙相緯。南、北、中三路將經之，閩枹鼓則衛所守，而寨游戰，守者居內，而戰者居外，此祖制也，今寨游移內地矣。寨游昔日艘卒所部，不下千餘人，合五寨三游可萬。兵領以三副將，其號令一，而卒伍強也。自萬曆之季，議省餉而兵不及半，或僅餘三之一，實又不能減也。昔之游戎參將三，今之題授添設者又幾矣。減寨游之兵，而添設內地之營，名爲一軍，實不過百夫長者，又不知其幾矣。夫以強盛之兵，分而爲奇零之兵，非策也。又以不及半之兵而領以數倍於昔之將，愈益非策也。此軍實之難討者一。武臣之不能純用乎武舉也，非若文吏之自科目而外，而參以選舉，則吏道雜也。其來自樞部者由武舉，其簡自巡撫者起材官，二者兼用之，而後撫臣可以嚌啜簡練，投之所向，而適其短長。今自百夫長以上，樞部按簿而授之官。其來也，巡撫不知其爲何人，其人亦不知其所任爲何事，逮不稱職。又名爲欽選，幕府未可遽行其黜陟，比及參奏，而軍機已誤矣，後來者又復然。此軍實之難討者二。閩海昔日但防倭，二十年來，不畏倭而苦寇。近歲海寇靖，而山藪村落之鼠竊，又往往嘯聚無畏，遐陬僻壤，官畏攘剔難，縱寇。通都大邑，長吏惡言，剽吏攫金，縱寇。豪有勢主，藏官懦避，負嵎虎莫敢搏，縱寇。甚而民牧賞竊法官，鬻囚民賊，賊民比縱寇。積此四縱者，將恐小寇養而爲大盜。且夫海上之禦倭盜以兵，若夫出沒之奸民，非兵威之所得加也。正其罪，不過越販耳，未至於勾引而爲盜。夫越販者未必盡勾引而爲盜者也，即其勾引而爲盜者，其越販之時，非有意於勾引而爲盜者也，特其販海而窮無所之則從賊，從賊而窮無所之則勾夷。吾欲窮治，則罪止越販，與禦貨而引夷者殊科。及於寬政，則無以懲後，不至於禦貨，引夷不止，是非軍實也，而皆兵端。此軍實之難討者三。

　　東粵蕭公之來撫吾閩也，二三年間，閩地饑穰不一，公使人滿之，鄉化爲樂土。屬省下米騾蹄，饑民待食，凶頑望屋思倡亂，公哺其饑者，而鋤治其頑者。倡捐徒粟，禁戢豪大，海無漏艘，饑凶用乂，自水陸餉匱而兵分。公下車割俸已設策搜伏利，得備用帑金五萬緡，歲給軍需，餒弱之兵宿飽而奮。樞部新授諸將領，公量能器使，巨盜授首，小寇潛踪，渠魁投戈，如撫赤子，鈴閣蕭然，而山海晏清。海人越販爲奸利，公先後没入其贓，築治城樓，大颶塌垣，烈火災雉，經營不日，奸懲而守固。公聲色不動，而潔己率屬，弭亂制勝，殆昔人所謂"載其清静，民以寧一"者。然而曹相國守成於全盛之世，我公起弱勢於衰敝。且夫寧静而理，古大臣但以之治民，昔人以治民喻眼，以治兵喻齒，謂治眼者當如曹參之治齊，治齒者當如王猛之治秦。公安坐無爲，而能使兵食俱足，無論獄市無擾，即綸巾羽扇，亦可以無煩指麾。公之德量才氣，可謂卓然於古大臣之上者矣。

公今三年報政，天子思公治效南土，襄衣行有日矣。閩藩泉諸君，屬予一言爲贈。《詩》云："之綱之紀，燕及朋友。"公提其綱者也，綱舉而紀自張，朋友之燕喜有以也夫，而二三大夫亦可謂能相與以有成者矣。蓋翩翩乎皆卿材也哉！崇禎辛巳臘。

爲長樂夏緩公令君母顧太君八十壽序代

夫當國家多難、官邪賂彰之際，而仕宦之爲潔清也難矣。何者？其養廉之具衰，而上官之善事不易也。且夫廉吏而安可爲也？夫其爲吏而廉也者，則必聚室人之謫，而犯親戚友生之憝。夫廉吏第有益於國家耳。外此，而妻孥、族戚、鄉黨、朋友，皆無所願於我之爲吏而廉者也。故夫謂廉吏可爲也者，則兄弟有《角弓》之怨，友朋有《穀風》之嗟，姻婭甥舅有乾餱之責。甚而目前之子孫亦早憨，其他日有負薪窮困之苦，雖然，室謫可任也，窮乏得我可已也，清白吏子孫可爲也。又甚而憨我謫我者，誦將母之義，陳捧檄之情，謂我廉潔養名，而空乏及於二人，鼎牲缺於堂上。然則其父母而非大賢，亦未必謂廉吏之果爲孝子也，愚是以三嘆於陶士行之母。

夫士行之爲吏也，而母却其坩鮓之餉魚。梁吏即貧，何至不能爲母供一匕之鮓？即一鮓，而何必盡出於官物？夫士行即極味以養母，固不害其爲士行也。渡江以後，士行身係晉室安危者數十年，而區區以廉吏稱，非士行之意也。吾觀士行之母，其截髮剉薦，使其子交結天下之英雄，殆慷慨烈丈夫之所難，其子而僅爲廉吏，尤非士行之母之意也。何以坩鮓之却，似教其子以硜硜自好之所爲。嗟夫！江左人士，其豪縱而靡靡也，不堪言矣。夫其母而可以受一鮓，則亦可以享三牲；母可以享三牲，則子亦可以食兼味。至於兼味而萬錢下箸，方丈食前，與夫宮室聲伎、逸游荒醉者，皆其濫觴所必至。夫天下有膏粱裘馬之流，而能親竹頭木屑之辱，事矻矻旦暮運甓，與粗頭養望，諸名士爭分，陰於偸安一隅之日者乎？故夫却鮓之母，使其子爲名臣，而非徒使之爲廉吏者也，而吾綏公先生顧顗是。

夫先生以瘠悴巖邑，而能使凶歲有餘糧，罷民樂，同善善，負者輸善，訟者情一，掌之城拓而蕩蕩，涉脛之濠墊而湯湯。而又役不及民，鏹不出帑，且非素有絲毫贖鍰之積也。此其撫循廉惠而綜理微密，大有似於士行之所爲，而推本言者，則謂有陶氏之母，而後有陶氏之子。然而士行固經世功名士耳，夫自東漢以後，而經學衰熄，晉人尚清言而諱談經，何晏、王弼言《易》不過爲釋、老之談助。自韋氏受經於其母，而天下始知有經術。愚謂韋逞特幸以家學得官耳，謂窮經之大儒則未。夫逞以區區一周官，其母氏間關守殘，以一婦女而背負父書於亂離流徙之間，此其篳簬籃縷、崎嶇而牽廢朔之飯羊，考斷鐘於追蠡，殆與興滅國、繼絕世者同功，非僅僅漢初伏生諸大儒比也。逞席其便，而官爲太常，即身以家學行世，斯其難易較之母氏者何如？而當時之博士諸生，顧受音義於其八十之老母，吾不知逞之所傳者何經？而以經術者經世，又無責矣。今先生用《尚書》起家，夫《周官》特《尚書》百篇之一耳。愚嘗謂，《周禮》雖爲專經，而六僅餘五；《尚書》中《周官》，寥寥不數語，而六官皆備，其半尚爲訓誡之言。然則《周官》尚有待於補亡，而《尚書》中之《周官》固巋然全書也。或者謂姬公縮全經而纍括於此，則第宜煩簡異耳，制度而何以有牴牾，此其同異之故，愚請折衷於先生之家學也。愚少而學《易》，叔氏又以《春秋》世業，與諸君執經於先生。愚謂治天下之法度在《周官》，其機括在《易》，法度失而正以天子之刑書。

在春秋,譬諸射者,機括存乎胸中,而非有審固直體之成法,則雖發而不必中。逮夫失諸正鵠,而後揚觶以示罰,則又《周官》之王迹熄,不得已而救以刑書之謂也。愚於經術經世,俱未有知,而又學製錦於先生之鄉,今且從叔氏之後,而問《周官》之法度於先生,然後從一篇而推及於唐虞、夏、商之所以治。夫韋氏之母,不負其父,而逭負其母,然使士行而僅爲廉吏,則亦不稱其却鮓之母。夫陶公者,其於母則可謂能不負者矣,而先生之治行、經學,二者俱可以無負於太君。且以陶、韋二母所不能兼者,而先生之母顧兼之。然則余輩之舉一觴於絳下也,固將以受之先生者,請益於太君。而太君之教我者,又非徒《周官》之一經也已。

諸童生爲沈其旋邑侯壽序代

夫昔之爲壽其長上者,固不必於其誕之辰也。肅霜滌場之際,惟其暇日,則羔羊朋酒,躋公堂而稱兕焉。然則無疆萬壽之祝,盡出於于耜之農人乎?曰是不然。古人士之未舉于鄉學,而升于司徒者,皆農也,故其勸農之《詩》曰:"攸介攸止,烝我髦士。"謂士之髦而待舉,尚伏處于田間者也。

客歲,沈視履公來侯吾邑,下車而殖田疇,教子弟,政新民樂,遂有童子之試,於數萬人中,得士三千有奇。簡其尤異者,始某至某,拔選鋒三十人,皆上馴也。新秋雲漢,倬然于天,及門童冠,樂此佳辰,謀所以爲公壽。其說在《雅》之咏"棫樸"者矣,其詩曰:"芃芃棫樸,薪之槱之。"棫樸者,其材美而未即爲棟樑之用,故薪槱而蓄之,以養成其材。夫今之棫樸,即他日之梗楠豫章也。當其參天蔽日,則工師之得之也易。君夫芃芃始生,無以別異于蓬荻蕭艾之中,於斯時也,而能因材刈楚,以收其用,此其樹木樹人之智計,固非匠石離輸之所能喻也。故其詩之四章曰:"周王壽考,遐不作人。"謂其人尚在小子成人之間,其作而譽之髦之也。惟今日而異時之禦侮奔走,疏附先後,皇皇然夢卜,而求後車而載者,胥有藉乎是,實賴壽考作人之功,而愚謂二三子之壽我公似之,故因某生之請,而爲之言。某生於兒某,俱有國士之遇於我公,然愚之頌美乎公者,固樂公得人之盛,而非徒爲某生兒子言之也。

叙鄒石梯引經釋義

客問:六經之真僞孰斷?愚應之曰:以同異爲斷。其錯見於他經而無同異者真也,判然異者僞也。間或同或異者,訛淆而失真半也。夫《易》以卜筮之書,偶脱秦焰,其別見他書而無異詞也固矣。若夫《尚書》所記載,而錯出於《語》、《孟》諸書者,其文皆小同而大異,此或曰授於既耄之伏生而訛脱多,然孔壁既出之後,何不考而訂之也?即曰蝌蚪古文,後人不盡識。然《詩》則安見其非古文,謂藏"三百篇"者,獨書以秦人之小隸,又無是理也,而何以訛淆者獨《尚書》?且夫《詩》三百十一篇,所亡者《南陔》、《白華》之什六篇耳,其餘錯見於他經者無異詞。或曰《南陔》諸篇,笙詩也,有聲無詞,然則《詩》未嘗有一篇之亡也。予不謂然。夫天下有無詞之樂,無無詞之詩,果爾則宜隸之樂,而不宜隸之詩。夫其存者真,則不必諱亡也。《書》百篇,而亡者四十有一,幾失其半矣。其別見者,較之本經,又同異參錯如此。然則《詩》、《書》皆非僞書,而《尚書》之亡者幾半,訛淆失真者又半,其存者僅半之半耳。乃若《禮經》,自《曲禮》而外,皆漢儒傳會補苴也,固也。史遷謂:自孔子時,《禮》已無全經。子曰:夏殷禮,吾能言之。又曰:吾學周禮。然則夏殷之禮猶全也,所苦者無徵不信耳。矧於周而曰無全經,則夫夫子所學者何禮?傳所云"周禮在魯"者,又何謂也?且予所最疑者《祭法》,其篇末則全引《魯語》,謂《左氏》之引禮與則,不宜謂展禽云云也。謂禮而引《外傳》也,亦應曰此展禽氏之言也,不宜直載之爲《祭法》。且夫祭法云者,紀一王之法,與《王制》、《月令》等,非如《檀弓》及他篇諸問答之可以援引他書也。吾所尤疑者,《王制》其記載爵禄、朝會、巡狩諸典禮,與子輿氏所云者絶異。即曰惡害己者去籍,然去於孟氏之世,而何以獨存於漢以後也?且去籍而曰聞其略,則亦詳略之異耳。經制則何以不相侔?且吾讀《詩》而不能無疑也。夫《淇澳》、《抑戒》諸什,而《大學》、《魯論》誦言之,則衛武者,聖賢之徒也。《史記》謂弑君而篡之國,吾即信經不信史,然史遷豈盡無據也？或曰遷之時，《三百篇》未出，是以附會至是。然吾觀其敘述周家，自后稷始生，迨公劉遷豳、古公遷岐之事，皆以《詩經》緯其中。而後此乃備述《秦誓》、《武成》諸篇，則《詩》、《書》皆腐令之史材也。且夫申公、轅固、韓嬰之屬，皆以言《詩》與伏生並列儒林間，史遷承其後，豈遷讀書不讀《詩》而獨誣一衛武？惜乎其事在春秋以前，未得取衷於宣尼之筆也。吾讀《春秋》而又不能無疑也。五霸齊桓為盛，桓之霸，葵丘之會為盛，然孟氏所云五命，《左氏傳》何以不無同異也？即內傳偶不詳載，何以《外傳》、《公》、《穀》俱不詳載也。《左氏》於列國諸瑣事，吾有病其過詳者矣。此霸者僅事，何以疏略至此？且孟氏於齊桓、晉文，其罪之深矣，未有無是事而溢載其羨者，乃孟氏又何所考也？然則三傳亦未必為全書，不則春秋之大事，而三傳未載者尚多也。吾讀經而不能無疑者，猶什百千萬，於此姑舉數端，與鄒子商之。鄒子浸潤十三經中，其於諸經之互見者無不詳說而究其義，予則不能，然但一涉之耳，而疑端多多如是，鄒子其有以發吾覆也夫。

敘陳雪潭醫約

三代而下之天下，不可以三代而上之治治人也；近古而下之人，而可以中古而上之治治病哉！夫唐虞之治法，已不能無小變於殷周；殷周之治法，又安能無變于漢唐以後？漢人之言曰：漢本霸王道雜，而其時亦小康。然則雜霸有時而致治也。若夫今之攻岐黃氏者，而欲以偏霸之業求勝，夫七日後，混沌之餘生，則其殺人之禍，慘于攻城戰野，其去率獸食人者無幾，則何也？上古之人，寡營而嗜澹，神農嘗百草，夫亦粗舉其大綱。黃帝、岐伯踵之其時，猛毒峻利之劑，與參、蓍、歸、术並用。吾觀其品藥之分數，一劑之中，藥皆以兩計，多至計斤。其量水以升計，或一二斗。雖未必一呷而盡，或病止而棄餘，然謂之湯劑，非如丸散之可以久服也。夫今人日食升合之米，古有一日而食數升之藥者，而其中病也，殆不啻珀往芥來磁呼針，應此霸王道雜，而可以致治之例也。末世之人，方劂而婚渴，甫少而宦熱，及□而閱歷已闌，未衰而齒髮先敗。嗟夫！思慮爲鼠竊之穿窬，聲色爲火攻之大盜。眠食甘則開門而揖寇，憂怒閉則扃戶而留賊。於斯時也，而捨續命之膏，礪伐病之斧，譬則秦隋而後，湯火遺民，爲治者顧嗤省刑薄賦爲無奇，而立威名於棄灰，屬法禁於徒木。嘻！吾未見其可，且予又有疑焉。

夫古人之藥材不多，著作寥寥，而世多壽考；今之醫書廣至百餘家，本草加至千餘種，而人益脆弱，此醫多不如醫少之一說也。深山窮谷之中，生不識盧扁爲何人，口不知參蓍爲何味，而龐眉皓首之人多。通都大邑，舟車之所覆輮，王侯之所都居，五步一藥局，十室一國工，而夭殤橫死者比比，此有醫不如無醫之一說也。

陳子之爲是書也，而約言之，夫亦謂必不能無，則寧取其少之意乎？陳子於予友善，予未衰而老，今年五十有一，而旛然成翁，已在十數年之前。君親師友之恩，毫未有報，碌碌然逐隊于生老病苦間。陳子每苦口相諍，謂子無貪著作之名，則病可已。陳子之爲是書，蓋生人之事，非有所務於其名而爲之也。夫黃帝之《内經・素問》可以配《易》，《神農氏本草》雖毒草惡木，能與五穀同功。舉後聖所烈山焚澤，去之惟恐不盡者，皆可收之而作。使此其才氣識量，高出開天諸聖人之上，即識其名者，而鳥獸草木，亦爲四《詩》、《爾雅》之開先。愚嘗謂：二聖之書，其功德文章，皆當與六經並峙。陳子之爲是書也，夫亦二皇氏之揚雄、王通，而非徒輔嗣之注《易》，毛、鄭之箋《詩》也夫。

自叙醫約代

夫醫、卜，儒者所謂小道也，而其書皆踞典謨誓誥之前。伏羲氏作《易》，得居六經首位，未嘗以爲卜筮之書貶之也。獨《神農氏本草》、《黃帝素問内經》，萬世所必信必從，顧齊之方技而不尊，何哉！且夫古聖賢之違卜而吉者，比比也。若夫違悖藥性，而寒畀芩、連，熱投烏、喙，此萬無一生。然則卜有時而不驗，至夫事之朝卜而夕驗者，又可以無卜者也。若其大者，必俟數十年而後，或至卜世、卜曆之長且遠。夫其未驗則不可知，已驗則不必知，非若醫之效不效，立見其術,不可以幾倖而售欺也。世之以岐黃之學欺人者,投劑之不詳,生人之無術,哆然而語於人曰"我能多讀書"。嘻!世焉用此多讀書而殺人者爲也。雖然,讀書之不多,而能投劑以生人者,又無是理,亦在乎知約而已矣。夫子曰:以約失之者,鮮使人人知約。則世自無病人,使病人而知約,則亦可以勿藥而愈,此醫約之書所爲不得已而著。且謂施藥不如施方,施方而以其煩且難者,又不如以其約而易行者,可以見之而輒用,用之而必效也。

是書也,觀察徐公力贊予行世。觀察,明刑之官也,今將刑一人於市,舜曰殺之三,皋陶曰宥之三,然後垂涕行刑,以致其死中求生之意。今三指之下,一七之劑,略無慘澹經營之苦,毅然投之,或葸縮而漫然試之。夫病人無死法,顧纍纍然枉死于三指一七間,而疑讞之無從乎,反之不得,斯亦淑問之皋陶,所愀然食不下咽者也。夫于公爲廷尉,民自以爲不冤。嘻!愚恐夫醫門之冤民多也,觀察公之留意是書也,其亦祥刑之意也夫。

卓珂月《蘂淵》、《蟾臺》二集叙

余與卓子珂月皆爲時義,而不易售者也。夫爲時義則時義耳,爲不易售之時義,則學爲易售之時義耳。嘐嘐然而詩歌而古文辭奚爲?且夫今天下之人才,帖括養成之人才也;今日之國家,亦帖括撐持之國家也。吾觀三歲取士,名爲收天下豪雋,當事者捨經義而外弗閱。再三試闈牘,偶有通達慷慨之士,不以爲觸犯忌諱,而不敢收,則謂是淹滯老生,反不如疏淺寡學者,庶幾爲髦秀當時之彥。夫人士皇皇禄養,不幸處今日,而應制之策論、之表、之判,且不可爲,況嘐嘐然而詩歌而古文辭,此與博弈好飲,不顧父母之養者,不幾爲臧穀之亡羊乎?

雖然,古鬱鬱不得意之流,且有不得已,而至於飲醇酒、近婦人者矣。珂月之失意,未至如古人之甚,然在人士中,則亦不可謂之得意者也。卓子之爲詩歌,爲古文辭,無乃醇酒、婦人之類乎哉!夫明明不朽之業,使人士不敢爲,而相戒爲博弈好飲之類者,時爲之也。且使人士不得已而爲之,而愴然自喻於醇酒、婦人之類者，亦時爲之也。且夫飲醇酒、近婦人者，在今日富貴利達之士大夫，以爲時得志而不可不爲之樂事，此夫事之極猥庸而不足道者也。然出於千古之英雄，則借以行其痛哭憂畏，而消洩其無可如何之感憤。愚嘗謂：酒色鄙事，今古人亦不相及若此，然則醇酒、婦人倒行而借用之，則亦窮愁而著書之類也。故夫《離騷》、《天問》者，屈子之醇酒、婦人也。《說難》、《孤憤》、《五蠹》者，吃公子之醇酒、婦人也。《史記》者，司馬子長之醇酒、婦人也。雖然，之二者有異焉。夫沉冥酒色與夫立言著書，固皆不得意而窮愁者之所爲。然而飲醇、御女者，此古人極苦之心，不出此極樂之事，則戚戚無所之者也，苦而苦者也；著書立言者，此古人極苦之心而行以極樂之事，翔翔而無所不之者也，苦而樂者也。夫窮愁著書，此其說始於捐相位之虞卿子。吾謂：虞卿之窮愁，不係於相位之捐與不捐也。使虞卿不得行其意，而鬱鬱於卿相之尊，則其窮愁也更甚。於是捨而去之，捃古摭今，縱心獨往，放愁埋憂，此如羈人怨婦幽閉一室，忽而脂車秣馬，涉水登山，極目所之，而幽憂去矣。

嗟夫！若虞卿之類者，窮則窮矣，而其立言著書者，乃其不窮於窮，而行樂於牢愁之鄉者也。故夫屈子之書怨極矣，不極怨則不極樂；吃、腐之書憤極矣，不極憤則不極樂。使此數子者，而不爲《離騷》，不爲《說難》，不爲《史記》，則其窮而無所之，當更有甚於求死不得者，又安得不出於飲醇酒、近婦人者之所爲哉！夫飲醇、御女，此古人極苦之踪，而今人倒用之以行樂；著書立言者，此古人極苦而極樂之事，今人泥窮愁著書之說，而但見古人之苦。然則今人事事，爲古人所欺，讀是集者，勿爲卓子所欺焉可矣。

叙施造仲將軍詩

夫詩，風雅之事也。今世之爲詩，而自號正宗，專於其業，樹藩插籬，而私其壇坫者，莫如山人之爲詩。然而奔走於縉紳之門，伺候於棋酒之間，當途爲仕宦之媒妁，而林下爲士大夫之牙儈，此極倍之事也。然登壇而自號正宗者，非此則無以衣食其間，而其業不利此雅事而爲之，惟恐其不俗者也。諸生言詩，以餙其訓詁之陋；武人拈韵，以文其劍槊之粗。甚而托鉢之僧，倚市之女，亦雅附於聲詩，以自遠于不韵無文之俗甿凡妓，此又其爲之而惟恐其不雅者也。然而爲經生者，本業不足以致身，則遁于詩以售于王公大人之門；武弁起行間，力單援寡，亦復依附詞壇，不但博雅歌之譽，亦以廣其交游，連其奧援，身名俱泰，金多而取大位。乃至吟僧詩妓，亦因以仰衣鉢于冠蓋，來門前之車馬，此夫爲之，唯恐其不雅，究與世之登壇而自號正宗者無異，猶之乎俗者也。

異撰者，諸生而偶爲詩者也，然不能爲投贈貴人之詩，有之則彼倡而我和。或選其人而慎與之，間有之者，所謂未能免俗而不爲之者，亦非能爲不俗。蓋自知其技之不足動人，欲贄以求售而不敢也。

造仲者，武人而爲詩者也。造仲詩什倍於予，操足以動人之技，以顓昆太史爲之兄，又無事借聲援於人。然而仗劍行間，旅進旅退，肘後之印，不啻元亮五斗，不屑以其詩爲致身護官之物。若造仲者，乃爲自遠於俗，非若予之倖以拙免無所以俗之具。雖欲不與俗遠，而不可得者耳。且夫詩能窮人，古之爲詩者，其窮足以自崇，不得已而遁之醉鄉而縱酒，亦足以自樂。吾逢麴車，則頭目眩瞑，徒負奇窮無能詩之實，而適足以攖其患。造仲窮差損於予，然於仕宦則亦不可謂之達者也。造仲讀《騷》痛飲，座上長滿，尊中不空。從軍而種秫塞下，家居而棄產酒中，拍浮引滿，浩浩然若不知身世有窮達□□□□得全於詩，而杯酌足以自衛，并非詩之所能窮，此則予與造仲爲詩之同異。有其同者，造仲所以與予友；而其異者，則予與造仲俱爲詩，而工拙不相及，其取價亦差別。惟造仲者詩，固不得而俗之，亦不得而窮之者也。

徐叔亨山居次韵詩序

有喜負言詩者，好爲深鈎苛析，以難致人之論。其言曰："今試取昔人一語，没其主名，吾覆而射之，其爲漢也，魏也，六朝也，唐初盛也、中也、晚也，宋元也，明也，可應聲而摸索得也。"

徐子聞而囅然曰："嘻！然則自有唐而後，上下近千年，其間之爲詩者數百人,以其詩行于世者千百卷,遂竟無一字偶合,可頡頏三唐間者乎? 此妄人妄言。且而之謂宋與唐奚辨?"

曰:"宋人率而□人練,宋人淺而唐人深也。吾以是爲斷。"

徐子曰:"如以是爲斷,則夫'寬心須是酒,遣興莫過詩',此杜少陵語也,子以爲深乎,練乎? 宋人之詩乎? 中唐人之詩乎? 猶曰此非少陵佳句。李白'問余何事棲碧山,笑而不答心自閑','兩人對酌山花開,一杯一杯復一杯',諸什佳矣。試雜之邵康節《白玉蟾集》中,子以爲有以異乎? 無以異乎? 即如陶元亮'此中有真意,欲辨已忘言'之句,使出自宋儒口中,子能不以爲此晦翁諸君子道學之詩乎? 吾讀高、岑諸集,其淺率平衍者甚多,驅而納之王介甫諸公卷中,宋人猶不受也。"

其人無以應,則又曰:"溫厚和平者,詩之教,不可爲劉四之罵人。"

徐子曰:"若者,當以《三百篇》爲斷必也。詩三百而盡,咏緇衣,歌鹿鳴則可。子試讀乎'碩鼠,碩鼠',不罵人乎? '鴟鴞,鴟鴞',不罵人乎? '南山崔崔,雄狐綏綏',不罵人乎? '蜉蝣之羽,衣裳楚楚',不罵人乎? 猶曰此托物罵之耳,子不見夫'相鼠有體,人而無禮,胡不遄死',罵人也。'子之不淑,云如之何',罵人也。'乃如之人兮,懷昏姻也,大無信也,不知命也',罵人也。'夫也不良,國人知之',罵人也。'維是褊心,是以爲刺',罵人也。'中冓之言,不可讀也。所可讀也,言之辱也',罵人也。'彼其之子,不稱其服',罵人也。'燕婉之求,籧篨不鮮',罵人也。'子之湯兮,宛丘之上兮。洵有情兮,而無望兮',罵人也。猶曰此風人之致,非大、小雅正聲。二雅中,如'惡惡之巷,伯無論他',如'佌佌彼有屋,蔌蔌方有穀',罵人也。'爲鬼爲蜮,有靦面目',罵人也。'彼何人斯? 居河之麋。無拳無勇,既微且尰。爾勇伊何,爾居徒幾何',罵人也。'廢爲殘賊,莫知其尤',罵人也。'具曰予聖,誰知烏之雌雄',罵人也。'大風有隧,貪人敗類';'民之未戾,職盜爲寇',罵人也。'哀今之人,胡爲虺蜴',罵人也。'蟊賊蟊疾,昏椓匪共',罵人也。'人有土田,女覆奪之。此宜有罪,汝反脫之',罵人也。乃若'赫赫師尹,不平謂何';'皇父卿士,番維司徒',呼其人而罵之矣。'家父作誦,以究王訩',自呼其人而罵人矣。'庶曰式臧,覆出爲惡',臣罵君矣。'之子無良,二三其德',罵夫矣。'君子信讒,如或醻之。君子不惠,不舒究之',罵父矣。'國步滅資','周宗既滅','哀我人斯,于何從禄',罵國矣。'赫赫宗周,褒姒滅之';'哲婦傾城,爲梟爲鴟';'婦有長舌,維厲之階';'艷妻煽方處',罵王后矣。'昊天不惠,旻天疾威',罵天矣。'將安將樂,棄予如遺';'忘我大德,思我小怨',朋友相罵矣。'如蠻如髦',兄弟九族相罵矣。嗟乎!士但無氣矜,尤人攻訐忿戾,或《嚆矢》、《白華》、《小弁》,懟怨君親,借古人萬萬不得已之鳴,傷臣子忠孝本心耳。生于衰末之世,而章奏之褒彈,無定考,課之殿最失平。甚而朝廷有忌諱之實録,郡縣皆情面之志書。至於科場制策,本以作天下敢諫直言之氣,人士苟一語稍涉時事,旁及權奸,主文者救頭護官,掩耳閉目。甚於誹謗妖言之科,於斯時也,有士焉而事刺于目,心語其口,痛哭流涕之,莫聞撫膺灑血之無地。噫嘻!不寄之孤憤之詩歌,而誰寄乎?盛唐中,如'白眼看他世上人','下士大笑,如蒼蠅聲',無關係而罵人者,更不可勝舉。杜少陵《石壕吏》諸篇,尤極其怒罵者。爲此言者,無論未嘗讀《三百篇》,并未嘗多見唐、宋人之詩。夫其學問不足以自信,才氣又無以過人,姑爲巧詆高勝之論以欺乎?鄉里不學之小兒,使之尋聲縮舌,以爲夫夫之爲言如此此,其中非無物者,而不知其恫喝矜佗,奇鈞危餂,實則聲詩中游譚之巫祝耳。"

曾子謂徐子曰:"甚矣,今之人其不可與有言也。語爲詩者,不必極其性情之所至,意興之所之,但相率爲溫厚和平,氣息纔屬,及半而止之。唐音語應制之經義者,惡言人所不能言,而但比擬先民模棱,以爲正體,苟且以爲志彀,要以略似八股,足以諧視肉之,主司塞吹毛之磨勘而已。至語爲人者,更無取於危行危言之士,顧相戒抱頭畏尾,次且囁嚅袖手,處鐔張口,以唊庸庸之福,而曰此臨穀之恭人、薄冰上之君子也。嗟乎!以此爲詩將無詩,以此爲文將無文。由此道也,以爲人將無人。且夫世之務爲苛刻勝人之論者極其效,至於使人拘而多畏爲細謹,庸常之人而止若者,子惡其致人以難,而吾甚鄙其導人於易也。"

曾子蓋韙徐子之言詩，而因以知徐子之爲人與其文，山居次韵者，徐子所爲詩十之一百之一也。

叙李榖叟律詩

夫其人而好言文武全才者，必其文其武，俱無足觀者也；其人而好言文章經濟兼通者，必其文章經濟，俱無足觀者也。古之兼而備之者，不爲少矣，然意在於以全見長，則吾并其偏者疑之。醫而肯兼卜者必非倉、扁之醫，匠而肯兼陶者，必非公輸之匠。古人事事精而不必求全，今人事事求全而不必精。即以文章一道，其在古之人，屈原、宋玉、司馬長卿但能爲騒賦之文，左丘明、史遷、班固但能爲叙事之文，韓非、晁錯、蘇秦、陳軫但能爲辯駁籌畫之文，彼固不必求備，世亦未嘗以不備訾之。自後世人各有集，有詩而無文，或有文而無詩，謂不成集。其文必有序、記，有誌，有狀，有傳贊、頌誄，有策論、表啓、書疏、銘偈、書後之屬，而後成其爲文集。而其爲詩，又必具四、五、七言古近諸體，而後得稱爲詩家。信斯言也！蘇、李曷不爲《三百篇》？猶曰偶一爲之，而未嘗有集也。陶淵明何以無七言？古即曰七言，至唐人而始具體。然漢武《柏梁》，晉魏以前先之矣，此猶有可言者。杜少陵何以不能爲四言詩，然固不害其爲杜也。即少陵不爲諸體，而但以其一體行世。使淵明之時，諸體已備，而陶令但爲五言古，要亦不失其爲杜與陶也。鹿門、輞川使但爲五言近體，王、孟不孤行三唐間乎哉！

吾鄉有陳昂者，僅以五言律五百首成集而已，成其爲陳昂之詩。或曰昂尚有全集在某所，寄某家，此鄉里小兒之見。但使五言近體中，不可無陳白雲一位，而昂之詩已傳矣。

吾友李榖叟，自昔喜負爲聲詩，乃今而僅出其五七言近體以傳。夫詩文之不必具體而遽行之者，必自恃其可以單行，而無事於求備者爲也。曾子曰："李子，其可謂能詩也矣。"李子曰："曾子，其可與言詩也矣。"或曰李子於諸體無不妙，貧不任棗梨，姑以其體之不遠於人者先之也。

張友有詩集序

唐以詩取士，或曰詩莫盛於唐也。曾子曰："唐之能爲詩者，有之矣。而其可與言詩者，三百年間，吾少見其人。"夫唐以詩取士者也，唐以詩取士，而謫仙、少陵顧不在科目之中。然則唐之開科以詩，特爲禁錮李、杜二人而設也，吾不知其所言者何詩，而所取者何士也。使一代應舉諸生而盡李、杜其人，則三百年間號爲主司文運者，安所得入彀之士而取之，不反謂當代無詩，而令三百年人士以李、杜文章爲戒乎？吾讀唐人詩，其佳者大抵撫事感物諸什，而其應制鎖院之文，欲求一語之不令人嘔噦，竟不可得。則非唐無詩，而以詩取士故無詩也。自唐迄今，或又謂宋益卑卑。至明興而大振，豈非以宋猶兼聲律制科，而吾代之爲詩，脫然無科舉之累乎？然而明詩之能爲累者，又有之矣。其一爲詞壇之詩，閑民無所得食，而建鼓樹幟，投贈於王公大人之門，以自鬻其身。命題分韵，逡逡囁嚅，赳趣懕懕，靡騁鄭重其言，甚於唐人之應制。而達官顯者之褒彈進退，遂爲彼人肥瘠枯潤之所關，此其得失，亦與人士之科舉等。其一爲詞林之詩，雖其人雅負雄博英異之姿，曳足木天，遂有"館閣"二字橫其胸中，而不得出強項之士。稍不受其羈紲，則搖手相戒，以爲叛體離宗，而教習者亦因而去取於其間，則其拘而多畏，亦與科舉應制者無異。若夫捨二者而外，惟其人之能爲則爲之，不能爲則止。能爲之矣，惟其意之所欲爲則爲之，不欲爲則止。此如剡曲雪舟，乘興而來，興盡而歸。或千里命駕，或到門不入，任其所之，而行止惟我，斯則明詩之所以超然無累。蓋前代之金注昏，吾世之瓦注明。

而吾友張友有氏所爲掉臂游行，揚眉吐氣於退之、長吉之間者也。友有少年名家子，自垂髮爲文，所投無不如意，殆與窮愁著書者異。昔人云詩以窮而工，予謂詩工於窮，非自然而能爲詩者也，倖而窮耳，使不幸而不窮不工矣。且詩必以窮工，則是《邶》、《鄘》而下有風，而"二南"無風也。《板》、《蕩》而下，

《召旻》而上有雅,而《魚麗》、《文王》無雅也。吾故曰詩之窮而工焉者,中士也,古之愁時感事而慷慨悲歌者是也。詩之不待窮而自工者,上士也,殆有友氏其人乎?若夫愈窮而愈不能工,斯曾子弗人之詩,所以爲下之下。譬則灼艾者之痛,不可忍,無可如何,而叫號呻吟,以止其痛。今以所向無不如意之友有,而獨喜與我談詩,得無與愁人言樂事,無論其工拙之不相如,而亦近於逆耳之歡,曾子顧樂而序之者,無乃捨其痛,而搔友有氏之癢乎?夫曾子痛而爲詩者也,友有癢而爲詩者也。子瞻云:"忍痛易,忍癢難。"痛與癢有苦樂之殊,而其中各有不可忍者,吾二人政復相關。此友有喜與予論詩,而予亦喜論友有之詩也。崇禎十一年穀雨前。

叙霞嶼述游

　　夫詩者,其人之史也。吾觀元亮、杜甫諸什,無俟讀其傳,而伊人之懷抱身世,歷歷宛在目中,故曰"其人之史"也。詩以述游,又其人一時之史也。吾至其地,而交某人,爲某詩;游某山水,爲某詩;以某事,與某人唱和聚集,爲某詩。且入其疆,而其風土之豐瘠,人民之苦樂,與其當事者之政治得失,亦具見於是,又非特一人之史也。然而紀游之詩,至今日而難言之矣。夫今世之游者,不盡如吳季子之歷聘四國,必如齊之嬰、鄭之僑、衛之蘧史而後定交也。然不能無交游,則不能無酬接應對,因而有得已而姑爲,或不得已而強爲之詩。夫相見以爲修鷟之贄,餽遺以佐筐筐之實,讌飲以償酒肉之債,於是而不識一丁者胸破萬卷矣,持籌鑽核者揮金如土矣,河糜微燻者烏衣王、謝矣。其四境之監司守令,雖贓污狼藉,皆羊不入厩、粟不入懷矣。雖重賦民流,醉人爲瑞,皆陽城撫字,桑麻被野矣。雖有勢者奸如山不犯,皆強項之董宣,破杜之元禮矣。雖巧詆擊斷,渭水盡赤,皆解綱泣罪,民自以爲不冤矣。若是者,皆以詩借交,而於當事之顯人爲甚。彼則曰:"居是邦,不非其大夫禮也。"吾且姑捨是而言詩,則吾未聞夫魏之號碩鼠者,爲唐人之風;曹之刺赤芾者,出於檜人之口也。且夫在禮不非則不非之耳,不非之又從爲之辭。而掊克在位者,投贈引瓊琚之報；豺虎不食者，曲筆獻緇衣之頌。此又何禮也？

今昌箕游清漳，清漳爲海邦都會，其山水浩蕩而雄深，其人士豪上而有文，其士大夫重經術而下士。而一時之官其地者，又皆於昌箕爲文章聲氣之交。昌箕游斯地，選其人，而與友焉，不然，則寧無友；選其人，選其事而爲詩焉，不然，則寧無詩。故其言皆慷慨磊砢，悠然自得，非爲人而爲之，是以有吟咏之適而無得已，而姑爲不得已而強爲之累。昌箕蓋賦詩而樂，而述其樂，以示曾子。曾子亦樂昌箕之有是游也，於是執筆而序之。

叙庚午程墨質

吾生平不喜讀墨義，每闈牘出，勉閱三四省輒罷。間強自卒業，大部累牘中，不能得二十餘首。每閱訖，輒有棄日之恨。嘗謂人："昔日之程墨，掩時義；今日之時義，敢于侮程墨。"憶少時，閱行卷房稿，凡三年，較士諸目，一出坊刻，遂廢。間有之，亦不入選；即入選，亦終無以踰鎖院之文。而今之行稿社義，與程墨爭道而馳，無引避意。甚則人士故爲擬墨，公然建鼓，而揭于天下。至于主司程式，昔之偶然擬作者，惟馮開之、鄧文潔一二先生。而日來試錄一出，無論能與不能，凡紗帽加首，輒復泚筆擬程，若以爲不可已之事。夫擬墨而無以十百千萬于墨，而僅與新貴之翹楚者無以異，墨可無擬也。擬程文，而無以頡頏于先正諸君子，而僅與剿腐庸弱之程差有以異，程可無擬也。且夫擬程墨于程墨敗壞之時，雖勝不武。然亦有所狃而動，而未信彼之遽有以勝之故。夫使今之擬程擬墨，紛然而行于世者，無論其勝與不勝，則今之爲程墨者之過也。若夫程墨之選，其失有二：其一則淺學腐生，以爲是已信之貨，雖糞穢瓦礫，咀嚼而拜跪之，此如小兒盲子，聞辟人之聲，見輿皁之來，無論堯、桀、夷、跖，則相與弭耳屏息，而俯首降下之也。其一爲擯落諸生，喜負不偶，耽耽然幸夫闈牘之一，有瑕釁則相與摘伏發癥，正告天下，以洗洩其不售之憤恥，而要其闈中自爲之文，未必有以勝人。使幸而售人，亦將摘發乎彼如彼之所云矣，且夫闈牘之作者、閱者則兩難之矣。今之猥庸者，無論即真有雄才博學之士，一入闈中，而上之睨限體之功令，下之慮盲目之主司，內顧而又有賤貧失路之感。稍欲抵掌而談，則瞿然囁嚅，次且蹙蹙靡騁。夫雖有奔塵追電之雄駿，而伏櫪顧後，失馳虞前，俯然若喑若蹶，逡巡于四達之衢，而危得九方之一視。夫相馬于驪黃、牝牡之外，此國工之所能也。若夫箝蹄絡口之中，而欲以摸索神駿，雖伯樂顧芨芨乎難之。吾觀于近代名雋，雖其後懸書國門、卓然可垂者，而其逢年之牘，雖經改頭易面，僅出行世，當世尋聲之士，亦怵于其名，諾諾不敢出一語。然有識者，平心而視，謂終無以逮其平日之所爲；而碌碌庸福之流，天亦與之一日之長，以偷取終身之貴富。此則造物之公而仁，不欲使科舉一途，盡爲文人才士之所據，而主司亦無如之何者也。而論者苟責，輒以爲衡文者之罪，亦已過矣。且夫世不盡可以服人之主司，而其爲都人士之標質者，則恃夫選者之目。夫主司之目，可以考試人士，而賤之貴之；選者之目，又得以考試。夫主司而是非之可否之，則吾社德發之，續有是選也，夫亦不得已也夫。

序癸酉闈牘抄

歲在癸酉，天子近七年爲政之期，廷臣少當意者，一切以綜覈爲治。屬當舉人士於鄉，先年，嘗厘正文體，有所黜落，連及有司。主司意不在得士，而先救過，搖手閉目，受卷如立層冰，恐文士之艱奧而失則詭也，則依仿百年前知行教養立柱之體，而拔乎耳目聰明、心思睿知開股者以爲正。恐文士之疏散，而失則蔓也，則拘牽對偶駢儷之體，而拔乎一起語，而排比六者以爲正。諸如此類，其所爲友正之技止此，而亦可謂不遺餘力矣。

雖然，吾更有說於此。夫文體奇衺，固功令所禁也；以賢書爲市，非功令所許也；闈中之登賢書者一人，作文者又一人，亦非功令所許也；甚而登賢書者場中之人，作文者場外之人，又非功令所許也。以耳目所聞見，豈遂無其人乎？不此之問，而徒使人士薰眼束胸，苦縶縛其手足，無乃放飯而問齒決乎？且即以文體言之，如今日之所謂正則必謂排蕩高深者不正，而整齊淺儳者正也。然則是六朝正，而西京不正也。其在唐，則王、楊、盧、駱諸人正，而起衰八代之退之不正也。且夫科場而正文體，此其說始於歐陽子，其所取以鵠人士者，子固、子瞻也。今不能得曾、蘇，而徒取腐生菜傭以充數，何以謝軋茁之劉幾乎？且歐陽子之砥文風，則其力自足以正之，非有所顧畏於功令而然也。今主司踽踽而睨功令，猶人士之踽踽而睨主司，蓋上下相殿，勉强從事，不得已而爲苟免護官之計。譬則孱子操舟，無破浪迴瀾之力，而但收帆牽纜，一篙沿岸。是以子不正，而正之以經；經不正，而正之以史漢、唐宋諸大家；史漢諸大家又不正，而正之以淺弱之程文、猥庸之墨義與夫首鼠多畏群主司之眼。嘻！亦可謂本之則無矣。故夫有憂文體者，而又有憂乎當世之正文體者，舉文士之售於主司者，而更次第之。夫上之取舍當，則草莽可相安於不議閫牘之編次，亦不失爲上下相維，無所諱忌之盛世。然必其人之力，足以議之。夫兹選也，固亦議之有其本者矣。

王有巢裏帖序

今世蓋汩汩相導爲諛哉，而文章爲甚。選文者，諛人者也；叙文者，諛選人者也。師之諛其弟子也，門士之諛其先生也，朋友之交錯而相諛也。失此三諛者，朋友以爲不可交，先生以爲不可教，而門士亦始慕終棄，望門却走，謂不可宗。

王子貌木而舌訥，其不能爲諛，蓋可望而知之，而喜爲選事。王子其諛人也哉？南山之棗何罪，王子則髡以爲俟也。王子不爲俟也者，則請自王子之知交與所畏愛者始。王子先行意於知交與所畏愛，夫然後可以號召側目之餘子。雖然，信斯言也。害王子之選者，必自王子知交與所畏愛始。王子之選事難矣哉！且夫選人而以諛人，王子不爲也。王子則不可不諛世。夫時文者，諛世之文也。今世自黃口鄙儒，則莫不附耳抵掌而稱前輩，王子而選以諛世，亦必附耳抵掌而稱前輩。夫先輩之文，足以奔走號召乎？今之鄙儒者，以先輩之名輔之也。今使掩鶴灘諸公之主名，而號以今人之文，則乳子腐生又吐棄之恐後矣。且今之自命司世，而挾其可以賤人、可以貴人之權，藉以遏抑文士豪縱之氣者,莫如南宮之牘,能已見於前事矣。夫曰者,南宮之役司命者,未嘗不欲得錢、王而收之也。然使今之世而有真錢、王者出,未必不在擯落之中,而適以瘐人讀書之氣骨。今其逐隊者無論,試取十八人中,選天下之精銳而先登者,其卓然可垂者誰乎?即一二知名士,誤入彀中,試捫心自問,謂非羈舌縮手,捨所學以取世資不可也。夫上以正體起衰爲名,而下以曲學阿世爲實,然則是救世云者,亦上下相驅爲諛也。王子又不爲無已,則姑捨之而自諛,王子而自諛則可。夫王子身不爲諛,而欲使天下之人,捨其自有之心目而諛我,王子又不能,則曷正告乎?觀是文者,第掩其爲文者之主名,與王子之評閱,先入之詆諛,漠漠然無所適於中,蓋以文爲覆而已。則虛游而射之,不諛人,不諛世,不自諛,不諛王子,夫然後知選者之不能爲諛也,蓋曾子則已望而知之矣。

序龍虎吟

庚辰之春,吾友陳子含偕道掌氏選程墨弧文事也,蓋有奮武之思焉。曾子異撰時方北游,示諸同人,有"朝苦書生滿,文兼武事行"之句,已貽書諸同社。吾一船中,左擁時藝,右載弓矢。宮中夢卜,方勤生攘臂逐隊,自附鷹揚龍卧間。夫以時文爲文,非文也;以弓馬爲武,又非武也。文不成文,武不成武,持此出草廬,謁帝名,爲應莘渭之求,須吉甫之選,何異搏塵飯兒?戲!噫!可笑已。

仲夏北歸,子含又有《龍虎吟》之役,蓋取諸顓頊氏之神劍,謂其騰上而指,則所向克敵,藏之合中,時時作龍虎吟也,陳子言之詳矣。夫古之以説劍雄者,莫過莊生。其言有天子之劍,有諸侯之劍。天子之劍,某爲鋒,某爲鍔,某爲脊,某爲鐔,某爲夾。諸侯之劍,鋒某,鍔某,脊某,鐔某,夾某,不能盡同。而皆可以直無上,而舉無前,以此異於庶人之劍。今天下內訌流寇,北門强胡,所需者,卿相士大夫之劍耳。夫今當事者之劍,以三歲鄉、會試之闈牘、房書、行卷爲鋒,以分門別彙、摘句割服、碎金雜錦之大小題試牘爲鍔,以學堂訓詁之傳注、講説爲脊,以坊刻纂輯餖飣之經、子、史、秦、漢、六朝、唐、宋諸雜文綺語爲鐔，以歷科沿習傳誦隳括二三場之論、表、策爲夾。而以誤國喪邦、學究鼻祖之王半山爲鑄劍之歐冶；以荒耄固陋、夏蟲正體螳臂起衰之主考，瞇目簿書，糊心帖括；以賢書爲市之房師，爲選劍之雷煥、張華。兼以吹毛洗垢，因緣報復，捨大奸利，索小瑕疵之磨勘者，爲之拭劍之士、淬劍之水。以此內蕩寇而北抵胡，嘻，吾哂其不如庶人之劍，尚可以刲羊而刺豕也。莊生曰："庶人之劍如鬥雞。"由今之道，無變今之俗，愚謂今卿相士大夫之劍如戰蟻，雖然，一代之王制在是矣。三百年間，具文武經緯、繫社禝安危者有之，未嘗借才異代也，皆由此道也。以進選而用之，其亦天子之劍材也哉！

　　兹選也，夫亦其鐵中之錚錚者，淬而用之，則恃有今天子之神武，命曰"龍虎吟。"《易》曰："雲從龍，風從虎。"合中之吟，夫亦思有求我者而從之，爲是選者其亦有所思也夫。時崇禎十三年七夕。

叙旅誓二集

　　古之著書立言者，皆選其才性之所近，而選言以出自選，非選人也。司馬遷爲《史記》，則選其人而編之。人選其事，初未嘗選其文，間有之文，亦因其事以存。《垓下》、《大風》之歌，豈選詩之謂乎？《漢書》踵之，遂有事文兼收之意，故其帝紀之詔令多，而列傳之奏議詳。他如鄒、枚、王褒、終童之屬，人以文存，亦漸鏤衍損風氣。東方朔《客難》、揚雄《解嘲》，古今人旨口，予謂可無載也。使孟堅傳屈原，必兼載《離騷》，不但《懷沙》一賦。其傳管、韓，必取材《大小匡》、《孤憤》、《五蠹》諸篇，不但采仲之逸事，非之《說難》。夫賈誼之《鵩賦》，未必過於《治安策》也，然而太史公之去取如此，寧使後之讀賈生傳者，謂遷之詳贍不如班，而必欲孤行其屈、賈合傳之意，此其踽涼獨往，絕不作選腴割炙俗想。即此一念，便可藏之名山之中，明知後世之必有班椽，不屑爲之耳。愚嘗謂：嬴秦而上之《史記》，《尚書》、《左氏》、《國策》之約略也。武皇而前之《漢書》，《史記》之補遺也。史者，選事之書，而約略主棄，補遺主收，乃二書位置之高卑，亦具見於此，豈非以選事與兼選文者異乎？范曄《後漢書》始以"文苑"樹目,因文而傳其人矣。其他所記載之文章,亦倍蓰前漢。梁昭明別爲《文選》,則文徑離人以存,識者謂濫觴於范曄,而愚則謂芽蘖於孟堅,《唐文粹》、《宋文鑑》皆其苗裔也。承流爲西山氏之正宗,乃至謝枋得《文章軌範》,其事至瑣尾,猶得爲里社學堂所不廢。而所選者與選者,其人與文,皆相麗以行。凡諸所搜輯,少科舉之文也;間有之矣,然應制之體,當時僅以爲時文,有意立言者無取焉。董江都《應制》三策,班史至詳載列傳;太史公尚以爲無足存,先已略去,僅以經術附儒林間。嘻!使後之傳王、唐諸公者,而以吾代應舉諸大篇,附贅其內,無論爲有識所姍笑,即黃口小生,有不謂引用失倫者乎?故夫爲文而至於帖括之經義,此文章之至猥瑣者也;選文者而至於帖括之經義,此又選事之至猥瑣者也。

《旅誓》之有初選也,希之兄弟俱未脫然於樊籠也。二集之選,希之或不得已而爲之,爲賡之者,是亦不可以已乎?嗟乎!賡之四年,宣城令扶父櫬歸,至三山,不能自前入城,屬予貸十金以行。歸而無田自食,兄弟作苦爲瑣事,希之、賡之坐而選仲氏羽之賈而行,以自比於梓匠輪輿、坎坎河干之苦行。仕宦而至此,在我輩爲固然,亦異於末流之志在田宅事圖溫飽者矣。若其選事之佳,固無俟予賞譽,即稱賞之,亦不過以爲子長復生,而爲今世之文選。今世爲文之人,要亦等於古之磨鏡賃舂,無可奈何,而自食其力之鄙事。其獨行則可佳,其事雖絕工,亦僅與賃舂而不粃、磨鏡而不瞽者無異,斯亦無足譽也已。

叙王有巢文

王有巢氏,異人也。向人樸訥無一言,中無不能。能詩,能文,能畫,顧不能自食。其友韓晉之爲有巢謀:子曷賣詩文以食?有巢詩文不售。曾弗人爲有巢謀:子曷賣畫以食?有巢畫不售。有巢氏詩似李賀,古文詞似揚雄,畫似小李將軍。古之人有一焉皆足以傳,在有巢乃足以窮其身。弗人子謂晉之曰:有巢氏必有深犯乎世者,世嗔其所犯,而移其嗔於其詩、其古文詞、其畫也。有巢氏出其制義示弗人子,弗人子憮然曰:得之矣,有巢氏坐是故窮也。有巢氏制科義,兼有長吉之幽險,揚子雲之蘊奧,而更以其小李將軍之筆意,而刻畫乎古先聖賢之鬢髮眉面,與夫毛孔衣褶之微,靡不精至。三者有巢有一焉,皆足以不售,而有巢之制科義兼之,宜乎其犯世之深。世之人蓋嗔有巢之制科義,而徙其怒於詩與古文詞與畫也。有巢氏曰:然,然吾必行世。且夫世之嗔吾文而行之也,猶之乎譽吾文而行之也。但使世人之心中、目中,各置一有巢氏之文於其前,而嗔之、詈之,則世固已行有巢氏之文矣。韓晉之首肯其言,命余執筆而叙之。有巢故有《夕庵草》,吾友董叔會,有巢氏之桓譚也。與晉之序而行之。世儒目攝於有巢氏,且移其嗔於叔會、晉之之眼,信如有巢氏之言,以其嗔于世者行世也。則夫叔會、晉之之眼,與夫曾弗人之叙文,其亦附有巢氏之制科義以行也夫。

鄭羹先制義序代

夫文章一道,雖云日化,然其始莫不守其大常,而後乃屢遷。國家自洪、永創制,彬鬱同文,而上之所以取士,士之所以應制者,近二百年而一道同風。迨世廟繼統,而文體始有同異。至於萬曆初載,體格再更,約略三十年而一變。蓋以世計也,自萬曆中年以後,而文乃十年而一變,不及世矣。

吾羹先鄉舉之年,為神宗末季,浸淫于熹廟之辛、壬,稍見其端。迨甲子、乙丑而一大變,至丁、戊而又一變,迄今庚、辛而變愈數。昔之變以從時,今之變以學古。變而趨時,此壯夫之所羞也;變而學古,則雖有志之士,亦美於其名,而與波俱轉。然要其所為古者,其猥濫易厭,乃更甚於從時。是以其變愈疾,而從之者亦不能期月守。羹先自戊午迄今,雖日以老湛沉雄,然而興來獨往,未嘗爭時躍冶,以阿世而速售,而世亦不能外之。

夫文章之運其表裏于治術也久矣。自祖宗開國立政,二百年來,較若畫一。正、嘉、隆、萬之間,稍有通變而不甚紛更。蓋自天啓以來,舊章會典,變置紛然,功令之下,晨浼夕收。今國家多難,英辟銳然,有為當事者不能守祖宗成法,以治天下,徒支吾紛更,以徼倖於旦夕,而希上旨。朝端之士,雖其卓然自立者,亦岌岌然有朝文暮質,以自潰亂之憂,而文章之氣運亦隨之。夫當文章多變之日,而能以不變爲文者,天下之真文人也;當朝廷更變之秋,而能以不變立朝者,國家之真臣子也。計今之時,既不能不因時而偶變,要當有落落不變者,卓然於中,此予因羲先之文,以知其人,固予所願,學未能,庶幾筮仕之初,因羲先以自勉也。

閩邑父張恭錫玉蘭堂稿序

　　自選舉而外,代各以其制取士,則一代之巨公偉人出其中,然往往用是致身,而不必以其業著。房、狄、裴、郭不必以詩賦著,王、李、富、韓不必以策論著。即明興,誠意、正學、文清、忠肅諸先生不必以經義著也。雖然,唐宋諸名臣之不必以詩文著也,固也。使房、狄諸公而能並驅於李、杜,有稚圭、彥國之事業,而兼以子瞻、永叔之文章,此數君子者,未必恃其有足傳者,而舉其可以並傳者,故遏抑之使不傳可知也。然則誠意、忠肅諸公,而能奪濟之、應德之席,其不賓賓然恃此以名世,則有之矣。而曰我自有垂於後者,是區區者不足存,則雖有擅長一代之業,而諱以此道行於世,無是理也。且夫文章之行世,則其人、其文之自足以傳,非待人之爲伎而傳之也。腐史、班掾,自序之而傳者也。李漢不能傳退之,退之之文掖李漢之序而傳者也。揚雄、左思即微譚謐亦傳。今有其父書師說,而其門士子孫,揭揭然號而徇於人,此則昔人所謂誦其父之言於鄰人之子,而曰"吾父之說如此",吾恐乎信者寡而疑者衆也。雖然,使其父書師說而果足以傳,必因其傳之,自子弟而遂不傳,又無是理也。然則恭錫先生固不必以經義傳,即以經義傳亦可;先生之經義固不必以邑子弟傳,即邑子弟序次而傳之亦可。且非特此而已。今天下日鰓鰓然以文體爲憂,功令靡歲不下,每三年鎖院大比,大宗伯飭諸典試者,此則一涉而已,毫無損益於人士之學問者矣。外此,則宗伯責成學使者,學使者敷教百城,僻壤亦不下五十城,所部士以數萬計,率閒歲一試,而又師嚴道尊,自學宮、文場而外,士執經問字不數數,邑長吏於人士親,大縣不能踰千人,可晨夕集而指掌數也。其文章端良詖寙,人得指授而嚌啜之,故愚謂:欲正文風,當自縣長吏始,而學使者受其成。夫室有子弟,其父母先教之於家,則夫立於嚴師之側,可以省憂楚撻記之威。然則兹刻也,其先爲閩子弟趨庭之型範,若夫文之行世而傳後,先生固以爲餘事矣。

周亮如制義序

今士之以其文行世者有三焉:有自信其文而傳之者。如得氣之行卷、房書諸文,副其福者無論,即其猥寙逐隊者,亦復誅梨刑棗,傲然信貨。此如跛鱉入肆,着艾而驗,則亦仙蔡聖龜,山節藻梲,居之不疑矣。有不自信其文而傳之者。河干伐輻,出户轍齬,未能罷僕敝馬,問道於大海之東西,長江之南北,則亦布然疑於天下,以廣其素心,與析天涯比鄰之意,若予輩之偶而不自護其醜是也。若夫賈善貨信,時尚有待,而有必可以自信之文,憒憒然惡夫偶而弋獲者,徒以一日之合示信。

而吾自出之,自傳之,使天下之信我者,知乎一日之合不足重;即其後而合於一日,吾亦不恃此,而始信於天下者,其周子之文之謂與?夫自里婦村媪,牽臂入宫,檸蘿屋角,梅標鶯嗟,搖曳三寶,鸝姥銜出村矣。於時雨閉三家,勞媒裹足,絮眠一路,佁儗無聲。彼姝者子,悄然而紗擲溪頭,屧響林外,蝶隨香步,草引微行,翩翩然行越國而叩吴宫,使大將餘百兩寵冠三千者顧我,而隕刑夫人之涕也。雖然,吾爲美子計之,曷友而自閉?村中花晨捧呻溪,午浣影,草滿鶯闌之候,梅子可傾,紗筐不閑於斯時也。有士焉,獨往而遇之,斯誠美人之知己也。今也捧其心而入市,昔人云夷光雖美,鳥見之而高飛,魚見之而深逝,吾恐夫側肩掉臂之市眼,無以甚異於鳥與魚也。

周子曰:"否。吾非以吾文適市也。今有待年者於此,孑孑然而頻水語溪,抱臺許鏡,夫庶士不可謂矣。於是而圖之、繪之,影留紙上,針停杼罷,指繪相憐,枕剩衾餘,攬盡同夢。鄰女問鬟,則共我而三;夕缸添影,則侣人兼二,亦聊以寄吾孤情云爾。兹刻也,其亦吾之自圖自繪也,吾藏之以俟其人。夫天下之大,歲月之長,豈遂無獨往之一士,如吾子之所云者乎？吾留影而秘之,非留影而傳之也,此周子極孤之踪,且不受同悲,又何心同賞哉！"曾子囅然而笑曰："嘻！周子抱其文而獨旦呕呕然出而示曾子。夫周子未結褵也,然久已目成於我矣。"

序劉子卮草

夫古人之文章,期於能为簡者也,今之時義,不能爲簡者也。古人之文有二端：曰叙事、明道而已。古叙事之文,莫如子長、孟堅,已不能無繁簡之異,是以《平準書》簡於志《食貨》,《河渠書》簡於志《溝洫》,《貨殖傳》簡於志《地理》,《天官書》簡於志《天文》,《封禪書》簡於志《郊祀》,《律》、《曆》二書亦然。然而《平準》、《河渠》、《貨殖》、《地理》、《溝洫》、《食貨》諸書,則《禹貢》一篇盡之。夫"地理"、"食貨"、"河渠",前人一之,而後人三之。前人合"天官"於"曆",盡於命義和數語,而後人分爲二書,宜其伸縮之不相逮也。他如本紀、列傳,班氏往往欲以詳贍勝子長,亦自知其簡潔不能如遷,姑用周詳自勝,實以見長者護短耳。然腐史諸記載,自周秦而下,漢興高、惠、文、景、武五朝耳,惠又不永,乃至十數萬言。《尚書》"典"、"謨"五篇,而唐虞、夏后之君相官牧備其中,乃其時二帝一王之典,禮樂、律、刑法、五行、災異之故亦具志,于是其繁簡又相懸若此。

若夫談理簡要,則世稱《道德》五千言。愚謂：牛背口授,後人自分爲某章某章,實則猶龍氏一篇之文。亦如伏羲氏之六十四卦,後人演一卦爲一篇,在庖羲氏不過以六十四字成書耳。夫《老子》之文一篇,而其言至五千,尚安得謂簡？然自青牛出關,而著述僅僅於是,故夫老氏者,謂簡於著書可也。謂其文之能爲簡,則未惟以六十四字成經,則庖羲氏簡於文、周、孔子,孔子簡於曾子,曾子簡於子思,子思又簡於孟子。夫明道至孟子而詳,叙事至孟堅而詳,猶之乎不能爲簡,然較於後之遞降而遞繁者,又爲簡潔之至者耳。且夫以一言而包舉天地萬物之理道,以一典、一謨、一紀、一志、一傳而罩括乎一代數百年之事,與其人終身之行業文章，此夫能爲簡者也。今世之時文，其命題僅四五字，多不過二十餘字，而展之爲破承，又展之爲首尾，又展之爲中央前後之八股，此夫不能爲簡者也。愚嘗謂：古人之文如縮地，今之時文如廓革。夫廓革者，以廓之而極其大爲能者也。使廓革者而僅如其革之本，然則無爲貴廓革者矣。爲時文者，以極其所長爲能者也。使爲時文者而僅如題而已，則但還其四五字與二十餘字而止，而時文可以無作。

故夫今日之經義，無論其不能爲簡也，簡之則遂無經義。雖然，廓革者而極其廓之所至，大則大矣，然而愈廓而革則愈薄，故夫時文而以極其所長而爲之者，吾惡其爲近於薄之道也。夫以不能爲簡之經義而能爲簡，以古人縮地之意而行於今世廓革之文，此予有取於劉子，而欲與之讀古人之書。若區區於時文窟室中，較量繁簡，此予所廢書而嘆，自稍有知識以來，所爲太息痛恨於王半山，而久欲付之不言者也。

福安令君章爰發父母制義序

吾友劉薦叔，喜負練達，善縱談天下事。嘗扼腕謂予曰："今之立朝者，欲爲好官，則不能爲好人；欲爲好人，則不能爲好官。"已又曰："今之未立朝者，欲科第應舉，則不必爲好文章；欲爲好文章，則不必科第應舉。"予喟然韙其意。然私謂是言也，而出於得志於時者之口，則不失爲感時救世之談。若夫潦倒下僚、窮愁失路者，而倡爲是説，雖其言未可盡非，吾疑其中忮而辭懟，近於落拓無聊而嗟卑嘆老。薦叔之爲官，尚有待其於文章之遇合，蓋亦未售者十二三而已，售者十之七八，不妨其有是説也。雖然，吾且謂薦叔失言。

夫章爰發先生者，薦叔之縣父母也，薦叔亦不可謂不知其人矣。先生來三山，顧予於窮巷之中，尚未及他語，而嘆息於謝皋羽之未有專祠於其縣，且問："李忠定公墓在三山，其遺址安在？墓祠堂墻屋修不？"予集中嘗有謁忠定墓詩，有序於前，竊嘆其墓存而祠圮，先生尚未之見也。夫今世之欲爲好官者，問其民之愚懦易服誅求，樂輸官。不耳，鄉士大夫之豪大難問者若而人，上官之饕餮易悦、喜爲伎操下者若而人，吾巧伺而謹事之已耳。不此之問，而寄懷於數百年不可復起之陳人往事。嘻！斯言也，無乃與薦叔之所謂欲爲好官者異乎？然若爰發先生者，又安能使之不爲好官也？

吾且以先生之文驗之。先生自戊午舉于鄉，則以文章名天下。丁丑之役，世之讀懸書者，莫不嘆其晚，而信其必售。夫先生之文，固薦叔所謂"能爲好文章，而於科第應舉之道遠"者也。然則是薦叔之言不驗也。薦叔之論文不驗也者，則是薦叔之言俱不必驗也。雖然，先生之爲官始於今日，先生之爲文止於今日矣。夫已成仙者惡其蛻，已成龍者棄其蛻。吾窮賤老縫掖耳，自八歲學爲文，拳梏此道中，垂四十年，度舍此則致身無路，尚耻以帖括爭鳴於世。士既爲經世長民之事，顧守其紙上既蛻之朽骱，詡詡然號而徇於人，無論爲存心天下者所不屑，而亦慮有蓬蓽之老生，抱膝而咥然其旁乎？吾固知先生之皪屣乎此也。姑附一言於先生之文之前，于以識先生之爲好人，而不必不爲好官。而釂然於薦叔觀世之言，有時而不必盡驗。而爲薦叔者，亦甚無樂乎其言之多中也矣。

徐文匠制義序

士何事不可爲，而必爲文章？士即俯首爲文章，自經史、騷賦、詩詞，以至巫書、小說、衲唄、優唱，亦何事不可爲，而必爲今日之帖括經義？夫德功無可見，而但以文章立言，此三立中之最卑者也。文章而至爲帖括之經義，此又立言中之最卑，並無足齒數於文章之列者也。今以無足齒數之文章，而氣隘者拒户而守，意廣者建鼓而徇，某曰某派吾地開宗，某曰某派吾徒祭酒，而不自知其爲蜣蜋之轉，戰蟻之鬥。甚而當事之公卿大夫，不曰今日之繁賦何由輕，貪殘吏何由去，兵多而悍懦，食用窮蹙而冗漏何由足，疆場數千里地何由恢復，虜頻來何由大創，天下士大夫酒食聲伎、裘馬僕妾、阿堵田宅諸風尚何由正，賢書銓選苞苴何由衰息，兵荒流民何由寬恤招聚，立朝何由守正不黨，忘身忘家，使朝廷敬信臣子，除猜察，省刑獄？不此之問，而今日議正體明，日苛限字，此又事之至迂極倒,而可笑之甚者也。雖然,今即有孔、孟之道德,伊、旦之勳業,而捨此至迂而無足齒數之文章,則雖周、孔,無以自見其德與功於天下。夫士干禄今世,譬則巨鵠峻鶴,不生於海闊天空之際,而俯巢於闤闠之叢篁,飲啄於農桑之田圃。其性氣不除者,時而抗首嘹唳,視翅翔翠,稍露其高,寄不屑之態;而其不然者,則亦安然而卑棲俯啄,無以自別於稻粱之雞鶩,亦相與接翼於桑顛籬下已矣。曾子老樊籠間,徒以父讀書蚤喪生,世胎而孤,母七十老寡婦,寒賤不可無禄養,不得不株守一經,以附於古人爲親而抱關擊柝之義。而又自分其才無以與於古來左丘明、屈原、司馬遷、李白、杜甫、韓愈、蘇軾、關漢卿、王實甫之間,是以陸沉溲溺中,行年五十,鬢髮白盡而未忍去。

徐子父祖爲大官,無俟升斗爲養。以徐子之才,而爲古人之經史、騷賦、詩詞、歌曲,投之所向而無不可,顧俯而爲科舉之文。吾讀徐子所爲經義,雖其引頸而鳴,振翮而上,氣決而目遐,可以無所不之。顧時俯而視,決起而盤旋趦然,迴翔審矚,若有志在千里無可如何之意。嗟乎!徐子何自苦若是哉!或曰:徐子方將自致於三立間,不得已而寄於此者也。崇禎庚辰五日。

自叙四書論世

異撰胎而孤,母二十一抱孤子在襁褓中,則喃喃教異撰讀父書。憶六七歲時,母篝燈於床,展書於枕,吾母手紡口授,異撰偃卧而讀之。去今三十年所,母老矣,異撰多病早衰,年未四十,鬢髮鬖鬖然,已似老翁,而學未有成也。蓋異撰十歲而學爲文,諸父急小子逢年,課異撰爲不遠於時之文。十六七歲,而異撰私喜爲縱横排蕩之文。十九歲,始知讀古書。始吾四歲焚廬,火及寢,母弗去,徇父柩,僅以槪免,諸父書已火,不可讀。偶於外祖舊篋中,得抄纂《胡傳》、《易》、《禮記》三書,字墨而句丹之,而時發爲文章,而又學爲經術之文已。庚戌房稿出,讀丘毛伯、王帶如先生稿,其縱橫者業已先得我心,而尤喜其清率靈快之文,以爲無應制肥酒大肉氣,而又喜爲清真之文。二十餘歲,而授書傭食,私念不可以我法爲教法,時時掂濟之應德。及歸、胡、湯、許諸先輩稿讀之,初以課童子，熟視而有所入，以爲不如是，則不足以語於文。而又學爲定氣矜格、認脉摹神之文，已乃嚌啜等分之。其論事論人之文，則爲排蕩經術之文，而其談理講學之文，則爲清真快逸與夫定氣矜格、認脉摹神之文。是以世之知異撰之文者，見其論事論人之文，與其談理講學之文，則判然以爲非一人之文已。又和合之，其談理講學之文，猶之乎論事論人之文，而總之爲論世之文。私心以爲，言理而不適於世事，則爲腐妄不可用之理；言學而不於其人之世參之，則其學亦爲頭巾帖括糊目，而互相呼拜之學。且夫所謂論世者，又非必以四書之言論四書之世也，吾意有所感，則以四書之言論今日之世。吾讀《學》、《庸》、《語》、《孟》，而證以漢秦以後；《通鑑》、十七代諸史，則又以漢、秦、唐、宋之世而論。夫唐虞三代與夫孔子、孟子之世，私謂不深觀乎漢、唐、宋、明之世，則其論唐虞三代、孔子、孟子之世不暢不確。蓋異撰之爲文艱難，而屢遷如此。

昔人云："孤者易傷，貧者易感。"異撰貧，然不能言貧，吾流寓七年，無屋以居，借一椽如掌湫囂市肆間。母常諄諄謂異撰，小子寧傭經負米，無如古文章之士，嘐嘐然以其貧賤而號於當世知己之貴人也。嗟乎！異撰不貧，獨吾年時邁矣。而所學如此，蓋貧莫貧於是，是以自傷其孤而失學，試出行世焉，以求益於海內之細論吾文者。當世其教之、誨之，異撰不敢不勉，以庶幾於學之有成也。

叙馬君文

文章有家學乎哉？曰：有之。三家村之子，帷絕燈烟，户斷屨跡，貸書於人，寄目於耳，則往往所學無成。間有一二孤往之士，亦復過都越陌，賣傭執爨，僅而通經成名以歸。蓋獨學之難如此。

吾鄉馬達生先生，自壬子、癸丑間，士多用綺靡速售，先生獨簡遠静寄，默而深湛，若無意爲逢時之文，而時亦不能外之。今先生課諸子弟，往往隨其所之，不盡繩以門内之學。昔人云："子弟亦何與人事，而必求其佳。"此語固爲過於作達，若子弟自能佳，而苛求其似己，斯則士大夫之通蔽。吾於是而嘆達生之善教,與其子弟之善學,非喜馬君之能與先生同,而喜其能與先生異也。昔者蜀之眉蘇,可謂盛矣。然其父子兄弟文章,若出一手,使人喜其家學之妙,而予甚惜其爲文之不善變。使明允自爲明允,餘二子者,一爲韓退之,一爲司馬子長。一家之言,離立而三,不更爲千古來不可有二之快事哉!知予此語者,吾與之論馬氏之文矣。崇禎戊寅五日。

余玄同先生詩小序

陶淵明不能爲官者也,以三徑無資,而不能不爲官。今讀其詩,曰"雖有五男兒,總不好紙筆",使此五男者,有能捧檄禄仕,則彭澤可以無出,而《歸去來辭》似多此一篇文字。故予嘗謂:"淵明數十日縣令,不好學之,兒子累之也。"

余玄同先生自爲諸生時,則已畏受其羈絏,若不得已而爲之。其不樂仕宦,與淵明同;蕭然窮巷中,好以詩酒自遣,不問瓶粟有無,又與淵明同;膝下五男,亦與淵明無異,但諸子能讀父書耳。今廣之令宣城,先生就養於敬亭宛水間,無折腰督郵之苦,有葛巾漉酒之趣。而吾友長公希之與叔季諸君,又將繼中權而起杯中之物,非爲天運自遣也。雖然,廣之令宣城,僅啜宛溪杯水。此間種术無公田,恐先生菽水如故,無以甚異於無錢對菊之時爾。先生之詩,其高寄自得,較之陶令,昔人所謂"足舒其逸",固無事以五斗賦歸來也;兒貧,宦巾無可漉,且當咏止酒矣。

董叔會詩義小序_{時長公德受已成進士}

吾友董子叔會,登毛、鄭之壇三十年所矣。或曰:"董氏非能爲《詩》者也,董氏之子能爲《詩》者也。小董之貨信,大董之貨不信。"今有隋侯之珠,或已抉而出之矣。老蚌者,持其胞而泣,喃喃然張其甲,剖其腹,號而徇於人曰:"我能炤十乘。"嘻!則吾恐夫世之人,信珠而不信蚌也。即有撫而憐之者曰"是炤乘之所從出",則亦因信珠而信蚌,猶之乎信珠而不信蚌也。董子姑徐徐而出其業,以俟人之大信我哉!叔會曰然。吾自有珠胎,是纍纍者不剖盡,且崇吾腹。吾非寶而出之，蓋賤之而散擲於人間，或有信而收我之棄餘者，晶晶然其亦秋室之燈、夜窗之炬也哉！曾子持其袂而隕涕曰：嗟乎！董生三十年腐心，而僅爲人秋室之燈、夜窗之炬也哉！

黃蓮生制義小序

古今之以文章行世者，必選其人以序之，譬之文則其人，而序冠也。夫裸身刺船，則雖冠玉丈夫，而人不知其爲美；三尺侏儒，必故高岌岌之冠。三家村傖父，其有所之也，必倍整其冠而後出，將以文其寢也。蓮生之文，固時髦中之冠玉美子，昔人所謂粗頭亂服，皆好者也，安事乎序而冠之？況以曾子之序而冠其文，無會弁瑩星之偉度，又非有臺笠緇撮之風流，猶之乎粗頭亂服者也，蓮生其不可以已乎哉！雖然，人之美者無敝冠，漉酒之巾不能寢。元亮、郭林宗入市避雨，而巾折其角，巾折角，則亦猶之乎敝冠也。美其人者，雖完冠必故毁其角。然則文在蓮生，固林宗之人也；予之序，幸而以折角之冠，加于林宗之首，冠雖敝也，人不敝之矣。

陳皇生歷試草小引

有學醫者，讀《素問》而茫然，授之《難經》而眩然已棄去。時較勘《本草》一物，而或曰寒，或曰熱，或曰有毒，或又曰無毒。至易辨者味，白朮曰味甘，咀之而未必甘也。蒼、白二朮，今人異用，《本經》爲一物，偶舉一物猶如此，益瞀亂而靡所適從。讀書甚多，勘方甚勤也，而未嘗生一人。或告之曰：子曷觀醫案？太史公之傳倉公，傳其案也。近代朱震亨、薛已諸君，多叙述其案，某病投某劑，某方活某人。其脉如此，其症如此，其方如此。合之而藥必中病，其人從之，而以醫名是篇也。夫亦陳子之醫案也，當有讀之而以文名者。曾子老諸生間，試或不甚居人後，知己之感藏諸心而□存其文，此則庸醫之適有天幸，自知其不能如陳子爲文中之倉、扁，不欲存其案以誤人也，故曾子之試牘無專刻。辛巳雪夜。

瑞華巖義生行腳募化《華嚴經》小序

余褊性苦，畏求人，口跲於乞，少受人施與，亦寡施與于人也。然方外緇黃間有募化，亦時乞言于曾子。曾子笑謂其人："吾寡施與于人，而勸人施與，是予不恕于檀那；吾不欲受施與于人，而爲爾勸人施與，是予不恕于爾。不恕于檀郍，則是余自嗇而耗人之財；不恕于爾，是予不貪而遺爾以貪也。此其作之不順，尤甚于貪人而誨貪，自耗而耗人者。"義生，禪者，自瑞華至。瑞華，余舊游善地。既喜其來，而爲詩六章詒之。義生又出此册，請余弁數語，化《華嚴經》一部。余以前言告之，義生曰："如此，則居士財施吝，言施亦吝。其身爲吝，于人又誨吝也。"予爲一撫掌，走筆書數言與之。但世有嗇如曾子者，和尚勿出此疏于懷耳。

紡授堂文集卷之二

記

過董叔理河上寓齋觀月記

予家古芙蓉園小巷中，出巷，沿河而西，板橋騎水上，老樹涉河，與橋首尾。河淺小，意渺然深廣，橋與樹實使然。樹，里中謝在杭大夫手植也。先生喜著書，其言《詩》不甚許鄭。繼之吏部，或稱引鄉里中猥庸熟客，要爲博雅君子也。攀執條枝，如老成人。度橋有樓倚樹，左扉臨水。入戶登樓，樓居淺橫之廣可步。樓南面，宜夏晝，春宜雨，秋、冬宜霜。月夕倚雪，朝宜卧聽。宜水潦大至，艇隨潮集橋下，百尺高寄，則水引目逝，山接心遠，仰俯遥邈，美眺自來。樓背當廣庭，花木石竹滿之。庭內小堂不甚深，房左右翼。右房面庭，與樓府仰；左爲董叔理寓房，背樓北向。周以籬落，蒔花障其漏。籬外清池僅方丈，傍跨石橋，橋不逮尋，僂背下趾，穹然作勢。有小軒，橫臂亘堂背。東面臨池，池外荔樹立當軒，軒半受荔陰。籬右畔即堂，後庭亦峙竹石，廣殺前庭三之一。庭右隸小榭，由榭達軒，踦扉階五級而登，軒趾類臺，俯池而釣。竿可七尺，絲長倍竿，魚乃受餌。籬左角石橋東町畦，即池外荔圃，圃有潔井小口，不竭耐汲，宜釀。當軒荔熟，則紅池赭井，竪倒競姝，而寓齋盡於此。

偶過叔理所，小飲待月，主人朱君談蜀道鬼物如見，予笑謂："數千年來，安能有剩魄？至今其堪爲鬼者，惟屈大夫一人，餘瑣屑小魂不足道也。"叔理熟視予，顧謂主人："曾生乃目無宋景、司馬長卿輩，死甯生，無賴大言醉矣。"時崇禎丙子十一[月]望前也，叔理與予皆有詩。

謁李忠定公墓祠記

余嘗謂李忠定公綱爲有宋吾閩人物第一，道學諸先生次之。他如著述無聞，僅附晦翁門下，稍答問一二語，幸而廁大儒之列，此昔人所謂"公等碌碌，因人成事"者。在鄉里中，異撰亦無取焉。

崇禎癸酉臘，余以送葬過桐口，始得與友人林異卿、趙十五謁忠定公墓。翁仲、石馬蕭然，墳似塔形，石數尺簸之，題曰"後宋開國李丞相墓"，非大書深刻也，不稱當易。墓旁祠堂新毀，或曰風仆之，或曰人假手仆之。異卿憶舊游，失高宗手敕石刻，初疑毀於火，大颶撓棟，不宜失碑。蓋仆祠者，盜碑人假手是也。先生邵武人，聞其子姓繁昌。然墓下猶名李府，似亦有子孫守冢也。嗟夫微矣！或曰：祠實仆於颶，守冢者負石刻藏之也。墓去郭近四十里，雖載在祀典，祠之存毀，當事者不必知，即知亦不問。然而鄉里士大夫，其田宅聲伎之流，固不足與語此，少通達別異於錢虜者，稍分其佞佛圈緇之土木，爲先生俎豆地。無論懷古深情，不能已已。而鄉有先正能存三百年幾墜之社稷，乃不保一畝之宮。甚而士大夫嫁惡於豪民，使夫銅臭腐醬，侵陵古獻，亦有志之士所當痛心疾首，憤然負他日狐死之悲者也。夫今天下異南宋，主上神武異高宗，然而區區金人之遺種，跳梁於一方，而莫可誰何，今日所少者，獨李忠定其人耳。然當吾世而更有一忠定，則先生祠堂必不至坐視其榛莽。

姑識之，以俟其人，而天下事亦以祠之興廢卜之也。

紡授堂文集卷之三

誌銘傳行略

貢士薛静台先生暨配施孺人墓誌銘

異撰自生髮未燥,則知福唐有静台先生,以文章問學負人倫之鑑,爲人士師表。諸人士負才失路,或蓓蕾而學未成者,往往贄其文卜于先生,先生一寓目,凡許以售者,射覆無不中;其不可者,先生亦指路授筏,人人得所請以去。里中生皆喜相語謂:"先生文章之許負也。"然先生知人,世少有知先生者,故先生蹶躓諸生间,使世復有一許負,則先生不至以明經老。予不獲見先生,每讀書公家塾,未嘗不太息於先生之不遇,使目論者謂許負,但能相人,不能自相也。

先生薛姓,諱泉,字時達,學者稱静軒先生,静台則先生晚年易之也。先生先世爲晉河東之薛己,入閩,居于福寧之福安。自太傅令之公以廉名其村,則爲廉村之薛。後珣公徙于福清,至元鹽鐵副使榮公,始爲西坑之薛。族居福唐里龍山下,其業非士則農。自榮公至六世祖侃傳公裕,公裕傳永純,永純傳世鏡,世鏡老于儒,孝友篤行君子,里中薛民部嘗爲立傳。世鏡公,先生父也。

先生舞象能文,甫就試,輒踞高等。弱冠,補邑諸生,再試而餼。凡冠軍諸生者二,高等試于鎖院者七,試鎖院而危得之者一。諸御史臺觀風郡邑,按季比試,先生輒前茅,先生未可謂不遇也。然知先生者,輒恨先生數奇,而尤受知於學使宋公。宋公每謂人"吾蘇、薛二生",津津不容口。蘇即吾里紫溪先生,以文章理學名當世,嘗督學兩浙,目所至無遺士。先生與蘇同受知,俱負人倫永鑒,然先生鑒賞不出鄉里中,予益嘆人士不偶,無論不得行意,至縮其目,懸權不衡,帷鏡莫照,無論先生不遇,天下士何不幸不得遇先生也。先生嘗入一里塾,有生方髫,先生視其文曰:"小子有名士風,然非信貨。"生後遂有文名,今猶困諸生中。一日,名士大集,座中推先生祭酒。飲半酣,諸時髦各避席問業,先生顧謂某曰:"獨此爲青雲器。公等才或勝某,然悉非某敵。"所許即里中某學憲也,他座客皆名下少年,相視愕然目攝,然攝目生竟無顯達者。嘗從試牘中讀某文曰:"是爲閩榜首矣。"已爲榜首。又讀其闈牘,嘆曰:"惜也,此君不第矣。"已竟不第。一日,從數人士游,有老孝廉請間口誦所爲文于先生,先生歸,謂子弟曰:"某孝廉無所知名,今老矣,尚可博一第。"已而果然。公奇中類如此。王進士錫侯者,自窮困從先生游。王自少年跌宕,人殆類其文,不爲同舍生所喜,先生謂同舍生:"王生,名進士也,子無目攝王生。"每讀書塾中歸,輒過王生所,謂其父:"而子,名進士也。無棄學,善視而子。"陳公堯道、施公一皋者,皆以里中生游先生門下。先生曰:"二子皆才,然陳所就殆勝施。"已而陳成進士,施舉于鄉。

先生性峻整,諸門士雖已貴,每過從逡逡,侍几杖負墻,修執經禮。然皆不得大位,未有以報先生。先生又簡潔,凡生平受知諸當路,未嘗一曳裾其室。即於所知士,亦夷然未嘗望國士之報我也。而受知最先者,莫如葉文忠相國。先生於相國父太傅公,有筆硯之好。嘗過太傅所,相國方稚幼,學爲文,先生摩其頂曰:"後生當以文名世。"戲謂太傅公,而寵卑不足跨也。萬曆乙未、丙申間,先生以歲貢士謁試大廷,相國方在詞林,修父執禮,西席虛左以請,先生辭。相國,先生故人子,且惜先生以積學困明經,又感稚年一顧之遇,相國固請,謂先生勉留都下,庶幾桑榆一戰北地,不則謁選曹,以百里資先生三徑。先生固辭,相國再三請,不得。又與學士余公共留先生。學士疑先生顧念兒子,又欲屬次君於閩學使,先生再三辭。相國竟不得請,至有抑而行之,必發狂疾之言。先生謂人:"吾以老明經謁選,即幸得知己力,官不過縣令、府佐,度不能行吾志;即不行吾志,徒白頭拜跪,圖子孫橐中金,使人謂薛生日暮途遠,寧還我老書生也。"

爲諸生時,嘗見一貧士以修脯薄,窘於廣文,故亦恥就教職,先生竟拂衣歸。歸而内子施孺人以鹿車待先生于門，孺人自始嫁，困頓牛衣中。先生垂老當得官，孺人且計日分榮一命，先生拂衣歸，孺人無幾微見于顏色。先生不偶於世，顧舉案有知己，先生足以隱矣。

先生孝友篤行，修先人世德。年少失怙，與施孺人奉老母，崎嶇兵荒間十數年，未嘗離左右。始貧薄，後稍用授經自給，未嘗一日不極甘旨，常恨力不能置義田，學范文正公家法。從子弟乏絕，歲時周恤如同產無息。從兄弟貧不能祭，先生自營大父祀田，命子孫世世自祀大父。凡所施與經畫，蓋施孺人撏撏手紡，襄先生帷帽爲之。孺人後先生沒，予讀書先生家，猶及見孺人，時已八十餘，猶提挈諸子婦，賓朋觴豆楚楚也。

先生生于某時，卒于某時，亨年幾。孺人生于某時，卒于某時，亨年幾。子諸生鳳翔；孫某，予門士也；曾孫其，亦予門士。將以某時合葬于某山，負某趾。某山去家五十里，鳳翔徒步深山中，經營閱四載而墳成，可謂竭力以葬其親矣。

先生之葬也，鳳翔自福唐來三山，以墓石命異撰。異撰不文且賤，然以通家子不敢辭。鳳翔於異撰友善，每從予飲酒酣，短髮數寸，輒大言謂："世無酒人，先生處家嚴整，門以内肅若朝廷。"然未嘗呵鳳翔酒失。異撰益嘆先生能知人，蓋特以酒人許其子也。銘曰：

如公之以人文，不可知而可知；如人之知公文，可知而不可知。七戰七北，游以壯之。老生謁帝，焉用官爲。擁懷返廬，室謫謐如。椎髻芰衣，九原齊眉。萬山之中，二人曰宜。孝思無遠，謁祀以時。

謝叔康暨配陳孺人墓誌銘

吾社周子立恂介，其婿謝君貞正，偕弟貞奇踵予門，而泣述其父母之狀，曰：嗚呼！人何不幸而爲孤子也。爲孤子者，或生不面父，或面父矣而貿貿襁褓中。逮稍長，而所爲如見其人，如聞其嘆息之聲者，僅寄音容於母氏之口。又其不幸，則母亦見背，而詢吾父之生平於先世之親戚友生。至或大不幸，而不能無風雨漂搖之危苦。撫孤者嫌於自鳴，雖尾譙口瘏，而諱言其鬻子之憫。

而在孤子，則又有所不得言者。然而不言之，則是母一生之艱難毀瘁，溘然蓋棺，而不得聞於人。夫是固吾母之志，而又非人子之所安。嗚呼！言之而傷吾父之心，并傷吾母之心；不言之而傷不肖孤之心，亦傷吾父之心。嗟夫！言之而心傷，不言之而心傷；與其傷吾父母之心也，寧傷吾心。嗚呼！人何不幸而爲孤子也。

先君諱某，字某，別號曰某。年僅四十有九，生於萬曆某年某月某日某時，卒於萬曆某年某月某日某時。卒之時，貞正甫四歲，貞奇尚娠未生。先君，庶母朱出也，先君事嫡祖母陳淑人至孝，事嫡兄利溥約所公至恭。其少所嘗受學，在門以內，雖於分得以雁行，怡怡父事惟謹。逮先君易簀，懍矣，終不替父事禮，惟其所施逶逶，無弗忍也，無弗受也，以沒。先君席先世留餘，澹然蔬布，無裘馬粱肉事。凡交游族戚，待先君舉火者，終身無倦意德色。始爲弟子員，既數蹶捨去；入太學，又蹶於太學也。然不以屢蹶荒於學問。性好營書，自墳、典、索、丘，逮俳諧、稗史、方伎、道梵諸秘笈，未得不盡購，既購不盡讀不已。又喜古名書畫，凡晉唐墨榻，及宋元以後繪事諸名家，匿其主名，射覆無不中，然一涉而已。於群書，則終身坐臥酣縱於其中，惟就木釋卷。嗟夫！貞正兄弟所記憶於母氏傳述之什一，而詢其大概於先人之親戚友生者，如此而已矣。

先妣陳孺人，自吾父在日，其事嫡始者，猶吾父之事其嫡母；其事嫡長嫂者，猶吾父之事其嫡兄；其澹忍而好施者，猶吾父之布衣蔬食，而傾橐於待舉火之親戚知交，不倦在骨肉間。或先君所屈曲，將順柔忍，而不敢失巽事之禮者，母亦不敢不以相忍爲禮。逮吾父沒，則母氏曰：“吾夫在，則我婦人也。夫爲婦人者，固以隱忍爲事，我則安能違夫子？吾夫死，則我寡婦也。夫爲寡婦者，則以立孤爲事。夫其利於吾孤者，吾親也；其不利於吾孤者，吾仇也。我則安能忍？夫以隱忍立孤，則是無孤子也，無孤子是無吾夫。我則安能忍？”憶貞正始就外傅，丙夜籌燈熒然。上塾中，所授書畢，母輒出小學一篇，指某事謂貞正曰：“孤如此，則能有成。”又指某事，謂貞正曰：“孤如此，則不能有成。”間嘗語往古忠臣烈士慷慨事，君父殉社稷之事，指其幸而濟者曰：“立孤如此，則能有成功。"其不幸而不濟者曰："立孤如此,則不能有成功。"已又謂貞正曰："爲孤子難,爲而家之孤子尤難。夫辛螫集蓼之事,非未亡人所欲言也,又非小子所得言,則俟吾蓋棺,與而父言之耳。"言已,母泣,貞正亦泣。弟貞奇在懷抱中,未省所謂,亦泣。貞奇者,父在時,母爲父廣嗣續所置媵程氏出也。蓋父没三月,而貞奇始生;貞奇生,而庶母程又没。母以一寡婦將二孤子,持門户,新堂構於毁室,取子之中羽,修室翹之詩。貞奇偶肄業及之,母未嘗不撫膺涕嘆,泣數行下。貞正前跪問其故,母鳴咽收涕,不復言,第曰："小子勉之。夫我不能立孤負死者,小子不能自立負死者,并負生者。小子勉之,勿問我,爾第無兩負已。"戊辰,而貞正始得隸弟子員,謁廟歸,母跪貞正於前泣曰："而嵩山自有元宣義公誼,以廣信文節公冑裔,從建州入三山,此嵩山有謝氏之始也。蓋四傳而爲翰林簡討公睿,簡討公生户部主事、進士公瀚,又生澤,澤實生可嵩公賁。可嵩公以進士給事禮科,議肅宗大禮,廷杖謫官,一麾爲太平守,没贈奉常,世所謂'可嵩先生,剛方端介而不名'者也。可嵩公又生孝廉蒼茛公啓元,與鄭繼之吏部俱有詩名。已,蒼茛公又生刑部主事養庵公蒙亨,始贈蒼茛公如其官,而父給諫公之曾孫、孝廉公之孫而主事公之子也。自謝氏世以經術起家,而父始不得志以没,又不長世,是則而父之命也。夫寡婦之子非有見焉,則禮不與交。謂其生於艱苦危墮之中,而不能振刷自竪立也,小子勉之。夫讀父書,繩祖武,爾有見自今日,不能有見自今日,夫吾撫爾瘁矣,吾告爾盡此矣。"蓋未幾,而母氏棄世,時爲崇禎某年某月某日某時;去生之辰,爲萬曆某年某月某日某時,年僅五十有六。

　　外祖少保大司空培所公長祚哭之慟。母,少保公令泌陽時,生于官舍者也。生甫彌月,而外祖母李夫人没,撫於外大祖大司馬文峰公瑞之某夫人。先大人,郎司馬公所選婿許之刑部公者也。母少失恃,與舅氏某公俱依司馬公。夫人逮稍長,而事繼母如所生。少保公憐母之早失恃,而能孝也。又幼與某舅俱喪母相依,故外祖逮舅氏,所以左右貞正兄弟者,母既没,等於吾母焉。嗟乎!貞正兄弟之所以狀吾父母者,如此而已矣。若其稍詳於母,而不得詳於吾父者,言其所聞與言其所見者,不能同也。夫吾父之所得言者,既言不能詳;而母氏之可得而詳者,又恐傷吾父母之心,而言之有所不敢盡。嗚呼!人何不幸而爲孤子也。

言訖,泣不能自已,頓顙請誌於是。異撰傷其自狀之苦,退而序次其言,執筆而誌之,遂銘之以告二君曰:

爾亦孤子,予亦孤子。惟予傷予,是以傷爾。吾母立孤,庸庸而已。誠如爾言,兩負生死。爾無似我,以報父母。則爾二人,目瞑于土。

張對廷隱君墓誌銘代

余始困于諸生,以試事來三山,始獲交懷愛公父子。懷愛公,余丈人行也;長公對廷君,予莫逆兄弟也。懷愛公父子既不以予寒賤,使得附鄉里聲氣中,適予徼天之幸,十數年,宦游四方,顧心念懷愛公父子。迨余以艱歸,取道三山,知公父子已即世,屬予哀遽疾歸,車過腹痛,增涕益毀。今年夏,服闋,復自三山北上,始哭公父子于堂。予泣曰:"吾不復見公父子矣乎?"公諸子則亦泣曰:"吾父吾兄不復見先生矣乎?"君遺孤則又泣曰:"吾大父吾父不復見先生矣乎!"已詢之,知君先懷愛公即世也。孤可性又泣而請曰:"先人不幸不獲侍先大父以没,没又不獲與知己訣。先大父雖既營先人葬地,性不敢即以安于土,敢藉先生一言,先人志也,亦先大父志也。惟先生哀念兩世之交,小子性則何敢請?"言訖復泣,予亦泣,不敢辭。誌曰:

君張姓,諱一策,字時舒。對廷,君別號也。張氏先世,自耕隱公始居福清之牛田,十世至愛齋公德泉。德泉生一憲,憲即懷愛公也。愛齋公以積學貧困諸生間,懷愛公始發憤棄業事計然,居積爲養,懷愛公遂雄于貲。公族大,祖地隘,生齒溢幅,族又殷富,凡問舍非多方圖之不得。懷愛公長者,惡陰謀,君始爲懷愛公計曰:第吾世世婚姻必於故土,志不忘所始耳,何必拘拘戀此土誨争也?始從懷愛公決策,移居三山之楊橋。張之居三山者不一,楊橋之張則自懷愛公父子始。懷愛公負琴劍吴越間,君少從乃公游。懷愛公用廉平致富,君曰："吾父以廉致財,吾以廉守之。"懷愛公重然諾,君亦重然諾。懷愛公與人共財,多讓少受,君亦多讓少受。然益拓懷愛公業,君非但不失富已也已。懷愛公倦游,諸弟皆少,君任事久,囊不私懷愛公一錢。其視諸弟,不啻懷愛公視諸子;諸弟事君怡怡恭謹,不啻事懷愛公也。懷愛公雖雄于貲,顧念愛齋公隱約,至老疏布徒步。君惡傷懷愛公意,終身衣食不兼味,不曳綺。雖遠涉,必屏車騎。至罷病,惉懘歸曰:"奈何使里中父老,謂懷愛公有裘馬子弟也。"其佐懷愛公營新居,密覆而深址,外無峻閈,中無廣堂,曰:"吾不依大棟殖庭,爲子孫高會張樂地也。"其教子弟,選良師友,絕不營貲媒進,曰:"吾但無斷書種,不則使讀書知禮義耳。吾甚惡銅臭,兒持梁袴紈,強而納之黌序中,則是以青衿拳梏其子弟,不如琴劍江湖之爲適也,且非吾祖父家法。"其營新居,故主數求多不已,君數數應之亦不已。至以無賴橫索,傍觀者不能忍,君顧善待之。或謂:君以長厚勸侮。君曰:"今吾不與必訟,吾欲絕其後來亦必訟,度吾訟亦必勝,然費均耳。費於訟,寧費於與,吾省事,且於人有濟,爲彼亦有爲也。"君持身峻整,終身未嘗邇聲伎。雖少壯游吳越間,未嘗有輕綺意。然慷慨好施予,其施予又不近名,每誦"古人人有德於我,則欲其無忘;我有德於人,則欲其忘"之語,謂此長者言,可終身誦。君長厚如此,然竟不得長年,僅四十有九而沒。其沒也,懷愛公慟之甚,曰:"必爲此子營葬地乃瞑。"君不但爲幹子,凡懷愛公一言不事,必商之君乃安。即懷愛公不言,君先意爲之,無不可懷愛公意。蓋沒,而懷愛公毁悴無歡,居恒慘慘,謂喪予也。銘曰:

嗚呼!吾其忍銘君也,夫吾其忍不銘君也。夫吾銘君于墓,憶定交于廬。吾執筆而泣蘇蘇,第以君之爲子,勉君之二孤。嗚呼!

吳叙庵先生暨配陸恭人合傳

贈督學少參吳叙庵先生尚倫者,字觀揚。其先即漢河南守吳公,舉洛陽,賈誼稱治平第一者也。吳公葬于浙秀州崇德之八道橋,子孫守丘墓里中,自漢迄今世,謂之千年,吳流風遠矣。

叙庵公少而餼于庠，試輒冠軍，連不得意于鄉舉，遂以明經游國學。戰又屢北，始謁選爲信陽州別駕，非其好也。然不欲傳舍視一官，剔奸蠹，所部肅然。顧時時進諸生論道講業，謂："吾以老書生，陸沉下吏，青氈我家舊物。吾在家則課子，信陽皆我子弟，朝廷給吾俸錢，爲諸生十脡，吾治民信陽別駕也。從諸人士游，我信陽老廣文也。"已以艱歸，服闋，補永寧。則又曰："古人士且澤及于鄉，有亭長而行其德者矣。別駕雖一命，固官也，吾爲諸生鄉里中，不得行意。固嘗歲祲，焚千金之券。或無產給吾田價，吾哀其窮，不復問。永寧固僻小，猶有數百萬生靈，能行吾意，不猶愈爲德於鄉乎？"

屬境內大荒，公丞請發帑，單騎村落中，移粟不移民，無使待哺者出鄉。流民至者，量人置壇場安養，就場設粥坊，無使就食者詣官府。大端仿富鄭公青州荒政。悅近來遠民之饔飧者舉火，易子者抱哺，越一歲穫矣。

而時長君邦維公之屏，已成進士，初試新城令，已調南城。公亦宦游倦，既量移中都參軍。公棄去，不之官，從粵西買一棹，抵江右，曰："吾將視吾兒治狀。"新城在江右盱江極南，公未至，江右有盱人旅于境上者，輒問曰："而盱新城君，何如人也？"其人曰："新城君之治民，冬日之日也；其治猾胥豪惡吏，夏日之日也。"已入江右境內，舟輿中見有自盱來者，又問曰："而盱新城君，何如人也？"其人曰："我有田疇，我公植之。我有子弟，我公教之。新城君，今之子產也，惠人也，吾不知其他。"已至盱，問其人曰："新城君何如人？"其人不知公即新城君太翁也。曰："客何爲至於斯？公無往見新城君，新城君爲吏，旦晚啜盱水一杯，糜菽茹生菜十數本。公無往見新城君，恐累客啜水茹菜，費令君王不留行。"公始疾驅入衙齋，新城君跪上治狀，于所傳聞無異，于所聞無異，于所見無異。公則莞然曰："吾老書生，雖雞肋非吾好，猶不能棄一官者，吾意在及物也。今吾兒能如是，吾掛冠晚矣。吾歸，偕而母閱耕課堵，弟讀書爲樂耳。"蓋歸，而陸恭人製芰衣以俟。恭人者，與公偕修內行，其事堂上皆以孝，其教子皆以義，其御媵妾臧獲皆以慈，其視內外諸戚屬賓傅皆有恩禮。先後佐公宦游所至，皆有廉能聲者也。

論曰：語云"救荒無奇策"。閩中客歲未大饑也，而米價暴踴，長吏造請諸巨室勸糶，多觀望錮粟，未肯出一稊于庾。里中惡少年，揚揚葊衣紈裳，横目望華屋豪借錢，入手輒持去，大嚼屠肆中，群飲。真饑民顧壖戶，忍餓不出。長公方爲備兵使者，丞下令縛城中惡少，械治錮露徇于道，民亂心遄沮。已多方倡捐，移粟隨里巷，哺諸下戶。屬海舶漕粟至已後期，不售，備兵公移驛傳，待輸名錢，積米三千石，備今歲興發。今春又有泛舟之役，發數千緡，轉粟上流諸山郡，民不患遏糴矣。公里中亦連年饑，民間漕糧無所出。公孫孝廉君爾壎，始創議，捐粟二千石，爲一郡士大夫倡，餘各差次其產出粟，官始不患漕。《傳》云："饑而不害。"如備兵公之于閩，饑不害民；如孝廉君之于浙，饑不害官。夫亦述永寧荒政哉！吳公之守河南也，舉一賈生耳。備兵公先督學閩地，及門者人盡洛陽年少也，蓋亦家學然矣。叙庵公之治信陽，而喜進諸子衿紳游也，有以也夫，其流風抑何不替也。

即凡和尚傳

即凡和尚者，俗名某，本方姓。其先爲趙贅婿，有舉明經、孝廉者，遂姓趙。至和尚，家落貧薄，强項不能俯仰，傭經試童子，又屢挫，遂薙髮訣妻子去，雲游十五年。歸，妻竟不嫁，與子緯牟麪自食，和尚意惘然不自得。念兒失學，趙氏世業益陵替，遂不去，亦不蓄髮，偕隱闤闠間賣藥。其醫尤善治瘟疫。閩俗病瘟，獨信巫，謂謁醫必死，雖至親懼傳染，不相顧問，死亦不發喪。和尚獨撫摩病人，同卧起，示無畏。勸人相省視，投凉劑輒愈。閩病瘟不忌醫，自和尚始也。和尚爽朗善謔，喜大言。其問病視手後，抵掌言笑，不恐喝主人，能散病人懷抱。吾友林守一嘗謂予："吾病，請即公醫。相視談諧，不服藥，病已減半。"

居恒皇皇營書，尤喜讀史。所居近市，然皆市臨清池。池外平野數十里，曠然面山。中庭養雜花桐竹，池上小圃，有仙柑、荔樹，種極佳，橫縱周短。垣中插籬爲小樹，籬下種菜蒔藥草。嘗月夜，與予誦《史記》，至垓下之戰，和尚歌虞歌起舞，大呼曰："楚人勝，楚人勝。項羽失天下，猶有美人頭繫烏騅馬首。

漢天子威如海內,狼狽滎陽成皋間,生妻安往?吾寧失天下,不爲季和尚!"與予交二十年,惟此夜見豪上意氣,外此皆勸我止觀澹妻肉矣。

和尚有子三人:浚、潤、演。母緯牟麪負之適市者,浚也,稍病痿,能醫。潤、演皆儒雅篤學,潤少跌蕩,偶釋卷嬉,和尚大罵曰:"生兒如此,尚不如賣菜傭命!"荷兩蓧,跣而徇市中,不肯行,和尚操荊條訶其後,市中人見荷蓧者不類園丁兒,從一棒僧箠且詈,愕不知所爲,或大笑。潤至今猶滯諸生間也。贊曰:

華表鶴,猶羈旅。巢有雛,弗能去。朝佛梵,夕訓詁。無顛毛,有妻子。髡維摩,禪李耳。

家母節孝行略

始,異撰先大父南渠公,以嘉靖戊午倭變,挈祖母吳自晉江來,寄居于南郭之斗中瑣尾矣。蓋以鬻髢爲生,然喜好儒者,每大比,諸吾泉省試賓朋,皆主南渠公,公輒命諸子挾策出捃客。外祖張賓槐公,名士也,一見先君,許以女。已先君垂髫而補福州弟子員,先君諱唯,自少有文名于諸生間,爲郡守江纘石公所知。

先君二十而娶吾母,母時年十七。始,賓槐公負才名,自許必售,棄業與諸兄弟,意不治生產。後數奇垂老,家益落。吾母歸,至不能具一笄。而祖母吳頗嚴急,母年少,適吾父。吾賓槐公驟貧,母自爲女子,足未嘗履井竈,凡薪臼、浣澣之事,皆嫁而後習之。母踽踽懼祖母督過,凡事事捧負惟謹也。越二年己丑,而有先大父之喪。已辛卯四月,而先君歿,先君歿年二十四,吾母年二十一。始,祖母視母嚴,母自合卺後,希得見先君,間聞先君履聲,母輒自匿,否則譙訶且立至。即先君病床褥間,母亦屏跡,少得侍左右,間一二見,而先君疾革矣。先君視吾母,似欲有所言者,母泣曰:"吾生而家婦,吾死則而家之上也。"蓋先君再三呼難,難而瞑,而祖母吳及諸姑姊尚不知母有娠也。諸姑姊稍微言詈吾母,母不應,又欲以伯氏子爲繼,母又不應。至九月,而異撰生,母始忍死稱未亡人,依叔氏撫孤子。

自先君在，母與先君異處；先君没，母則移卧内，設一苫依櫬，跣而披髮，殆不類婦人。卧起幃燈間，左撫孤而右撫柩，蓋足鮮踰閾者四年。而甲午有焚廬之變，適吾叔歸晉江，火逮于鄰，母度家無男子，父櫬且火，則抱異撰授祖母，祖母負異撰，避火走園中，母徇父柩慟，弗去，火且及寢，鄰人謂："火迫矣，無與櫬俱燼。"母謂："吾以四歲孤與姑，以吾身與櫬。"號火中，竟弗去。而鄰人有馬姓者，義士也，聞號聲，則率二三男子負父柩出火中，賴以免。

已異撰六歲，出就外傅，朝旦適館。夜負書歸，母篝燈于床，展書于枕，吾母手紡口授，異撰偃卧而讀之，非丙夜不休也。夜漸艾，吾母起，異撰亦起。母紡于房，異撰讀于簷。聲稍懈，母輒操尺箠以從，未嘗有禽犢之愛于異撰也。

逮己酉，而有祖母吳之喪，吾母自始嫁時，頗不意得于祖母。母事祖母謹，然竟不甚鍾愛。然祖母有疾苦，則母未嘗離左右，祖母亦無刻不需吾母。逮易簀之年，吾母摩頂踵不解帶者月餘。凡食飲、湯藥、溲便、浣瀚之事，四五十日床褥間，諸婦中獨出母之手也。蓋祖母亦自易簀時，獨彌留，不能訣于吾母。而時異撰適歸晉江，歸而吾母持異撰慟幾絶，謂："姑以一子易一孫，乃今竟不及永訣。"其篤于祖母也，亦謂："姑以一子易一婦，未亡人留應死之身，下則立孤，上則報母。亡人二十四年未償之，顧復雖有婦勤，不如子養之，足以不恨也。"蓋終三年喪，母瞿瞿然有兼人之慟。

是年冬，異撰與吾母歸晉江。又二年，而異撰娶施氏，母始有婦。始，吾母撫孤依吾叔，諸紡績贏餘十餘年，頗有數金之羨。逮異撰十四五，稍學爲文章事，交游賓朋之費，筆楮之需，母斥去盡矣，是以歸晉江，而異撰貧益甚。先人遺薄田四五畝，異撰鬻其半以食。又吾泉年數數歉，異撰執經耕硯，落落無所如，間傭舌爲蒙師，時時袖升米歸養，然不能給，母或采薯葉，合糠麩食之。又濱海薪貴不給炊，母時時携一女孫，負畚往園中，鋤乾草以爨。每稻麥熟，母常與施婦爲諸妯娌擊秸，受其稾爲薪也。然有賓朋之至，文章之事，母雖二衞不充，未嘗不欣然立辨，不涓飭不已也。

至丁巳，而荒疫大作，諸妯娌僵卧一門中，母匍匐循省至，自廢眠食。又歲儉自食不能充，每左右諸姒娌，不欲食姒娌之食，饑劬困憊中，諸姒娌稍起，而母亦病矣。于是異撰年二十七，始得爲侯邑諸生。自異撰爲諸生而執經，稍能自食。然吾父弟兄七人，祖居隘，自異撰娶，多僦經居于外，母與婦共床而卧。至癸亥，而異撰復移家三山，借從兄一椽，仍居斗中，然湫隘甚于祖居也。蓋自癸亥移家，逮今八年，異撰與母不能具一床帳。自今年徙宅，始得買一床，製一帷卧，吾母亦借居于友氏也。然母嘗諄諄謂異撰：小子無以貧故，有所狗苟。故異撰至今，雖數年來，間以文章受一顧于當道，然異撰負硜硜小廉，未嘗敢有一言之謁者，皆吾母之教也。

母性慈仁，諸姒娌子，雖素有詬誶之加者，凡有痏癢疹瘍之苦，未嘗不推循于吾母之手也。母喜急人之難。丁巳之歲，母且不能自食，有姑氏告匱諸叔，母自解衣質之，寧自忍凍，而不忍以空之辭人之急也。其解衣推食，蓋其天性。其在晉江村居，凡村嫗里婦，母有所需未足，不竭蹷以中于母。母少有疾苦，未嘗不奉侍祈謁，事吾母如己之父母也。自吾鄉荒疫中，雞犬之盜紛然，諸凡吾母所畜飼，無事補牢視圈，雖盜賊相戒無犯，以爲此曾母之畜也。

始先君病，自度不起，嘗有嘗母之言，母則引刀自到謝先君，幾絕命而蘇。至今，刀瘢二寸許，刻畫喉吻間已。逮異撰彌月，凡附身衣屨之屬，母私濯澣以俟，生男則立孤，生女則死。蓋自異撰六七歲時，母丙夜授書之餘，抱異撰燈影中，母子相視言之。自異撰過十歲，稍有知識，母絕口不言矣。自癸亥移家，母攜施婦來三山，越七年，而施婦夭殁。施婦有子七歲，母二十一而撫無父之子，逮今六十，而將無母之孫。

母自始嫁，至異撰成立，其艱危摧挫，尤有非異撰所得言者。蓋母自少逮老，無日不在荼苦中。異撰今年四十，窮厄諸生間，無論顯揚禄養，即萊戲階庭，猶假友生；雖尋嘗啜菽飲水，母未嘗享一日之安也。蓋四十年苦節母之食報者如此，雖吾母處之怡然，異撰則何敢無一言以告于當世之名公大人？夫苦節，不求人知者，吾母之志也。無使寒户幽貞當興行之世，而泯然無聞者，司世教者之事也。

紡授堂文集卷之四

策

士　氣　文　體 乙亥拔貢落卷

今天下所鰓鰓然憂其江河之日下者,曰士氣、曰文體而已。二者皆以正爲其説,愚以爲正之者是也,而其所持以爲正者非。夫正士氣者,在於養之使醇,然而剛方之概,不可挫而不養也。正文體者,在於養之使厚,然而雄杰之度,又不可在而不養也。捨此而言正,則但抑之折之而已。夫抑之折之,其不足以言正也甚矣。

今夫氣之行於天地間也,蓬蓬然,勃勃然。四時得之,以成其寒暑;兩圓得之,以分其晝夜;山川得之,以流峙草木;鳥獸得之,以榮落蕃鮮。但使之不爲沴厲,無災霜雹而已,而必盡鬱而塞之,則何以克實於天地之間?且夫士氣而抑之太甚,則必至於頹靡而不可振,摧敗而不能自伸。夫氣矜之過,其失猶不過爲東漢之末流,一流爲卑弱,則愚不知其所終如明問。所謂今日之包苴相尚、洛朔相攻者,非矜氣者之爲也,乃自挫其氣,以附倚於人者之所爲也。

若夫體則在人之一身而是矣。今夫人身,而有頭、有足、有耳目、有口鼻、有筋脈心腑。頂圓而趾方,眉上而髯下,鼻垂而耳側,背後而腹前,六腑内而四肢外,如是之爲體矣。然則所謂文體者,亦曰吾無使兩頭而四臂焉爾,吾無使首居下、足居上焉爾,吾無使前背而後腹、鼻橫而目竪焉爾。若夫東南之人秀而文,西北之人雄而武,雖有肥瘠修短之殊,然要不害其爲頂圓而趾方,眉上而髯下,鼻垂而耳側,背後而腹前,六腑内而四肢外也。今必欲縮其胈者而瘠之,截其長者而短之,挫其欹歟者而平之,以就其所爲正體之説,必曰"長者不正而短者正"也。然則是十尺之文王,九尺之湯,在比體者,必以爲如長狄之非我族類也。必曰人所不常有者不正,而常有者正也。然則是堯眉之八彩,舜目之重瞳,在正體者,必以爲是牛鬼蛇神,而望望然却走,等於三足之鷄、兩角之鬼也。然則是六經之後,必無《左》、《國》;《左》、《國》之後,必無屈、宋;屈、宋之後,必無班、馬;班、馬之外,必無陶、謝;陶、謝之後,必無李、杜;李、杜之外,必無韓、柳;而韓、柳之後,又必無歐、蘇。胥天下萬世,而皆爲一父之子,一鏡之面,若是則相牽而爲依倚尪弱之人耳。既而苦於不售,則文相牽而學爲折腰步、齲齒笑,巧言而令色,諂笑而足恭耳。爲文者如是,則愚恐夫今日之苞苴相尚而洛朔相攻者,又未必非此輩之爲之也。何也?謂其以庸弱爲體者,究必至於有肉而無骨,倚門之倡優是已。己不自立,而附人以動,當場之偶人是已。貌若端重而實無所爲,里社之土偶是已。且夫所謂君子小人之辨于文,而世道人心之邪正係焉者,彼固謂醇正者爲君子,則愚未見夫庸而弱者之爲君子也;彼固謂險僻者爲小人,則愚未見夫奇而杰者之盡爲小人也。今夫人心之邪,而爲世道之憂者,莫有甚於鄉愿者也。夫文章而不敢出於嘐嘐踽踽之一途,以蹈夫流俗污世之所忌,而閹然爲佞,以自匿於非刺之外者,此正體針砭之所不及,而實則文章之愿人也。孔子曰:"鄉愿,德之賊也。"然則夫子之四教,而以文教人,必不愿其爲愿文矣。正體者不此之正,而又惡乎正?且夫國家有事,而得乎全軀保妻子之臣,與夫奮不顧身、巖巖不可犯、挺挺不可奪之士,則將安取?夫有文章中之胡廣、孔光焉。若夫玉雪爲文,若拂衣之魯連,龍門之元禮,氣嚴而性正,百折而不迴,艱苦而不避,有世道人心之憂者,於此將何去何從?

　　愚之論文者如此,而要所謂士氣者亦不外乎是。然則如之何?相士者亦聞乎神駿之説乎?今夫神者,行於氣與體之中,而游于氣與體之外者也。是故善養體者以粱肉,善養氣者以參苓。夫神者,固非膏粱之所能爲也,又非藥餌之所能爲也,并非導引采煉之所能爲也。食內不食外,視瞑不視睛。渣滓日月,而嘁之不硱;腥羶霞露,而唾之不餐。其爲文也,如面壁者之影留石上,鑿之而血濡濡然出也。其爲人也,如定于枯樹之腹中,數十百年而寐無醒,鼻無息,頭凭而髮長被體,指禿而爪長包身也。蓋如是,而仙仙然,仙仙然,神足而氣正矣,氣正而體亦正矣。然非以神相遇,而何以得其人於體之外、氣之中?則夫相士者,亦先自相其瞳之能方,眼之非肉焉否也。

制　　科庚辰科落卷

自古國家之取士,其一代必有不可變之成法,而天下之英雄豪傑,皆萃於此。雖其數百年之間,人才之自盛而衰,而成法亦不能無敝。然而極重之勢,既出於此,則其庸才凡品,固不能不俯首而受其籠絡;即其杰然自異者,亦安意此一途,以爲致身之地,而捨此則夷然而不屑,以爲國家之所重,固不在於是,而恥由他途以進。有國家者,亦日乘其敝而爲之振其衰,剔其蠹,以維其極重之勢,斯可矣,必曰盡舉一代之王制而變之更之,則無是理也。

昔者三代以上之官人,雖不能無繁簡之異,然其要不外於世官。而其時之名公巨卿盡出於是。至其間之舉于鄉,而升于司馬,以俟乎論定而後官者,則亦散處下僚,而不必有公輔之寄。至於夢卜之事,間一行之,雖有小變,而不失其大常。夫使世官之法而復行於今日,政莫有敝於此者也。然而三代行之而天下治者,其勢之所趨,而三代之制使然也。自茲以後,則漢以選舉而唐宋以科目。斯二端者,漢較爲近古,而人才差盛;然而唐宋之巨公偉人,亦復足一代之用者。其數百年之間,自祖宗以至於孫子,其上之積以待用,而下之伏而思奮者,未嘗有他途,以起人僥倖之心,故無俟借才於異代。夫使其選舉之行,未幾而易以科目;科目之行既久,而忽更以選舉。懲噎廢食,而相齟齬,朝文莫質,以自潰亂,則漢不成其爲漢,而宋、唐亦不成其爲宋、唐矣。

我國家自高皇開國,其時從龍將相,皆投分握手之臣,固無俟論;其後,則選舉、科目間行間止,已遂開科爲定制。夫以祖宗之神聖,非不知選舉之名美,而科舉之文章,不足以盡天下士也。夫亦謂草昧之際,俗樸而人淳,是以二者可以兼行而無敝。至於後世,而人心不古,則恐夫穴隙之鑽多,壖壟之風長,鄉舉里選,不如易書糊名之爲公也。且夫科目之中,固未嘗不存夫選舉之意也。

今合開科所取之士，三年報政，而考課之，黜陟之，此非選之舉之之法，而行於科目既收之後者乎？而或者不察乎祖宗以來，數百年之名卿碩輔，盡出於此，而但見乎積衰而不振之餘士之取富貴而來者，徒以文章而負科目，遂以科目而負國家，負祖制。乃欲捨此一道，而藉保舉以稍通其窮，無惑乎愈雜愈亂，以賄來而以墨敗，一舉而遂廢也。

且夫國之有賢才也，無事則積之，有事則用之。其積之也如燧，其用之也如火。其積之也如井，其用之也如泉。是以平居則有所恃，而一有大故，則素所未嘗嚌啜之人，不得徒手而要取吾之富貴。而愚竊謂：積與用，又無二道也。昔者，漢、唐、宋之盛也，其所以積賢之道，要不外於銓取常法之中。逮其後，則捨是而外，而時有茂才異等之羅，奇上屠釣之科，其意謂破格而取，庶幾可以得藹吉翩羽之用，而積賢之道，莫有善於此者也。而要以異目而羅，要亦不甚異於尋常之選舉，與夫詩賦科舉之所獲，即我國家日者保舉未行，而前亦嘗有意外之拔擢矣。數年前，虜薄城下，當事者亦嘗破例而推轂布衣之士，然不旋踵而敗。而徵辟之典，自高皇帝開國以來，列聖間一行之，然而阿衡、傅、呂之賢，得於三聘之求、夢卜之載者，何寥寥也。則夫善積者，固不必求異於用之、取之之外乎？且夫用賢者，銓部之事也；而積賢者，似非銓部之事也。愚以爲，惟善用者爲善積，則何也？今之宰相，則史館之積；今之節鉞，則監司之積；今之臺諫，則內外初試七品官之積；而今之六卿之長與夫公、孤、保、傅之尊，則外之節鎮、內之諸卿貳之積也。夫能愼用其史館，則宰相之賢積矣；能愼用其監司，則節鉞之賢積矣，能愼用其節鎮與諸鄉貳，則六官之長與夫公、孤、保、傅之賢積矣。夫用賢即積賢之事，則亦未始非銓部之事也。故爲今日積賢之計者，亦在於善用之而已。而其積之用之者，又莫過於久任之法。所謂久任者，又無俟於嘆積薪，而謂鼓舞之無術也。今使負韜鈐者，其在邊，而自州縣而監司、而經撫，而無他徙焉。使任拊循者，其在中，而自州縣而監司、而撫按，而無他徙焉。則夫十數年與數十年之間，雖有韓、范之經略，龔、黃之撫字，得以迴翔審處，不遽去而久爲之地，斯則豪杰異等之士，無以異於久任，而亦不至於嗟卑而嘆老。

不出於此，而使人之自負異等之才者，傳舍其官，而取大位，以爲鼓無之機權必出於此，此與夫捨科目而事選舉，均爲美於其名，而未必有當者也。

海　運

東南半壁之天下，我國家之胃也；漕河一線，國家之咽喉也。胃雖能納食，而非此徑寸之喉，則食不下咽，而其人無以自存。恐夫一線之喉，有時而梗，而於胸腹、背脊之間，另鑿一竅焉以納食，而其人益無以自存。然則如之何？亦曰常養其血氣，時其飲食，以調治其喉焉，使之瘦不附於外，疢不壅於內而已矣。畿內沿邊之仰給於漕也，前此則但恐內訌之寇聚，而爲扼吭之謀，此爲梗於喉以內者也，疢也。若夫往歲之胡騎，搖曳於臨清、德州之間，使有中行說之流，道之翱翔河上，而睥睨漕儲，此則瘦之潰於外者也。斯二者，決之不可而弸治之不能。於是而深謀遠憂之士，乃思以海運而佐漕運意外之變。此不必有虜警，而前人固嘗言之，前代亦嘗有行之者矣。而愚以爲，可行之前代，而不可行之我國家；即可行之我國家，而決不可行之今日者也。

夫放洋而揚帆海外，歷萬里諸島之險，萬一不虞，而上任之則損餉，下償之則病民，此必不可行之道也。若夫避外洋之險，則必沿海而迂入於河，又沿河而更入於海。而所謂河者，又但有其說，而故跡已湮，一旦而開非常之原，則必役十數萬之人力，糜費數百萬之金錢，將河之成否，水之通塞尚未可知，而人心業已動搖，財力業已耗竭。矧當左支右吾之際，則是附咽之瘦未長，而吾先鑿胸伐胃，以自戕其生，愚未見其可也。且夫今之爲海運避險之說者，謂膠、萊之間，有可浚之馬壕焉。南北俱可通海口，避險者可以從南入，而從北出也。問馬壕何以浚，則曰：分水嶺有水可瀦也，附近有支流可引也。而不知夫元人之計，此至熟矣。夫使馬壕而可通，則元人通之矣；分水嶺而有可瀦之水，則元人瀦之矣；附近諸河泊而有可引之支流，則元人引之矣。我成祖定鼎幽燕，豈不爲子孫萬世不必然之慮？且其時之物力何如，乃計不及此，而俟今日言之哉！且夫所謂膠、萊河而自馬壕以達於新河者，不猶然在燕齊之間哉！夫其漕於臨、德者,而虜騎可至;則其河於膠、萊者,又安知虜騎之必不可至也？日者奴蹂濟南,聲言直抵登、萊,而航海以歸也,則斯亦未可恃爲萬全之策矣。若夫主於河而恊以海,歲一行之,以防夫萬一之變,則亦庶乎其可。然非熟思而審處之生,亦未敢必其可行也。

紡授堂文集卷之五

書牘

上申青門師書

異撰少而讀韓退之之文,觀其上宰執諸書,猶謂進身之途,不得不出於此,蓋庶幾古人委曲以行其道之意。至其疾呼哀號,嘐嘐於貴人之門,求其一舉手投足,以希冀於升斗之潤,竊謂士雖窮困,何乞憐至此?是以十五年來,雖數以文章受知於當道,即其眷然顧念如平湖陸公幼瞻其人者,亦未嘗有一言之干。而武進陸庶愚公至於一見,而咨嗟嘆息,謂異撰何貧苦至是,若微示以苦節之不可貞,而愀然欲爲之地者,異撰雖感其心,然竟諾諾而退,卒無所謁。

蓋自去秋擯落之後,前此借居友人,勢不能不移徙。始謀居而假貸於友生,蓋至於唇焦舌腐,雖以知己之交游,得意之門士,其貸借不能過二金以上,間有一二欣然而應者。而其甚者,至於呼之而不應,應之而與庾與釜。其去嗟來者無幾,而異撰亦不得不忍隱而貸。蓋自秋杪謀之,而歲亦已暮矣,僅能足二十金,異撰始扶携老母,苟且移居,擇其巷陋而價廉者,而所居適在沮洳之中,雨水時至,則井竈泛然,與污池沛澤無異。蓋異撰之竭蹶假貸,名爲諸門士知友爲異撰合力謀居者,僅僅如此。於是始慨然發憤,自非其昔日硜硜之廉,以爲知我者吾師,交我者吾友。與其遍告諸友,而受其不得已而應之貸,寧以其情而一告於知己之名公大人,當有欣然而知吾之非苟苟而求者,而其所以應我者,亦異於世俗之與庾與釜,不得已而應之惠。昔人所云:"一慚之不忍,而終身慚。"又況周之則受,君可以行之於其民;而門士以其急而受周於吾師,於義亦無所慚也。而又異撰自己已喪妻,一兒一女,老母手撫口哺,家既無爨婢,女未成長。蓋六十老母,躬井臼之勞者三年於茲,勢當娶一貧女爲養,而聘資又無所取。

蓋今年春,始毀戒而有謁於景毅趙公。時方府試戒嚴,士之以試事謁孝百十爲輩,異撰逐隊執謁,鞠躬立甬道周,公直過不受謁。公蓋知異撰之素無所求,嘗不詢於學師,而自以異撰之硜硜小廉,言于直指公者也。然其時,諸生之執謁者哄然,公安得從百十人中,以爲此素無所求之曾生也而特受其謁。蓋異撰之汗背面赤,欲止者再,而終不忍以老母饑勉,全異撰二十年潔身修行之名,竟達其謁,而趙公亦遂破挌而欣然受之。異撰始聘一貧女爲老母代薪水之勞,而今冬,又有娶妻之費。閩俗非貧家子,不肯爲人繼室,而其肯爲異撰之繼室,則尤其貧之極者。一帚一箕,一針一櫛,盡出夫家。又異撰從癸亥自晉江移家流寓,已近十年,諸凡日用坐卧之需,一無所有。新婦入室,凡一切床蓐、几席、井臼之資,一一辦於臨時。家既迫仄,室無兼房。雖復泛濫沮洳,勢難邐徙,亦當稍廓旁舍,爲内人寢處之地,此數者計非數十金不辦。

異撰自四歲焚廬,父遺書盡火諸篋中,點閱者自六經《周禮》、《左》、《國》、《公》、《穀》、《老》、《莊》、《管》、《韓》、《史記》而外,如《漢書》則借抄於友人。今年始從門人所得,熟閱范氏《後漢書》。私謂一部二十一史,既已困於貧病,不能全置遍讀。自《史記》、《漢書》而外,如《後漢書》、《三國志》、《晉書》、《南[史]》、《北史》、《新(唐書)》、《舊唐書》、歐陽公《五代史》,斐然各有所長,與宋元以後諸濫史不同。而司馬氏《通鑑》與朱子《綱目》、全書,二書爲讀史同異眼目,其不可缺,與六經等。而又多病早衰,熟視良久,則眼中有暈。計所買書非多值,而善本大書者不利目,而皆以貧不能致。每過書肆,則喟然嘆息,自傷以貧,故空疏鄙俗如此。

又異撰自乙丑而中肺氣之病,醫者謂氣虛上騰,法當多服參、蓍,而今之參貴於金,雖復裁縮薪米之資,扶續性命,然藥功終不可繼,蓋貧而使人不能有其身命如此。異撰既以病身傭食,又坎坎踦小信梁童賃舂之意,常懷於中。每誦説至半,氣湧于内,摩胸少憩,輒復盡所欲言。時有所見,如胸中有餘物,不盡吐不已；已罷，則昏然願息，稍欲料理。已業輒復棄去，而又性不能詘曲於文章之道，未嘗以一筆媚人。末世子弟，狎於佞師，稍一引繩，則愠然見色，雖信心直遂，或能得之於其父兄，而不能得之於其子弟；既不能善事其子弟，而又不可過求於其父兄，使之盡捨其子弟而信我。至於曲徇則不能，直行則不可，欲去而彼未嘗有顯然之過，則又不情，而又捨此則無以爲養，是以載色載笑，而中實鬱鬱。凡此皆加疢益疾之道。是用每中夜而思，偶一省視鬚眉，業已幡然成翁。母氏四十年苦節，未嘗享一日甘旨之奉。至於徬徨起坐十數年間，諸知已先生大人，歷歷意中，生世四十餘年，親師之恩，毫無所報。而自顧多病早衰，又以貧苦至於糊口廢業，圖報無地。每一念至，潸然涕零。

近始發一念，欲以情告於知我之名公大人，得買田數十畝，便可謝傭經負米之累，一意養病讀書。然而與之非其人，異撰雖饑困，亦未肯苞然而受。度當今之公正清慎，素不苟與而與之可受者，莫如吾師。竊謂求仁人之粟，以養其母，於禮有之；而門士有求於其師，以爲圖報親師之地，於情亦可以自通。非如古人之叫號於不知己之前，欲求升斗之潤，而不可得者也。如以爲不可，亦惟吾師之命。或者謂十數年潔身修行，惜其以病困，有所改悔，則亦以不與之者教之矣。

復潘昭度師書

垂教謂《宋史》殊不足觀，異撰未有其書，嘗於友人處稍一流覽，雖愚昧管窺，亦知其冗。矧於吾師，宜謂不堪覆瓿也。史既煩濫，是以踵之爲《通鑑》續篇者，亦復繁冗難讀。丘瓊山《續綱目》，差爲彼善於此。今吾師一大芟正，不但宋有良史，而後之踵爲編年者有所藉手。更合丘氏《綱目》，一裁酌之《通鑑》，亦庶幾有定本矣。

至於《天官》、《律曆》二志，太史公惟《天官書》最爲奇奧，《律》、《曆》二書便已索然。班孟堅《天官》、《律曆》、《五行》諸志，猶未甚破碎。《後漢書》劉昭所補零星之極，諸志皆然，不獨《天官》、《律曆》也。三史如是，則後此者可知矣。愚意謂：太史公《封禪》、《平準》二書，卓然大篇。《天官書》固妙，雖諸星各有綱目，然亦未免逐條叙次，遂損大觀。竊謂今之志天官、律曆者，似當各滙爲一大篇，其整者如《尚書》之《禹貢》，而其錯者略仿古大家如管子《問》、韓子《亡徵》、屈子《天問》、韓退之《畫記》，及《左》、《國》中諸長篇之錯綜奇變者爲之。蓋以《封禪》、《平準》之筆力，而叙次天官、律曆之事，庶幾卓越諸史，非吾師，其誰爲之也。至如艾之《職方外紀》，每國略志數行，酒肉帳簿中之稍有條目者耳。以備顧問則可，何得便與作史之事？且作史傳，信與著書談天者不同，據彼説，謂天有九重，日大於地，大地形如圓毬，四面皆在天中。凡上下四旁，皆山河人物所附麗。使彼參考天官，當必堅持其説，則是西域天文志，非中國志也。雖似有據而可喜，然此以俟後之修明史者附之"西域傳"則可，確然爲傳信之史則不可，爲宋史則尤不可，以宋未嘗有彼國之學也。且曆法歷代相沿，間不能無小差，小差積而大差，遂不能不一變。或數十年一小變，或千數百年一大變。大抵變而無差之時，即爲後日差錯之端。蓋以法正差，而差即生於法，但其學淺者差立見，其精者如洛下閎、僧一行之類，其差見於千數百年以後。是以宋曆之差其秒、忽、銖、黍之參錯，業已積累於唐；後之視今，則元曆之差亦積於宋。然則諸志中，曆法雖爲一代之史實，與先後諸史相關，非如禮樂、兵刑、食貨諸書，但以紀一代之事也。宋曆至元，而郭守敬一大變更，其參差積漸，元曆所以當改之故，亦當於宋史中備言之，方於前後諸史，脉絡貫通，尤非艾所能辨也。至所命《宋史·天文》、《律曆》二志，屬與西士商搉，是吾師憫某之空疏不學，而以命之者教之也。燈下略閲二書《天文志》，則二曜衆星，自爲綱目，大約踵《史記·天官書》而衍之，而以三百年中薄蝕灾眚之變，附記于後，此無俟問者也。所商榷者，獨璣衡、天儀、歸餘、歲差之事耳。

竊謂：渾天、璣衡，未見其器，將何以詢其事？至如《律曆志》中所云積若干，損若干，餘若干，未識其數，將何以叩其學？鄙意謂欲叩彼國之曆，當先有中國成曆，了然於中，而後可互相參考。今以夙所未習者，而執書以詢，無論彼答之，而某不曉，而某先已茫然而失其所以問。容某今抵海上，徐將二志細閲熟思，然後可相詢訪。或吾師一召見，而問之推步之學，非面談不能悉耳。至於制義一途，雖某之困躓次且，其茫然無得，正與推步捫天無異。然既童而習之，倘猶多讓於吾師之前，恐師臺亦以爲不誠矣。容即細論之郵上。

復潘昭度師書

某竊謂：今日制義之途有二，其一以古文爲時文，其一以時文爲時文。以古文爲時文者，如戊辰之某某，庶幾近之。若今日某某之爲古文，非古文也。以時文爲時文者，亦非僅僅從時藝之後，襲其綺語之謂也。如近日浙中之某某、吳下之某某，則真時文也。時藝之於古文，本判然爲二。以古文爲時文者，蓋畸筆之士，無可奈何，不得已而出於此，然竟非舉業正體，不可爲訓。而時文之爲言者，亦謂此時王之制，非若世俗所謂麗草濃花，如蜉蝣之羽，取媚一時已也。請歷數國朝諸巨公，其以古文爲時文者，如歸震川、湯義仍、郝楚望、孫淇澳、王季重諸公是也；以時文爲時文者，如瞿昆湖、鄧文潔、馮開之、李文節、陶周望、湯嘉賓諸公是也；間爲時文、間爲古文者，如王守溪、唐應德、薛方山、胡思泉、桂北海、許子遜諸公是也。然則諸哲匠宗公，其純以古文爲時文者，不能十之一二。然而論制舉業者，必以王、瞿諸公爲正。士既俯首而遵王制，要當於時文之中，得真正一脉，如宣城、同安諸君子乃爲真時文耳。而要以透題爲先，每遇一題目，將題中逐字看透，且無務出于人上，先求入于題中。看題既真，然後落筆正則正說之。然而深於觀題者，倒說亦可，偏說亦可，即不能盡棄時義，間借之設色亦可。蓋入題既深，則雖用華皖之言，總無膚氣。譬之本質既佳，膏沐粉黛，益增其美矣。而得意古文，尤不可無一種時在左右。蓋胸有古書，則雖俯爲時文，而篇中自無稚弱之氣與稚弱之言。宣城謂："多讀古文，便可不用時文語。"愚謂：以古書爲幹，而以時語敷榮之，此尤必售信貨，萬發萬中之道。此某爲來文效溲淳之言，吾師以爲有當焉否也？

至於有韵之文，某夙無師授，偶一爲之，原非有意行世。即玄晏之序，某亦不敢以請於吾師。而師臺自予之大文，以榮敝尋意者，稍謂孺子可教，而又憫其言之未足以傳後,故借之如椽之筆,使千數百年後某之詩不傳,而世有讀吾師之文者,猶知吾明之世,有曾生某其人者;而吾師序其詩以行也,則師之掖某,而予之不朽矣。至序文中謂:"詩之纖艷不逞者,皆情之衰;人人能知詩,則天下無復事。"皆古今未發之論。竊謂天下無情外之理道,凡忍於犯倫傷義,皆世間極寡情之輩。蓋古今之忠臣孝子,不過其情至於君父者,使世皆深情於夫婦、昆弟、朋友之人,則亦必無穀風之怨、鬩牆之爭與夫二夫失節之事。所云"人人能詩,則天下無復事",正以人人深情,則天下無事,自然恩厚而篤於倫也。

至論神宗、熹廟之際,至哉其言!激之而磯。前惟程明道,後唯李宏甫,可與語此。蓋庶幾以一言而補子瞻大臣二論之遺。至謂逆閹之禍,非今上神武,浸浸漢季,愚謂漢之閹禍,人士始終與內臣爲二;熹廟之世,人士始終與內臣爲一。而其禍之所至,則東、西二漢之季,皆有焉。東漢璫禍,始於人主謀之內侍,以圖跋扈之臣;而其末流,則內官蠱惑天子,以蹈藉在朝之士。然而朝士之所以搏擊之者,亦已不遺餘力。何進、竇武之流,雖以優游不斷,終及於禍,要其初,則亦互有勝負。李膺、陽球諸君,一爲司隸,則內侍屏氣弭耳,如伏鼠縛雞。故曰:漢之閹禍,人士始終與內臣爲仇。若熹宗之朝,始則朝士不相能,而藉手于內官,以爲樹黨報怨之地,至於糜爛而不可收拾,於是廢錮嗜利之徒,群然呈身閹門,以速化而取大位,而間以洩其私憤。乃至乾男假子,連袂於庭,頌德稱功,百千爲輩,遂與頌莽之世無異。蓋方其諸賢慘死,大類東漢黨錮之禍,而至於稱功頌聖,則又浸浸西漢附莽美新之風。此愚謂:近日璫禍,蓋合二漢之季而有之。蓋始則激之而磯,而小人鼓其浪,以傷君子。而其後,則如崩石之流,群然溯洄揚波。甚則有裸身弄潮以沐浴其膏澤者。此則近日之禍,始終與內臣爲一,所爲大異於漢、唐之世。而下僚草莽之士,相視而莫可如何,則但以吊死唁生之言,寄其憂時愛君之孤憤。此某讀吾扼腕歐、夏二公之文,未嘗不三復涕嘆者也。伏枕報命,語無倫次。

謝潘昭度師爲母立傳書

　　異撰於本月初三日清晨，蒙吾師特差馬上急足，垂賜母氏節孝傳文。異撰謹對使四拜開函，母張氏亦斂衽頓顙謝。異撰始跪而讀之，母子相視，淚涔涔下。至謂"母氏得徼祖母垂没之一顧，母可以報地下"，母涕下不自止。已復破涕開顏，以爲肺腑中真至之語。蓋自前者，直指公報命請旌母，未嘗稍爲色喜，似謂其事近名，誠有如吾師論贊中所云者，垂賜鴻文，乃使小子藉以色養如此。

　　夫世之乞言以榮其親者，難之矣。或身當有道君子，而不文其人文矣。又或品瑣言輕，不足以信於後。自司馬遷、班固，帝后、王姬而外，未嘗傳婦人。劉向爲《列女傳》，范曄踵之，《後漢書》始有婦女列傳。然而蔡琰流落失節，亦附傳中。愚謂作史者即不忍没琰之文而慧，附記《中郎傳》亦無不可，何至使胡婦贖女，與班昭、曹娥同列？范曄作逆，雖義例分明，猶爲彤管之羞。矧其混恩如此，所謂傳之非其人，則言輕而不信也。繼此諸史猥濫，獨重諸文人傳誌。唐、宋四大家，蘇既不長於敘事，傳狀、誌銘，獨退之、永叔爲多。宗元敘段太尉逸事，其刻畫生動，無論永叔諸誌，幾欲追子長而掩退之。然而《梓人》、《橐駝》諸傳，皆感事寓言，傳誌行狀，不少概見，豈其人既失身，恐其言之不信於後，故求之者少耶？此異撰所爲當吾世，則汲汲然求吾師之一言爲重也。拭目旋旌，面謁稟謝。山驛春半，燠肅未分，惟爲天下保重。

上潘昭度師書

　　冬杪，聞開府南贛之報，此不足爲吾師賀，獨恨不早用師臺五七年，全數萬生靈肝腦，今已後矣。然愚竊計王文成撫虔之已行年四十有六，吾師後陽明一歲，竹帛封拜，正當其時。獨某碌碌門墻，鬚眉皤然，白頭戀可溺之冠，短後蒙未棄之繻。雖有洛陽年少之一痛哭，二流涕，六嘆息，聊復捫舌茹憤，但一傾瀝於絳帳之下而已。夫曰者吾師之建節於南昌也。原非用武之地。而練兵選將，製器峙糧，在往事則爲亡羊而補牢，在異日則爲未雨而徹桑，召虎經營已爲之兆。矧今日而受命秉鉞，振飭於積窳之後，則夫幕下之旌旗壁壘，四省之將卒城池，其赫然而改觀，固不待言。愚以爲，此猶當今之第二義事，有類于庸腐老生之常談。而最急切於時務者，則在於獎用循良、擊汰貪暴而已。

夫日者閩、廣之流寇至於搖曳七年，騷動四省。所虔劉蕩折，生民不下數萬，吾師亦知所以致此之由乎？其始僅依山剽略，三五成群，非大盜也。面饕餮之有司，以捕賊搜山爲名，株纍良善，屬厭富室，反覆無厭，至於再四。於是孱者不堪，而悍者不平，始則拒捕，而後遂揭竿。迨至灑血暴骸，爛蔓無已，而其人猶以扞圍得美遷。此則貪虐首禍，而肉不足食者也。嗣後，曾兵使誘而撫之，遂用上杭縣勇士劉漢庭，出城奮擊，因乘勝入其巢穴，芟除洗蕩，幾無遺種，僅逸殘寇百餘，流入惠、潮之界，可以一手撲滅。而虔中開府，視爲一指之癬疥，漠然不爬而不搔。粵東將吏又養此几上之魚肉，聽其自餒而自敗。彼此相推，僅道之出疆而止，遂復蟻聚萬衆，藤蔓數年。此釀亂之顛末，而實則奸貪爲禍始也。

故愚常謂：數年以來，山海之所以不靖者，其附海之邦，則縉紳豪暴於鄉里，而同惡之當道黨凶，此民不堪命，所以蹈海而偷生也。其依山之國，則守令貪橫於郡縣，而主藏之大吏旌墨，此鋌則走險，所以負嵎而不畏死也。某，閩人也。南贛、郴、桂之事，不敢言其所未知。若閩、廣接壤，親戚友生之宦游其地者，往往能詳之。而某又嘗讀書於汀州寧化、清流二縣之間，請以汀、韶、惠、潮之事，所習聞而見者，爲吾師言之，可乎？

夫八閩郡縣，依山與負海半之。山郡如延、建二府，爲士大夫往來之衝，撫、按之出疆入境，必經其地，則其長吏猶有所顧忌，而不敢肆。邵武稍遠矣，猶不甚僻。若夫汀州，陟絕一隅，冠蓋絕跡，而巡方間至，故其郡縣之有司放手貪縱，而莫可誰何，而其橫恣無忌者，尤莫甚於汀府之吏胥輿皂。其俗，千金之子，不必讀書，而但爲在官之庶人，則其豪縱於鄉里，凌虐乎士紳，與虎而冠者無異。蓋貪狼借爲牙爪，而碩鼠怙爲耳目。官與民市，而隸史其儈牙；法熾民爐，而臺胥其薪炭。從來稱理廳爲甚，而府堂次之。至有長吏耽耽一富室，而誘致其子，教使訟父，父至久囚痛箠，猶不願出一錢買岳，則重枷鋼鐐徇立，通都不至，屬屢不釋，貪虐不具論。而其甚者，乃傷害彝倫、滅絕天理，一至於是。若惠、潮之間，則從來爲仕宦之金穴，其監司以守令爲外府，其守令以民間爲市肆。雖以夷齊筮仕於此，亦如沐浴於青藍之缸，浸灌於脂膏之釜，清濁無由以自分，但能善事上官，便已致身臺省爲民上者。如此，民如何而不爲亂？亂又如何而易息也？愚嘗讀文成之用武者，在於桶岡、左溪、九連、三浰諸峒，大約居樂昌上猶大庾間。其時要害之處，大者已立州縣，小者亦置巡司，而贛州又在幕府肘腋之下，則今日之能爲患者，誠不在於南贛、郴、韶，而在於汀州、惠、潮。觀於前日之亂，則可知矣。且文成之時，四兵備所募選而征剿者，每道不過五六百人，則四道之兵合之餘二千人而已。蓋其時郡縣，罕驅民爲盜之虐政，其負固而陸梁者，不過山穀之窮寇而樂禍從亂之民少。是以勁卒二千，可以深入其阻，而一鼓成擒。若夫近日之寇，則山賊之倡亂者十一，窮民之從亂者十九，是以數萬之衆不呼而集。竭四省之力，曠日持久，僅而勝之，故文成請改巡撫爲提督，而愚竊謂今日則撫先而督稍緩。夫提督軍務，而練兵、選將、製器、峙糧者急，則治標之事也；巡撫民瘼，而獎用循良，擊汰貪暴者緩，則治本之理也。且夫今之稱爲撫臣者，其始則宜撫而不撫，而縱狼虎以驅民；既則不宜撫而撫，而招蛇豕以誨盜。既已驅之，而又撫之，前之撫者方來，而後之驅者又去。甚而明旨欲剿，而軍門議撫。熊制臺以其熟用于閩之伎倆，而再試於粵東，此以加之歸命投誠，不妄屠殺之。草間義士，則橐享其利，而又可借以收靖海之功，而要上賞，乃欲施之乎凶狡無忌，所過無不殘滅之。劉香宜其道臣爲所劫質，而不知其所終也。

　　乃愚則更有隱憂於此。夫今日之易動者，莫如三吳之人心，是以宜興未已，而溧陽繼之；溧陽未已，而桐城繼之。此則士大夫種毒而有司養惡致此也。若夫閩中人情之洶洶，一見於莆田，再見於建安，此固貪吏激之，於士大夫無與矣。然而閩地豪惡之縉紳，昔惟邊海爲甚，其俗鄉紳私杖威於官箠，宦幹登門，猛於公差。省會士大夫頗稱醇謹，固其流風之善，亦以撫、按、藩、臬諸大吏環列而彈壓之者衆也。今或要人之子而走死如鶩，爰爰放臂，兩臺二司熟視而不敢問，竊恐此後之撫、按、藩、臬，盡爲豪有力者所料。而援之爲例，習以成風，愚則憂夫三吳之事，漸復見于閩中。至于附海則士大夫釀釁，民訌於内，而海寇應之。依山則貪殘生亂，戎伏于莽，而窮民歸之，則夫七閩蹙蹙，恐遂無容足之處。文成開府虔州，一則平漳州之寇，再則勘福州之亂。恐其事之復見於吾師，愚生所爲抱杞人之憂者也。

　　某塡胸憤懣，無處可説，不傾倒於吾師，則當吾世誰可與言者！故及師臺視事之初，爲私憂過計之談如此，非敢如某某之非其邦大夫也。客歲手諭謂當以入賀省覲，今且就養幕府階庭，綵舞以干羽，旄鉞當之。而又雙麟振定，足以含飴娱老，樂事多矣。附呈近稿二册，擇其感時者録上。年内服食多方，病肺差減，此後稍能讀書，學殖不甚荒落，有所撰述，當續致也。

上虔撫潘昭度師書

　　今天下自大江以北，中州秦楚之墟，囂然干戈滿地，所幸者江南稍得安堵，而其爲患者，莫甚於閩、粵一帶之海氛與南贛六道之山寇。自吾師坐鎮以來，業處處練兵選將，綢繆牗户。諸不逞之徒，既有畏而不敢動。而又選用循良，擊汰奸貪，虎渡河而鱷徙海。又非有污吏苛政，生頑獷貪亂之心，諸箐峒間，業已賣刀買犢，含鼓爲太平之民矣。

　　而愚竊謂：及今之時，事有極迂緩不切，在有司循行故事，則爲無益之虚文，而急行於新集之民，又最爲久安長治之道者，則在於舉行保約、社學之事而已。夫昔之撫靖亂民者，其始莫不視之以兵威，而其後則必漸馴之以教化。夫古人之教化，在習之以禮義；而今時之教化，則在誘之以富貴。今之所云富貴者，所以導之于禮義之路也。今寇盜既還定安集，宜遂遣所在長吏，時以單車一騎親入峒中，不煩迎送，不費供具，先爲編排保甲，教習聖諭，而後設立社學，官爲選擇社師，資以餼糧，使之誘教峒中子弟。而又移文學，使另立峒生名目，每一考試，小峒量進一二名，大峒量進三四名，就中擇其優異者，使得食餼。但十數年後,有科貢漸出其中,則雖驅之爲亂,而亦自知顧愛矣。然須及吾師爲之,彼有所壓服於威望,則道齊之而不敢玩。而又禁貪止暴之政,肅吏入其中,不至以騷擾生變也。

上何半荗宗師書

蒙宗師以某士節可風,移文同韓生廷錫,扁示學宮明倫堂。某少服母教,二十年來亦頗願學潔身修行之事,但去歲以三年喪偶,老母躬操井臼,不能娶妻爲養,因有謁於趙景毅師,以資六禮。已又以無屋可居,兼之連年病肺,不堪備經負米,不敢自陳於宗師之前,上書求申青門,師轉爲某地。是某之干謁至再,豈尚有可風之節,且扁示於文廟之明倫堂?則是某欺先聖也。客歲,有謁爲養。其時某方病肺,輾轉母氏懷抱中,屬將執筆書謁。母氏呵止再四,不得已而揮淚陳情,遽爾叨蒙獎勵,則是某欺其親也。前者上書申師,聞宗師已見其謁;今某靦然受過情之譽,則是某欺吾師也。雖宗師善善之長,或者薄責觀過,以鞭其後,某則何敢冒昧無恥,以蹈此欺先聖、欺親師之辜?爲此捫心訟過,伏乞停止給扁,明文無使某爲人士指摘,而某亦益知慚悔自念,救饑爲養,猶不甚棄絶於門墻。從此且束脩自贖,以無負宗師獎借之意矣。

與趙十五書

某頓首:昨五言對句撮合不來,展爲七言律索和,惟吾兄痛繩之。弟嘗謂古詩難於律詩,五言律難於七言律。杜甫七律,罕不奇妙者,至五言,平率、高古,遂已參半。惟王、孟五律,妙於七言,殆有天授。譬則陶令爲五言,古神品,其時固未有七言之體,即有而陶爲之亦未必不亞於五言,要未可謂五言之較易也。七言律渾堅沉鷙中,易暢易動,纔縮二字,暢則不堅,動斯未沉,不動不暢,又涉平板。今使縮長句爲短句難,展短句爲長句易,是以從後人而觀,則歐、蘇流暢於韓、柳,韓、柳流暢於《史》、《漢》,《史》、《漢》流暢於《左氏》,《左氏》流暢於《尚書》。然而《尚書》、《左傳》短節中,未嘗不暢不動,秦漢而後遂以漸加。斯則句從古短,字以世增,以此思五七律難易,便自了然。且作詩者,從古體入手,雖律詩亦有空曠之妙。王、孟之五言,杜之七言,皆以古詩爲律詩者也。少陵五律,王、孟七律,則以律詩爲律詩矣。今之學詩者,從律詩入,以其有占有儷,易於取偶成篇。其律又從五言入,正如里塾小兒,學作對句,以字多者爲能,盲師矜喝,瞽子恫疑,宜其謂七言最難合作,甚於五律也。至謂律詩難於古體,則又護短欺人。譬之習應制義者,謂時義難於古文,爲左、馬、韓、蘇易,而爲王、唐、瞿、薛難,更無是理,可以無辨者矣。弟未嘗與人言詩,尤未嘗與今之登壇自命正宗者言詩,眼中惟吾十五。又苦累於酬接,不得却掃,讀書極其所至。弟嘗謂:人不爛熟一部六經、二十一史,而徒記誦漢、魏、六朝、三唐諸集,此但讀詩以爲詩,未有能爲詩者也。譬則今之啜醨由徑,意在捷得科名而止者,讀時文以爲時文,未有能爲時文者耳。此語常與施辰卿言之,但恨吾十五雙腕,使千百年後少吾代趙十五一位者,皆此兩手,王摩詰、倪雲林絕妙山水爲祟,使十五折肱痿臂,無手可鬻,便得入山閉户,從此十數年,李白、杜甫未可知,何至出賈浪仙、孟東野下哉!弟與兄俱老矣。人至四十以上,尚茫茫然,不計算,百世而下位置何所?無乃蜉蝣不知旦暮者乎?來箋黑漆者,頗宜書,餘俱無下筆處,無乃不善爲拙書地。稍子手劣,即平湖淺汀,猶恐失柁,此實惡溪能易我於善地,受篙兄之功,不在鑿龍門下矣。

答曾長修書

某於制義一道,當吾世已爲窮賤笑柄,而私心亦甚厭惡之。獨於詩,則每以發其無聊酸楚之情緒,亦不得已而爲之,差有興會於制義耳。然使吾代以詩取士,如唐人之制科,則弟之詩,又未必不如其制義爲貧賤之資等耳。吾長修於舉子業,宜其少可多嗔者,而猶首肯於六戰六北之跛伍老兵。又因其制義而許可其有韵之文,以爲人寧可無詩名,不可辱詩之理色。某於制義,所謂無色而差近於理者也。人可以色取,而不可以理勝。況弟之所謂理者,又爲一時適興偶然而然之理,而非今世所崇,尚遠之爲程朱、近之爲錢王之理。宜其自取窮賤,白首而不得一當也。若詩則理與色俱無之,信口出聲,愀然而嘆,啞然而笑,泫然而淚,未省此嘆者、哭者、淚者,爲色乎,爲理乎?以色而笑嘆,而悲淚,則優人之排場也。若以理而笑、而嘆、而淚,則其勉強假借,又甚於優,不但不成詩,而亦不成理矣。今之人辱詩之理色,而理色亦可辱詩。來書所云以廉恥護送詩道者,無理亦無色者也。夫今天下安得有"廉恥"二字?在朝,而將相不知廉恥,百官有司不知廉恥;居鄉,而士紳不知廉恥,甚而無廉恥者笑乎有廉恥者,不使之一日得以容於朝廷、鄉里之間,不特詩文之道爲然也。而兄以詩文一事,爲哭世閑眼,救世神針,拈此世上所極視爲不合時宜之物,而又下問及於不合時宜之人,吾恐爲長修者,非所以遠於窮賤之道也。持此道以紀詩年,得無廉恥與年俱長,而窮賤亦與年俱深乎?《過嚴灘詩》如風雲踢促,龍虎嗔生,爲人臣則不能。此是吾長修風動一世,寡廉鮮恥之言。今之爲制義、爲詩者,求爲人奴,而恐其不能。而其觀制義與論詩者,非其能爲人奴,則以爲不祥之怪物,而去之恐其不速。大約舉天下皆奴氣,所以無將相、無官吏、無士紳,無詩、無文,坐此無"廉恥"二字之故也,豈但爲臣虜於人而已哉!火瘡甚痛,因來教,搔着癢處,喃喃遂不可了。詩序容炙瘡稍平爲之,題目難,題目又佳,佳故難耳。

復曾叔祈書

前者手教之及,某適薄游梅溪,歸而讀之,作數日喜。時方小春,梅使未發,是以報章遲之。頃者,又接來翰,不知何日得與叔祈西窗剪燭,盡其所懷?每嘆腐史於張子房,叙其博浪之豪爽,圯下之温文,與夫辟穀仙游之霞舉天外,其贊之不容口。至想像於其狀貌,不知史遷此際如何想慕?遷之生,後於子房,所云狀貌,亦不過於傳聞得之,伊人宛在暗中摸索,愚謂此中大有迴味。乃不佞於叔祈,無論生同時,又爲一家之人。今手札之往來者三,乃吾竟不知叔祈作何狀。彼此懷抱中,各有一我家某某,明明於心目之前,但須一相見,各出一意中所懸想暗索之人,印而合之,想明秋把臂時,當啞然一笑也。

來書喜柳宗元二義,云:"柳子厚敢於自負,謂能馳騁百家。"又云:"我讀書無抵滯。"愚謂未有讀書抵滯,而可謂能馳騁者。然所謂"馳騁"者,亦謂踐踏而蹂躪之。我一落筆,而諸子百家無能出一爪甲於吾之紙上者也,是以春容蹀躞,則縻蕪百氏,莎偃草柔,蹄足香潤。迨乎怒馬獨出,則輕足輶車,輪蹄所躪,而草無剩兔,澤鮮留麈。以斯而論,則雖與百家爭道而馳,猶非其至矧竭蹙,以尾其後。又其甚者,尾之不得,而拾羽攀鬣,迺踐踏蹂躪於彼者哉!若夫八股制義,而必以速肖於四子者爲正。無論以今人而爲四子之言,決無能肖之理;即前此之摹擬而肖者,莫如湯、許,然使湯、許而生於今時,正不知如何以爭氣,先決不肯獨守其必不售之業也明矣。愚意今之帖括,當如古人引詩之例,隨其興會而解之。愚近喜讀《左氏傳》,凡《左氏》引《詩》,皆非詩人之旨。然而作者之意趣,與引者之興會,偶然相觸,殊無關涉。精神百倍,此非詩人之情,而引詩者之情也。後之訓詁注疏者,自捨其情,而徇聖賢之貌;而今之爲帖括者,并捨聖賢之貌,以徇乎訓詁注疏者之貌。轉轉相摹,愈求肖而愈遠。夫莊周、申、韓者,爲老氏之帖括者也。莊周之汪洋自恣,已異於老之衝穆高潔;申不害、韓非,則其去之愈遠,而識者以爲真老氏之徒。夫今之爲四子之言者,而能如莊周、申、韓之於老氏,則無論不必捨四子,而徇乎訓詁注疏;與夫諸子百家並不必捨我而徇乎四子者之言,此叔祈前書所謂"無情人不能文,情真而文亦真"者也。呵凍燭深,兼之舌棘,瞍言瞽説,惠而教之。前者垂崵襪材,納於踵決之履,華而溫矣。

與黃東崖先生書

　　在里閒中二十年,夢思竟未敢自通於左右,生乎頗能自廣,殊非以乘車載笠之故,不欲曳裾於先達公鄉間,意頗非今世之浮游而附聲氣者。嘗謂吾人心不知《史記》爲何書,則雖司馬子長復生,日與之居處笑語,祇以增其人藏之名山之懊恨,故端居而把先生詩文,輒高咏昔人"海内知己,天涯比鄰"之句,且同處一鄉,而故若躋阻其道路,留未盡之晤語,摸索於心目宛在中,不更意遠而味長乎？

　　今者始以拙稿自贄，而以家母之行略請。夫天旌下及於寒戶，而執筆紀載，斯亦太史公之事也。而亦以見某之進，而求見於當世之名公大人，非吾母之故，則鄭重其事。雖以二十年夢思，而不敢懇有道之晉接，非如世之食名而來、取名而去者，徒以襲元禮之門，塵李、郭之舟也。

　　頃者銘佩筆教，先生似不謂某弗堪錘琢，而以"好，好，好"三字漫然相應。則先生之視某，似與世之食名而來、取名而去者有以異，頗沾沾自喜，謂較之僕僕下風，無益於己之學問，而徒磬折於先生大人之門者，差爲有得耳。附上縑素一方，儻爲家慈載筆，以供脫稿，隨路郵寄，懸之紡授堂中，不但爲先生之教孝，亦使人謂："異撰，寡婦之子，雖垂老碌碌無所見，其於先生，猶不在禮弗與交之列耳。"

　　憶去歲，客江右署中，潘昭度先生述南州李太史云："吾大索海內，但得四君子之言，爲吾親壽，於願足矣：其人一華亭陳眉公，一山陰王季重，一吾閩曹能始，一竟陵譚友夏。"愚謂：大文以體氣骨力爲主，眉公韵致風逸，黃魯直題跋手也，友夏雋木，不能如鍾退庵之沉快，然二君皆小品耳。能始詩骨清超，門無勝己之友，晚年遂不能進，要其文章，又當別論。四君中，王季重氣骨差峭削。今世之爲古文詞者，在吾閩則黃可遠太史，被服永叔，嚌啜道思，遨游二代間，夷然自適。諸生李世熊，氣味近屈原、韓愈，莫能測其所至。他如江右艾千子，學歐未化，然不落小品儔中，其條陳諸書，亦類廬陵奏議。吾鄉董司空，書議、奏疏，鑿鑿近陸贄、賈誼，序記風範淳樸，誌狀位置亦老，要不能如經世之文。黃石齋先生序浙闈試錄，情詞慷慨，他作每吐五里霧，列之左、馬、班、韓間，未知序置何位，然其險奧處，不謂之子書不可。浙中倪鴻寶永稜襲霞，苦斫神酣，或謂雋傷其道，然能秀不隱骨，刻鏤快人處，當世但以六朝金粉當之，恐鴻寶未許知己，要實季重之勍敵矣。時潘公頗謂某知言，某亦自許不阿所好，是以勤勤而請於先生若是也。

　　仙舟共之不能，維之不可。秋士善懷，心隨帆掛。聞胡馬四十萬，直抵居庸,疾驅北上,出將入相,勳業好趁。此時風霜自愛之言,似婦女牽衣語,殊非先生所樂聞,某亦不敢以瀆聽矣。臨楮眷然,閣毫住頰。

與卓珂月書

某自十數年前,則知海內有珂月卓子,欣賞奇文每掩卷,作兼葭伊人之思,輒欲奏記自通。已又念吾讀其文,即見其人,海內知己,天涯比鄰,無事數行定交也。而又從時刻中,觀近日諸君子所記載交籍,不啻招降納叛,而世之附名其中者,雖不盡弭耳乞盟,然意已近之。此無論非志士所以自處,而泥首面縛,受之不武,衹爲壇坫之辱,尤非所以處吾珂月也。是以門士王生再游武林,某但致小刻二種,以志神交,入林把臂,寧俟他日,未敢數行上瀆耳。又今世失路生,每作書相問訊,滿紙怨望,嗟卑嘆老,問天罝人,强相憤慰,此尤非珂月所樂聞。而又世之造作書牘,以定交於當時才名之士者,大率抵掌論文,汗漫千百言,將以誇多示辨。

某竊自揣欲與珂月言者何文乎？吾代時文不足言,欲與珂月言古文,則自其千古之眼者觀之,左丘明、司馬遷、韓愈、李白、杜甫、蘇軾之流,亦猶之各爲時文於諸子之世者耳。然則與卓子言千古之文,亦無以異於與卓子言今日之時義也。是以某俱不欲有所言,以取珂月鄙笑,而但以母氏之行略,請卓子想哀其孤而許之,而又以某爲母乞言,與今世之爲詩文,而求玄晏於才名之士,以爲宋人之檟者有以異。且某既自通於卓子,則卓子於某,似有若母吾母之義,固所欣然而執筆者也。故因王生行,而某再拜,致此書以請焉。

答陳石丈書

弟近益荒落,不復理逢年事,然时事感人者多。天下之大,每三年舉孝廉千餘,成進士者三百爲輩,迺二十年來天下紛紛如此,其勢之猖獗,又未必如唐之藩鎮、晉之五湖也。而思治聖人,欲求一人如祖生、郭汾陽者,竟不可得。又家有五十年苦守老母,自分棄捐,又與不顧父母之養者同科。以此二事往來胸中，尚未甘絕意人世。然日在病中，又於舉子業無夙因。每閱墨藝房書，或拈題課義，輒有棄日之嘆，以爲前世司馬子長、杜甫諸君，何幸而不爲此。彼亦人耳，使我無科舉之累，得肆力於文章，固未能勝之，亦未必盡出其下。以此爲應制帖括事，每一舉筆，輒謂我留此數點心血，作一篇古文辭，數首歌行，直得無拘無碍，而又庶幾希冀於千百年以後，何苦受王介甫籠絡。如此意况，似於富貴功名一道，極相嫌恨，雖未甘謝去巾衫，飄然爲隱士逸民，又似不可强，昔人所謂抑而行之，必有狂疾耳。天下事必且日甚一日，此後極難題目，正須我輩爲之，弟衰憊，無受鞭蹄足矣。近家信至鄉里中，或有傳弟死者，么麼曾生，其生死何足爲有無？乃無端挂人齒頰，事頗似海外子瞻，自揣何修得此，聞之慚愧，以爲不虞之譽也。

與余廣之書

宣城夙稱善地，風物文章足以抗衡諸國，又無吳下佻巧輕靡之習。蓋以其地介於大江南北之間，故其民醇。而今日之士大夫，亦頗敬畏其官長，非如他郡邑之掣肘者多，未可以卧而治也。昔人之"十年宰相，不如一日縣令"；弟以爲，十年昔日之縣令，又不如一日今日之縣令。以今世時事日非，稍有展布，則全活者大也。

前有往都下者，經吳、楚、燕、齊之治之民情吏况，無復可着手處。大約流寇所至者其禍慘，流寇所未至，如江南諸善地，其禍隱。而其大端則催科之苛暴爲甚，而豪惡之鄉紳次之。弟謂此二者，雖極難處，亦無甚難。催科雖爲長吏殿最之第一義，然今日所苦者，不在加派，而在加派多，則火耗亦與之俱多。弟嘗謂加賦者民間之苦，而追徵者之利。且民間歲一穫耳，民方輸今年之租，尚欠舊歲之逋，而已徵來年之稅。然則是一時而三徵，視之昔所云用二、用三者，不啻十百千萬之苛。而又有間架之徵，稅契之徵。斯二者，功令皆有定額，大縣不過數百金，小邑以次遞減。倘已足額，便應概從寬政。今當事者，耽耽爲乾没利路，每朝廷萬不得已，開一救急事例，天子憂勞於上，萬民愁嘆於下，獨有司張口翕舌,橐中增十數倍羨餘。稅間架者,密於櫛髮,大縣額數百,縣長吏徵至數千。稅契誘人告匿,吹毛索瘢。凡田宅找價之訟,每左袒多斷價餌,民間告發,而官以稅契從其後。大抵輸公抵功令者一,藉此乾沒潤私橐者十百。斯二者,輸不經里役,納之管庫胥史,其火耗尤多,每一金加納至三之一。今使催科之火耗減,則雖加派與未加無異。而又追之以時寬之數,限納不拘其時日,隨時俱可湊補,比不即加箠楚,再限而後量刑。此外暫開之例,如間架稅契之額,通計一縣,酌量薄徵,勻至足額,過此則聽其疏漏。如此,則官簡而人亦樂輸,未有錢糧而能爲累者也。若夫鄉紳之豪橫,則近日宣城比之他處爲減;即使有之,吾不曲法以徇,而又待之有禮,勿徒以聲色相加,而我自有不阿之實。至於人士亦然,不苟徇其非理之請,而温言霽色,以消其心。如此,而尚有含沙吠影之人,恐天下亦無此事矣。然要以清正爲主,我能一毫不取,無論不必徇士紳,即貪戾之上官,亦不至求多於我。

　　弟見近來縣長吏,每直指使者入境,奔走如頤指之奴僕,承奉等爭妍之婢妾。直指公行,臺縣官倩人排設。直指公燕會,縣官身坐庖厨,蒸鵝蒸鴨,口含人參,獻裳獻裘,手授刀尺。甚而僚友相伺,彼此相飴,巧者求過,拙恐不及。予嘗謂:使今之爲長吏者,以其奉事上官之精神,將順父母,則雖大舜、曾參之孝,亦不過是。要惟身爲奸貪,故不得不垂首仰面於彼。我誠處脂不潤,便可省許多曲意諧媚伎倆。然恃其清,而傲上凌物,則又不可。做清官自是我輩分内事,藉此以意氣加人,似謂一"清"字,而爲官之事止此,無乃太自菲薄,而非吾儕所以自處乎?弟衰病棄人,已作山人行徑,不復想經世事。但願友朋中,作好官、行好事,昔人云友者,我之半身,弟謂我與友一也。但使吾兄得十分行意,得志澤加,便與弟自家做官何異?譬則弟欲爲某事,而有友代我爲之,事未有快於此者也。

　　今春擬有吴興之行,哭潘昭度師,因就醫鎮江,遂至江東,觀鳴琴之政。聞宣城人士,喜好文章,樂於風雅之事,門下負笈者當如雲,幸爲我選十數生,有謝朓之詩,湯嘉賓之制義,而又人能出束脩五十金者十人。弟一至令君之室,此後遂掃影公門。兄時一載酒相問,客子但與人士賦詩課義爲樂,只當令君爲門中諸生,請一游學先生,弟便持十脡歸,爲家母樹楔,刻我《紡授堂文集》,餘買人參一二斤養病。遂更置附郭數十畝,吾事豈不既濟?較之臨邛游客,與令君謬相引重,作偷竊婦人狡獪者,不更爲千古嘉話乎?若從諸俗客,關說爲利,則大非其好,生平未嘗破此戒也。聞舟行甚急,价子守候,語無倫次,以當永夕之談。

與余希之書

弟以去歲十一月廿六日出門,越一月臘盡,而至吳興。又越一月,而至君家宣城君所,即問兄近來足疾何如,知未脱,然頗疑兄不能慎疾。我輩少年時,耗費精氣,無異破家蕩子,中年得病,此債主持帳簿登門時也。但能忍節嗜欲,稍償一二,彼亦有時而去。然宿負未完,一二月後,不能不再來問我。使着實省嗇,積聚逋欠,填滿一去,遂不復來矣。兄之足,弟之肺,殊爲同病。弟見宣城君爲吏,使我燥脾。昔人云:"十年宰相,不如一日縣令。"若今日民窮世變、碩鼠成群之秋,一日坐縣堂,便可做許多好事,救許多百姓。雖廿四考中書,不與易此。留此一雙脚,他日小則拜跪上官,胼胝民事;大則跨馬擴鞍,北清中原,東復遼土,極爲要用物事,不可不善養之也。若云生子尤當節欲,其效在嗇,而不在勤耳。

弟食潘、申二師河潤,若無病而賣文饘粥,粗可自給,但以家母旌表之命已下,八年樹楔之資,尚未有處。今年家母望七十,當衣帛食肉之時,身未有一寸之絲,今既來杭湖桑帛之地,不可不多携以歸。而弟序記、誌銘諸雜文,近亦彙輯近三百帙,但以詩集行世,行徑乃似山人,殊不爲雅,序而行之,似亦先達朋友之事,以此數重費,不能不爲知己累,江東馬首,非爲繼富來也。然弟已言之,宣城君不遣一价。予至縣門,不容一言事。牙儈至吾寓所,惟廣之擇其無害於義者,選事而自以命我。昔人云:"行一不義,殺一不辜,而得天下,不爲。"此聖人之事,弟不敢言;若無故而責人一板,入人一罪,雖與之千金,而心不動,目不瞬，弟猶能勉强爲之，似可見諒於知己也。弟聞廣之爲循良好官，其歡喜過於聞丁丑之捷。若更以失理過情之事，使之違心，而徇故人之急，無論非弟所以處廣之，亦非弟所以自處。倘廣之違心而許之，尤非君家兄弟平生所以愛我而相成之意矣。

趙清獻每夜焚香，不免希之彈射。若令君客子言事，必焚香告天，而請於友朋，此種風調，殊不愧季愛軒琴鶴，當發吾希之數千里外一笑也。作此書時，爲二月初七，乃老母六十九誕辰。項見君家宣城能合百里弦歌，爲老伯壽，而白頭老生特以爲吾母負米授衣之事，計拙途窮，留滯而仗友生。雖宣城君猶母之誼，篤於骨肉，我能無愧於心乎？願吾兄自愛自勉，弟明年五十，倘今秋頭顱如故，將奉吾母偕隱，母生我誤矣。

與丘小魯書

某未衰而老，顛毛種種，每顧影自嘆。唇腐面皺，於八服中，而又似不願處其羅籠之内。私念我輩，既用帖括應制，正如綱中魚鳥，度無脱理。倘安意其中，尚可移之盆盎，畜之樊籠，雖不有林壑之樂，猶庶幾苟全鱗羽，得爲人耳目近玩。一或恃勇踵躍，幾倖決綱而出，其力愈大，其縛愈急，必至摧鬐損毛，祇增窘苦。如某得無顓是此跋綱老生，縛急力倦，正不知出脱何日耳。

近況何似？來書謂多在"愁病"中，此二字是我輩讀書、著書資本。若在快樂猛健中，正不知增多少風流興會，未必於静功無損也。新房稿殊少佳者，此輩束之高閣，既爲得氣之人，置之案頭，又徒糜費吾日。予聞吴人有戰蟻之戲，界色別顋，揚旗分壘，使之列陣而鬭，觀其勝負，以爲笑樂。讀房書者，正當作如是觀。寓心目於狠瑣凡濫之物，此亦耐煩之一法耳。不喜視此等書，亦是我輩病痛事，小魯當爲我痛下一針也。

惠我家機，懸之爲閨人《内則》，不但衣被之及矣。《一統志》滯案頭，尚未料理得盡，只當初一時興會，乘勢爲之，便可終局，過此遂不可知。凡百皆然，不但讀書一事，亦以志吾荒散也。

答施辰卿書

弟觀世讀書，遇意所不快，輒喉中作聲，曰奴奴來人。講學詆李卓老，著書詆韓非，詩詆孟東野、白香山、韓昌黎，誤謂"我奴"罵之。吾嘗上下千古求其堪爲人奴者而難其人，獨於東西兩漢間僅而得之焉，前之衛青，後之李善是也。然則古今之忠臣孝子、仁人義士多，而奴不可得。乃加之鄉里間，不足爲有無之人，無乃爲不虞之譽乎？吾縱失言，未必過情至是也。來書戒我爲郭林宗，使我爲劉四罵人，更無此一字之褒矣。附詩一章，或謂生無賴發狂，吾兄敢和之否也？

與施辰卿書

近閱某某選藝經制史題，多快人意。談理則蒙蒙然，如着敝絮入藤蔓中，固有所矯而爲之，實則膚淺。不謂吾兄有過情之譽也。作理題正，當如剥筍皮殼，不盡真味不出。今之深於說理者，不但不剥其殼，且包封數十重厚皮繭紙，浪說煨而食之之雅，此則不但無筍味，人亦不知其爲筍矣。至於某某諸豎儒，妄言先輩，但以寥寥數語，言不敢盡，爲合作此，又似不食筍肉，但掇皮煮汁，略一沾唇而止者。不知玄酒陳於客座，但爲寒陋者藏拙。只是白水，而文以美名，乃謂至味，不和耳。鄙意如此，所作者不能如其所言，但以破今時之失，未爲不是也。

與施漁仲書

兄少於弟二歲，而飄然高蹈，如赤松子仙游。視蕭相國漢廷械繫，不啞然一笑乎？然閉户著書，正在此時，無帖括之累，頭巾之縛。史遷、杜甫，唯吾意之所之，此吾輩善占便宜妙着也。若以爲隱居放浪，業已謝去巾衫，遂可從諸少年，作狹邪世外之樂，則是張子房不辟穀訪黃石公，而學魏公子之飲醇酒、近婦人，此古人鬱鬱不得意，而求死不得者之所爲。兄今方爲天下第一等快活之人,作第一等高尚之事,無錯認題目,倒行逆施,效日暮途遠者云云也。敬儀教子古兄弟之相勉者。惟此二事,弟於兄骨肉兄弟不啻也,作此書當《小宛》之什耳。切囑,切囑。

與施漁仲書己卯九月

弟自去年歲考,作三義,至歸時,大收塞白。又作二義,病苦中逐隊入院。又爲試卷未編號,露立至次日午,方有卷入手。又坐木龕中,熱如蒸籠,氣息僅續,熟睡至夜分。直指公開院門,放諸生出闈,過而問者,再守舍軍如觸,弟覺時漏下三鼓矣。弟方燒燈,試筆疾書,至次日辰後出,正如夢中囈語耳。幸而爲方慕庵師摸索得之,乃知遇合與文章無與,天下事未必不盡如此也。所命救時之事,臣之少也尚不如人,今老矣,或以吾兄之芘,從此捧檄有地,作一寒瘠小縣,湯火中休養,婦子不至爲碩鼠蒼鷹,以負吾兄平日相勉勵之意,此則弟之事也。天下事如此,吾兄雖欲昌披自放,恐不可得。圯上老人,原不與經世事,但其學問才力,遠出商山綺季之上,授書墮履,甚於杞人之憂耳。今春往宣州,橐中稍不羞澀,償債授衣而外,尚餘其半。揭曉之後,弟雖痛自節嗇,不顧非笑,然雜費乃不能盡省。只弟一身,不作一件新衣裳,不妄收一僕從,其節嗇亦不能多,而詬厲責備者囂囂塞耳。放榜之日,至親小集,弟買肉七八斤,在貧庖已謂豪侈,而街談巷語,傳聞以爲怪事。不知儉之一字,有何不好,而爲人指謫非笑如此。此月內,當往泉州謁墓,至親貧薄者多,母族、父族、妻族極厚贈,不能過一金,及曩日貧交,并諸從俗之用,在泉州又多費此百金,計至都下非五百金不可。弟又不能開口告人,從來頗有過情之譽,於當事者一旦爲河間婦,又自顧惜,雖方師弟亦不欲出諸口也。然又不得不言,但擇其理順而無害於人者爲之。弟客游宣州,宣城君待我不薄,每有所謁,未嘗妄責人一板,枉入人一罪,頗以此自信。此意遂不欲一旦改悔,恐多費之秋,立脚不定,吾兄當有以教我。此外,雖至親皆毆我,爲無所不至之小人者矣。一人登賢書,極儉如弟者,亦費至五百金,其餘奢者可知。而官府之削薄士類者,又無所不至,宴金僅十七兩,不知此一人費五百餘金者,今日何處得來,他日何處取償。天下事如此,吾兄所云欲致於有道者,能乎?不能乎?而其既仕以後,上下之相毆,爲不肖之行者,無所不至,又無論矣。興言及此,恐兄棋酒披昌,又當投杯釋枰而起,甚費吾漁仲杞憂,未忍付理亂於不聞也。

答施漁仲書己卯九月

捧讀手書,四拜南向叩首,恭謝吾兄大教,非道非義之介,此時未有爲弟言者。大約愛我者愈深,而勸我換其故吾,以徇世俗不切之禮節,而饜親知無厭之詬厲者愈力。其意謂:我不爲微生高,則與無親戚上下之陳仲子無異。得吾兄教言,使我通身一汗,入聞聖道出見紛華美麗,此關似容易打破,只弟不事鮮衣輿馬,及痛節妻子,使之菲食惡衣,似亦無難。所苦者,親戚之責望,故舊之窮乏,不能厚爲之地。時作從井救人想,以爲我但可節嗇一身,不宜以此藉口而薄於待人,以此猶在次。且間得吾兄爲我決之,直如暗室一炬,然大約是顧惜一己二十餘年不狥苟蠅營身名耳。所云范希文存心天下者,又不盡在此一節。若所論今日阿衡,又似大家都學得一半,伊尹只一介,不與此四字認得甚真耳。呵呵!弟宣城所受,此時已耗之甚多。往泉州及北行,其費尚未有處。昨方師亦自問弟,謂苦節之事,不可以爲正經。弟似不能無所言,然無故而責人一板,入人一罪,固所不爲。擇其無損而有益者言之,此則弟之所以謝知己,而亦不敢欺吾兄,謂一無所請謁者也。但方師而外,斷斷不敢毀戒耳。弟近題一聯句云:"乞人與人,害人與人,强而厚也,寧謂吾薄;笑我由我,罵我由我,安於儉者,難教以奢。"吾兄想以爲孺子可教,附聞一笑。

紡授堂文集卷之六

表啓疏告文祭文

擬收復遵、永、灤州等處,將吏受賞有差,
上諭仍圖善後事宜群臣謝表崇禎三年,庚午科落卷

伏以皇威遐暢,伐玁狁于太原;聖武不懲,驅王庭于漠北。臨軒賜印,將軍佩出明光;借箸籌邊,天子預開麟閣。繆綢之桑土無已,飄搖之風雨何虞。臣等誠惶誠恐,稽首頓首。

竊惟夷狄之禍,蓋從古爲固然,而內外之防,雖聖人所不廢。所貴必罰而信賞,兼以思患而豫防,則雖胡虜之來,或以殷憂而啓聖,然而明王有道,必能長治而久安。

兹蓋伏遇皇帝陛下,智勇性成,神明天縱。發強剛毅,蓋有執之聖人;齋戒退藏,亦不殺之神武。日者邊防久馳,馴致胡馬南來。乃大鎮之薊門,首稱重險;何長驅之胡騎,遂敢歷春。雖已薄都城,懼皇靈而返旆;猶整居三輔,怒螳臂以當車。縉紳削髮以從戎,書生迎敵而獻策。且屯且種,欲爲久遠之圖;我城我池,盡是腥膻之窟。乃奮一怒,爰整六師,命分道而出兵,期四面以盡敵。雖釜魚籠鳥,無容縱其一羽一鱗;然喙豕奔狼,亦且聽其自南自北。遂驅出塞,姑已窮追。敢曰臣矯矯而征桓桓,多士能揚乎我武;實惟靈濯濯而聲赫赫,胡兒莫恃其天驕。而猶讓美不居,推能與下,謂掃蕩實諸臣之力,使將吏貪天子之功。鐘鼓既設於一朝,輿馬遂加乎三錫。運籌決勝,以次推恩;陷陣登陴,惟庸諭賞。且勤膚慮,更爲後圖,謂鎬方已靖匪茹,而駮喙未蒙大創。雖云示威於薄伐,尚憂既去而還來。且昔日犯邊,即重關如履平地;倘野心未已,猶熟路

之就輕車。則其思卷土以來,豈但如今日而已?而臣等已蒙聖諭,兼叨國恩。斗大自慚於肘後,若無地以自容;闕北未見乎頭懸,思戴天之不共。有君如此,敢惜愚忠!

竊謂今日之可憂,非止防邊之一事。蓋由兵食之不繼,亦因將吏之無良,身家重而社稷輕,公戰怯而私鬥勇。虜遺君父,但分南北以交爭;賊睨都城,尚忘水火之共濟。兵則召募方集,而脫巾之庚癸已呼;食則科派愈煩,而竭澤之箠楚益甚。民間加賦,而火耗彌多;天子憂貧,而官橐盡富。幕府輸金入室,輒藉口於軍興;墨吏驅民揭竿,但護身以催稅。即今閩海不靖,則嘯聚之衆可虞;雖聞黔地已平,而新撫之民未定。此惟郡縣,列循良之吏,則反側可漸而安;然後鎖鑰,簡督撫之臣,期牗戶亦孔之固。伏願聖德日新,王心不怠。止戎偃武,常存拊髀之思;推轂用人,莫惜傾心而任。雖乾剛不可不斷,然恐其斷而遺於物情;在天挺自爾能明,然欲其明而參乎衆議。則恩與威皆得,而內與外俱寧矣。

擬上軫念山西、河南兵荒,特發帑金,分遣賑濟,諭令饑民得沾實惠,並敕撫按查災傷甚處,停徵錢糧,群臣謝表 崇禎九年,丙子科落卷

伏以雲行雨施,特遣咨諏之使;風異澤解,親垂哀痛之言。斬木揭竿,是今日之堯水湯旱;捐金罷稅,邁往古之商禱唐咨。臣等誠惶誠恐,稽首頓首。竊惟天下之勢,如老屋柱,久則蠹生;斯民之情,若逝波水,鬱則魚亂。當時勢適承其敝,雖神聖無如之何。國家自列聖以來,民生若三代之盛。前此人惟擊壤,蓋膏澤之沐浴者三百年;至今目不知兵,乃干戈之擾攘者五七載。豈上無舞羽垂裳之帝,而下有帶牛佩犢之民。始則如窮鳥之意,南而南意,北而北繼;乃若湍水之決,東則東決,西則西脅。從有徒繹騷五省,惟中州三晉爲秦來楚往之衝。非大賚停徵,則鹿鋋鴻哀曷已。苟或蠲而不貸,或貸而不蠲,雖暫舒其困,尚未能全享其樂;即或蠲而非蠲,或貸而非貸,既不無其實,亦何貴上有其名?

恭遇皇帝陛下，敬天之怒，視民如傷。即井里之耕桑無恙，每念艱難；矧閭閻之兵火頻，仍能忘寬恤。乃輸內帑，分遣使臣，更渙天言，特咨民隱。謂兵荒之賑與水旱不同。逃死者無之而非是，既不容有此疆爾界之分；從賊者投戈即吾民，尤當示以既來則安之意。聚之，則山穀之中，其襁負而來者，恐將失所於道路；就之，則鋒鏑之下，其流離而去者，未必遽集於村墟。委出入於吏胥，則賄來者先，而徒手者後；寄耳目於坊里，則豪奪者飽，而蒙袂者饑。蓋朝廷責之撫按，撫按責之監司，而監司分之州郡，州郡分之縣邑。善承之，則民間之疾苦，愈下愈親；泛視之，則天語之叮嚀，漸疏漸遠。惟炤斯睿，乃榮無遺。若十日之行天中，推一心而置人腹。更謂災傷所及，豈無殘破之尤。或有田，而無人可耕；或欲耕，而無偶可共。挈瓶量粟，尚留秧種於來春；縮食授衣，未長桑麻於廢圃。牛羊耒耜，既難需于蕩折之餘生；井竈室廬，尚當俟乎歲年之休養。使移賑金以償官稅，何殊貸息而徵苗；欲鳩子遺而會民丁，必至科生以填死。此而巨創加痛，公賦之笞楚憯於兵；行恐肅羽重飛，吏呼之逋逃甚於寇。必爲久安之計，蠲新集之徵。斯誠浩蕩之特恩，而宣昭於大戒者也。臣等徒傷民瘼，莫助皇仁。勞四國者，郇伯慚陰雨之膏苗；炤逋屋者，王心嗤小星以從月。力填海闊，一撮之土奚加；手補天高，五色之石誰煉。

伏願勤以知恤，安不忘危。勿謂太行之西，大河以南，以爲沛澤所加，如是而已。若秦隴爲寇盜之窟穴，而荊楚當梁豫之户庭。豕突狼奔，既震驚乎陵寢；蟻聚獸散，亦喙駃於江淮。凡此數邦，並宜加恤。其他如滇、如蜀、如黔，雖目前無事，皆新出湯火之區；乃至若浙、若閩、若粵，即此日小康，亦數吹鯨鯢之浪。齊既經亂兵之破壞，燕曾受虜騎之蹂躪。易動者，三吳之民心；難安者，九邊之赤子。粵西峽惡，逼近安南；江右歲饑，接連郴、贛。眷茲普天之下，嘗存乎用一緩二之心；不待有事之時，乃行此春補秋助之政。則無怠無荒，當陽九數奇之後，而卜年卜世，踰八百三十之期矣。

擬上諭兵部，將欽定修練儲備四事，刊書頒布
省直文武等官，務共圖實遵，依限報竣，昭朝
廷保民至意，群臣謝表_{崇禎十二年，庚辰科落卷}

伏以殷憂集蓼，當臥薪嘗膽之時；渙汗成書，著集木履冰之意。雖云足兵足食，垂戒實以爲民；是以求寧求成，刻期斯稱匪棘。普天內外，共體王心；凡我臣鄰，敢忘國恤。臣等誠惶誠恐，稽首頓首。竊惟天下如大廈之支，上則風易搖而雨時漂，旁則雀生角而鼠磨牙。王者師一室之智，老者大塞向而小室穹，少者宵索綯而晝乘屋。惟放馬歸牛之日久，斯佩刀帶犢之釁生。夷爲華先，盜因虜發。國或興于多難，外頻侮而內頻訌；兵積弱于重熙，進難戰而退難守。或寨或游，或衛或所，雖星羅棋置，漸不如開創之初，自東自西，自南自北，苟寇至胡來，但苟且支吾而已。非一人側席於朝，毅然與衆而更始；使群工枕戈於下，怵乎知戒而分憂。則其泄沓而莫之懲懲，必至敗壞而不可收拾。

茲蓋伏遇皇帝陛下，十四朝升恒日中，惟此時適當晦蝕；三百年太平天下，須我后重闢乾坤。日者寇類決癰，遼爲病臂。豕突狼奔者，自神廟光熹二十年而未已；蜂起蟻聚者，合中州秦楚數千里而橫行。遇縣而破縣，遇州而破州，遇府而破府，拱手而莫可誰何；欲來則遂來，欲去則遂去，欲屯則遂屯，長驅而公然無忌。乃勤廟算，特諭樞臣。謂築斯城，鑿斯池，而後民可與死守；謂訓乃兵，選乃將，而後國可□圖存。然而境內無三年九年之積，則雖有城有池，而不能枵腹以固封疆；武庫無百戰百勝之具，則雖有將有兵，而不能空拳以蹈白刃。爰勒天語，丕顯廟謨；直欲播遠，猶于率土。四國是皇，豈但懸象魏于一時；浹日而斂，凡文臣之上而經撫。次而監司，下而守令。若武士之大而鎮守，小而總哨，中而參游。一覽成書，不啻平臺之召對；共圖實政，如聞前席之叮嚀。蓋殘破之鄉，倘見兔顧犬；亡羊補牢，尚未恨其遲晚。即輯寧之地，而時夜求卵，炙鷇思彈猶勝急；則張皇此言，則立俟其行，而夜不能以待旦。斯如保赤子，恐有蛇鼠之驚；使共悉皇仁，奚啻風雷之勵者也。臣等非良馬白日之足，讓祖著

鞭；懷志士終夜之心，觸琨起舞。且車方偈，風方發，後將伯而莫助予顧；羽弗譙，尾弗翛，臣則人而不如鳥。遺君以虜，撫心與虜何殊；與賊俱生，留我此生何用。四方鼎沸，正需百足以無僵；萬石舟敬，忍挾一壺而自渡。豈謂不周觸重石，難補有漏之天；或者精衛銜專土，能填無當之海。

伏願厝火爲心，民巖是懼。夙興夜寐，掃庭内而志在蠻方；蟲允蜂丼，睹拚飛而心維辛螫。惟陛下十年生聚，十年教誨，戒臣子以常如會稽之棲；而臣等亦共作舟楫，共作鹽梅，佐吾君以維揚殷武之撻矣。

謝何半菽宗師爲母節孝贊啓

異撰於某月某日，蒙宗師郵賜母張氏節孝贊并序一篇，兼手書一通，異撰已跪誦於母氏之前，仍將宗師大文懸於廳事，親率婦子叩頭拜謝。母張氏，亦於大文之前，斂袵肅拜。旋已刊刻成書，今呈上二十册者，伏以睹風采，信不遺匹婦之幽貞；送往事居，特闡兩髦之苦志。惟母氏四十年荼蓼，未食報於白頭；而宗師五百字鼎彝，俾揚休於青史。天子能表其廬，而不能垂之於百世之後；文人能傳其事，而不能達之於九閽之遥。孰與既陳之黄華之使，用答明聖之咨詢；更錫以彤管之榮，以示來茲而傳信。片言立教，善善何長；百世感恩，孫孫不替。且異撰方藉吾師以報吾親，而宗師則賢其母而及其子。今之序贊，謂卻鮓之豫嚴；前之文移，稱陽鱎之不餌。

至謂異撰有可風之士節，欲與韓生共標示於學宫，竊愧異撰所處與廷錫不同。廷錫父爲大夫，而撰則胚胎孤苦；廷錫田有附郭，而撰則菽水屢空。至於喪偶三年，室有井臼之母；流寓四壁，身依朋友爲家。母之不帷而卧者十年，子之無母而哺者數歲。欲貸力於友生，而拙辭諱乞；欲傭身於筆硯，而病舌廢耕。未忍以高堂失養，全二十年潔身修行之名；聊試於師長陳情，當數千里負米遠游之苦。異撰亦嘗受知於吴興章公、武林葛公、楚黄周公、北海王公、西安徐公、陽羨吴公、蕭山來公、西蜀熊公。平湖之陸與沈，嘗拂拭之再三；吴下之陸與吴，亦咨嗟於一見。而撰終不肯以一日之知己，喪其平生之小廉。特以受室無資,一謁於趙;兼之備經多病,再告於申。一時救饑,良非得已;偶然失路,終愧固窮。是以獎借之加,懇辭至再,而宗師猶奬其進,不許自陳。在吾師或觀過知仁,而撰則何敢附於達節。即君子亦有時爲養,而撰則未可借以護身。敢不益鞭其後,加愆於前。來猶可追,常恐濫觴爲河間之婦;一之爲甚,尚借蓬麻於孟氏之鄰。以上佩乎師言,而終服乎母訓。是則吾師之愛望於小子,或在於斯;而小子之不負乎門墻,有志未逮者也。

至於逢年五伎,難爭晚菊之時;報母三春,莫謝寒松之苦。言之隕涕,敢不銘心。臨楮有懷,立雪無地。恭聞歸養有日,伏祈節慎履霜。而小子既念師恩,兼感孝治。多士絳帷,不忍仁賢之遽去;兒童竹馬,尚瞻節鉞之重來。異撰以病身遠道,不能馳謝,躬送謹啟。

己卯秋,答吳于遴、吳川君表姪賀啓。
時于遴兼以自注忠孝二經見寄

門下雨餘龍倦,籠外鵰高。暫折斗米之腰,久便笥經之腹。玄亭恥雕蟲之小技,嘿而好深湛之思;西河有割雞之大儒,用則來學道之戲。蔡文莊倡學於吾里,聖經等而羽翼同功;張襄惠留愛於粵東,宦迹殊而風流相映。身垂銀艾,先爲母黨之光;言比金蘭,特爲同心而吐。幾何人壽,少壯一別而將衰;如許頭顱,病苦交加而易老。天外忽來素鯉,風前正看霜鴻。似把臂以入林,其連床而叙闊。君之舅氏,於我兄行;某在表中,謂翁後輩。由身溯母,俱爲五服之親;以爾爲師,何啻一日之長。君雖何怙,早已致身;余也幼孤,自傷失學。高堂手紡口授,矻矻如何;老生頭白眼花,碌碌乃爾。消殘無肉之髀,櫪中款段慵騎;僅餘折骨之肱,肘後方書不看。頽然自放,逢場曳足而前;無可奈何,迅筆疾書而出。囈言夢裡,行藏全付之芒神;摸索暗中,知遇謬稱爲國士。固窮妻子,不信其售;拍手兒童,共譁我老。傳經粗效階萊,少慰乎含飴;應制何言闌牘,自觀而噴飯。文章千古,豈在獲禽於一朝;豐歉偶然,乃云力穡而多稼。殷勤許我,愛望踰涯。駑馬稍前,邁鞭其後;盲龜偶中,屢灼斯頑。即使卿相立談，亦已年行五十；況乎鸑鳩决起，豈能邊出枋榆。或者祿仕有階，稍異閭巷庶人之孝；從此爲親捧檄，小輸乘田委吏之忠。垂賜二經，把讀三嘆，深惟資父，事君之教；似因小人，有母而言，敢不心銘，即圖面請。

海寇平賀某撫公啓代督造城堡海防官

伏以維揚我武，滄溟爲雁鶩之池；載寧王心，炎海靜鯨鯢之浪。抒壯猷於元老，奏薄伐之膚功。側席天言，既已預開麟閣；臨軒侯印，行看佩出明光。竊惟七閩全省之爲邦，而四郡一州皆附海。惟漳、泉二府，地則少而民則多；且荒疫連年，賦愈加而生愈蹙。乘船下海，出門既易以爲奸；買犢賣刀，仰屋又無以自給。故嘯聚於風濤萬里之外，時出没於福、興二郡之間。且銅山與潮、惠爲鄰，而福寧乃温、台接壤。南走廣而北走浙，彼此業易以相推；將與市而卒與和，出入公然而無忌。或寨或游，或衛或所，既已惰窳於積年；無船無器，無餉無兵，又難措備於一旦。勞心竭蹶，幾同無米之炊；束手攢眉，誰不素餐而嘆。蓋用兵當乎財盡，計無復之；矧爲盜起於民窮，情有可念。不求安而求勝，則禦暴與爲暴者一間；欲省餉而省兵，惟因賊以攻賊謂上策<small>時誘鍾斌，使擒李魁奇。</small>且便宜專制，易以生疑；而應敵臨機，難於一定。必盡絶其投誠歸命，既類招入笠之豚，不逆憶其既往。將來復恐爲出柙之兕，公之處此，實爲至難。必威德之並宣，兼時勢之兩可。忍嘗試於烏喙大黄之效，幾躊躕於斧斤芒刃之間。蔓既難圖，斯漸次而分其黨；彼爲我用，乃撫治而異所施。脅從則宥，巨魁則殲，天網弘開乎三面；歸順斯來，跳梁斯剿，人謀務出於萬全。是用數年以來，未易一旦而效始，則招納作使。豪酋既誘爲腹心，繼而觭角先除；小醜益孤其羽翼<small>時誘鍾斌，擒魁奇自效。</small>魁奇就擒，鍾叛去，遂剿鍾，使之計窮而力屈。然後拉朽而摧枯，一卵壓山，千艘解瓦。海濱鼠首，不足辱我公之鈇；釜底魚魂，亦自葬波臣之腹<small>時鍾斌赴海死。</small>斯惟天子，聖明獨斷，排多口於篋中；亦惟幕府，黽勉效忠，殫一心於閫外。天生召虎，特爲周室之中興；霖作傅巖，遂佐高宗而撻武。雖碩膚自遜，殊無意於居功；但苦心得，明方有辭於衆議。猶謂轍不蹶山，而或躓於垤;車當戒後,而加毖乎前。百孔千瘡,方補苴於破壞;長慮却顧,益振飭乎將來。苟村落有堪守之民,則爲經營其城堡;凡海上値可乘之險,无不扼拊以官兵。方舟既濟於衣袽,手口益瘏乎牖户。

而某之過計,猶有隱憂。竊謂治亂民,如理亂絲,尚恐野心之揚去;而當大役,必有大眚,可忘肅羽之哀鳴。且蹈海貧民,不如販海富民之爲患;而他日外寇,更甚今日內寇之可虞。今内地奸人,以通倭爲外府;而要津巨室,皆接濟之主藏。賊可殺,而商不可盡誅;寇易平,而豪未易卒問。始則爲利,後漸生端。界在華夷,互相勾引,誠恐嘉靖末年之變,將爲閩地後日之憂。某自愧樗材,謬當器使。精衛塡海,雖云銜土以何加;宗愨乘風,徒思破浪而莫濟。但知拒户以守,使補牢于亡羊;少效未雨之勤,聊窒穿而熏鼠。上馬擊賊,無能兼露布于橫稍;灑酒賦詩,是用奏鐃歌而載筆。

爲諸商人上撫公豫留某鹽道人賀啓事

竊惟全閩煮海之郡多,而依山行鹽之地窄。既非如燕、齊、淮、浙之八達四通,其鹽利已據天下之半;又不若秦、晉、滇、蜀之曬池汲井,以勺水而供全省之需。出廣食稀,利薄商瘠。國初課僅萬計;近來賦已三加,額增五倍,幫壓多時。輸餉已在五年以前,賣鹽猶俟數年以後。出倉雖有一倍之利,貸息不啻十倍之償。加以驛遞裁革,而官舶藪奸;兼之豪右橫行,而販徒作使。連艘並進,喊關直前;私鹽既多,官引益滯。官則防奸疏而防商密,徒事累罰以催科;商亦輸課緩而輸贖勤,每至徵半而費倍。自非勇於鋤強禦慈,以勸子來則罷。商雖樂于終事之義,而巧婦終難爲無米之炊者也。

恭遇鹽道某,十室其空,能使錢流乎地上;一路之哭,怳若已內於溝中。謂課滯則國困,而足課在乎裕商;謂鹽壅則賦逋,而行鹽存乎剔弊。聲色不動,豪販肅然;膏澤初加,涸鮒蘇矣。尚欲施法外之仁,援商溺於萬難支吾之際;以曲全額中之賦,裕國計於一無措備之秋。漸觀厥成已爲之兆,第監司之入賀有日。恐本官以賫捧而行,某等甫歌來暮,稍解倒懸。倘善政未施,而仁人遽去。

則不但商人，不能出於萬死一生之中；亦恐國課，終難完於促襟見肘之後。在臺下明見萬里，恩及向隅，自能先事而留賢，無俟攀轅而借寇。但某等身在湯火，意惑雲霓。慮患極而然疑作，是用未事陳情；挽留切而銜結深，不免先憂過計。伏乞垂憫極艱，俯徇豫請，屆期入賀。另擇監司，使仁政次第施行，庶國稅輸將恐後；商甦課完，公私不至坐困。謹啓事者。

净明和尚跪誦《華嚴經》募緣疏

儒者抱膝而咏歌，和尚入山而跪誦。其事則一，而音不同。僧曰利他，學者爲已。蓋吾儒之濟世以俟學優，而佛説之度人由來願大。是以簞食瓢飲，待時則弗顧萬鍾；若夫杯度錫飛，隨緣而托身一鉢。

惟净和尚，吾識面於年少。明秀聰慧之阿難，已把臂於烏山；清净香嚴之童子，已乃掛瓢之所奪於布金之人。泛泛入塵，悠悠浪迹。鶴巢松樹，已色舉而避烟；鵰落人間，徒思歸于見月。化僧窮于不佞，好友嘆而無戎。惟子長先生，現宰官而度世；以鳳池精舍，邀净侶以觀心。半郭半村，翛然自遠；一瓢一衲，綽乎有餘。而猶留不盡之福田，以俟檀郎之廣種；是用瀉大方之法海，弘開善信之樂施。載演三車，惟時九月；天高梵遠，霜降鐘空。清供黄花，高僧來攢眉之客；共尋白社，名士皆成佛之人。嗟乎！百年三萬六千，誰念無常之幻泡；一部八十一卷，依稀未散于靈山。縱捨無多，亦愛而助是。雖一池荷葉，山中有難盡之衣；而萬樹松花，衲子種不窮之飯。然而金錢鹽米，隨意而供；香花燈塗，應緣斯結。既可廣資糧於净土，亦以破慳着之凡心。從今擊鼓吹螺，四面山鳴穀應。閑鷗野鶴，獅子吼而不驚；跛鼈盲龜，龍藏翻而得度。不徒收一種十穫之福利，亦可超四生六道于沉淪。蟲物橫生，草木倒生，人竪生，願彼生天則一；檀那財施，和尚法施，我言施，不知施主是誰。

羅山法海寺勸化普度疏

竊聞胞民與物，儒治明而釋治幽；嘆骷點髏，緇利他而黄利自。蓋設教神道,敬遠必判乎陰陽;而博施佛門,接引不分乎人鬼。是以大士甘未成佛,欲須度盡衆生,即聖人内溝之耻;地藏誓不歸西,必待獄空鬼府,廣王者掩骼之仁。矧自數年以來,囂然四海多故。自戊午而夷狄之禍起,廿年戎馬,斬頭陷胸之將卒纍纍;迨丙丁而黨錮之釁成,一網鳳麟,杖下獄中之忠良比比。已而滇、黔、巴、蜀之豺虎誅夷,目方乾於西土;今乃秦、楚、晉、鄭之魚肉餒敗,血遍赭於中原。閩越而南,每罹山海寇盜之慘;江淮以北,時聞旱潦蝗疫之殃。關津有跋涉之觚,水泉或投溺而死。豈無匹夫匹婦,經溝瀆而莫知;加以用二用三,離父子而有孚。殺以梃,殺以刃,殺以政,縱橫率獸而食人;老無妻,老無子,老無夫,死徒以蠅爲吊客。地下罕瞑目之鬼,欲争社肉而無鄉;行間少就木之屍,尚負國殤而語難。游魂爲變,枯骨誰依,弱喪靡家;净土是血,燐之百堵,鬼雄索命。佛國平冤,對於同堂。惟某行脚,某主僧,相視灑阿難之涕淚;繫某宰官,某居士,憫度借迦老之門槌。佛子忍辱發心,以卑爲行;檀那勸施樂倡,憑高而呼。持鉢沿門,必因人以成事;揮金布地,亦將伯而助予。募者如兩手之大悲,惟化千則無物不擧;施者拔一毛於楊子,苟集衆斯重裘已成。莫當面錯過靈山,只此羅山便是;試伸手援他苦海,方知法海現前。時維七月,節曰中元。乃泉路見天日之期,諸鬼族若雲霓之望。普天之下,共一道場;無始以來,咸登彼岸。魂來東西南北,氣則無所不之;法施天地神祇,洋乎如在其上。所願男皆善而女皆信,貴益捨而富益施。貧子傾貯粟之缾,半粒亦渾身之汗血;緇流捐隨身之鉢,一蔬即蒲樹之菩提。念生老病苦,死之無期;身猶可捨,隨香花燈。塗果以樂助,費亦幾何。一食萬錢,下箸分莫敖之鬼。但想逢君,轉眼准留行旅之資糧。百年半響,定睛看焰口之魂安。知非我現身,好認自家之頭面。

　　嗟乎!梁皇懺諱弑君,雖依佛氏以生天,尚不免臺城之報;袁絲口能賣錯,已爲强藩而絶命,猶再鳴人面之冤。無債不還,頭頭撞着;有身安寄,鼎鼎爲誰。八千歲春秋,殘棋劫至,一般是楚楚之蜉蝣;五百年名世,芳草夢迴,何處尋栩栩之蝴蝶。歲不我與,逝者如斯。少易壯而强易衰,墻壁面前,橫馬快揚鞭何處去;貧忽富而貴忽賤,石磐心内,轉蟻忙隨磨四邊旋。居惡在,想他麟閣雲臺；捨其田，代人圖王定霸。良弓走狗，驍雄莫救乎頭顱；秦碣峴碑，姓字何關於生死。朽骨猶誇我富，翻窮儒、道、釋之書；唉至死行乞生涯，總向貧家托鉢。蓋棺尚負人豪，做盡天地人之事；咄千古英雄膽智，俱爲黑海揚帆。嬴劉輸項莫相争，羽方罷虞歌，季亦永抛戚舞。後宋前唐何日了，趙休嗟五代，李也慢笑六朝，且收着，十字街閙熱大店，急尋個三更後鼾睡眠床。八萬四千里獼猴；展盡神通，筋斗只翻掌上；七十有二代，傀儡停着鑼鼓，豪雄齊入籠中。悔來遲，費盡父母飴餳；一無常，爲度世佛知也。未貪他聖賢畫餅，三不朽是陷人坑。身命自有盡時，聰明再無用處。隨爾天才絶，人才絶，鬼才絶，閻君能煮鶴燒琴；除是佛皈依，法皈依，僧皈依，大衆方上舡洗脚。垢膩能爲蟣虱，悟胎卵濕化之；即此身但稍有情，便能登諸正覺。肌膚日長鬚眉，知草木夭喬之備於我；凡諸無性，亦宜度以佛心邪魔。是世尊之逼子婆心，建鼓而求神仙；亦臧牧之亡羊，迴首補牢休晩。噫嘻！人畏蹈地獄之水火，不道世間之益熱益深；盡恐墮畜生之輪迴，未省目前之爲牛爲馬。力能拔四生六道，難消片念之慳貪。施不論千金一文，遂破終身之憍吝。凡見聞者，入歸信門，掘井莫俟乎釜焦，播種奄觀乎銍刈云爾。崇禎丙子五日。

謁岳武穆公墳告文

嗚呼！南渡之恢復，勢可謂強矣；有宋之中興，才可謂盛矣。相則有李，有宗，有趙；將則有韓，有岳，有劉。所大息者，有臣而惜乎無君；所痛恨者，十忠而挫於一佞。嗚呼！使狗烹而兔死，臣固生惟君，而殺惟君；雖鷸啄而蚌箝，功亦虧者半，而成者半。尚須纍土，方完一簣之山；縱未及泉，已掘九仞之井。人嗟勢弱，我嘆才多。嗚呼！有臣而無君，猶勝有君而無臣；一佞而十忠，何似一忠而十佞！且公即班師而枉死，亦身既勝敵而長驅。嗟乎！當局甘輸，咄咄眼前思宋事；和棋易着，滔滔天下姓秦人。不武不文，愛錢而兼惜死；非金非宋，敵國只在盈庭。即有公生乎今世，世固未必能知公；使一檜立乎我朝，朝亦莫辦爲誰。檜此生謂公而得生於宋代，固非不幸中之大不幸；而公之慘死於權奸,尤有後人而更哀後人者也。嗚呼哀哉！崇禎己卯六月二十五日。

黃羲臺封翁誄

　　崇禎某年夏五某日,敕封文林郎、海陽縣知縣羲臺黃先生訃聞。高山仰於夜臺,景行鞠爲茂草。五月采蓮之女,方舉棹而停歌；三尺樵蘇之童,亦望門而雪涕。嗚呼哀哉！於是會家子某等,爲文以誄於先生之靈曰：

　　維封翁秀出南斗,祥鍾永陽。孝思友于,施於有政。動心忍性,益所未能。智識若與神謀,文學蓋其天性。天湖一勺,水直汪汪千頃之浮漚；姬巖萬仞,岡等岳岳半生之正骨。求田問舍,寧出戶以親仁；棄產營書,或杜門而尚友。飄瓦之相加無已,不較諸人；讀書之食報甚廉,曰留與子。據鞍老懶,付之千里之家駒；卸轡逍遙,蕭然有道之神駿。懿璞之玉自媚,良冶之劍立飛。卓矣長公,已龍從而鵲起；蔚然諸季,亦鶴立于雞群。父畬子菑,垂詩書于可繼；國恩帝命,錫銀艾以交加。拜手金章,以華其老。掉頭紗帽,無恩乃翁。朱紱封君,恐嶺月川雲之笑殺；角巾故我,仍濠魚濮鳥之親人。載欣載奔,一觴一咏；林皋有癖,杖屨猶輕。龍瀑獅巖,忽動游人之涕嘆；猿啼鶴怨,共悲國老之風流。菖蒲之酒方陳,續命之絲莫繫。

　　嗚呼哀哉！善方昌而歲不與,子欲養而親何存。命實爲而莫之爲,夫可問而不堪問。高情秉燭,已爲長夜之漫漫；絕調破琴,莫奏《廣陵》之娓娓。某等誼則猶子,禮合登堂。旐何翩翩,欲撫棺而道既阻；魂兮杳杳,若望遠而送將歸。嘆七十之古稀,傷幾何之人壽。嗟夫！化爲蝴蝶,達觀如南面之王；人是羲皇,大夢等北窗之卧。獨某等輩,夙友諸即,筆硯交深,弟昆氣合。見田龍首,既已一躍而騰騰；在穴鳳毛,尚未齊飛而藹藹。牛刀迎刃,即今係五嶺之思；雞骨寢苫,可堪讀六年之禮。胡其速化,不觀予季之蟬聯；何莫少留,以饗三公之鼎養。嗚呼哀哉！新蜩嗚咽,助楚些以揚聲；大烏迴翔,聽挽郞而弗去。薄澆桂酎,聊志薤歌云爾。

林敬禹隱君誄

維靈身爲巨宗之子,生于大儒之鄉。青萍縰䋲,携琴劍于三山;白手金多,矜然諾於四海。社推孺子,巷來長者之車;道廣大丘,座滿龍門之客。款段下澤,爲鄉里之善人;蟹螯酒杯,慕古今之達者。生平任俠,垂老不衰。白首揮金,猶是五陵氣色;朱顏秉燭,寧懷千歲牢愁。陸叟五男,石君四子。千金治産,從車給十日之鮮;萬石教家,數馬舉六良之策。蔚燕山之蘭桂,鬱謝氏之堦庭。或簪筆簿書,磔鼠絜漢家之律令;或請纓戎馬,飛熊食海國之鯨鯢。次君負奇,詩中有畫;雲林争癖,天下無人。隱不忘君,每傷時而嚼齒;穀能詒子,方視日以驪蹄。

嗚呼!尺澤泥深,龍既藏而蛟螭畢奮;南山霧隱,虎未變而彪豹皆文。劍術書香,曷俟鼎牲之養;籌添酒熟,行稱杖國之觴。忽聞薤露之歌,遂□山松之頌。嗚呼哀哉!人生幾何,城市非仙人之舊館;舟藏九曲,幔亭是游子之故鄉。冷月霜清,旐偏翻而皎皎;寒溪水淺,魂來去其遲遲。北邙之士無間,南面之王不換。某等恫兹逝者,誼若家人。非太上之忘情,遇一哀而出涕。痛深創巨,感大鳥之迴翔;琴破人亡,助挽郎而鳴咽。嗚呼!枰間素几,誰聞篁裏之敲;梅發墓門,莫起山中之卧。情實鍾于我輩,泣則近于婦人。不能升屋而號,聊復拊棺而誄云爾。

祭沈撫公太母文代縣父母

嗚呼!母爲世而生撫公,天則爲撫公而生母。我公惟棟,母柱之礎。我公唯羹,母鹽之鹵。公爲名山,母岳之祖。公爲大川,母瀆之腑。袞衣南來,半壁安堵。海既馴鱷,河亦渡虎。聲色不大,安坐禦侮。綵輿迎養,繞膝萊舞。斑斕之袖,繼以干羽。帝謂我公,乃文乃武。海波不揚,圭瓚釐汝。子孫繩繩,我符既剖。母則謂公,爾帝心膂。其努力哉,王事靡盬。歸我一航,松江之渚。爾爲大臣,國以身許。無牽我衣,效彼兒女。我厭鼎牲,歸糜稷黍。兒賦無衣,歸視機杼。王事多難，媼敢寧處。翟茀言旋，尊筐鱸俎。寄言撫公，袞職須補。無謂老人，倚閭延佇。公請歸養，帝下温語。謂我海邦，賴爾持斧。爲子爲臣，公也心苦。煌煌婺宿，如日方午。曾幾何時，劃然今古。

嗚呼！天之於人錫福，惟五母全而膴。適來適去，閩固官署。松亦逆旅，誰者百年，弗復于土。魂氣所之，獨不可圉。我公之邦，即母處所。幔亭三姑，海上太姥。青鳥翩翩，皆母地主。魂兮翱翔，莅于幕府。下吏黍苗，公則膏雨。如母於公，哺以甘乳。潔我粢盛，惟公之樹。箋箋束帛，惟公之縷。敢云下邑，一觸特舉。翳我子民，感嘆召父。軍門衰絰，易其袞黼。居盧寢苫，出亦帝輔。公歸不復，閩則何怙。巷哭烏烏，舂罷相杵。吏憂民憂，同其凄楚。豈爲恩私，公翼而祔。母其鑒諸，飾我簋簠。明水之奠，以代清酤。嗚呼哀哉！

紡授堂文集卷之七

題　　跋

書宋科院余公茂實告身後

士大夫不自竪立,而喜負門地,以予雄於世俗者,此其識猥志弱,出於狄武襄武人之下者也。雖然,士生單門寒户,而不自諱其所自出之瑣尾者,有之矣。苟誠起世家胄,必諱言其先代膏澤,以示特興無附援之意。雖其人克自樹立,無是理也。劉寄奴之帝也,藏其家世之耕具,以示子孫,其後人反是,而劉氏興亡之故,亦大略具此。夫當今之世,留其先人之告身者有之,藏農器者吾少見其人。乃有身居大位,而謁拜他人之墳墓,劫竊先賢之譜牒科名,偶爾同籍,則胡越皆一家,勢利足以相須,則牛馬無二氏,此又自竄空桑,而螺蠃所不負者也。善乎,古聖人之思初惟始也。吾讀《詩》,而見周家之叙述其先世,自播種封邰,以及於遷移流竄之艱難,誦説不啻圖繪。蓋雖揚厲世德,而咏歌勤苦之意居多。

此卷歷五百餘年,世代再更,兵火屢燹矣。余氏之貴者甚多,而留餘僅此,不但世澤怳然,而數百年間,兵燹流離之變態,亦具見於是。然則余氏之世德,固可繹思,而其子孫之保守斯卷,使人猶得見於易代更姓之餘,此其艱難勤苦之意,深爲可念。夫世未有不以藏耕具爲心,而能保其先人之告身於五百餘年之後者也。

書程圖南六十爲壽詩卷後

此卷爲程圖南先生六十爲壽頌言,董崇相司空弁其首,客之朋酒稱觥者踵之，屬不佞某書後。請因司空引詩之言而竟其説。夫古者子弟之事其父兄，公卿大夫之事其君長，則有頌朋友相誦壽之詞。考之《詩》、《書》，吾未之見也。君父之於臣子，無頌壽者乎？曰有之，"令德壽豈"之屬，此天子頌其臣之詩也。養老於庠，而祝鯁祝饐，皆以王命將之，此天子祝其臣下之禮也。君父可以壽其臣子，朋友不可以相壽乎哉？然古者君父臣子之相頌禱，其在朝則於朝會燕享之際；而民間之壽其耆老，亦皆於歲時伏臘、場築酒熟之候，不必懸弧之日而祝也。三代之君臣，其朝聘皆有時，未嘗有爲壽觀享之禮，而萬壽萬年，上與下皆用以相頌。至秦漢以後，而嵩呼萬歲，始專而頌之天子，朝廷亦遂有聖壽慶贊之儀。其下之禮俗因之，則朋友亦得以相賀。

某于圖南先生，於其甥董子叔會及長公永至爲友，則介眉祈耇，稱觥從子弟之後者，禮也。而公次君爲予門士，則先生於予，雖再倍于十年以上，似不在於父事之列者，庶幾所謂忘年之友，則通於禮，亦不可以無頌也。雖然，孝敬其父母，而推其孝敬於其友生之父母，若者人謂之好友也。爲人師而道諛其子弟，以及其子弟之父兄，人必謂之佞師。然而子弟之鄭重其父兄之事者，必得於其師之一言。末世多佞師，則師之言輕於友。余言固不足重，而先生之壽且賢，則頌祝之而不爲佞。且因先生以重吾言，而余又以叔會、永至，得附于子弟頌其父兄之後，於是執筆而書之，以歸先生，其以禮而教我也。

題王元美書佛祖統紀後

宋僧法榮，自直教宗，捨六祖達磨推南岳，思以繼龍樹，推天台智者以繼南岳，而自提婆達多，以至般若多羅，西天之所奕葉，而徑略之。此與王伯安推陸子淵，捨諸儒而直溯孟子無異。王子世貞曰：近有一妄庸僧，口尚乳臭，目不識三昧，而輒作披荊鉞，以攻賢首，皆法榮輩爲之俑也。曾子異撰曰：今之淺學小生，目不窺先輩之門，而訾其著作，身未入先儒之扃，而毁其傳註者，其妄庸抑又甚焉。而其甚者，以訾毁先輩爲豪大，以詆譏宋儒爲名通。總之，無所見而隨聲從俗，以爲不如此，則非時尚。此如世俗之高冠大袖，相習以爲觀美焉耳。

夫有所見而詆宋人之文章者,王元美諸君是也;有所見而駁宋人之學問者,王伯安是也。元美之不下宋人,固文人好勝争雄習氣,晚年著書,而亦悔之;伯安之獨開門户可也,必與朱氏角則悖。今有人於此,其父力農,其子長而棄其農業,以自起家。夫其子則能自立家之子也,然而乳哺之,衣食之,以至於成長而自能起家者,誰爲之也?伯安亦嘗乳哺於傳註乎?讀傳註以駁傳註,誰使讀之而能駁者?註爲之也。以傳註而誘其知識,即用其鋒穎以倒戈,不至於漂杵殺敵不已,亦忍矣。劉寄奴之爲天子也,不忍毁其先人之農具,夫傳註者,亦我輩之農具也。伯安即開拓教門,其視朱,未必如帝之於農也。朱農而王則賈耳,賈不可以病農,賈子而可以病其農父乎?又況乎不學小生,孑然游手游食,其身爲流丐,而侮其稼穡之父祖者乎?

書張拱傳後

《張拱傳》載道士語曰:神仙以辟穀爲下,然却粒則無滓濁,無滓濁則不漏,由此亦可入道。子房諸人,乃以丹藥療饑,固已迂矣。汝欲得道,自此不淫色可也。吾讀子瞻《志林》,謂:蘇子卿能嚙雪吞氈,而不免與胡婦生子。然則不淫色難於絶粒也。吾病肺斷色,而勇於茗戰。憶數年前,友人薛汝儀苦口相戒。吾近有《茶帖和韵詩》云:"好茗如好色,淫者求腹滿。茶事之登徒,盧仝但數碗。"則茶淫又等於色淫矣。吾《茶帖》又有句云:"活火養死茗,以爲茶既受摘,則死草也,而火能養其色香。"則是茶死而火能生之,此語似有合於道家爐火之旨。並識之。

書馮道傳後

王元美曰:"馮道,一椎魯士耳。"道自言曰:"無才無德,痴頑老子。""椎魯"二字,不如道自言之妙。"痴"字有着數,"頑"字更有着數,王始興近之。凡遇難處難過之時,無論全身全國,必先辦此一副頑心。然其人非十分機警,未必能頑到底耳。馮道者,不問國之存亡,而一味以頑全其身者也。始興之國與身,岌岌哉,亦用其頑;幸而身與國兩無恙。然而遇王敦、蘇峻而爲始興者,吾恐其居五代之間,而未必不爲馮道者也,危矣。

書護法論後

張商英擬作《無佛論》,後恐墮拔舌無間地獄,爲《護法論》以謝過,吾不非之,必呶呶與退之爲難,是亦不可以已乎?韓子《原道》、《佛骨表》諸書,其排擊佛氏者,不遺餘力矣,而其教之行如故也。世有佞佛者,雖百韓子排之自若也;世有呵佛者,雖百商英護之自若也。無事救鬥矣。然而韓之表不可已,商英之論可無作也。有佞佛之君,能爲國家之禍;有呵佛之儒者,未必能爲佛門之禍也。彼法之興衰,不係於商英之護與不護;以謝過則可謂衞教之功臣則不然。

書十八羅漢渡海後

此十八位羅漢,爲是自度,爲是度人。若云度人,則須身在彼岸,不應尚屬揭海中;如是苦海,則類從井;如是法海,則未到岸。即云自度,亦應蹈波履水,如行平地。如何褰裳濡足,借渡諸鬼物龍、象、犀、虎、黿、魚、螺、蚌、杖、鉢、杯、扇等屬,則是此阿羅漢,力尚不能自度,必假筏於諸等器物,故作此傍壁依墻伎倆?然則凡諸海中,蝦、鮒、螺、鼉、鰲、蚌、黿、蛤、蟹、蠣、鮓、鯢等族,其游行自在,神通當在此羅漢之上,而諸大阿羅漢,皆當以此属爲導師者也。

書净明和尚小像

如何是净?赤條條一个人是净。恁地添得一頭象,一柄蓮,一片石,一地草,一領衲子,一兩麻鞋,恁般不净。如何是明乎?白白一个人是明。恁地挂在居士壁間,招之不來,呼之不應,棒之不痛,喝之不動。和尚正身何處去,替身弄我眼睛花。恁地不明咄,喜道人渡汝一把火,燒得和尚清清净净,明明白白,免得居士拈弄筆墨。闊上添矢,風裏捉屁。滯和尚一發,不得乾净。是居士作業,吐五里霧。又於和尚影子裡,加十數重無明步障也。

又題净明小像

此第二净明也。我所知者,第一净明,不在楮上試,將來與居士加一筆,點一墨,有不笑風魔和尚,爲自黥其面者乎?然則居士之執筆而贊者?非净明也。

題得之和尚小像

嘻!是不似得之矣。或曰:不似得之,世必有似之者,姑留之以俟其人可也。曾子曰:天下之最善變者道容,至無定者佛相,安知得之之不變其貌,以就此畫中之人?亦存之,以觀得之之能變與否也。

紡授堂文集卷之八

贊 頌 偈 銘

奇玄和尚像贊有序

客靈巖山中,佛子得之,爲其師奇玄以小像索題,走筆應之。得之嘗語其師燒指之事,予笑語得之:"而師恐爲千手大士,手多而指繁,盍自刪落之耳。"得之正欲置對,偶見座上羅漢,鼠嚙其手指以去。予更語得之:"羅漢已斷手,當進佛。"果請和尚移之上座。然則此羅漢當拜鼠子作導師也,得之撫掌。已合掌,請識之,以質奇玄。

我未識君,面君于楮。忽然晤之,紙上是汝。入林把臂,雙掌七指。問胡以爲,袖手莞爾。燒身作佛,少時事耳。下策火攻,佛不在此。師以象教,平常而已。十指森然,示諸弟子。

亡友李右宜小像贊

伸紙呼之曰:某某李子右,宜昔吾友。逝者如斯,誰執其肘。子爲下場之净,我爲場中之丑。我誦言,而子以爲打諢;我正冠,而子以爲塗首。子今其可以優游掀鬚,而觀吾之俳面劇口也乎?

丘德長像贊

髯而瞳,騎氣潏潏于之豐,而何以矯矯于雲中?金重於羽,劍胡騰空?然則肉重不能飛上天者,其未足與語乎仙俠之雄者也。

普賢洗象圖頌

斯爲普賢，異於獨行。乃至毛蟲，亦與清净。彼自了漢，如窮巷井。獨挈之瓢，單汲之綆。一盤盥身，伐毛漱影。佛之羅漢，儒之箕穎。我觀像教，悠然深省。

董叔魯嘗夢見夫子，爲《杏壇圖》而繪小像，命予贊之

自孔子曰"文不在兹乎"，而後之學者欲爲聖人之徒，而讀其書，一變爲箋疏之漢儒，囂然訟空櫝而忘其珠。正之以傳註之程朱，危坐鼓歌，而徇其說者，等於兔已逝而俟于株，大壞于王半山之經義。而世之爲孔氏之言者，以爲富貴利達之媒僧，舉一世而役役於饑驅，雖孔子復生，而欲行其道，亦當棲棲皇皇，俯而受命於視肉瞽說之有司。嘻！今之游於聖人之門者如此，故子出不成出，處不成處，而躊躇躑躅於斯。曾子執筆而問之，董生曰："諾，吾將仕矣吾鄉也。"夢而見於夫子，子曰："我待價而沽諸。"

客普光巖視諸袖偈有序

衲子以佛爲父母，則無論賢愚老少，早晚功課，此俗家晨昏定省之常也。吾居山中，其早夜上堂者皆後生小子，諸長老有徒子孫者則豢養高坐，間出入市井中，作佛事，爲應副僧而已。其意以爲吾長老，而有子若孫代之也。然則俗家有四五十歲而有子孫者，亦可曰："吾已老大，吾有子孫代之。"而可廢定省于其父母乎？或曰："我禪定，我善知識，我有大孝于佛者，而無事此早晚功課之小孝爲也。"夫古聖賢之大孝者，有之矣。亦可曰"我爲聖人，我有大孝于吾親者。而無事此區區問安視膳之儀"乎？又況乎不必禪定，不必爲善知識，而第出入市井作佛事，爲應副僧者乎？

儒者讀書，商賈賣貨。工事斧鑿，農勤擾播。尨夜雞晨，馬馳騾馱。龜息蜂釀，牛拖犁磨。如何出家，都無事做。跪誦佛言，觀心打坐。最不可少，早晚

功課。佛乃爺娘,定省蓮坐。不孝兒孫,五體怠惰。飽食終日,優養四大。聞鐘不起,未晚先臥。圈豕饜糟,眠羊待莝。血肉粃糠,當風揚簸。一副皮囊,有時會破。閻老殿前,好生難過。阿彌陁佛,急修勤荷。

吾母今年六十六,行未杖也

蓄之俟年,倍於今,則出以扶老焉。天啓丙寅秋日。

母僅生我,此爲吾弟。昔之子一,今之子二。

跋

　　此先祖弗人公舊草也，明季已付梨棗，馳天下。緣戊己間，災於迴祿，于今六十年矣。爾時余甫二歲，及成童，見先君子每念及此，未嘗不咨嗟痛悼，莫能再梓。謂小子天采曰："吾將老，爾其無忘。"數十年來，愧予力綿，未承厥志，竟令四海賢豪，造予門而索者，無以應也。予罪滋甚！今年春，友人陳□□與予商再梓，公同好。予曰："先祖之文，固不容掩哉！其亦數之周始乎？吾子真有功于先祖矣。"夫古之名公巨人，嘔血爲文，其書滿家，而竟湮没不傳者何限？蓋其時或多而不能刻，刻而不能布，布而子孫不能續，故後之人莫克睹之，安能傳之？昔韓昌黎文起百代，而闡于歐陽永叔。徐文長之文爲有明第一，而闡于袁中郎。是二先生者，使非于遺篇斷簡中，取而讀之，則無由見之而闡之矣。今子欲以先祖舊草勸予再梓，則後日之歐陽永叔與袁中郎輩得闡先祖詩文，實基于此。吾子其有功于先祖也！夫其有功于先祖也，夫至若先祖詩文之所以佳，學之所以博，行詣之所以卓卓可傳者，予不道。蓋予不能道，亦不待予道云爾。

　　　　時康熙戊戌冬暢月，嫡孫天采曾仲氏百拜謹跋

校 點 後 記

　　《紡授堂集》八卷、《二集》十卷、《文集》八卷,明曾異撰撰。曾異撰,字弗人,號肺子,福建泉州府晉江縣人。明崇禎十二年(一六三九年)舉人。嘉靖三十七年(一五五八年)以倭患,其祖曾南渠自溫陵遷居省垣福州。父曾唯補諸生,早卒;母張氏,名士張賓槐之女,秉性剛烈,以遺腹生異撰,日夜紡績,口授《詩》、《書》大義,異撰謹記教誨,勤學苦讀。所撰《自叙四書論世》云:"憶六七歲時,母篝燈於床,展書於枕。吾母手紡口授,異撰偃卧而讀之。去今三十年所……"據此,書齋名曰"紡授堂",以記其母"手紡口授"之苦心。

　　異撰曾爲塾師,歲饑家貧,母嘗採薯葉雜糠秕食之;又柴薪價貴,不給炊飲,母携一女孫,負畚往園中,鋤乾草以爨,艱苦度日。異撰性剛介,一塵不染。中舉後,欲大展宏圖,造福一方,每閱邸報,慨然於門户之分争、苞苴之肆横、齊魯之凶荒、兵事之決裂、海防之疏虞、兵將之驕庸、科徵之暴酷,究心經世致用之學。

　　異撰師承潘曾紘,與李世熊、林守一、陳昌箕等友善,酬唱詩尤多。詩詞詭激有奇氣,不步常迹。朱彝尊《静志居詩話》曰:"弗人異才,詩太近詭。"田茂遇《十五國風高言集》亦曰:"弗人詩抒寫性靈,獨有奇氣。"古文辭亦跌宕判義,不遵繩尺。

　　《紡授堂集》、《二集》、《文集》三種,明崇禎十五年益友齋合刊本、康熙五十七年曾天采遞修本,現存中國科學院圖書館、北京圖書館、北京大學圖書館、中國人民大學圖書館、山東圖書館等處,現存完整者較罕見,鄭振鐸先生曰:"《禁毁書目錄》入'全毁目'中……我一見即收之,故價乃奇昂,得讀奇書即是一福,固不必問值也。"此本半頁八行,行二十字。白口,單魚尾。魚尾上標示"紡授堂集"、"紡授堂二集"、"紡授堂文集"書名,魚尾下依次標注卷次、頁碼。

《紡授堂集》八卷,卷首一卷。卷首分載李世熊、潘曾鉱二序。輯録四言樂府、五言古、七言古、五言律、七言律、絶句、排律等諸體之詩七百餘首。《紡授堂二集》十卷,輯録諸體詩六百四十餘首,其中卷十"詩餘"部分,則載《長相思》、《滿庭芳》、《如夢令》、《一剪梅》等詞七首。《紡授堂文集》八卷,卷末有異撰孫曾天采跋語,輯録序、跋、記、策、劄、牘、銘、偈等諸體之文百餘篇,涉獵廣泛,文辭古雅,既記録明末福建泉州諸多史實,且具有較高的文學價值。

今以康熙五十七年曾天采遞修本爲底本,參校中國科學院圖書館藏崇禎刻本,加以標點校理。闕訛之處,皆據中國科學院圖書館藏本補充之。如《二集》卷九中《鄭孟宋餉我橘樹戲答》一詩"其二"部分,僅有"路,幕府何年策叩扉"之句,並且還闕《再送薛孟篤游虔南,虔州有漢高祖墓》組詩中其一、其二等二詩。

又,《文集》卷一《送屯鹽使者申青門公入賀序代》文末"又不獨屯鹽、水利之政也已"一句之後,脱漏達半頁之多。其下爲《送長樂諭劉漢中先生教授廣信序》,也據中國科學院圖書館藏本補録。

又,異撰詩文集中版式訛誤者,此次整理,亦一並加以更正。如卷六《擬上軫念山西、河南兵荒,特發帑金,分遣賑濟,諭令饑民得沾實惠,並敕撫按查災傷甚處,停徵錢糧,群臣謝表崇禎九年,丙子科落卷》一文,標題較長,底本中"崇禎九年"爲小字注文,而"丙子科落卷"則與標題字體、字號相同,當爲誤刻所致。此次整理,"崇禎九年,丙子科落卷"字樣,參照本卷其他文章標題標注格式,皆小一號處理,以示格式統一。

編　者
二〇一六年十月

圖書在版編目（CIP）數據

紡授堂詩文集／（明）曾異撰著；何立民點校. —
北京：商務印書館，2016
（泉州文庫）
ISBN 978-7-100-12755-4

Ⅰ. ①紡… Ⅱ. ①曾… ②何… Ⅲ. ①中國文學—古典文學—作品綜合集—明代 Ⅳ. ①I214.82

中國版本圖書館 CIP 數據核字（2016）第 279304 號

權利保留，侵權必究。

責任編輯　閻海文

特約審讀　李偉國

紡授堂詩文集
（明）曾異撰　著

商務印書館出版
（北京王府井大街36號　郵政編碼100710）
商務印書館發行
山東鴻君傑文化發展有限公司印刷
ISBN 978-7-100-12755-4

2017年9月第1版　　開本 705×960　1/16
2017年9月第1次印刷　印張25　插頁2
定價：128.00元